매일같이 즐기는

행복의 향연

매일같이 즐기는
행복의 향연

윤명선 지음

행복은 즐기는 자의 것이다

Prologue

이 책은 인터넷신문 '시인뉴스 초록향기'에서 2018년 5월 1일부터 2019년 4월 30일까지 매일 칼럼으로 연재된 '행복의 향연'을 책으로 엮은 것이다. 매일 행복에 관한 생각을 하면서 독자스스로 행복으로 가는 길을 발견하기를 바라는 마음에서 출간하게 되었다. 저자는 『15개의 key words로 풀어보는 행복의 비결』이란 책을 발간하였는데, 그 내용을 기초로 해서 매일 칼럼의 형식으로 연재해왔다. 인생의 모든 면에서 행복과 관련된 문제를 살펴보며 행복을 체계적으로 이해할 수 있도록 다양한 정보를 제공하면서 자신만의 행복지도를 만들 수 있게 시도하였다.

1960년대부터 미국을 중심으로 선진 국가에서는 GDP의 성장이 곧 행복감을 높여주지 않는다는 인식 아래 '삶의 질' 문제가 논의되기 시작하였으며, '행복한 삶'에 관한 연구가 학제적 연구 형태로 진행되어 왔다. 행복이란 주제가 인생 전체와 관련되어 있으므로 그만큼 복잡하고 어려워 다각적으로 연구되어야 하기 때문이다. 1990년대에 긍정심리학이 등장한 이후 행복은 중요한 세계적 화두가 되면서 행복에 관한 연구와 조사가 많이 이루어지고 다양한 책들이 출간되었다. 그런데 기존의 책들은 행복의 개념을 체계적으로 정리하지 못하고 있고, 연구조사나 진료경험을 중심으로 단편적인 치유 방법을 소개하고 있을 뿐이었다.

1970년대 이전에 우리나라에서는 의·식·주의 기본적인 욕구마저 해결하지 못한 상태에서 행복이란 사치품에 지나지 않았다. 우리나라도 산업화와 민주화가 일정한 단계에 올라서고, 연간 국민소득이 2만 달러를 넘어서면서 삶의 질에 관심을 가지게 되었다. 그런데 세계 10대 경제대국의 반열에 올라섰지만, 우리나라 사람들의 행복지수는 OECD 국가 중에서 가장 낮은 것이 현실이다. 우리나라 사람들은 물질지상주의, 심한 경쟁, 부당한 비교, 공동체 가치의 무시 등 그릇된 가치관과 어려운 환경 때문에 행복하다는 생각을 하지 못하고 있으며, 게다가 '이스털린의 역설'의 덫에 걸려 행복지수가 높아지지 않

고 있다. 그동안 우리나라는 육체적·물질적 행복을 추구하는
데 골몰해왔는데, 이제야 주관적 행복에 관심을 돌리게 되었다.

우리나라 사람들은 누구나 행복하게 살기를 원하지만, 심한
경쟁에 시달리면서 행복에 관해 생각도 하지 못하고 사는 경향
이 있다. 행복의 조건들을 두루 갖추고 있는 사람들도 장래에
대한 불안 때문에 행복을 누리지 못하고 살고 있다. 그 이유는
행복에 관한 교육을 받은 일이 없고, 행복에 관하여 잘 모르기
때문이다. 행복에 관해 안다고 생각하는 사람들도 단편적으로
알고 있거나 잘못 이해하고 있어 행복하지 못한 측면이 있다.
이 책은 하나의 행복모델이나 특정한 행복지도를 제시하려고
시도하지 않는다. 다만 인생의 모든 측면에 걸쳐 행복문제를
두루 살펴보면서 포괄적이고 체계적으로 설명함으로써 스스로
자신에게 맞는 행복지도를 만들 수 있도록 하였다. 행복문제는
다양하고 복잡한 만큼 모든 문제에 대하여 답변하기 힘들고,
누구에게나 해당되는 치유법을 처방할 수는 없다. 행복은 주관

적 심리상태를 의미하므로 행복으로 가는 길은 내 안으로 통한다. 궁극적으로 그 해답은 '자신' 안에 있다. 아니 자신의 내면의 세계에서 찾아야 한다. 그러므로 스스로 그 해답을 도출해야 한다. '지금 이곳'에서 행복하지 못하면 평생 행복해질 수 없다. 자신의 욕망을 줄이면서 가진 것에 만족하는 것이 행복으로 가는 길이다. 무엇보다 행복과 불행의 균형을 찾아 항상 긍정정서를 가지도록 노력해야 한다. 이러한 명제들을 깨닫는 것이 '행복의 비결'이다. 이 책은 고통을 겪고 있는 사람들에게는 희망과 용기를 주고, 모든 사람들을 '행복으로 가는 길'로 인도하는 데 목적을 두고 있다. 독자 여러분들은 이 책을 매일 읽으면서 하루하루 행복을 누리며 살 수 있기를 기원한다.

2019년 10월 15일
나의 놀이터에서
윤명선

행복 15계명

행복한 인생이 되기 위해서는 다음과 같은 요소들을 가능한 한 갖추어야 하므로 일상적으로 관심을 가지고 이들 조건을 갖추고 행복한 삶을 누리도록 노력해야 한다.

① 건강은 행복의 필수적 조건이다. 살아 있음에 감사하면서 신체적으로나 정신적으로 '건강'을 잘 지켜야 한다.

② 항상 '꿈'을 간직하면서 확고한 '목표'를 세우고 최선을 다하되, 끝까지 인내할 줄 알아야 한다.

③ 성공 그 자체보다 성공으로 가는 '과정'에서 행복해야 한다. 성공해야 행복한 것이 아니라 행복하게 사는 것이 성공이다.

④ 미래가 아닌 '지금', 멀리가 아닌 '이곳'에서 매사에 감사하면서 일상 속의 사소한 것을 통해 행복을 누려야 한다.

⑤ 하고 싶은 '일'을 열정적으로 즐기면서 하되, 항상 피드백하면서 점검하고, 어떤 경우에도 꿈을 포기해서는 안 된다.

⑥ 간소한 삶을 지향하되, 기본적 생활을 누릴 수 있는 '최소한의 경제적 여건'은 갖추어야 한다.

⑦ 최종적인 행복은 가정에서 나오므로 가족의 화목과 사랑을 통해 '가정'을 행복의 보금자리로 만들어야 한다.

⑧ '사랑'이 행복의 근원이다. 가족, 친구와 자신을 위해 최대한 시간을 많이 투자해서 사랑을 키워야 한다.

⑨ 적극적으로 친밀한 '인간관계'를 맺고 인생의 폭을 넓히되, 인생을 낭비하지 않도록 적정 규모로 관리를 잘해야 한다.

⑩ 행복은 사물을 보는 관점에 달려 있으므로 매사를 '긍정적으로 사고'하는 습관을 만들어 낙관적 태도를 가져야 한다.

⑪ 물질이 행복을 가져다주지는 않으므로 물질주의에서 벗어나 스스로 욕망을 제어할 수 있는 '자제력'을 길러야 한다.

⑫ 항상 범사에 '감사'하는 마음을 가지고, 문화적 행복을 추구하면서 행복의 질을 높이도록 노력해야 한다.

⑬ 이웃을 돕는 '나눔과 배려'를 실천하는 심성을 키워 공동체적 행복을 누림으로써 행복을 업그레이드시켜야 한다.

⑭ 참된 '신앙'을 가지고 영원한 행복을 추구하면서 신앙생활을 하면 더 행복을 누릴 수 있다.

⑮ 행복하지 못한 이유는 외부적 환경이 아니라 '나' 자신임을 깨닫고, 자존감을 가지고 자기 인생의 주인이 되어야 한다.

'행복의 향연'을 베풀며

- 인터넷신문 시인뉴스 초록향기에 '행복의 향연' 연재를
  시작하면서 제기한 우리 사회의 문제요, 해답이다. -

왜 행복인가?

물질만능주의
성공지향주의
심화된 경쟁
부적절한 비교
붕괴되는 공동체 가치
우리들이 행복하지 못한 이유다.

우리들은 지금 '위기'에 봉착하고 있다.
빈부격차의 심화
사회적 갈등의 만연
구조적 부정부패

공정성의 결여
계층 간 사다리의 붕괴
사회적 안전망의 취약성
불신풍조의 포화상태
자조 정신의 결여
공동체 정신의 붕괴 등

세상이 너무 황폐해졌다.
나밖에 모르고
돈밖에 보이는 것이 없고
빨리빨리 온 곳이 바로 여기다.
GDP 세계 10위?
신뢰와 연대가 무너지고
예의범절이 땅에 떨어지고
공동체 정신이 밀려나고
얻은 것과 잃은 것을 비교하면
적자, 아니 정신적 파산상태다.

자살률 세계 1위
교통사고 사망률 세계 1위
부패지수 OECD 국가 중 최하위
갈등지수 OECD 국가 중 최하위
나쁜 것은 모두 세계 1위란다.
그러니 행복지수가 낮을 수밖에
젊은이들은 사다리가 무너졌다고
'헬 천국'을 외치고 있고
우리들의 부끄러운 자화상이다.

근본으로 돌아가야 한다.
우리들은
인간은 빵만으로 살 수는 없다.
인간은 인간답게 살아야 한다.
함께 사는 것이 공동체의 근본가치이다.
서로 믿고 존중하고
서로 돕고 협동하고
서로 사랑하면서
공생하는 것: 이것이 인간의 길이다.

쿠오바디스!

구조적 개혁을 해야 한다.
가치관의 변화
시민의식의 함양
공동체 정신의 수립
포용적 성장
개혁은 혁명보다 어렵다.
누구 없는가?
나라를 구원할 사람이나 조직은
경제가 전부가 아니다.
시민의식을 바로 세워야 한다.
다시 시작해야 한다.
이제부터는 빠른 길이 아니라
바른길, 튼튼한 길로 가야 한다.

근본으로 돌아가야 한다.
건전한 사회
행복한 삶

희망 있는 미래를 위해서는
3양(良)이 요구된다.
양심(良心)이 회복되어야 한다.
양식(良識)을 가지고 살아야 한다.
양질(良質)의 삶을 누려야 한다.

행복을 앗아가는 환경요인들
너무도 많고 심각하다.
그럼에도 불구하고 절망해서는 안 된다.
환경이 개선될 때까지 기다릴 수만은 없다.
이런 환경에서도 스스로 일어서야 한다.
누구나 '행복추구권'을 가지고 있다.
행복은 스스로 만들어가야 한다.
누구나 행복을 만들 수 있다.
행복에 관심을 돌리고 마음만 먹으면 된다.
행복으로 가는 길!
이 길로 여러분들을 모시고자 한다.

행복으로 가는 길!
여기에 있다.

매일 행복 레시피를 전송한다. 2018년 5월 1일부터 2019년 4월 30일까지 '행복한 365일'을 꾸리고자 한다. 인생의 모든 면에서 행복문제를 살펴보면서 행복으로 가는 길을 열고자 한다. 자신의 문제를 해당 파트에 대입시켜 보면 그 해답이 도출될 수 있을 것이다. 행복으로 가는 길은 자신 안에 있다. 그러나 사람마다 문제가 다르고 해결방법이 다르기 때문에 행복지도는 자신에게 맞도록 스스로 만들어가야 한다.

행복의 향연!

행복은 누리는 자의 것이다. 다양한 행복 메뉴를 드시면서 즐거운 하루하루가 되시기를 기원한다.

Contents

'행복으로 가는 길': 여기에 있다.

인생의 목적은 행복에 있고, 누구나 행복을 추구하면서 살아가고 있다. 행복은 항상 우리 곁에 있으며, 조금만 시선을 돌리고 마음만 바꾸면 행복을 발견할 수 있다. 리처드 칼슨은 "행복은 먼 곳에 있지 않다. 누구나 잡을 수 있는 곳에 있다."고 하면서 "행복은 현재 내가 누리고 있는 모든 것이다."라고 했다. 행복은 스스로 만들어가는 것이며, 행복으로 가는 길은 사방으로 열려 있다. 행복은 다름 아닌 우리들 마음속에 있으며, 궁극적으로는 스스로 마음먹기에 달려 있다는 것을 깨달으면 누구나 행복해질 수 있다.

1월 1일

'인생의 목표'는 행복에서 찾아야 한다.

'당신은 인생의 목표가 무엇이라고 생각합니까?'라고 물으면 대부분의 사람들은 아주 간단하게 대답한다. "그냥 행복하게 살았으면 좋겠어요."라고. 행복은 신기루와 같은 것이어서 막연하게 상상하게 되는데, 소냐 류보머스키는 이를 '행복의 신화'라고 부른다. 누구나 행복하게 사는 것을 소망하고 있다. 성 아우구스티누스는 "행복에 대한 욕구는 인간에게 꼭 필요한 것이다. 그것은 모든 행동의 동기가 된다. 우리들은 본성상 오직 행복만을 원한다."고 했다. 누구나 행복에 대한 믿음을 가지고 있는데, 행복은 인간이 진화하면서 인생의 목표로 추구하는 궁극적 가치이며, 모든 행동의 동기가 된다. 아리스토텔레스는 "인생은 무언가를 추구하는 과정이며, 가장 궁극적으로 추구하는 것이 행복"이라고 하면서, 삶의 목표는 행복에 있고 그것을 달성하는 것이 선을 이루는 것이라고 했다. 고대 이래로 대부분의 문헌들도 표현 방법에 차이가 있을 뿐 인생의 목표가 행복에 있다는 주장은 역사의 주된 흐름이다. 달라이 라마와 투투 대주교의 마지막 깨달음도 삶의 목적이 행복을 찾는 것이라고 결론을 맺고 있다. 그런데 행복을 추구하지만, 행복을 목표로 하지는 말라는 경고가 있는데, 그 이유는 현재의 상황을 행복이라는 목표치에 비교하면 불행을 느낄 수 있기 때문이란다. 그러나 행복은 결과가 아니라 과정에서도 누려야 하므로 이 명제는 타당하지 않다. 따라서 사람들은 누구나 행복을 인생의 목표로 삼고, 진정한 행복을 추구하며 살아가는 것이 성공으로 가는 길이다.

행복이란 '생존을 위한 수단'인가?

　진화심리학의 관점에서는 행복을 이성적인 면보다 '본능적이고 동물적인 면'에서 찾으면서 행복이 인생의 목표가 아니라 생존을 위한 수단이라고 본다. 인간은 자연의 일부이며, 생존 그 자체가 존재이유라는 것이다. 다윈은 자연의 원칙은 행복에 있는 것이 아니라 적자생존의 원칙에 있다고 했고, 프로이트는 어떤 창조의 계획에도 인간을 행복하게 만들려는 의도는 들어 있지 않았다고 했다. 볼프 슈나이더는 "행복이 지상의 최고 목표는 될 수 없다."고 하면서 안타깝게도 다윈과 프로이트의 말이 옳았다고 했다. 이들은 행복이 인생의 목표라고 하는 것은 인간중심적이고 비과학적이라고 비판한다. 서인국 교수도 "인간은 행복하기 위해 사는 것이 아니라 살기 위해 행복감을 느끼도록 설계되었다."고 한다. 행복이란 본능적 느낌으로 생존을 위해 행복감을 느낀다는 것이다. 자연상태에서 동물은 적자생존의 법칙에 따라 생존을 유지하는 것이 유일한 목적으로 행복이란 것을 모른다. 그런데 행복은 자연상태의 일부가 아니라 인간의 욕망이 진화하면서 만들어낸 삶의 지표이고 최고의 가치이다. 인간이 동물적 존재로부터 이성적 존재로 진화해오면서 행복한 인생을 삶의 목표로 추구하게 되었다. 그러므로 행복은 생존을 위한 수단이 아니라 생존을 가치 있게 만드는 '목적'이다. 따라서 행복이 단순하게 생존을 위한 수단이라는 진화론의 입장은 받아들일 수 없다. 인간은 행복을 인생의 목표로 삼고 정진하는 것이 의미 있는 삶을 누리는 것이다.

'부정적 견해들'은 잘못된 발상에서 나온 것이다.

지금도 행복의 개념은 정의할 수 없고 행복은 달성할 수 없다는 부정적인 견해를 피력하는 사람들이 많이 있다. 에카르트 폰 히르슈하우젠은 행복은 역설적이어서 "우리가 그 뒤를 열심히 쫓아갈수록 점점 더 멀어져 가는 것 같다. 당신이 끊임없이 그 뒤만 쫓아가는데 어떻게 행복이 당신을 볼 수 있겠는가?"라고 말하는가 하면, 너새니얼 호손은 "행복은 나비와 같다. 잡으려 하면 항상 달아나지만, 조용히 앉아 있으면 스스로 너의 어깨에 내려와 앉는다."고 했다. "행복은 언제나 우리 곁에서 달아난다."라거나 "행복은 그림자처럼 잡히지 않는다."라고 말하는 것은 형식 논리로는 가능하지만, 부정적 시각에서 오는 괴변일 뿐이다. 알랭은 이들 견해가 행복을 누리기 위한 노력과 준비가 부족한 때문이라고 반론을 제기한다. 공학자 모 가맷은 "행복은 언제나 그 자리, 우리 안에 있다. 인간이란 존재가 애초부터 그렇게 설계되어 있기 때문이다."라고 했다. 행복은 마음속에 있으며, 스스로 느끼고 만드는 것인데, 어디에 있는지 모르면서 쫓아다닌다거나 가만히 있으면 쫓아온다는 것은 잘못된 발상이다. 러셀은 행복이란 기다리면 찾아오는 약속된 미래가 아니고, 노력해서 정복해야 할 대상이라고 했다. 이처럼 행복은 적극적으로 추구해야 할 목적이지, 기다리면 저절로 다가오는 선물이 아니다. 행복으로 가는 길은 수없이 많이 열려 있다. 부정정서를 극복하면서 긍정정서를 키워가는 것이 행복으로 가는 길이다.

행복은 '행복의 조건'들이 충족될 때 얻어지는 부산물이 아니다.

설교자 마틴 로이드 존스는 "행복이란 절대로 그 자체를 목적으로 하고, 그 자체를 추구해서는 얻을 수 없다. 행복이란 다른 것들이 만들어내는 부산물이다."라고 한다. 행복은 행복의 조건들이 갖추어졌을 때 얻는 부산물이라는 말이다. 그러므로 행복이란 직접 추구하면 불행해지므로 간접적으로 추구하라고 권고한다. 존 스튜어트 밀은 "행복이 아니라 다른 목적을 삶의 목표로 설정하는 것만이 행복해지는 유일한 기회다. 행복이 행복인 줄 모르고 그것에 집중하는 사람만이 행복하다. 내가 과연 행복한지를 묻는 순간 행복은 중단된다."라고 했다. 행복은 목적이고 행복의 조건은 행복을 얻기 위한 수단이므로 이들 논리에는 모순이 담겨 있으니 '행복의 역설'이라는 표현을 돌려주고 싶다. 다른 목적을 추구하면 그 결과 행복해진다는 논리도 목적과 수단이 전도된 논리로써 궁할 수 없다. 일에 몰입함으로써 행복해지는 것은 사실이지만, 행복을 목적으로 하지 않고, 행복인 줄 몰라야만 행복해지는가? 학자들은 행복의 조건들을 여러 가지로 들고 있지만, 그 조건들을 갖춘다고 행복해지는 것은 아니다. 또한 그 조건들을 모두 갖출 수는 없으므로 자신의 희망·능력·조건·환경 등에 따라 스스로 선택해서 이루면 된다. 다만 행복의 조건들을 많이 갖추고, 차원 높은 행복을 추구함으로써 행복의 질을 높여갈 수 있다. 행복에는 정답이 없으므로 자신만의 행복을 추구하는 것이 행복으로 가는 바른길이다.

인간은 누구나 '행복추구권'을 가지고 있다.

인간은 누구나 행복해질 권리가 있다. '행복추구권'은 인간의 궁극적 소망인 행복을 누리기 위한 가장 기본적인 권리이다. 오드리 헵번은 "살아가면서 가장 중요한 일은 인생을 즐기며 행복하게 사는 것이다. 그것이 가장 중요하다."라는 말을 남겼다. 행복이란 명확하지 아니한 개념이지만, 인류가 보편적으로 추구하는 권리이다. 이러한 인권을 쟁취하기 위해 행복추구권은 생래적 권리인 자연권으로 주장되기 시작하였다. 행복추구권을 제일 먼저 문서화시킨 것은 미국의 독립선언서였으며, 헌법에서 행복추구권을 최초로 보장한 것은 일본 헌법이었다. 우리 현행 헌법도 "모든 국민은 행복을 추구할 권리"를 가진다고 규정하면서 행복추구권이 개인의 권리임을 확인하는 동시에 국가는 이를 보장할 의무가 있다고 선언하고 있다(제10조). 행복추구권은 단지 하나의 권리로써가 아니라 다른 권리들을 이끌어내는 근본가치로써 기능을 한다. 이제 행복은 개인의 문제일 뿐 아니라 현대 복지국가에서는 국가적 과제가 되었다. 행복은 또한 '의무'의 성격을 가지고 있다는 견해에도 귀를 기울여야 한다. 헤르만 헤세는 "인생에서 주어진 의무는 다른 아무것도 없다네. 그저 행복이라는 한가지 의무가 있을 뿐. 우리는 행복하기 위해서 이 세상에 왔지."라고 말했다. 인간이 불행한 것은 끊임없이 행복을 추구하기 때문이라는 논리에는 동의할 수 없다. 누구나 행복을 권리인 동시에 의무로 추구하면서 열심히 살아가면 행복한 인생이 될 수 있다.

'행복으로 가는 길'은 사방으로 열려 있다.

불교에서는 "행복으로 가는 길은 없다. 행복 그 자체가 길이다."라고 말한다. 행복해지고 싶으면 스스로 행복이 되라는 논리이다. 이 말은 논리적으로 납득이 가지 않고, 불행한 사람은 행복으로 가는 길이 없으므로 행복해질 수 없다는 논리이다. 또한 행복이란 권력·재산·명예·인기·성 등 행복의 조건들이 만들어낸 부산물이라는 견해도 잘못된 접근방식이다. 알랭은 "행복은 언제나 우리 곁에서 달아난다."라거나 "행복은 그림자처럼 잡히지 않는다."라고 말하는 것은 행복을 누리기 위한 노력과 준비가 부족한 때문이라고 했다. 행복이 인간이 추구하는 최고의 가치요 목표라는 것은 역사의 주된 흐름이다. 행복으로 가는 길은 사방으로 열려 있으며, 행복하기로 마음만 먹으면 어디든지 있다. 그 길 위에서 자기가 처한 환경과 조건에 따라 맞는 길을 선택하면 행복을 만날 수 있다. 그러므로 행복은 결국 '자신의 문제'로서 개인의 선택의 문제요, 깨달음의 영역에 속한다. 행복은 행복의 조건처럼 외부(밖)에 존재하는 것이 아니라 바로 자신의 마음속(안)에 있는 것이다. 이처럼 행복의 종점은 바로 '자신의 마음'이라는 것을 깨닫게 되는 순간 행복의 소재에 관한 의문은 해결된다. 행복으로 가는 길은 수없이 많지만, 어느 길로 갈 것인가는 스스로 선택하는 것이다. 자신만의 행복한 인생을 설계하는 것이 자기 인생을 결정한다. 이처럼 간단한 진리를 깨닫는 것이 행복의 첫걸음이요, 스스로 행복으로 가는 길을 선택해서 굳건하게 걸어가면 성공하는 인생이 된다.

1월 7일

행복은 스스로 '만들어가는 것'이다.

행복은 하늘에서 떨어지는 것도 아니고, 산타크로스 할아버지가 선물로 보내주는 것도 아니다. 조녀선 하이트는 "행복은 만들 수 있다."고 했다. 소냐 류보머스키는 행복의 50%는 유전에 의해 결정되고, 10%는 환경의 영향을 받지만, 나머지 40%는 개인의 노력에 의해 결정된다고 했다. 이들 수치가 절대적인 것은 아니고, 단지 경향을 제시하는 것이다. 유전이 인간의 사고와 행동에 작용하는 영향이 크다는 사실에는 모두 공감하지만, 유전이 결정한다는 운명론적 사고에 빠져서는 안 된다. 환경의 영향이 적다고 그 영향을 부정적으로만 보아서도 안 된다. 중요한 것은 자발적인 활동을 통해 스스로 행복을 만들어갈 수 있는 가능성이 40%나 된다는 사실이다. 여기에는 소극적으로 행복이 마음의 상태이므로 만족하면서 누리는 데 그치는 것이 아니라 적극적으로 행복한 환경을 만들어감으로써 행복을 증대시키라는 명제가 포함되어 있다. 슈테판 클라인은 "행복은 누구나 배울 수 있다."고 했다. 이처럼 행복은 학습을 통해 배울 수 있으며, 훈련을 통해 지속적으로 누릴 수 있다. 댄 베이커와 캐머런 스타우스는 행복은 기분이나 감정이 아니고 '생활방식'이라고 한다. 행복을 누리는 것은 삶의 방식이고 일종의 습관이다. 성격은 어느 정도 DNA에 의해 결정되지만, 성장하면서 학습과 경험을 통해 점진적으로 바꿀 수 있다. 항상 행복감을 느끼도록 긍정적인 정서를 누리는 생활습관을 만드는 것이 지속적인 행복으로 가는 길이다.

행복이 뭐길래 (1) - '전통적 의미'

　　　　행복하려면 행복이 무엇인지 먼저 알아야 한다. 행복이 무엇인지 모르고, 자신이 행복함을 깨닫지 못하면 행복할 수 없다. 루소는 "모든 인간은 행복을 원한다. 그러나 행복에 이르려면 먼저 행복이 무엇인지 알아야 한다."고 했다. 행복의 개념은 다의적이므로 전체적으로 이해하는 것은 힘들고, 모든 행복 요소들을 누리는 것은 사실상 불가능하다. 그러나 질 높은 행복을 누리면서 의미 있는 인생을 살기 위해서는 '과학＋@(과학적 접근과 철학·윤리학 등을 포괄하는 접근방식)'로 접근해서 행복의 개념을 총체적으로 이해해야 한다. 행복은 주관적 심리상태에 달려 있으므로 궁극적으로 자신만의 행복을 추구하는 것이 행복으로 가는 길이다.

1월 8일

'전통적 의미'에는 여섯 가지 요소가 포함되어 있다.

행복이란 개념은 역사적으로나 문화적으로 여러 가지로 정의되어 왔으며, 오늘날 과학적인 방법으로 정의를 내리고 있지만, 학자들에 따라 다른 견해들을 내놓고 있다. 행복이란, 한 국어사전에서는 "복된 좋은 운수와 심신의 욕구가 충족되어 조금도 부족함이 없는 상태"라고 정의하고, 다른 백과사전에서는 "몸이나 마음의 감정에 기초한 주관적 행복감, 강한 내적 만족과 기쁨의 상태, 소망이 충족되고 내적 조화가 이루어진 상태"라고 규정하고 있다. 행복의 개념은 이처럼 문헌마다 다르게 정의되고 있다. 그 이유는 행복의 모습은 다양한데, 서로 다른 관점에서 정의하기 때문이다. 일반적으로 전통적인 개념의 키워드는 행운·즐거움·만족·고통이 없는 상태·마음의 평화와 지복 등 여섯 가지 요소로 요약할 수 있는데, 이들을 포괄하는 긍정적 정서가 복합적 개념으로서의 행복이다. 이들을 분석해서 그 의미를 전체적으로 종합하면 전통적인 행복의 개념을 이끌어낼 수 있다. 그런데 이들은 엄밀한 의미에서 행복의 조건들이지 행복 그 자체를 정의하지 않고 있다고 해서 행복의 조건과 행복 그 자체를 구분할 수 있지만, 전통적인 행복의 개념 그 자체를 부정할 필요는 없다. 그러나 누구나 모든 측면을 포괄하는 행복을 추구하고 누릴 수는 없으므로 자신의 희망·능력·환경과 조건에 맞는 자신만의 행복을 추구하고 누릴 수밖에 없다. 행복에는 정답이 없으므로 자신만의 행복을 추구하는 것이 행복으로 가는 길이다.

'행운'을 기다리며 사는 것은 바람직하지 않다.

한자로 幸福은 우연과 복이란 단어의 조합이다. 역사적으로는 일반적으로 '행운'을 행복의 개념에 포함시키고 있다. 독일어 Glück에는 행복과 행운이라는 두 가지 뜻을 담고 있는 데 반해, 영어는 happiness(행복)와 luck(행운)을 구별하고 있다. 이처럼 행복은 문화권에 따라 그 용법이 다르다. 행복의 한 축에는 도박을 해서 돈을 따거나, 로또에서 당첨되거나, 뜻밖에 일이 잘 풀린 경우처럼 행운과 같은 우연적 요소가 포함될 수 있다. 히르슈하우젠은 '우연히 오는 행복'을 행복의 개념에 포함시키고 있다. 그런데 과학과 기술의 발달로 인간은 스스로 운명을 만들어갈 수 있게 됨에 따라 행복에서 우연적 요소를 제거하고, 행복을 적극적으로 추구하는 대상으로 이해하게 되었다. 볼프 슈나이더는 우연적 요소로서의 행운을 행복과는 구별하면서 행복의 개념에서 배제하고 있다. 살다 보면 일이 예상보다 잘 풀려서 사업이 잘되거나, 높은 자리에 올라가거나, 좋은 일이 생겨 행운으로 생각할 경우가 있다. 이런 경우에 행운이라고 생각하고 감사하면서 사는 것은 행복감을 높여준다. 탈 벤 샤하르 교수는 "행복은 요행이나 선물이 아닌 실천의 산물"이라고 했다. 인간은 자유의지를 가지고 행동을 통해 행복을 만들어간다. 따라서 행운을 굳이 행복의 개념에 포함시킬 필요는 없으며, 더구나 불운을 운명으로 받아들이는 것은 바람직하지 않다. 오히려 행운을 기다리지 말고, 언제나 열정적으로 노력하며 최선을 다해 살아가는 것이 행복으로 가는 길이다.

1월 10일

'즐거움'이 행복의 기본적 감정이다.

'즐거움'은 긍정정서를 대표하는 인간의 기초적 감정으로 행복의 기본적인 요소이다. 행복이란, 가장 평범하게 정의하면, "기분이 좋은 것이고, 인생을 즐기며, 그런 느낌이 계속 이어지기를 바라는 것이다(레이아드)." 즐겁게 살며 기쁨을 누리는 것이 행복한 인생이다. 행복의 본질은 개인이 기쁘다고 느끼는 '주관적인 감정'이다. 기쁨에는 식사·환담·음주 같은 '작은 기쁨'과 입학·사랑·구직·성취처럼 '큰 기쁨'이 있다. 큰 즐거움만 쫓아다니면 행복은 오히려 멀어질 수 있으며, 일상 속 사소한 것에서 느끼는 행복이 가장 기본적인 것으로 이들이 모여 '긍정정서'를 형성한다. 그런데 심리학자들은 즐거움을 단순한 쾌락과는 구별하고 있다. '쾌락'은 식사·섹스·수면 등 신체적 욕구를 충족시켰을 때 오는 일시적인 기쁨을 말하는 데 반해, 즐거움에는 광범하게 스포츠·예술·자선활동 등을 함으로써 느끼는 기쁨을 포함시킨다. 따라서 행복이란 단순한 기쁜 감정이 아니라 긍정정서로서의 '복합적 감정'을 의미한다. 공리주의는 쾌락을 유일한 행복요소로 간주하지만, 도덕주의는 쾌락이란 용어 대신 즐거움을 일반적으로 사용하며, 행복에는 즐거움과 '의미'의 두 가지 요소를 포함시키면서 양자의 균형을 행복으로 본다. 그런데 즐거움은 마음의 상태로서 유동적이기 때문에 지속적으로 행복을 누리기 위해서는 일상생활에 자극을 주면서 즐거움이 지속되도록 훈련을 하고 생활화해야 한다. 사소한 것에서 즐거움을 찾아 누리면서 긍정정서를 형성하여 늘 행복하게 사는 것이 지속적인 행복으로 가는 길이다.

1월 11일

'만족'할 줄 알아야 행복은 찾아온다.

　사람들은 일반적으로 '만족'이 행복의 최종 목적지인 것처럼 생각한다. 욕망이론은 행복이란 "욕망이 충족된 상태로서 만족과 즐거움을 누리는 상태"라고 규정한다. 욕망은 인간의 자연스러운 욕구로서 식욕·성욕·물욕·권력욕·명예욕 등 여러 형태로 나타나는데, 행복은 이러한 욕망을 충족시킬 수 있는 외부적·상황적 조건에 좌우된다. 그런데 욕망은 그 끝을 모르므로 인간은 만족을 느끼지 못하는 경향이 있으며, 또한 만족은 마약과 같은 것이어서 곧 권태를 느끼고 새로운 것을 다시 추구하게 된다. 사람들은 모든 조건들이 충족되어도 만족하지 못하고 행복을 누리지 못하는데, 그 이유는 만족한 상태가 얼마 가지 않고 원점으로 돌아가는 쾌락적응현상 때문이다. 또한 의미 있는 삶을 살면서 삶 전체에 걸쳐 만족을 느끼면 지속적인 행복을 누릴 수 있는데, 도덕주의자들은 이러한 만족을 더 중요시한다. 맥길은 행복이란 "욕망 대 만족이 가장 좋은 비율로 지속되는 상태"라고 정의했다. 붓다는 고통이나 번뇌는 욕망이나 집착에서 생겨나므로 고통에서 벗어나려면 욕망의 사슬을 끊어야 한다고 했다. 욕망을 내려놓는 것: 그것이 행복의 본체이다. 소욕지족(少慾之足: 적은 것에서 만족을 느낌) 해야 한다. C. 폴록은 행복이란 "넘치는 것과 부족한 것의 중간쯤의 간이역"이라고 했다. 이처럼 행복에도 지나침은 모자람만 못하다는 '과유불급의 원칙'이 적용된다. 욕망을 줄일수록 행복은 커지며, 적정선에서 만족을 추구해야 지속적으로 행복을 누릴 수 있다.

'마음의 평화'가 진정한 행복이다.

　사람들은 행복을 부·권력·명예·성 등 외부적인 요인에서 찾는 경향이 있다. 그러나 이것들은 행복을 누리기 위한 객관적 조건일 뿐 이 조건들이 갖추어졌다고 해서 반드시 행복한 것은 아니다. 탈 벤 샤하르는 행복이란 "즐거움과 의미가 공존하는 포괄적 감정상태"라고 정의하였다. 외부적 조건들을 갖춤으로써 오는 행복은 물거품과 같아서 잠시 머물다가 사라져 허무감만 남게 되며, 의미 있는 삶을 살아야 지속적으로 행복을 누릴 수 있다. '의미'란 추상적인 개념으로 이 가치를 행복 요소로 보는 데는 쾌락주의의 반론이 있지만, 도덕주의의 입장에서는 중요한 행복 요소로 포함시킨다. '의미 있는 삶'이란 소명으로 하는 일, 가족에 대한 사랑, 원만한 인간관계, 나눔·봉사와 같은 자선활동 등을 하면서 사는 것을 말한다. 달라이 라마와 투투 대주교는 행복의 궁극적인 원천은 우리 안에 있으며, 외적 성취가 아니라 내면의 세계에서 느끼는 전반적인 '삶의 만족도'에서 찾아야 한다고 했다. 쇼펜하우어는 욕심을 버려야 정신적 평화를 찾을 수 있다고 했는데, 욕망의 노예가 되면 자유를 상실하게 되어 마음의 평화를 잃게 된다. 마음의 평화를 얻는 방법으로는 산책·운동·여행·명상·작품 감상 등 여러 가지가 있지만, 이들은 순간적인 느낌이므로 지속적으로 노력해야 한다. 외부적 조건만을 좇는 탐욕을 버리고, 의미 있는 삶을 누림으로써 최종적으로 도달하는 '마음의 평화'가 행복의 최고의 경지이다.

1월 13일

'부정적 정서'를 덜 느끼는 상태가 행복이다.

일반적으로 부정적 정서가 없음을 행복의 개념에 포함시키고 있다. 쇼펜하우어는 행복이란 '불행이 없는 상태'라고 정의했다. 불행의 부재가 곧 행복이라는 형식논리가 성립된다. 리처드 칼슨은 행복해지려면 행복을 찾아 떠나는 것이 아니라 행복을 가로막는 '사소한 것'들을 버리는 것이라고 한다. 세상은 고해이므로 고통을 벗어나는 것이 행복으로 가는 길이라는 말이다. 사람들은 직접적으로 행복을 느끼지는 못하더라도 고통만 없으면 소극적 의미에서 행복하다고 생각하며, 일상적으로 이러한 상태에 살면서 행복을 바라보는 것이 대체적인 현상이다. 아리스토텔레스는 근심·슬픔·고통·결핍·장애·중독성 등 '부정적 감정을 덜 느끼는 상태'를 행복이라고 했으며, 심리학자 노먼 브래드번은 슬픔과 불안을 제거하는 것만으로는 행복이 자동적으로 보장되지 않으며, 긍정정서를 발전시켜야 한다고 했다. 그런데 고통이 없는 세상이나 인생은 생각할 수 없으며, 고통은 단지 극복해야 할 대상이다. 즐거움과 괴로움이 교차하고 있는 이 세상에서 불행을 직시하고, 긍정정서와 부정정서의 균형감각을 가지면서 살아가는 것이 바로 행복으로 가는 길이다. 오늘날 긍정심리학은 적극적으로 감정 조절과 회복을 위한 운동을 통해 사랑·희망·기쁨·믿음·감사·환희 등의 긍정정서를 키워 사람들을 행복의 길로 인도하고 있다. 그러므로 일상 속에서 여러 가지 긍정정서를 키움으로써 부정심리를 극복하는 것이 지속적인 행복으로 가는 길이다.

종교인들은 '지복'을 행복의 개념에 포함시킨다.

유교문헌에는 행복이란 단어가 어디에서도 나타나지 않고, '복'이란 단어만 사용되었다. '예기'에서 복이란 비(備)로서 '모든 것이 갖추어진 충족한 상태' 또는 '매사가 순조롭게 진행되는 상태'를 말한다. 사서삼경의 하나인 '서경'에는 오복으로 수(壽), 부(富), 강녕(康寧), 유호덕(攸好德), 고종명(考終命)을 들고 있다. 이는 오래 살고, 돈이 많으며, 건강하고, 덕스러우며, 제명을 다하는 것을 말하는데, 전반적으로 복은 물질적 요소들로 구성되어 있었고, 이러한 사고는 아직까지 후손들의 피 속에 흐르고 있다. 다만 유호덕은 도덕에 합치되는 생활을 하는 것이 행복이라고 함으로써 덕성을 포함시키고 있다. 오늘날 종교인들은 지복(至福)을 행복의 개념에 포함시키면서 다르게 해석하고 있다. '지복'이란 지고의 행복이란 뜻으로 신앙을 가지고 구원을 받으면 천국에 갈 수 있다는 초월적 행복을 말한다. 종교는 공통적으로 현세에서는 믿음을 통해 마음의 평화를 얻고, 내세에는 구원을 통해 죽음의 문제를 해결할 수 있다는 희망을 주는 순기능을 한다. 그러나 세상사를 모두 신에게 의탁하고 그 결과를 운명론적으로 생각하는 것은 결코 바람직하지 않다. 신도 노력하는 자를 구원한다. 신앙을 가지고 세상의 무거운 짐을 하나님에게 의탁하게 되면, 신앙을 가지고 있지 아니한 사람들보다 더 행복을 느낄 수 있다. 오늘날 신앙의 자유가 있으므로 종교의 선택은 개인의 자유이지만, 분명한 것은 신앙을 가지면 더 행복할 수 있다는 점이다.

행복이 뭐길래 (2) - '현대적 의미'

  2000년대 이후 행복이 세계적인 화두로 떠오르고 긍정심리학자들의 주도하에 여러 분야의 학자들이 과학적 방법으로 학제 간 연구를 함으로써 행복이론도 진화하고, 행복의 개념이 다양하게 제시되고 있다. 이들 개념은 행복의 여러 측면을 각기 다른 시각에서 도출한 것으로 어느 것이 옳으냐의 선택 문제가 아니라 전체적으로 살펴보고, 통합적으로 구성해서 '복합적 개념'으로 이해해야 한다. 그러나 누구든지 모든 행복요소들을 두루 누릴 수는 없으므로 자신의 소망과 여건에 따라 걸맞은 행복지도를 만들어 실천하는 것이 행복으로 가는 길이다.

행복은 종착역으로 가는 수많은 '간이역'에 있다.

오늘날 사람들은 권력·부·명예·성 등을 중요한 가치로 추구하고 있으며, 이것들이 우상이 되고 있다(티머시 켈러). 그러나 이러한 가치는 단지 행복을 위한 수단일 뿐, 이것들을 성취했다고 반드시 행복을 가져다주지는 않는다. 인생이란 여행길에서 행복은 목적지에 도착해서 얻는 것이 아니라 그곳까지 가는 수많은 간이역에서 느끼고 누려야 한다. 로이 굿먼은 "행복은 여행길이지 종착역이 아니다."라고 했으며, 지구생태학자 유영만은 "행복은 직선으로 달려가 도착한 목적지에 한꺼번에 쌓여 있지 않고, 목적지로 가는 수많은 간이역에 있다."고 했다. 목표이론은 자신이 추구하는 목표에 도달했을 때 행복을 느낀다고 한다. 그러나 결과로서의 행복보다 중요한 것이 성공으로 가는 과정을 즐기는 '과정으로서의 행복'이다. 이러한 과정이론의 주창자인 칙센트미하이는 성공을 향하여 가는 과정에서 행복은 느껴야 하며, 자기가 하고 싶은 일에 몰입할 때 행복하다고 했다. 행복은 어느 목적지로 가느냐가 아니라 '어떻게' 가느냐의 문제로써 그 과정에서 행복을 느끼는 것이 성공의 열쇠이다. 괴테는 "모든 사람들은 성공하려고만 할 뿐 성장하려고 하지 않는다."고 질타했다. 행복은 성장하는 과정에서 누리는 것이지 반드시 성공해야 행복해지는 것이 아니다. '지금 이곳'이라는 간이역에서 즐겁게 사는 행복주의자가 이상적인 인간상이다.

1월 16일
행복은 '몰입'하는 상태에서 나온다.

뇌 과학자들은 일에 '몰입'을 하게 되면 뇌에서 호르몬이 분비되어 즐거움을 준다고 한다. 몰입이론의 창시자 칙센트미하이는 "일에 빠져 시간 가는 줄 모르고 자각하지 못하는 상태"를 몰입(flow)이라고 정의하면서 몰입할 때 가장 만족도가 높고 행복의 기간이 길다고 한다. 몰입이란 여러 가지 일에 분산되어 있는 관심과 에너지를 한곳에 집중시키는 것을 말하며, 섹스에 비유하기도 한다. 몰입을 하게 되면 학습이나 업무에 있어서 능률을 올릴 수 있으므로 성공의 가능성을 높여주고, 몰입하는 과정에서 쾌감을 느낄 수 있다. 천재가 탄생하는 것은 바로 몰입의 결과이다. 몰입하기 위해서는 우선 목표가 명확하고, 능력이 갖추어져야 한다. 다음으로 집중력을 강화해야 하고, 자신을 장악할 수 있는 통제력을 갖추어야 한다. 몰입도가 높아질수록 능률은 올라가고, 낮을수록 떨어진다. 사람의 심리상태에 따라 몰입도가 결정되므로 마음가짐을 굳게 가지는 것이 중요하다. 몰입도가 가장 완벽한 상태에 이를 때 창의성이 생겨나고, 그때 일에 대한 보람을 느끼면서 행복감은 치솟는다. "인생에 있어서 가장 행복한 때는 일에 몰두해 있을 때이다(힐티)." 칙센트미하이는 인생을 훌륭하게 만드는 것은 깊이 빠져드는 몰입이라고 하면서 몰입의 결과로 얻는 행복감이야말로 스스로 만드는 것으로 행복도를 고양시킨다고 했다. 그러므로 자기가 하는 일에 몰입하는 것이 성공으로 가는 길이요, 긴 행복을 느끼는 방법이다.

성공과 행복은 '사이'에서 온다.

진정한 행복은 사람들과의 '관계'에서 온다. 조너선 하이트는 인간의 행복은 '사이'에서 온다고 했다(3.0시대의 행복). 인간(人間)이란 사람인과 사이간 자로 구성되어 있는 것처럼 사회적 동물인 인간은 사람들과의 사이가 좋아야 한다. 행복의 외적 요소로서 가장 중요한 것이 바로 인간관계로서 가장 중요한 매체가 바로 사랑이다. 진화심리학에서는 인간이 서로를 필요로 하는 이유는 협동을 통해 동물이나 적들로부터 안전을 지키고, 나아가 생존문제를 공동으로 해결해야 하기 때문이라고 한다. 이처럼 인간의 사회성은 생존을 위한 필수적 요소이다. 피오나 로바즈는 "행복이란 사람에서 사람으로 퍼져나가는 것이다. 그러므로 행복은 사회적 관계 속에서 싹이 튼다."고 했고, 라즈 라후나탄은 친밀함과 사교 같은 '연결'을 행복의 요소로 강조하고 있다. 그러므로 인간관계가 좋을수록 성공확률은 높아지고, 행복지수도 올라간다. 슈가먼은 "주변 사람들과 원만한 관계를 많이 맺을수록 행복과 삶의 만족도가 30% 정도 증가한다."고 했다. 이처럼 행복한 사람들의 공통된 특징은 폭넓은 인간관계를 형성하고 사교적으로 살고 있다는 점에 있다. 평생 풀어야 할 숙제가 인간관계의 문제로서 가족·친구·회사·학교 등에서 좋은 인간관계를 형성해야 행복한 생활을 할 수 있는데, 이러한 사회적 행복의 비중이 행복요소 중에서 가장 크다. 따라서 원만한 인간관계를 폭넓게 맺음으로써 행복의 질을 높이고 긴 행복으로 가야 한다.

행복은 '무엇'으로 구성되어 있는가?

마틴 셀리그만은 행복은 유전적 요소(50%)·환경(10%)과 자발적 활동(40%)으로 구성된다고 하면서 다음과 같은 행복공식을 도출하였다. H=S+C+V. H(Happiness)는 행복의 수준, S(Setpoint)는 행복의 설정 값, C(Circumstance)는 삶의 상황 또는 조건, V(Voluntary action)는 스스로 통제할 수 있는 자발적 행동을 의미한다. 여기서 행복의 설정 값(S)은 변화시킬 수 없으므로 행복을 만들기 위해서는 삶의 상황(C)과 자발적 활동(V)을 변화시키는 것이 과제다. 그런데 객관적 상황은 자신이 바꿀 수 없으므로 바꿀 수 있는 것에 집중해야 하는데, 결국 행복은 자발적 행동을 통해 만들어가야 한다는 것이다. 캐럴 로스웰과 코언은 '행복지수'를 산출하는 공식을 좀 복잡하게 만들었다. H=P+(5×E)+(3×H). P(personal)는 개인적 특성(인생관·적응력), E(existence)는 생존 조건(인간관계·재정상태), H(higher order)는 더 높은 수준의 조건(자존심·야망)을 말한다. 다섯 가지 상황을 고르게 하는 실험을 한 결과 행복은 P, E, H의 세 가지 요소에 의해 결정된다는 도식을 이끌어냈다. E는 개인적 특성의 5배, H는 개인적 특성의 3배로 중요하다고 한다. 이 도식은 행복의 여러 가지 요소들을 두루 고려하면서 이끌어낸 것으로 복잡하지만 다른 방식에 비해 더 정교하고 과학적이라고 할 수 있다. 다만, 이 공식은 모든 개인에게 일률적으로 적용하는 데는 한계가 있으며, 행복은 주관적 심리상태이므로 자신의 능력과 조건에 걸맞게 추구되어야 한다.

행복은 '긍정적 정서'에서 오는 포괄적 개념이다.

에마 세팔라 교수는 행복이란 "긍정적 감정 수준이 매우 높은 상태"라고 정의하고, 긍정심리학자들은 행복이란 여러 가지 긍정 정서가 주는 부산물이라고 한다. 댄 베이커·캐머런 스타우스는 행복은 갑자기 오는 것이 아니라 몇 가지 필수적인 특성에서 나오는 부산물로 '포괄적 개념'이라고 한다. 그들은 행복의 특성으로 ① 사랑, ② 낙천주의, ③ 용기, ④ 자유의식, ⑤ 능동성, ⑥ 안도감, ⑦ 건강, ⑧ 영성, ⑨ 이타주의, ⑩ 균형감, ⑪ 유머, ⑫ 목적 등 12가지를 들고 있는데, 이것들의 조합이 행복이라고 한다. 이러한 특성들을 긍정심리학자들은 '긍정적 정서'라고 부르는데, 그 유형은 학자들에 따라 다르게 들고 있다. 그런데 이러한 비중이 동일한 것은 아니며, 모든 특성을 갖추어야 행복한 것도 아니다. 이 분류방법은 비교적 상세하게 행복의 요소들을 열거하고 있지만, 체계적으로 분류해야 이해하기 쉬울 것이다. 그러므로 사람들마다 자기가 추구하는 인생 목표, 자신의 능력과 주어진 환경과 조건 등을 고려하여 자신만의 행복모델을 디자인해서 추구하면 된다. 그 성격상 완전한 행복은 없고, 행복도는 자신이 선택하는 것이다. 이들 특성은 타고나기도 하지만, 후천적으로 학습을 통해 얻을 수 있고, 일상적으로 생활화함으로써 습관으로 만들 수 있다. 가능한 한 많은 요소들을 갖추어 긍정적 사고를 하면서 낙관적 태도를 가지게 되면 지속적인 행복을 누릴 수 있게 된다.

행복이란 '긍정정서의 포괄적 상태'를 말한다.

마틴 셀리그만은 기존의 행복 이론은 행복이란 개념이 명확하지 않고, 그 내용도 포괄적이므로 완벽하지 못하다고 지적하면서 이를 극복하기 위해 긍정심리학의 목표를 행복 대신 플로리시 (flourish)로 바꿀 것을 제안하였다. 새로운 주제는 웰빙이고, 그 목표는 플로리시라고 한다. '플로리시'란 행복의 모든 요소들을 포함하는 행복 이상의 것으로 인간이 누릴 수 있는 최상의 상태라고 정의한다. 행복의 다섯 가지 요소로서 긍정정서, 몰입, 관계, 의미와 성취를 들고, 각 요소의 첫 글자를 따서 '페르마 (PERMA)'라고 부르면서 이러한 긍정정서의 포괄적 상태를 행복이라고 정의했다. 진정으로 행복한 삶이란 긍정정서를 통해 인생을 즐기는 '즐거운 삶', 삶의 무엇인가에 몰두하는 '몰입하는 삶', 타인과 함께하는 '좋은 삶', 인생의 의미를 추구하는 '의미 있는 삶'과 목표를 달성하는 데 전념하는 '성취하는 삶'이라고 한다. 그는 좋은 삶에 대한 처방을 내리지 않고, 단지 좋은 삶에 관하여 묘사만 하고 있다. 그러므로 자신에게 맞는 행복지도를 만들어 추구하는 것이 행복으로 가는 길이다. 셀리그만은 행복을 도출할 수 있는 긍정적 정서들을 비교적 상세하고 적합하게 도출하고 있다. 그러나 주제를 웰빙으로 잡은 것은 행복이란 개념을 혼란에 빠트리므로 공감하기 힘들고, 과학적 접근법만을 강조하면서 도덕적 요소를 배제함으로써 빈 라덴과 같은 사람의 행복도가 높다는 것은 수용할 수 없다.

1월 21일

행복은 한마디로 정의할 수 없는 '상대적 개념'이다.

행복에는 정답이 없으므로 누구나 자기가 추구하는 행복이 따로 있다. 행복은 주관적인 감정에서 나오는 것이므로 각자가 원하는 행복이 다르기 때문이다. 궁극적으로 사람에 따라 추구하는 행복이 다른 이유는 인간은 무엇을 위해 사는가?, 어떤 가치를 추구하는가?, 어떤 인간이 되고자 하는가? 등에 있어서 인생의 목표가 다르고, 추구하는 가치관이 다르기 때문이다. 그러므로 행복은 누구나 추구하지만, 그 내용이 다르므로 행복의 개념은 단순하게 일률적으로 정의할 수 없는 '상대적 개념'이다. 마이클 폴리는 행복의 부조리란 그것이 규정될 수 없고, 성취되지도 않으리라는 데 있다고 했다. 그래서 승려가 된 과학자 마티유 리카드는 '수천 개의 행복'이 있다고 했는데, 이는 행복의 개념에 대한 정답이 없다는 이야기다. 심지어 탈 벤 호번 교수는 행복에 관한 논쟁은 의미가 없다고 하면서 행복의 '종전 선언문'을 내놓기도 하였다. 칸트는 행복이란 개념은 이성의 산물이 아니라 '상상의 개념'이라고 했고, 아리스토텔레스는 행복의 '윤리적 성격'을 강조하고 있다. 가능한 한 과학적으로 행복을 규명하고 체계화시키되, 도덕이나 종교적 요소처럼 과학적으로 규명할 수 없는 영역도 포괄해서 인식해야 한다. 그러므로 모든 이론을 종합해서 행복의 실체를 입체적으로 구성해야 행복의 '전체적 모습'을 볼 수 있다. 그 지평 위에서 자신이 추구하는 행복을 찾고, 스스로 힐링 할 수 있는 행복지도를 만드는 것이 행복으로 가는 길이다.

'행복한 감정'은 여러 형태로 나타난다.

       행복이란 주관적인 감정으로 그 대상이나 상황에 따라 다르게 나타나고, 반응하는 정도에 따라 여러 형태로 느낄 수 있다. 인간은 항상 행복할 수 없으므로 행복한 감정을 살려가는 것이 행복으로 가는 길이다. 행복한 감정은 양과 질에 차이가 있으므로 여러 가지 기준으로 행복을 분류할 수 있다. 그중에서 건전하고 지속적이며 진정한 행복이 무엇인지 발견하고, 자신이 지향해야 할 행복의 모델을 만들어야 한다. 이러한 긍정정서는 가치에 따라 그 수준이 다르므로 높은 가치를 추구하며 행복을 누리는 것이 성공으로 가는 길이다.

행복의 모습은 '여러 형태'로 나타난다.

행복을 전체적으로 이해하고 완벽하게 누리기 위해서는 여러 각도에서 접근하여 분석하고, 종합적으로 판단해야 한다. 바버라 프레드릭슨 교수는 행복감을 느끼면 사고가 유연해지고, 긍정적 감정이 커지며, 인간관계가 돈독해지고, 몸이 건강해진다고 한다. 행복감은 이처럼 삶에 긍정적 영향을 미치므로 행복감을 키우며 사는 것이 성공으로 가는 길이다. 행복은 일상 속에서 먹고 마시며 섹스 하면서 생리적 욕구를 충족시키는 것에서 출발한다. 가정에서 서로 사랑하며 즐거움을 누리고, 일을 하면서 몰입을 통해 성과를 내고, 좋은 인간관계에서 느끼는 행복이 기본적인 행복이다. 나아가 봉사활동을 하고 자선을 베풀며 공동체적 행복을 누리는 것이 고차원의 행복이다. 행복이라고 느끼는 긍정적 정서는 쾌감·즐거움·짜릿함·만족·환희·고양·엑스터시 등 실로 다양하다. 이러한 행복감은 그 대상·가치·규모·기간 등에 있어서 차이가 있다. 행복이란 감정은 순간적 느낌이므로 보다 길고 큰 행복을 누리기 위해서는 행복의 빈도와 강도가 중요하다. 그런데 도덕주의자들은 삶의 도덕성과 만족감에서 지속적인 행복을 찾고 있다. 진정한 행복은 일시적인 쾌락에서 오는 것이 아니라 삶의 전체적인 만족에서 온다고 한다. 많은 사람들이 행복하지 못한 이유는 자신만의 행복을 찾지 못했거나 감당할 수 없을 정도의 행복을 추구하기 때문이다. 참다운 행복이 어디에서 오는지를 알고, 이를 누릴 수 있는 방법을 찾는 것이 진정한 행복을 찾아가는 길이다.

행복에는 '육체적 행복'과 '정신적 행복'이 있다.

달라이 라마나 버트런드 러셀은 행복을 육체적 행복과 정신적 행복으로 나누면서 정신적 행복의 중요성을 강조하고 있다. '육체적 행복'은 육체적 감각을 통해 부·권력·명성·성 등 외부적 조건에서 얻는 즐거움으로 일시적으로 기쁨을 준다. 불교에서는 감각적인 즐거움을 통해 행복을 얻으려는 것은 소금물을 마셔 갈증을 해소하려는 것과 같은 것이어서 덧없는 것으로 본다. 그러나 생리적 욕구를 충족시키는 기쁨도 행복의 출발점이고, 기초적인 행복에 속한다. 이에 반해 '정신적 행복'은 친밀한 인간관계·사랑·우정·봉사·예술 감상 등의 정신적 가치를 추구함으로써 오는데, 여기에는 편안함·포만감·안도감 등의 낮은 단계의 행복, 즐거움·반가움·유쾌함 등의 보통 단계의 행복과 희열·도취·황홀경 등의 높은 단계의 행복이 있다. 정신적 가치를 누림으로써 얻는 즐거움은 지속적인 즐거움을 주고, 한 단계 높은 차원의 행복에 속한다. 이성적 존재로 진화하는 인간은 정신적 가치를 지향하면서 즐거움을 누리게 된다. 그런데 문제는 모든 사람들이 이러한 가치를 모두 추구할 수 없으므로 자신의 소망과 취향에 따라 선택할 수밖에 없다. 오늘날 사람들은 물질주의적 생활에 익숙해져서 외부의 자극과 즐거움을 추구하면서 즉흥적·일시적 행복을 추구하려는 경향이 있다. 그러나 정신적 즐거움을 통해 지속적인 행복을 누리며 의미 있는 삶을 추구하는 것이 참된 행복으로 가는 길이다.

1월 24일

행복은 '적극적 행복'과 '소극적 행복'으로 나뉜다.

행복은 그 성격에 따라 적극적 행복과 소극적 행복으로 나눌 수 있다. '적극적 행복'이란 욕망이 충족된 상태로써 만족과 즐거움을 누리는 상태를 말한다. 사람들은 누구나 이러한 행복을 추구하면서 살아가고 있다. 이에 대하여 '소극적 행복'이란 고통이 없는 상태를 말하는데, 이는 적극적으로 만족감을 느끼지 못하더라도 고통이 없으면 곧 행복한 것으로 본다. 인생은 고해를 건너가는 과정이므로 여러 형태의 고통을 느끼는 부정적인 정서를 극복해야 행복을 누릴 수 있다. 그런데 고통이 사라지면 곧 권태가 찾아와서 행복을 느끼지 못하는 경향이 있다. 인생은 이러한 고통과 권태 사이를 방황하는 과정인지도 모른다. 그래서 고통과 권태가 없는 상태를 행복이라고 생각하게 된다. 많은 사람들은 행복에 관한 생각을 하지 않고 일 속에 파묻혀 살아가고 있다. 행복을 누리고 있을 때는 알지 못하고 지나간 뒤에 비로소 알게 되므로 행복이란 회고적인 성격을 가지고 있기도 한데, 이러한 행복을 '평가적 행복'이라고 부른다. 우리나라 사람들은 대체로 바쁜 일상을 살면서 행복에 관하여 생각하지 못하다가 은퇴를 한 후 돌이켜보면서 그때가 행복했다는 회고를 한다. 이처럼 평소에 불행하다는 느낌이 없이 살아가면 소극적인 면에서 행복한 것이다. 그러나 적극적 의미의 행복을 추구하면서 사는 것이 참된 행복을 누리는 것이므로 적극적으로 지속적인 행복을 추구하며 살아가는 것이 바람직하다.

행복은 '작은 행복'과 '큰 행복'으로 나눌 수 있다.

행복감의 강도에 따라 행복은 작은 행복과 큰 행복으로 나눠 볼 수 있다. 볼프 슈나이더는 시원한 맥주를 마시며 갈증을 해소하고, 좋은 사람과 맛있는 음식을 먹고, 반가운 친구와 대화를 하며 느끼는 짧은 만족·순간적인 행복을 '작은 행복'이라고 부르고, 무엇인가에서 도취·열광·환희·지복·승리·감격·몰아 등을 추구하고 누리는 행복을 '큰 행복'이라고 부른다. 인생 전체에서 누릴 수 있는 완전한 행복은 없으며, 행복이란 순간적으로만 느낄 수 있는 일시적 행복이 있을 뿐이라고 한다. 작은 행복은 일상 속에서 자주 느끼지만, 대학 입학·취업·결혼·집 마련 등 큰 행복은 평생에 걸쳐 가끔 일어날 뿐이며, 그 기쁨도 쾌락 적응현상 때문에 오래 지속되지 않는다. 그러므로 큰 행복만을 추구하다 보면 지속적으로 행복하기는 어렵다. 인생에 즐거움을 주는 것은 사소하고 단순한 것들에서도 얼마든지 찾을 수 있다. 사소한 일에서 행복을 찾으라는 것은 기쁨을 한두 곳에서 찾지 말고 여러 곳으로 분산하라는 뜻이다. 그러므로 일상생활 중 사소한 것에서 자주 느껴야 행복하므로 강도가 아니라 '빈도'가 중요하다. 일상적인 사소한 일들에서 행복을 자주 느껴야 그것들이 모여 지속적인 행복을 누릴 수 있다. 과학자·예술가·종교지도자 등은 일반인과는 달리 큰 행복을 추구한다. 사람들은 자신의 소망과 여건에 따라 다른 행복을 추구하게 되는데, 작은 행복에 만족하면서 살아갈 수 있도록 노력해야 한다.

행복에는 '순간적 행복'과 '긴 행복'이 있다.

행복은 그 길이에 따라 식사·섹스 등과 같이 쾌락에서 오는 '순간적 행복'과 완벽한 건강·인생의 전성기·충분한 부·온전한 사랑 등과 같은 즐거움에서 오는 '긴 행복'으로 나눌 수 있다. 볼프 슈나이더는 행복이란 특정한 시기에 느끼는 긍정적인 삶의 감정으로 일시적이고 순간적인 것이라고 했다. 누구나 순간적인 행복은 느끼지만, 행복감의 지속성이 있어야 긴 행복을 누릴 수 있는데, 그러기 위해서는 강도보다 '빈도'가 중요하다. 인간은 지속적인 행복을 희구하지만 이는 환상일 뿐, 영구적인 행복이란 없다. 조지 버나드 쇼의 희곡 '인간과 슈퍼맨'은 그 주인공을 통해 "평생의 행복! 살아 있는 그 누구도 그것을 견딜 수 없다. 그것은 지상의 지옥이 될 것이다."라고 했다. 도덕주의자들은 일시적인 기쁨이나 만족이 아니라 인격이나 덕성 등에서 오는 전반적인 '삶에 대한 만족'에서 느끼는 행복이 진정한 행복이라고 한다. 경제학자 하노 벡은 '충만한 삶'을 사는 사람은 순간적인 행복감도 자주 느끼지만, 삶에 만족하지 못하는 사람은 순간적인 행복도 느끼지 못한다고 하면서 충만한 삶과 일시적 행복 사이의 연관성이 80%에 이른다고 한다. 긍정심리학자들은 긍정적으로 생각하기, 범사에 감사하기, 사회적 관계에 투자하기, 부정적 정서 다스리기 등을 통해 지속적인 행복을 누릴 수 있다고 한다. 그러기 위해서는 인지치료기법을 통해 학습과 훈련을 함으로써 긍정적인 사고의 틀을 만들어 충만한 삶을 누리는 것이 긴 행복으로 가는 길이다.

행복은 '순간적 기쁨', '삶의 만족'과 '자아실현'으로 나눌 수 있다.

대니얼 네틀은 행복의 의미를 '순간적인 기쁨과 즐거움(1단계 행복)', '삶에 대한 만족(2단계 행복)'과 '가치 있는 일의 성취와 자아실현(3단계 행복)'의 3단계로 나누고 있다. 그런데 네틀은 순간적인 기쁨은 그 의미를 가치절하하고, 자아실현은 과학적으로 다루는 것이 적합하지 않다고 하면서 2단계 행복을 집중적으로 분석하고 있다. 그러나 순간적으로 느끼는 즐거움은 행복의 감성적 기초가 되고, 즐겁게 사는 것이 행복한 인생이다. 삶에 대한 만족은 긴 안목에서 느끼는 행복으로 누구나 만족을 추구하면서 살지만, 만족에는 끝이 없으므로 다 채울 수는 없다. 만족이 행복의 필요조건이긴 하지만, 충분조건은 아니다. 가치 있는 일을 하고 덕성을 실천함으로써 도달하는 자아실현은 도덕적으로는 인생의 목표이고 최고의 가치이다. 인간이 동물적 존재로부터 이성적 존재로 진화하는 목적이 자아실현에 있다. 행복의 개념에는 이들 세 요소가 모두 포함되므로 행복은 '복합적 개념'으로 이해해야 한다. 도덕주의자들은 자아실현을 최고의 행복으로 규정하면서 삶 전체를 거쳐 행복한가 여부를 판단해야 한다고 본다. 행복에는 정답이 없으므로 행복은 궁극적으로 자신이 원하는 형태의 것을 선택하는 것이다. 그러나 여러 차원의 행복 중에서 보다 질 높은 행복을 추구하는 것이 의미 있는 삶을 누리는 방법이요, 자세이다. 그러므로 덕성을 갖추고 자아실현을 향하여 노력하며 사는 것이 행복의 질을 높이고 의미 있는 인생을 사는 길이다.

행복은 '우연의 행복', '순간의 행복', '자기 극복의 행복', '충만한 행복', '공동의 행복' 등으로 다양하다.

의사 에카르트 폰 히르슈하우젠은 행복에는 로또 당첨처럼 우연한 기회에 얻게 되는 '우연의 행복', 향락처럼 순간에 느끼는 '순간의 행복', 몰입과 같은 '자기 극복의 행복', 대자연에서 느끼는 '충만한 행복'과 '사랑·우정·가족' 등에서 얻는 '공동의 행복'이 있는데, 가장 중요하고 큰 행복이 공동의 행복이라고 한다. 로또에 당첨되는 것은 우연에 의해 생기는 일종의 행운으로 잠시 행복감을 줄 수 있지만, 이를 기대하면서 사는 것은 바람직하지 못하다. 행복이란 주관적인 심리상태로서 순간적으로 느끼는 즐거움이 그 기초를 이루고 있다. 순간의 행복은 향락에서만 오는 것은 아니고, 일상 속 사소한 것에서 느끼는 것으로 순간적인 행복이 모여 긴 행복을 만든다. 자연에서 느끼는 충만한 행복도 일종의 순간적인 행복에 속하지만, 다른 물질적 행복과는 달리 더 정신적 기쁨을 주고 힐링 할 수 있다. 무엇을 하든 몰입상태에서 행복을 느끼게 되므로 오늘날 몰입이 곧 행복이라는 주장이 힘을 받고 있다. 그런데 이들 행복은 자신만을 위한 이기주의적 행복에 속하므로 공동체가 유지되기 위해서는 이타적 행복의 성격을 가지는 '공동의 행복'이 중요하다. 이 이론은 행복의 다양한 측면을 예시하고 있지만, 모든 요소들이 포함되지는 않았다. 여하튼, 다양한 유형의 행복을 누리며 사는 것이 행복을 풍부하게 만들고 그 질도 높여주므로 행복의 폭을 넓혀가도록 노력하는 것이 바람직한 행복으로 가는 길이다.

행복은 '어디서' 오는가?

　행복의 본질이 '쾌락'인가 아니면 '덕성'인가에 관하여는 역사적으로 고대 이래 계속 논쟁이 되어왔다. 과학이 발달한 오늘날에는 행복은 생물학적으로 뇌의 작용이라든가 유전이 결정한다는 이론들이 등장하였고, 긍정심리학이 발전하여 심리적 차원에서 행복에 접근하는 것이 대세를 이루고 있다. 행복 이론은 사회 발전과 함께 이처럼 진화해왔는데, 이들 이론은 선택의 문제가 아니라 종합적으로 원용하여 체계적으로 이해함으로써 행복의 총체적 모습을 추구해야 한다.

행복의 본질은 '공리주의'와 '도덕주의'에 따라 다르다.

행복의 본질을 감정(쾌락)에서 찾느냐 또는 이성(의미)에서 구하느냐에 따라 행복사상은 역사적으로 공리주의와 도덕주의라는 두 줄기 흐름으로 갈려 왔다. '공리주의'는 쾌락이 행복의 알파요, 오메가라고 하면서 행복의 본질을 쾌락이라는 감정에서 찾는다. 일반적으로 사람들은 행복을 쾌락에서 찾고 있다. 벤담의 공리주의는 '최대다수의 최대의 행복'이라는 집단적 행복을 주장하고 있는데, 이는 사회 전체의 이익을 극대화시키는 것을 목표로 한다. 이러한 공리주의는 국가의 역할을 강요함으로써 개인의 인권을 침해할 수 있다는 점에서 비판을 받아왔으며, 행복을 과학적으로 측정할 수 없다는 점에서 문제가 제기되었다. 이에 반해 '도덕주의'는 인간은 이성적 존재로서 도덕적 가치(의미)에서 행복을 찾는다. 아리스토텔레스는 진정한 행복이란 에우다이모니아(eudaimonia)라고 하는데, 이는 인간의 본성에서 가장 가치 있고 좋은 것을 성취하는 데서 오는 기쁨을 말한다. 이 입장은 이성에 비추어 삶 전체에서 만족감을 느끼는 '의미 있는 삶'을 행복이라고 본다. 제임스 그리핀은 덕성이 행복의 충분조건이라고 했다. 이 입장은 개인적 쾌락보다 공생을 위한 도덕적 가치를 더 중시한다. 그러나 도덕적 가치만 주장하게 되면 주관적 요소인 쾌락을 배제함으로써 행복은 허울만 남게 된다. 쾌락과 의미: 양자는 행복의 두 요소로서 균형과 조화를 이루어야 비로소 참다운 행복을 누릴 수 있다.

행복이란 사람과 음식을 찾는 '생물학적 신호'인가?

진화심리학의 관점에서는 인간은 100% 동물로써 본능에 따라 살아가므로 인간의 궁극적 목적은 생존이며, 행복은 생존을 위한 '수단'일 뿐이라고 한다. 서은국 교수는 행복이란 "좋아하는 사람과 함께 맛있는 음식을 먹는 것"으로 행복의 두 요소는 음식과 사람이고, 나머지 것들은 주석일 뿐이라고 한다. 그래서 인간은 먹기 위해 살며, 먹는 것에 쾌감을 느끼는 경험이 행복의 본질이라고 한다. 인간은 사람을 필요로 하는데, 그 이유는 생존 때문으로 식량 확보와 짝짓기를 위해 인간관계를 맺는다고 본다. 따라서 행복이란 생존필수품인 사람과 음식을 찾는 '생물학적 신호'라고 한다. 인간은 행복하기 위해 사는 것이 아니라 살기 위해 행복감을 느끼도록 설계되어 있으며, 진화를 통해 맹목적으로 쾌감시스템은 계속 작동한다고 본다. 이 입장은 생물학적 관점에서 먹고 마시고 섹스 하는 '생리적 욕구'를 충족시키는 것을 오로지 행복으로 본다. '햄릿'에서 셰익스피어는 "인간이란 무엇인가?/ 시간을 써서 얻는 이득이/ 고작 먹고 자는 것이라면?/ 그건 짐승 - 그뿐이다."라고 했다. 이성적 존재를 지향하는 인간이 추구하는 행복은 생존 그 이상의 가치가 아니겠는가? 역사의 흐름은 도덕주의가 주류를 이루어왔다. 인간은 진화하면서 공동체를 유지하기 위한 '덕성'을 행복의 기본적 가치로 삼고 있으며, 쾌락과 의미가 균형을 이루는 '의미 있는 삶'을 사는 것이 지속적인 행복으로 가는 길이다.

1월 31일

행복과 불행은 '뇌의 작용'이다.

오늘날 뇌 과학에서는 행복과 불행은 호르몬을 분비하는 '뇌의 작용'으로 보고 있다. 뇌의 상태가 인간의 기분과 행동에 큰 영향을 주는데, 뇌 내 신경전달물질이 그 역할을 한다고 본다. 기쁨·욕구·만족·성적 매력·환희 등의 긍정적 정서를 느낄 때에는 도파민과 엔도르핀이라는 행복 호르몬이 나오고, 불안·스트레스·좌절·욕구불만·화 등의 부정적인 정서를 느낄 때는 스트레스 호르몬이 나온다. 행복 호르몬이 나오게 되면 인간은 즐거움과 자신감이 생겨 행복감을 느끼게 되고, 스트레스 호르몬이 나오게 되면 불행한 감정을 피할 수 없다. 알코올·담배·마약 등에서 나오는 도파민은 과다하게 분비되면 환각을 일으키고, 중독이 되면 인생의 파멸을 자초하게 된다. 경제학자 하노 벡은 행복이란 삶의 문제를 해결하면 뇌가 주는 '보상'이라고 한다. 이러한 결정론은 과학적으로는 호르몬이 행복과 불행을 결정한다는 점을 강조한다. 볼프 슈나이더는 이런 식의 화학적 요소에 관한 지식은 아무런 도움이 되지 않으므로 잊어버리는 것이 좋다고 권고한다. 그러나 심리학적으로는 인간이 행복을 누리기 위해서는 뇌에 모든 것을 의지해서는 안 되고, 억제력·인내심·지구력·자신감·자긍심 등의 심성을 키워 긍정적 정서로 마음의 상태를 조절하는 것이 중요하다. 그러나 생리적으로 뇌의 작용은 무시할 수는 없으므로 행복 호르몬이 잘 돌도록 하는 것이 행복감을 올릴 수 있고, 행복지수를 높일 수 있는 방법이다.

2월 1일

행복의 가장 큰 요인은 '유전'이다.

진화론에서는 행복의 가장 큰 요인을 '유전'으로 본다. 최근 소냐 류보머스키의 연구결과에 따르면, 행복의 50%는 유전, 10%는 환경, 나머지 40%는 사고형태와 대응방식에 따라 결정된다고 한다. 이들 수치의 정당성에 관하여는 이견이 있을 수 있지만, 유전이 성격이나 행동에 미치는 영향이 크다는 사실에 대해서는 대체로 공감하고 있다. 성격이 외향적이고 낙관적이며 친화력이 있는 사람이 더 행복을 느끼며, 내성적이고 비관적이며 신경성이 있는 성격을 가지고 있으면 행복을 잘 느끼지 못한다. 그러나 그 수치에는 개인차가 있으므로 반드시 동일하게 적용되지는 않는다. 성격이 변하는 것은 쉽지 않지만, 살면서 노력 여하에 따라 성격도 얼마든지 변화시킬 수 있다. 그 방법은 가정에서 인성교육을 통해 변화시킬 수 있고, 학교나 교회에서 교육을 통해 변화시킬 수 있으며, 사회에 적용하는 과정에서 스스로 변화시킬 수도 있다. 최근 긍정심리학은 훈련을 통해 습관을 바꾸고 성격을 개조함으로써 낙관적 사고를 가지도록 할 수 있다는 이론과 방법들을 내놓고 있다. 긍정적으로 사고하고 적극적으로 대응하면 스스로 행복을 만들 수 있다고 하니 다행이다. 그러므로 유전적 요소에 자신의 행복을 맡기지 말고, 행복한 생활을 누릴 수 있도록 스스로 노력하는 것이 행복과제이다. 유전자가 인생을 결정한다는 운명론적 사고를 넘어서서 스스로 행복은 만들 수 있다는 긍정적인 사고를 하면서 부단한 노력을 하면 행복으로 가는 길이 열린다.

2월 2일

인간의 행복은 감성으로부터 이성으로 '진화'해왔다.

먹고 마시고 자는 것: 이것들은 인간의 가장 기초적인 3대 욕구로써 이를 충족시키는 것이 행복의 출발점인 동시에 가장 중요한 행복 요소이다. 그러나 행복이 이러한 것에 국한된다면 인간이 동물과 다른 점이 무엇인가? 아리스토텔레스는 행복의 두 요소로 일시적 기쁨을 주는 쾌락(헤도니아)과 지속적인 삶의 만족감을 주는 행복(에우다이모니아)을 들고 있다. 쾌락을 추구하는 것은 원시적이고 천박한 반면, 순수한 삶을 추구하는 것은 보다 고귀하다면서 행복은 궁극적으로 이성을 완성하는 데 있으며, 이러한 시민의 덕성을 행복의 원천으로 보았다. 니체는 인간을 '신과 짐승 사이의 다리'라고 표현하고 있는데, 인간은 비록 신은 못 될지라도 단순한 동물적 존재에 그치지 않고 정신적 가치를 추구하면서 살아가는 존재로 진화해왔다. 그릿은 인간은 생리적으로 쾌락원칙에 따라 생존을 누리지만, 점차적으로 목적과 가치를 추구하는 방향으로 진화했다고 한다. 인간은 이처럼 '이성적 존재'로 진화하면서 정신적 가치를 추구하고, 문화를 창조하면서 역사를 이어왔다. 사라 브로다는 행복을 "평생 덕을 실천하는 이성적인 정신의 활동"이라고 정의하였다. 인간이 인간답게 사는 덕성이 최고의 덕목이라는 이야기다. 이처럼 인간은 진화를 통해 이성적 존재를 지향하면서 이들 덕목을 가능한 한 많이 추구하면서 사는 것이 행복의 크기를 키우고 행복의 질을 높이는 길이다.

이성과 감성의 '조화'가 이상적인 행복을 추구하는 방식이다.

 행복이란 한마디로 즐겁고 의미 있게 사는 것이라고 정의할 수 있다. 그러므로 인간은 즐거움을 누리며 살되 쾌락만을 추구해서는 안 되고, 이성적 존재로서 의미 있는 인생을 추구하면서 살아야 한다. 소냐 류보머스키는 행복은 머리와 가슴이 동시에 느낄 때 가장 행복을 느낄 수 있다고 했다. '머리'로 느끼는 행복은 원하는 대로 일이 되어가고 있다는 이성적 만족이고, '가슴'으로 느끼는 행복은 일상적으로 즐겁게 산다는 감성적 만족을 말한다. 스티븐 칸과 크리스틴 비트라노 교수는 행복의 기준으로 쾌락인가 아니면 선인가라는 단선형적 접근 방법을 배제하고, 쾌락주의의 '즐거움'과 도덕주의의 '도덕성'의 조화를 요구하면서 그 실천방법으로 "선하게 살자. 그리고 즐기자."는 모토를 내세우고 있다. 쾌락만을 추구하면 파멸의 길로 들어서게 되고, 도덕만을 주장하면 즐거움을 추구하는 행복은 허상이 된다. 이들 두 요소 사이에 조화와 균형이 이루어져 최적상태를 이룰 때 행복은 최대치를 누릴 수 있으며, 이것이 최상의 행복을 누리는 길이다. 그런데 쾌락은 육체의 감각을 통해 얻고, 덕성은 정신의 노력으로 생기므로 양자의 균형과 조화는 건전한 '인격형성'을 통해 이루어질 수 있으며, 자신의 정체성을 확립하는 '자아완성'이 행복의 궁극적 목표이다. 어떤 가치를 선택하느냐는 개인에게 달려 있지만, 자신의 이상형을 만들어가는 과정이 행복한 인생이고, 이를 완성하는 것이 행복의 종착역이다.

행복으로 가는 길은 외부에 있지 않고, 오로지 '자신'에게로 통한다.

긍정심리학은 행복해지기 위해서는 '긍정적인 생각을 하라'는 해법을 내놓는다. 인간은 행복과 불행 사이의 어디엔가 살고 있는데, 불행이 다가오면 행복으로 방향을 틀면 된다고 하면서 그 힘이 긍정정서에서 나온다고 한다. 행복을 결정하는 궁극적 요소는 권력·부·성·명예·지위 등의 외적 조건이 아니라 희망·신념·자신감·낙관성 등 미래에 대한 긍정정서를 가지고 살며, 스스로 만족하는 내적인 '심리적 상태'에 의해 결정된다. 사사키 후미오는 "행복은 자신의 해석에 달려 있다. 행복은 밖에 있는 것이 아니라 자신의 내면에 있다. 행복은 자신의 마음이 결정한다."고 말한다. 이처럼 행복은 객관적인 환경이나 상황에서 오는 것이 아니라 주관적 감정으로 마음을 비우면서 스스로 만족할 때 찾아온다. 행복은 '안'과 '밖'에 있다는 '2.0시대의 행복'이론(하이트)은 행복의 조건과 행복 그 자체를 구별하지 못하는 과오를 범하고 있다. 서양의 창조 설화에는 행복의 지혜를 찾지 못하도록 큰 산의 나무 아래 깊이 파묻어두거나 바닷속에 감추어두지 않고 인간의 마음속에 깊숙이 묻어두었다는 말이 있다. 그러면 남의 것에만 관심이 있는 인간은 결코 발견하지 못할 것으로 생각했다는 것이다. 헤세는 "구원의 길은 오른쪽에도 왼쪽에도 통해 있지 않다. 그것은 자기 자신의 마음으로 통하는 길이다."라고 했다. 행복의 궁극적 열쇠는 자신의 마음속에 있으며, 천국도 지금 사랑하고 행복을 느끼며 살고 있는 사람의 마음속에 있다.

행복의 구조물은 '5층집'이다.

행복은 진화의 산물로써 그 구조가 다양하고 복잡하게 구성되어 있으므로 한마디로 정의할 수 없다. 행복의 전체적 모습은 다양한 행복요소들을 통합적으로 구성하여 하나의 '체계'로 이해해야 한다. 행복은 5층집으로 구성되어 있는데, 행복요소들은 가치의 우열이 있으므로 행복은 일종의 단계구조를 이루고 있다. 그런데 누구나 모든 요소들을 다 누릴 수는 없으므로 어떤 행복을 누릴 것인가는 자신의 선택문제이지만, 행복의 기준선을 높여 높은 단계의 행복을 추구하며 사는 것이 행복의 질을 높이는 것이다.

행복은 '5층집'에 거주하며, 하나의 '체계'를 구성하고 있다.

행복은 진화의 산물로서 구성요소가 다양하고 개념이 다의적인 만큼 그 '구조'가 복잡하다. 행복의 대상들은 다양한 가치를 지향하고 있고, 가치 사이에 질적 차이를 보이고 있는데, 그 가치들은 우열에 따라 전체적으로 하나의 단계구조를 이루고 있다. A. H. 마즈로 박사는 인간의 욕구를 피라미드에 비유하면서 그 정상에 '자기실현의 욕구'가 있다고 했다. 그러므로 이들은 단지 수평적으로 열거할 대상이 아니라 모두 일종의 '체계'를 형성하고 있다. 이러한 관점에서 접근함으로써 다양한 행복요소들을 하나의 입체적 개념으로 형상화시킬 수 있다. 대부분의 책들은 행복의 단편적인 요소들을 수평적으로 나열하고, 그것이 행복의 전부인 것처럼 설명하고 있는데, 이는 잘못된 접근방법이다. 집이 인간이 거주하는 하나의 공간으로 기능하는 것처럼 다양한 행복요소들이 모여서 하나의 행복이라는 '집'을 구성하고 있다. 그래서 다양한 형태의 행복을 그 대상과 특성에 따라 다섯 차원의 유형으로 분류하고, 가치 서열에 따라 1층부터 5층까지 각기 한 층씩 사용하도록 '5층집'을 짓기로 한다. 이 모델은 인간이 추구하는 행복을 진화과정에 따라 체계적으로 구성·계열화시켜 만든 행복의 구조물이다. 그러나 몇 층 집을 사용하며 살 것인가는 개인의 가치관·소망·취향과 능력에 따라 각자가 선택할 문제이다. 다만 많은 층을 사용할수록 행복은 풍부해지고, 높은 층을 더 사용할수록 행복의 질은 높아지므로 많은 층을 사용함으로써 보다 풍부한 행복을 누리는 것이 가장 이상적인 방법이다.

행복의 집 1층에는 '기초적 행복'이 자리 잡고 있다.

행복의 집 1층에는 '기초적 행복'이 거주하고 있으며, 5층집의 토대를 이루고 있다. 인간은 동물적 존재로서 생존을 위한 생리적 욕구를 충족시킬 때 행복을 느끼는데, 이것이 '1차원적 행복'이다. 이것은 먹고 마시고 섹스 하는 3대 욕구를 만족시켜 주는 행복으로 그 본질은 인간의 '생리적 욕구'를 채워주는 데 있다. 기초적 행복은 기본적으로 순간적 즐거움을 누리는 작은 행복의 성격을 띠고 있지만, 이는 생존의 필수적 조건으로 안정된 삶 속에서 긴 행복을 누릴 수 있도록 만든다. 이러한 기초적 행복을 누리지 못하면 힘든 삶을 살게 되며, 행복 그 자체가 의미를 잃게 된다. 일상 속에서 이러한 행복을 상시적으로 느껴야 지속적인 행복을 누릴 수 있다. 이러한 삶이 행복의 기초를 이루고 있고, 행복에서 차지하는 비중이 크고 중요하다. 많은 사람들이 이러한 행복조차 누리지 못해 고생을 하면서 살고 있다. 진화론은 먹고 마시고 섹스 하는 본능적 욕구를 행복의 전부인 것처럼 말하고 있지만, 인간은 이성적 존재로 진화하면서 그 이상의 행복을 추구해왔으며, 인간의 욕망이 커짐에 따라 그 영역도 점차적으로 확장되어 왔다. 그러므로 이와 같은 기본적인 행복은 필수적으로 누리도록 노력하되, 더 질 높은 행복을 추구함으로써 행복의 집을 가능한 한 많이 사용하도록 노력해야 한다. 행복은 선택이고, 스스로 만들어가는 것이다. 행복이란 집의 기초를 튼튼하게 만들어 크고 긴 행복을 지향하는 것이 올바른 길이다.

행복의 집 2층에는 '사회적 행복'이 거주하고 있다.

행복의 집 2층에는 '사회적 행복'이 거주하고 있다. 인간은 사회적 동물로써 부·권력·명예·지위 등 사회적 욕망을 충족시킴으로써 행복을 추구하는데, 이것이 '2차원적 행복'이다. 삶은 인간관계를 통해 전개되므로 인간관계가 잘 형성되고 원만해야 참다운 행복을 누릴 수 있다. 디너 같은 학자들은 행복은 '사이' 또는 '관계'에서 온다고 하면서 사회적 관계가 행복의 가장 중요한 요소라고 한다. 사회생활을 함에 있어서 대부분의 불행은 인간관계가 원만하지 못한 데서 오므로 사람들 사이나 관계를 잘 형성하는 것이 행복의 관건이 된다. 진화심리학에서도 이러한 관계는 생존을 위해 불가피한 것으로 설명한다. 행복의 출발점인 가정에서 비롯하여 친구관계, 직장과 지역공동체 등에서 신뢰를 바탕으로 원만한 대인관계를 이루어야 성공할 수 있고, 나아가 행복을 누릴 수 있다. 내성적인 사람보다 외향적이고 적극적인 성격을 가진 사람이 더 사교적이고 인간관계를 넓게 형성하지만, 인간관계를 잘 관리하는 것이 성공과 행복으로 가는 길이다. 인간관계가 좋아야 일의 효율성도 높일 수 있고, 인맥을 통해 성공할 수 있다는 사회조사들이 있다. 사회적 행복은 공동체의 행복과 불가분의 관계를 가지고 있지만, 엄격한 의미에서는 그 성격이 다르다. 행복의 대부분은 이러한 인간관계 속에서 형성되고 있으며, 기초적 행복과 함께 행복의 필수적 요소이다. 그러므로 인간관계를 잘 관리함으로써 행복도를 높이는 것이 행복으로 가는 길이다.

2월 8일

행복의 집 3층에는 '문화적 행복'이 기다리고 있다.

　행복의 집 3층에는 '문화적 행복'이 기다리고 있다. 인간은 문화적 동물로써 학문·예술·기술 등 문화적 욕망을 채움으로써 문화를 창조하고 누리면서 행복을 추구하는 존재이다. 시대와 지역에 따라 다른 모습의 문화를 누리면서 살아가고 있지만, 환경이 다르기 때문에 적응하는 방식이 다를 뿐 인간의 기본적 삶의 형태는 동일하다. 인간은 문화적 존재로서 기초적 욕구 이상의 행복을 추구하는데, 이는 예술·학문 등의 분야에서 정신적 가치를 추구함으로써 문화적 욕구를 충족시켜 주는 '3차원적 행복'이다. 문화적 행복은 정신적 가치 또는 삶의 의미를 추구하는 행복으로 순간적인 행복과 삶에 대한 만족, 작은 행복과 큰 행복 등 누리는 방식에 따라 다양한 행복을 가져다준다. 문학·음악·미술·영화·연극·사진·무용·스포츠·TV 등 각 분야에서 이들을 감상함으로써 행복을 느낄 수 있으며, 자신이 직접 창작활동을 함으로써 몰입을 통해 행복을 누릴 수 있다. 이러한 문화적 활동은 인생을 풍부하게 만들어주고, 한 차원 높은 행복으로 사람들을 인도한다. 그러나 문화 영역은 광범하고 그 유형이 다양하여 모든 것을 누릴 수는 없으므로 자신의 취향과 능력에 맞는 것을 선택해서 추구할 수밖에 없다. 위의 세 유형의 행복은 모두 개인적 행복을 위한 것으로 '이기적 행복'의 성격을 띠고 있다. 여하튼, 문화적 행복을 통해 한 단계 높은 행복을 추구하는 것이 의미 있는 삶을 누리는 길이요, 행복을 살찌게 만드는 방법이다.

2월 9일

행복의 집 4층에는 '공동체적 행복'이 자리 잡고 있다.

행복의 집 4층에는 '공동체적 행복'이 거주하고 있다. 1-3차원적 행복은 자신만의 행복을 추구하는 이기적 행복인 데 반해, 공동체적 행복은 공동체의 행복을 지향하는 가장 고귀하고 의미있는 행복으로 '4차원적 행복'이라고 부른다. 공동체적 행복은 국가공동체를 만들어 질서·안전·평화를 보장하고, 공존을 위해 신용·협동·공생을 추구하며, 나눔·기부·봉사 등을 통해 사회정의를 실현하는 가치들로 구성되어 있다. 그 기초에는 함께 산다는 '공생의 원리'가 작동하고 있으며, 그 특성은 '이타적 성격'을 띠고 있다. 인간은 비록 신을 닮을 수는 없지만, 사회적 동물로서 공동선을 지향하는 심성을 가지고 있다. 그래서 인간은 진화하면서 공동체의 필요성을 절감하고, 공동체적 행복을 추구하게 되었다. 이러한 행복은 개인적 차원에 그치는 것이 아니라 건전한 공동체의 유지에 필수적이다. 인간의 심성 그 자체는 선한 것이 아니므로 교육을 통해 인간의 심성을 개선하고, 규범을 통해 선한 행동을 요구함으로써 공동체 가치의 실효성을 높여야 한다. 이러한 행복은 개인적 행복보다 더 소중하고 가치 있지만, 그 가치를 깨닫고 체험을 통해 느껴야 비로소 추구할 수 있게 된다. 이처럼 공동체적 행복은 한 단계 높은 행복으로 국가공동체를 유지하고 건전하게 만드는 필수적 가치다. 이러한 행복을 체험하고 실천하는 것이 행복의 질을 높이고, 건전한 공동체가 유지될 수 있는 방법이다.

2월 10일

행복의 집 5층에는 '종교적 행복'이 존재한다.

행복의 집 5층에는 신앙을 통해 얻는 '종교적 행복'이 기다리고 있는데, 이를 '5차원적 행복'이라고 부른다. 종교는 다양하고 교리가 다르지만, 기본적으로 개인들에게 신앙을 통해 현세의 고난을 극복하고 내세에 희망을 준다는 점에서 공통된다. 그래서 지상에서는 믿음을 통해 고난을 극복할 수 있는 힘을 얻고, 내세에는 구원을 통해 죽음의 문제를 해결할 수 있다. 종교는 저세상에서 누리는 '영원한 행복'을 추구한다는 점에서 위에 열거한 세속적인 행복과는 구별된다. 기독교인들은 사후에 천당에 가기 위해 예수를 하나님으로 영접하고, 사후에 영원한 행복을 누리고자 현세의 고통을 감수하면서 종교생활을 하고 있다. 불교에서는 이 세상은 고해이므로 이를 극복하기 위해 나눔과 시혜를 하고, 결국 무로 돌아가 열반이라는 최고의 행복에 이르게 된다고 한다. 이러한 행복은 종교인들만이 믿고 있는 '초월적 행복'으로 삶에 용기와 희망과 에너지를 주고 있다. 이러한 종교의 순기능 때문에 믿는 사람은 안 믿는 사람보다 긍정적이고 행복한 편이다. 그런데 사이비 종교나 이단들이, 특히 사회가 혼란스러운 때에는, 혹세무민을 하는 부작용이 횡행하고 있으므로 올바른 신앙을 가지고 있어야 한다. 신앙의 자유가 있으므로 종교를 믿거나 말거나, 그리고 어느 종교를 선택하는가는 개인의 문제이지만, 분명한 것은 신앙을 가지는 것이 더 행복할 수 있다는 사실이다. 그러므로 신앙을 가진다는 것은 행복을 고차원으로 고양시키는 역할을 한다.

행복은 궁극적으로 개인의 '선택의 문제'이다.

행복의 개념은 여러 가지 유형의 행복 요소들이 모두 포함될 수 있도록 복합적 개념으로 이해해야 한다. 여러 가지 행복요소들이 균형적으로 조화를 이룰 때 온전한 행복의 모습을 띠게 된다. 그러나 그것은 이상일 뿐, 모든 사람들이 행복의 유형을 모두 누리면서 살 수는 없다. 갤럽 팀의 연구조사에 의하면, 최소한 한 가지 영역을 잘 관리하고 있는 사람은 66%이고, 모든 영역에서 만족할 만한 수준의 삶을 누리는 사람은 7%에 불과하다고 한다. 조엘 오스틴 목사는 "행복은 우리가 느끼는 감정이 아니라 의식적으로 내리는 선택이다."라고 했다. 이처럼 행복은 자신의 환경·능력·취향과 의지에 따라 달리 누릴 수밖에 없는 개인의 '선택의 문제'로서 자신만의 행복 패턴이 있을 뿐이다. 인생에 정답이 없듯이 행복에도 정답은 없다. 행복의 기준은 자기가 선택하고 그것에 만족하면 된다. 그 기준은 '어떤 인생을 사느냐'의 문제로서 그 목표에 따라 행복의 종류와 수준을 결정하면 된다. 다른 사람들의 행복과 비교할 필요가 없고, 스스로 선택한 것에 만족하는 것이 행복으로 가는 길이다. 행복을 가로막는 장애물은 바로 자신이고, 자신의 그릇된 사고방식이다. 모든 문제에 대한 해답은 내 안에 있으므로 스스로 지혜를 가지고 행복의 문제도 풀어가야 한다. 그러나 많은 층을 사용할수록 행복은 풍성해지며, 층수가 높을수록 행복의 질은 높아지므로 보다 완전한 행복을 누리기 위해 노력하는 것이 의미 있는 인생을 사는 길이다.

행복의 '본질'은 어디서 찾을 것인가?

행복은 지식으로 이해하는 것만으로는 누릴 수 없으며, 스스로 행복하다는 깨달음이 올 때 비로소 누릴 수 있다. 사물을 바라보는 태도에 따라 행복과 불행은 갈린다. 행복은 일상 속에서 사소한 것에서 자주 느껴야 한다. 지속적으로 행복을 누리기 위해서는 매사를 낙관적으로 보는 긍정정서를 가지고 있어야 한다. 행복은 노력을 통해 만들어가는 것이며, 생활화해야 지속적으로 행복을 누릴 수 있다. 인생이란 끊임 없이 행복을 추구하는 과정일 뿐이다. 결국 즐겁게 사는 생활방식이 행복한 삶을 가져다준다.

행복의 본질은 '깨달음'에 있다.

행복의 조건을 두루 갖추고 있는 사람도 본인이 스스로 행복을 느끼지 못하면 행복할 수 없다. 사람들은 행복이 자신의 발아래 있는데 보지 못하고, 멀리 있는 유토피아만 바라본다. 리처드 칼슨은 "행복은 먼 곳에 있지 않다. 누구나 잡을 수 있는 곳에 있다."고 하면서 행복을 잡기 위해 이리저리 뛰어다닐 필요가 없으니 "행복은 이미 우리 마음속에 있기 때문"이라고 했다. 원래 조물주가 인간에게 행복을 나눠주었는데, 게을러져서 이를 회수해버렸다. 천사들은 행복을 어디에 감춰둘 것인가 고민하다가 마음속에 감춰두기로 했다. 인간은 어리석게도 그 비밀을 깨닫지 못하고 행복을 찾아다니곤 한다. 많은 사람들이 행복한 환경에서 좋은 조건을 갖추고 살면서도 행복을 못 느끼고 살고 있는데, 그 이유는 행복은 체험을 통한 깨달음에서 오기 때문이다. 도스토옙스키는 "인간이 불행한 것은 자기가 행복하다는 것을 모르기 때문이다. 그것을 자각한 사람은 일순간에 행복해진다."고 했다. 사람들은 평소에는 자신의 건강이나 명예나 재산에 관해 감사함을 못 느끼고 살다가 그것들을 잃었을 때 비로소 그 소중함을 깨닫게 된다. 어느 정도의 시련을 경험한 사람들이 그러지 못한 사람들보다 더 행복하다고 한다. 이처럼 행복도 스스로 깨달을 때 느끼게 되므로 '깨달음'이 행복의 가장 중요한 요소다(샤하르). 그러므로 체험을 통해서 스스로 행복을 느낄 때 행복은 찾아온다. 지금 자신이 행복하다는 믿음을 가지고 굳건하게 살아가는 것이 지속적인 행복으로 가는 길이다.

행복은 '사물을 보는 방식'에 달려 있다.

세상은 사물을 바라보는 인식방법에 따라 다르게 보인다. 견유학파 모니모스는 "모든 것은 생각하기 나름이다."라고 말했다. 행복과 불행은 실제로 일어난 사건이 아니라 어떻게 이를 바라보고 반응하느냐에 달려 있다. 이처럼 행복은 존재가 아니라 일종의 '성향'을 의미한다(소크라테스). 컵에 물이 반쯤 있는 것을 보고 긍정적인 사람은 물이 반이나 있다고 하는 데 반해, 부정적인 사람은 물이 반밖에 없다고 말한다. 그러므로 "행복은 사물을 바라보는 방식에 달려 있다(소로)." 낙관주의자는 결단력과 인내심을 가지고 일에만 몰입하여 성공을 이끌어냄으로써 행복을 느끼게 되고, 비관주의자는 문제점에만 골몰하면서 의혹과 부정적 결과만을 생각함으로써 실패를 자초하여 불행하게 된다. 결국 자신의 마음가짐이 행복과 불행을 결정하는 것이다. 이처럼 자신의 성격에 따라 행복과 불행의 길이 갈리므로 먼저 자신의 성격을 파악하고, 긍정적으로 세상을 바라볼 수 있도록 사고방식을 개선하는 것이 중요하다. 행복을 결정하는 궁극적 요소는 사람의 능력·환경·조건 등 외적 조건이 아니라 자존감을 가지고 스스로 만족하는 내적인 '심리적 조건'이다. 사사키 후미오는 "행복은 자신의 해석에 달려 있다. 행복은 바깥에 있는 것이 아니라 자신의 내면에 있다. 행복은 자신의 마음이 결정한다."고 말했다. 이와 같이 자신의 마음이 행복과 불행을 결정한다는 사실을 명심하고, 긍정적으로 세상을 바라보는 태도를 가지는 것이 지속적인 행복으로 가는 길이다.

2월 14일

'어디'를 바라보느냐에 따라 행복과 불행은 갈린다.

감옥에 두 사람이 있다. 한 사람은 밤하늘에 떠 있는 별을 쳐다보며 세상은 아름답다고 노래하고 있는데, 다른 사람은 시궁창을 내려다보며 세상을 더럽다고 비관하고 있다. 이처럼 동일한 환경에서도 어디를 바라보느냐에 따라 행복을 느끼는 사람과 불행을 느끼는 사람이 있는데, 그 이유는 성격이 낙관적이냐 비관적이냐의 차이에서 오는 것이다. 불교에서는 무엇이든지 마음먹기에 달려 있다고 한다(一切唯心). 행복과 불행도 자신이 마음먹기에 따라 갈린다는 것이다. 사람들은 다른 사람들과 비교를 하며 살아가는데, 비교의 대상이 누구냐에 따라 행복과 불행이 갈린다. 미국의 문명비평가 헨리 멩켄은 "행복해지고 싶다면 자신보다 훨씬 가난하고 못사는 사람과 비교하라. 그러면 항상 행복할 수 있다."고 했다. 윗사람과 비교를 하면 상대적으로 불행해지지만, 아랫사람과 비교하면 상대적으로 행복해질 수 있다. 행복은 주관적인 감정에서 출발하지만, 그것들이 반복됨으로써 습관이 되고, 나아가 성격이 형성된다. 비관적인 성격은 세상을 비관적으로 바라봄으로써 불행을 확대재생산하므로 긍정적인 사고를 하도록 성격을 바꿔야 행복으로 다가갈 수 있다. 사고방식이 감정을 지배하므로 내면의 사고방식을 바꿈으로써 행복으로 인도하려는 방법을 '철학치료'라고 부른다. 긍정심리학은 이러한 방법으로 사람들을 행복으로 인도하고 있다. 그러나 성격을 바꾸는 것은 쉽지 않으므로 굳건한 노력과 지속적인 인내가 필요하고, 학습과 습관을 통해 성격을 바꿈으로써 지속적으로 행복을 누리도록 노력해야 한다.

2월 15일

행복은 기쁨의 강도가 아니라 '빈도'에서 온다.

　쾌락에는 '순간적으로 느끼는 쾌락'과 '장기간에 걸친 지속적인 만족'의 두 가지 형태가 있다. 이스라엘의 행복전도사 하임 샤피라는 "그 누구도 1년 365일, 하루 24시간 행복할 수는 없다. 그러나 몇 분의 행복, 짧은 은총의 시간, 어렴풋한 평온의 시간은 주어진다. 그런 순간을 최대한 많이 모으려고 노력하라."고 조언하고 있다. 성공을 해서 느끼는 큰 행복은 자주 오지 않고, 그 기간도 쾌락적응현상 때문에 오래가지 않는다. 큰 행복만을 좇아 인생을 거는 것은 어리석은 일이다. 행복은 사소한 일상생활 속에서 존재하고, 큰 것이 아니라 작은 것에서 느끼는 것이다. 이러한 조그만 행복들을 자주 느끼는 사람이 행복하다. 그래서 에드 디너 교수는 행복은 기쁨의 강도가 아니라 '빈도'라고 했다. 자그만 행복은 나비효과를 일으켜 큰 행복을 만든다. 하루하루 즐거움을 느끼면 나비효과를 초래하여 평생 행복한 인생이 된다. 괴테는 "무지개가 아무리 아름답다 할지라도 15분이 넘도록 사라지지 않고 하늘에 걸려 있다면 아무도 올려다보지 않을 것"이라고 했다. 그러므로 행복은 일상생활 속에서 사소한 기쁨을 통해 지속적으로 느끼는 행복의 총량이 중요하다. 즐거움은 엔도르핀을 분비시켜 건강하고 행복하게 살아갈 수 있도록 만든다. 이처럼 행복을 자주 느끼기 위해서는 낙천적인 인생관을 가지고 사소한 것에서 행복을 자주 느끼는 것이 중요하다. 그러므로 사소한 기쁨을 잊지 말고 지속적으로 즐기는 것이 행복한 삶을 만들고, 긴 행복으로 가는 길이다.

'긍정적인 생각'을 하는 것이 행복으로 가는 길이다.

'긍정심리학'은 행복해지기 위해서는 '긍정적인 생각을 하라'는 해법을 내놓는다. '나는 할 수 있다. 불가능은 없다.'는 굳은 신념을 가지고 살아가야 한다. 행복을 결정하는 궁극적 요소는 사람의 능력·환경·조건 등 외적 조건이 아니라 자존감을 가지고 스스로 만족하는 내적인 '심리적 상태'에 의해 결정된다. 사랑·희망·신뢰·기쁨·자비·용서 등의 긍정적인 감정이 행복을 가져다준다. 이처럼 행복은 주관적 감정으로 스스로 만족할 때 찾아온다. 그리하여 마음의 평화가 임하게 되면 잔잔하지만 지속적인 행복을 누리게 된다. 윈스턴 처칠은 "비관론자는 모든 기회 속에서 어려움을 찾아내고, 낙관론자는 모든 어려움 속에서 기회를 찾아낸다."고 했다. 이처럼 행복과 불행은 관점의 차이에서 비롯되는 것으로 사람들의 '성격'에 따라 행복과 불행은 갈린다. "밝은 성격은 어떤 재산보다도 귀하다."고 카네기는 말했다. 행복해지려면 세상을 낙관적으로 보고 긍정적으로 받아들이는 성격과 태도가 필수적이다. 사람의 성격은 기본적으로 DNA의 영향을 받지만, 사회적 동물로써 환경에 적응해가면서 바뀔 수 있다. 연령대에 따라 행복 리듬은 다르게 나타난다. 그러므로 세상을 낙관적으로 바라보는 심성을 갖도록 자신을 개조해가야 한다. 행복은 행복해지려는 의지와 선택의 산물이고, 최선을 다함으로써 현실을 극복한 결과이다. 그러니 하늘을 향하여 머리를 쳐들고 꿈을 노래하며 살아가자. 행복은 여기에 있나니.

2월 17일

행복은 스스로 '만들어가는 것'이다.

　행복은 산타크로스 할아버지가 보내준 선물도 아니고, 행복의 조건이 이루어낸 부산물도 아니다. 행복의 40%는 자발적인 활동을 통해 스스로 행복을 만들어갈 수 있다고 한다. 이처럼 행복은 스스로 '만들어가는 것'이다. 월호 스님은 "행복도 불행도 내 작품이다."라고 말했다. 그러므로 행복하지 못한 것을 환경이나 조건 탓으로 돌리지 말고, 스스로 노력해서 행복을 만들어가야 한다. 알랭은 행복해지기 위해서는 세 가지 조건이 필수적이라고 한다. 첫째, 행복하고자 하는 '의욕'과 '의지'가 있어야 한다. "인간은 자기가 원하는 것을 얻게 된다."라는 신념에 기초하여 행복을 추구하는 강한 의지를 가질 때 누릴 수 있다고 한다. 둘째, 반드시 행복하고자 하는 '적극적인 행동'이 있어야 한다. 행복해지기 위해서는 시간과 노력을 투자하여 전력을 기울여야 하며, 어떠한 난관이라도 극복해내야 한다. 셋째, 행복을 추구하는 행동을 하기에 앞서 '치밀한 준비'가 있어야 한다. 랭스턴 콜만은 "행복이란 100% 노력한 뒤에 남는 것"이라고 했다. 자신의 목표를 달성하기 위해 열정적으로 노력하는 과정에서 행복은 깃드는 것이다. 행복해지려면 행복해지는 법을 배워야 한다. 조엘 오스틴 목사는 행복은 우리가 느끼는 감정이 아니라 의식적으로 내리는 '선택'이라고 했고, 철학자 알랭(에밀 샤르티에)은 모든 행복은 '의지'의 산물이라고 했다. 그러므로 어디에나 길은 있다는 자신감을 가지고 굳은 의지와 긴 인내심을 가지고 적극적인 행동을 통해 행복을 만들어가야 한다.

2월 18일

행복은 감정이 아니라 '생활방식'이다.

'행복 치유'의 저자들인 댄 베이커와 캐머런 스타우스는 행복은 기분이나 감정이 아니고 '생활방식'이라고 한다. 행복을 누리는 것은 삶의 방식이고 일종의 습관이다. 아리스토텔레스는 "우리가 반복적으로 하는 행동이 우리를 형성한다. 그러므로 위대함은 행동이 아니라 습관이다."라고 말했다. 행복을 지속적으로 느끼려면 단순한 일회성 행복감이 아니라 행복을 계속적으로 느끼는 습관이 형성되어야 한다. 인생은 행복과 불행이 교차하는 학습장이다. 부정적 정서를 극복하고 긍정적 정서를 누림으로써 행복은 다가온다. '행복 치유'는 꾸준한 노력과 쉬지 않는 학습을 통해서 행복을 만들 수 있음을 과학적으로 증명하고 있다. 행복을 느끼게 만드는 행복요소들은 많이 있는데, 이들을 추구하면서 행복을 누리는 연습을 해야 한다. 피오나 로바즈는 일상에서 건강·베풂·여가·즐거움 등 행복을 누리는 습관을 만들라고 권고하고 있다. 이러한 생활방식을 이어가면 행복한 인생이 될 수 있다. 그런데 습관은 중독성이 있어 고치기가 쉽지 않으므로 이를 바꾸기 위해서는 먼저 뇌의 신호를 자제하도록 노력하고, 반복되는 행동을 바꾸도록 하여야 하며, 적절한 보상을 해주어야 한다. 순간적으로 행복을 느끼지 못하는 사람은 없지만, 인생 전반에 걸쳐 만족감을 느끼는 사람은 드물다. 항상 행복감을 느끼는 습관을 키워야 지속적인 행복을 누릴 수 있다. 그러므로 긍정적인 정서를 누리는 생활습관을 가지도록 노력함으로써 지속적인 행복을 만들어가는 것이 성공하는 인생길이다.

제 8주
(2월 19일 -25일)

행복과 '환경'은 밀접한 관계가 있다.

　　행복은 주관적 심리상태를 말하므로 기본적으로 '안'에서 오지만, 객관적 환경도 행복에 영향을 미치므로 '밖'에서도 온다고 할 수 있다. 환경이 좋을수록 행복도는 어느 정도 올라가지만, 환경 그 자체가 행복을 결정하지는 못한다. 그러므로 환경은 행복을 누리기 위한 외부적 조건일 뿐 객관적 행복이란 개념은 성립되지 않는다. 좋은 환경을 찾아 이사를 하거나 이민을 갈 수는 있다. 그러나 환경은 단기간에 바꿀 수 없으므로 일단 주어진 환경에서 적응하고 극복하면서 행복을 추구하며 살아가는 것이 우선적 과제다.

'객관적 환경'도 행복에 중요한 영향을 미친다.

인간의 행복은 기본적으로 주관적 요소에 의해 결정되지만, 사회적 시스템도 중요한 역할을 한다. 환경이 좋을수록 행복도가 높아진다는 사실은 복지제도가 잘되어 있는 북유럽 여러 나라에서 볼 수 있다. 지방자치가 발달하고 개인의 자유가 신장될수록 행복도는 높아진다. 지역의 환경과 안전성, 공공시설과 병원 접근성 등은 개인의 행복도에 직·간접적으로 영향을 미친다. 경제적 약자에게는 경제적 여건이 행복에 결정적인 영향을 미치며, 경제의 양극화는 전체적으로 행복을 저해한다. 특히 사회보장제도는 행복지수에 중대한 영향을 미친다. 오늘날 디지털 시대에는 인터넷의 순기능과 역기능으로 인해 개인의 행복은 많은 영향을 받고 있다. 환경은 인간이 성장하는 장소로서 그 영향을 받기도 하지만, 또한 극복해야 할 대상이기도 하다. 이와 같이 행복한 환경을 만드는 것이 국가의 존재의의이지만, 완벽하게 이들 과제를 실현하는 것은 불가능하다는 데 어려움이 있다. 무엇보다 국가는 다양한 가치를 인정하여 관대한 사회를 만드는 것이 개인의 행복을 위한 길이다. 그런데 환경은 일정한 범위 안(10%)에서만 개인적 행복에 영향을 미친다. 객관적 환경은 행복을 누리기 위한 조건일 뿐, 궁극적으로 행복은 주관적 심리상태에 의해 결정되므로 일정한 발전단계를 넘어서면 환경이 좋아진다고 행복도가 높아지는 것은 아니다. 그러므로 환경에 자신의 행복을 맡기지 말고 스스로 노력해서 행복을 만들어가는 것이 바람직한 태도이다.

2월 20일

'주관적 요소'가 궁극적으로 행복을 결정한다.

사람이 행복하지 못한 이유는 기본적으로는 환경 때문이 아니라 다스리지 못하는 '욕망' 때문이다. 환경은 개인이 바꿀 수 있는 문제가 아니고, 그 변화에는 시간이 걸리므로 행복해지기 위해서는 개인이 주어진 환경에서 스스로 행복도를 높이는 것이 우선적 과제다. 주변 환경은 그냥 돌일 뿐이다. 걸려 넘어지면 걸림돌, 딛고 일어서면 디딤돌이 된다(월호 스님). 플라톤은 "행복을 좌우하는 것은 환경이 아니라 마음에 있다."고 했다. 부정 정서를 긍정정서로 생각을 바꾸면 세상이 행복하게 보인다. 모든 것은 마음의 상태와 판단에 달려 있으므로 마음을 컨트롤하면서 긍정적 사고를 하는 것이 궁극적으로 행복으로 가는 길이다. 열악한 환경 속에서도 행복해지기 위해서는 스스로 행복 역량을 키워가야 하므로 개인적으로 행복을 누릴 수 있는 지혜와 기술이 필요하다. 행복 역량은 연습을 통해 형성되고, 습관으로 강화할 수 있다. 무엇보다 어려서부터 교육이나 종교를 통해 그 역량을 키워야 한다. 객관적인 환경이 갖추어진다고 해도 스스로 만족하지 못하면 행복해질 수 없으며, 지나친 욕심이나 기대치를 줄일 때 행복은 찾아온다. 소크라테스는 "가장 적은 것으로 만족할 줄 아는 사람이 가장 큰 부자"라고 했다. 그러므로 지금 이곳에서 만족하면서 행복을 누리는 사람이 현자이다. 우리나라는 주관적 조사방법에 의해 평가할 때는 행복지수가 낮게 나타나는데, 그 이유는 개인의 행복도가 궁극적으로는 주관적 만족도에 달려 있기 때문이다.

2월 21일

행복도의 40%는 '자신'에게 달려 있다.

궁극적으로 행복은 자신의 사고와 태도에 달려 있다. 소냐 류보머스키 교수는 행복의 50%는 DNA에 의해 결정되고, 외부환경의 영향은 10%에 불과하며, 나머지 40%는 자발적 행동에 의해 결정된다고 한다. 외부환경이 삶에 중요한 영향을 미치고 있는데, 그 영향이 10%밖에 안 된다는 데는 이론의 여지가 있다. 사사키 후미오는 "실제로 우리들에게 보이는 행복의 구성비는 90%가 환경이고 10%가 유전이든가, 아니면 90%가 유전이고 10%가 환경이 아닌가?"라고 의문을 제기하고 있다. 우리나라 사람들은 일이 잘 안 되었을 때 그 책임을 환경에 돌리는 경향이 있다. 외부적 환경은 개인이 스스로 해결할 수 없고, 그 변화는 장기간을 필요로 하므로 우리들의 행복을 전적으로 환경에 맡길 수는 없다. 그러므로 일단 주어진 환경에서 행복한 생활을 할 수 있도록 노력하는 것이 행복으로 가는 지름길이다. 류보머스키가 행복 요소의 나머지 40%는 자발적 행동에 달려 있다고 하니 스스로 행복을 만들어가도록 노력해야 한다. 행복과 불행은 자신에게 달려 있다. 폴 돌런은 행복은 행동의 결과물이므로 계속 행복해지려면 피드백이 필요하다는 점을 경제학자답게 강조하고 있다. 불확실성이 존재하는 경우에는 투입요소를 바꾸는 지혜가 필요하다. 그러므로 외부 환경이나 다른 조건을 탓하지 말고, 나머지 40%를 자신의 행복을 쌓아 올리는 데 활용함으로써 행복의 최적 상태를 만들어 최고의 행복을 누릴 수 있도록 노력해야 한다.

행복의 장애물은 바로 '나'이다.

행복으로 가는 길을 개척하기 위해서는 최종적으로 행복을 가로막는 장애물은 바로 자신임을 깨달아야 한다. 자신의 그릇된 사고방식과 비관적 태도가 불행을 자초하는 원인이다. 자신이 행복하지 못한 이유는 행복에 대한 깨달음이 없거나 자신에게 부여된 40%의 역할을 다하지 못해서 오는 것이다. 세계 3위의 경제대국이고 환경과 안전이 좋은 일본인들의 행복지수가 낮은 이유는 인생을 즐기려는 마음의 자세를 갖추지 못했기 때문이라고 한다(매자키 마사아키). 객관적인 환경을 바꿀 수 없으면 나 자신을 먼저 바꿔야 한다. 그것이 행복으로 가는 지름길이다. 왜 나는 행복하지 못한지 항상 피드백하면서 문제의 핵심을 잘 파악하고 개선해가야 한다. 행복해지기 위해서는 부정적인 감정을 통제하고 긍정적인 감정으로 바꾸는 것이 필수적인데, 이는 세상을 바라보는 부정적인 시각을 통제할 수 있는 내면의 힘을 갖추어야 한다. "결국 나의 천적은 나였던 것이다(조병화의 시, 천적)." 인생은 결국 자신과의 싸움이므로 이 싸움에서 이겨야 행복을 쟁취할 수 있다. 인간이 불행한 것은 자기가 행복하다는 것을 모르는 데서도 찾아볼 수 있다. "오직 그것을 지각한 사람은 곧 행복해진다. 일순간에(도스토옙스키)." 모든 인생 문제에 대한 해답은 '내 안'에 있다. 쇼펜하우어는 세상에 휘둘리지 말고 자신이 자기 인생의 주인이 되는 자존감을 굳건하게 만들어야 한다고 강조했다. 행복도 자신 안에 있음을 깨달을 때 자신의 정원에는 행복의 꽃이 가득 피어오를 것이다.

2월 23일

'타임지'가 소개하는 '행복의 구성요소'는 논리적으로 검토해볼 필요가 있다.

2012년 10월 22일자 타임지가 소개한 행복의 9가지 구성요소는 다음과 같다. ① 심리적 행복, ② 건강, ③ 적절한 시간 사용, ④ 교육, ⑤ 문화의 다양성과 문화적 충격에 대한 탄력성, ⑥ 좋은 정부, ⑦ 활력적 지역사회, ⑧ 생태계의 다양성과 회복력, ⑨ 적절한 생활수준이다. 건강은 행복의 가장 중요한 내적 조건이다. 건강을 잃으면 모든 것을 잃는 것이다. 적절한 경제력을 갖추고 인간다운 생활을 할 수 있는 것은 행복의 기본적인 조건이다. 시간 관리를 어떻게 하느냐가 인생의 성공과 행복을 결정하는데, 행복한 생활을 위해서는 일과 휴식의 균형을 찾아야 한다. 교육의 질이 행복의 질을 결정하는 순기능적 측면도 있지만, 높은 교육은 기대치를 증대시키기 때문에 이상과 현실이 불일치하면 불행의 원인이 될 수도 있다. 문화생활을 하고 문화적 충격에 적응하는 능력이 행복의 수준을 결정한다. 자연환경의 보존과 활용은 행복을 누리기 위한 환경적 요소이다. 독재가 없고 인민을 위한 정치가 행해지는 정부와 주민의 복지를 활성화시키는 지역사회가 행복을 누리기 위한 주요한 환경적 요인이다. 심리적 행복은 행복을 누리기 위한 조건인 동시에 행복의 심리적 상태이다. 그러나 이들은 행복의 조건이거나 환경들이 대부분으로 모두 행복의 구성요소로 보는 데는 논리적으로 문제가 있으므로 이들 개념을 정확하게 구별하는 것이 행복의 개념을 이해하거나 실천함에 있어서 중요하다.

2월 24일

'행복해지는 방법'을 실행하며 행복을 쌓아가야 한다.

소냐 류보머스키는 '행복해지는 방법: 행복도 연습이 필요하다'에서 행복해지기 위한 처방 12가지 연습과제를 제시하고 있다. ① 목표에 헌신하라. ② 몰입 체험을 늘려라. ③ 삶의 기쁨을 음미하라. ④ 감사를 표현하라. ⑤ 낙관주의를 길러라. ⑥ 과도한 생각과 사회적 비교를 피하라. ⑦ 친절을 실천하라. ⑧ 인간관계를 돈독히 하라. ⑨ 대응전략을 개발하라. ⑩ 용서를 배워라. ⑪ 종교 생활과 영성 훈련을 하라. ⑫ 명상을 하고 운동을 하라. 이 것들은 긍정심리학자들이 제시하는 행복의 요건과 실천하는 방법을 대체로 정리한 것으로 참고할 만하다. 먼저 '목표'를 세우고 이를 실천하기 위한 대응전략을 개발해야 한다. 꿈을 구체화하는 목표를 세우고 그 실천전략을 만드는 것이 행복의 출발점이다. 일에 전념함으로써 '몰입'을 하는 그 자체가 행복의 원천이다. 사랑을 통해 '인간관계'를 돈독하게 하는 것이 행복의 폭을 넓혀가는 것이다. 과도한 생각을 버리고, 비교를 하지 않으며, 삶의 기쁨을 맛보고, '낙관주의'를 길러야 지속적으로 행복을 누릴 수 있다. 운동을 하고 명상을 함으로써 육체적·정신적 '건강'을 누리는 것이 행복의 전제조건이다. 영성 훈련을 하고 종교생활을 함으로써 종교적 행복을 누리는 것이 '초월적 행복'을 누리는 길이다. 다만 체계적으로 모든 요소들이 포함되지 않고 있는 점이 아쉽다. 여하튼, 이와 같은 행복요소들을 두루 실천함으로써 행복의 꽃을 피우는 것이 성공한 인생이다.

2월 25일

덴마크 사람들의 '휘게'에서 행복을 배워야 한다.

　덴마크는 세계에서 가장 행복도가 높은 나라로 정평이 나 있다. '행복한 덴마크 사람들 - 덴마크의 고도의 행복의 원인을 찾아서'라는 보고서에 의하면, 덴마크 사람들이 행복한 이유는 유전적 요인, 목적의식, 건강, 소득 수준, 직업, 대인관계, 자유와 평등 등에서 찾고 있다. 덴마크는 자유로운 분위기 속에서 청렴정치가 행하여지고 있는 부유한 나라로서 제도적으로는 교육과 복지 등의 사회보장제도가 잘 갖추어져 있고, 평등한 분위기와 신뢰를 바탕으로 한 협동조합이 활성화되어 있다. 그들의 행복은 소박한 일상생활의 행복을 의미하는 '휘게(덴마크어로 '행복'을 의미함)'에서 볼 수 있다. 휘게 10계명은 분위기, 지금 이 순간, 달콤한 음식, 평등, 감사, 조화, 편안함, 휴전, 화목과 보금자리 등이다. 그 외에 덴마크는 동일한 문화를 가지고 있고, 가족 중심의 생활을 하고 있는 것이 행복한 이유다. 심리학 교수인 로버트 쿠민스는 인구밀도가 적고, 이웃관계가 좋으며, 수입 격차가 적은 것이 북유럽 여러 나라의 환경적 특질로써 행복도를 높이는 이유라고 했다. 경제학자 하노 벡은 유전적 요인과 문화적 환경을 휘게의 특성으로 들고 있다. 우리나라는 환경적 요인이 다르기 때문에 동일한 모델을 추구하는 데는 한계가 있지만, 그들의 행복요소들을 정확하게 분석해서 우리에게 맞는 모델을 찾는 것이 우리들이 지향해야 할 행복의 과제다.

행복의 최대의 적은 ‘탐욕’이다.

　　　　행복은 욕망에 반비례하며, 행복의 최대의 적은 ‘탐욕’이다. 미다스 왕의 ‘황금 손’은 “인간의 욕망은 끝이 없으며, 욕망의 끝은 불행을 초래한다.”는 교훈을 보여주고 있다. 사람들은 지속적으로 더 큰 행복을 누리기 위해 ‘인공행복’을 추구하는 경향이 있지만, 이는 파멸로 가는 길이다. 사람들은 욕망과 복종을 균형 있게 유지해야 진정한 행복을 누릴 수 있다. 욕망을 줄이고 만족할 줄 알며, 적정선에서 행복을 추구하는 ‘과유불급(중용)’의 원칙을 따르는 것이 행복으로 가는 길이다.

2월 26일

행복은 욕망에 '반비례'한다.

행복과 불행은 '욕망'으로부터 파생한다. 사람들은 욕망을 충족시키면 행복을 느끼고, 그렇지 못하면 불행하다고 생각한다. 이러한 욕망에는 세 가지 유형이 있다(법륜 스님). 첫째는 생존에 필요한 의·식·주와 섹스에 대한 기본적 '욕구'를 말한다. 이러한 욕구는 반드시 해결해야 행복해질 수 있으며, 스스로 해결하지 못할 때에는 국가가 최소한 생존문제를 해결해주어야 한다. 둘째는 보다 잘 살고 싶어 하는 일반적인 '욕망'을 말한다. 이러한 욕망은 돈·권력·명예·성 등 외부적 조건을 충족시킴으로써 만족을 얻고자 하는데, 욕망은 끝을 모르므로 적정한 선에서 절제해야 행복해질 수 있다. 셋째는 소유를 비롯한 모든 분야에서 지나치게 욕망을 추구하는 '탐욕'을 말한다. 쾌락만을 추구하는 쾌락주의자들은 쾌락적응현상 때문에 지속적으로 쾌락을 누리기 위해 마약·도박·섹스 등의 '인공행복'을 추구하는 경향이 있는데, 이는 중독성 때문에 인생을 파멸로 타락시키며, 국가는 이러한 반사회적 행동을 법적으로 규제한다. "행복은 욕망에 반비례한다(에피쿠로스)." 물질적인 쾌락은 어느 정도 통제를 통해 만족을 느껴야 하는데, 그 욕망을 통제하지 못해 스스로 불행해지는 경향이 있다. 그러므로 행복을 얻기 위해서는 적절한 선택을 할 수 있는 지혜와 욕망을 억제할 수 있는 자제력을 키워야 한다. 키케로는 "욕망을 이성의 지배하에 두라."라고 권고했는데, 이것이야말로 건전한 행복을 지속적으로 누릴 수 있는 비법이다.

2월 27일

'탐욕'이 행복의 최대의 적이다.

사람들은 행복을 순간적으로 느낄 뿐 쾌락적응현상 때문에 보상이 없으면 탐욕의 길로 빠지기 쉽다. 마음은 "네가 성공하도록 지금까지 도와주었으니 이제는 나를 즐겁게 해달라."라고 보상을 요구한다. 일단 만족을 얻은 후에는 지속적으로 보상을 해주지 않기 때문에 찾아오는 것이 허무감과 지루함이다. 이러한 심리적 요구에 대한 보상을 제대로 못 하는 경우에 삶의 '짜릿함'을 얻기 위해 성·돈·권력·명예·인기 등의 쾌락을 지나치게 추구하는 경향이 있다. 돈과 권력의 결합이 사회에 대한 최대의 해악으로 작동한다. '신은 인간에게 시련을 주지만, 악마는 우리를 유혹한다.'라는 서양 속담이 있다. 욕망은 사회가 발전하게 만드는 원동력이지만, 그 끝을 모르므로 '탐욕'으로 발전하는 성향이 있는데, 이것이 바로 행복의 최대의 적이다. 탐욕은 번뇌의 원천이 되어 행복중독자로 만들고, 불행을 자초하는데, 인간만이 가지고 있는 일종의 질병이다. 슈마허는 "자연은 인간의 필요를 충족시키지만, 탐욕은 만족시킬 수 없다."고 했다. 넘치는 것은 모자라는 것보다 못한 법: 인간의 욕망에 있어서도 '과유불급'의 원칙이 적용되며, 욕망의 절제가 불행을 막는 중요한 제동기가 된다. 플록은 "행복이란 과잉과 부족의 중간에 있는 조그마한 간이역"이라고 했다. 아무리 좋은 약도 과다하게 복용하면 독이 되는 것처럼, 행복도 지나치게 추구하면 불행의 나락으로 떨어지게 되므로 욕망을 절제하는 습관을 키우는 것이 행복으로 가는 길이다.

2월 28일

미다스 왕의 '황금 손'의 교훈은 지금도 유효하다.

인간의 욕망은 끝이 없으며, 욕망의 끝은 불행을 초래한다는 교훈을 보여주고 있는 것이 바로 황금의 손 '미다스 왕'의 유적지다. 그리스 신화에 의하면, 어느 날 미다스 왕은 술의 신인 디오니소스의 스승 실레누스를 잘 대접하고 돌려보냈다. 디오니소스는 이를 감사하게 생각하고, 미다스 왕에게 소망을 이야기하면 무엇이든지 들어주겠다고 제안을 하였다. 그러자 미다스 왕은 자기가 만지는 것은 모두 금으로 변하게 해달라고 청하였고, 디오니소스는 그 소원을 쾌히 들어주었다. 그가 만지는 것마다 황금으로 변하니 그야말로 황금왕국이 되어가고 있었다. 그 결과 만지는 것마다 금이 되니 음식도 금으로 변하여 먹을 수 없게 되었다. 그래서 미다스 왕은 다시 디오니소스에게 이를 거두어달라고 요청하니, 강에 가서 손을 씻으라고 했다. 미다스 왕은 그의 명대로 강으로 가 손을 씻으니 모래에서 금이 나오기 시작하였다고 한다. 한때 미다스 왕의 무덤에는 엄청난 보화가 있을 것이라는 기대를 하고 발굴 작업을 하였지만, 황금의 손을 가졌던 미다스 왕의 무덤에서 금으로 만든 물건은 하나도 발견되지 않았다는 사실은 우리들에게 훌륭한 교훈을 전해주고 있다. 미다스 왕의 '황금의 손' 이야기는 어디까지나 신화이고 사실은 아니다. 이는 욕망을 채우더라도 행복해질 수 없으며, 탐욕은 행복의 가장 큰 적이라는 교훈을 우리들에게 남겨준 역사적 성격을 지닌 경구로써 탐욕으로부터 해방될 때 비로소 행복에 접근할 수 있다는 교훈을 우리들에게 주고 있다.

3월 1일

'인공행복'은 파멸로 가는 길이다.

    일상생활을 하면서 사람들은 항상 즐거운 감정 속에서 살지는 못한다. 어떤 일을 마쳤을 때, 더 이상 흥미를 잃었을 때, 새로운 자극을 받지 못할 때 사람들은 '권태'를 느끼게 된다. 이러한 현상은 '쾌락적응'에서 오는 것이다. 누구에게나 찾아오는 현상으로 사람들은 조건반사적으로 기분 전환, 스트레스 해소, 긴장 유지 등을 위해 새로운 자극을 찾아 나선다. 이를 극복하기 위해서는 적절한 변화를 추구해야 한다. 권태는 휴식과 상상을 통해 삶에 활력을 회복시켜 주는 순기능을 하는 반면, 지나친 자극을 추구함으로써 인생을 황폐하게 만드는 역기능을 하기도 한다. 인간의 욕구는 자제를 하지 않으면 극단으로 달려가 최고의 황홀감을 추구하게 되는데, 이러한 탐욕을 추구하기 위해 사용되는 것이 약물·도박·섹스·종교·술과 소비재 상품 등이다. 어느 정도 권태를 이겨내면서 살아가는 것이 행복에 도움을 주지만, 더 큰 자극을 주어 쾌락만을 좇는 경우에 중독이 되면 파멸로 가게 된다. 그중에서도 마약과 같은 약물중독이 몸과 마음을 갉아먹는 가장 위험한 것이다. 이처럼 인위적으로 행복을 추구하는 것이 '인공행복'이다. 그러나 이러한 쾌감은 오래 지속되지 않으며, 그것을 느끼는 순간 사라지고 만다. 인간은 새로운 것에 빨리 적응하는 동물이기 때문이다. 계속적인 쾌감을 얻기 위해 중독에 이르게 되는데, 이러한 '향락'은 일시적으로 쾌감을 주지만, 궁극적으로는 인생을 파멸로 인도한다. 그러므로 행복은 적정선에서 누리면서 살아야 건전한 행복을 누릴 수 있다.

3월 2일

욕망의 '제어장치'가 필요하다.

  경쟁을 통해 개인이나 사회가 발전하기 위해서는 인간의 '욕망'이란 존재는 필수적 조건이다. 마르크스주의는 인간의 욕망을 무시하고 경쟁원리를 도입하지 않음으로써 결국 체제의 몰락을 초래했고, 그 이념의 오류를 입증했다. 욕망은 인간의 본성을 반영하는 것으로 이기심과 지배욕 등 다양한 형태로 나타나는데, 약이 될 수도 있고 독이 될 수도 있다. 인간의 탐욕은 끝이 없다. 탐욕은 체 속으로 물을 부으면 다 흘러내리고 남지 않는 것과 같이 만족을 모르므로 통제 불능이다. 그 이유는 행복을 부·명예·권력·성과 같은 외적 조건에서 찾기 때문이다. 사람들은 행복을 발견하기 위해 무엇인가를 추구하게 되어 있으므로 욕망을 완전히 제거하는 것은 사실상 불가능하다. 메네데모스는 "자기가 바라는 것은 커다란 행복이다. 그러나 자기가 가지고 있는 것 외에 아무것도 바라지 않는 것은 더 큰 행복이다."라고 했다. 이처럼 지나친 욕망을 통제하는 것이 행복으로 가는 지름길이다. 중세시대에 세속적인 쾌락의 위험성을 경고하면서 7대 죄악 중 물욕과 성욕을 들고 있었다. 현명한 마부는 '욕망'과 '복종'이라는 두 마리의 말을 균형 있게 다룰 줄 안다고 플라톤은 말했다. 그래서 역사는 요구하고 있다.: '사람들은 욕망과 복종을 균형 있게 유지해야 한다.' 베일런트는 성장하면서 방어기제의 '성숙'과 이타주의나 예술적 창조 등 '미덕'을 통해 이러한 균형 감각이 생긴다고 한다. 누구나 절제하면서 욕망을 통제할 수 있어야 행복의 길로 굳건하게 걸어갈 수 있다.

3월 3일

'조각'이란 불필요한 부분을 깎아내는 것이다.

미켈란젤로는 조각이란 "불필요한 부분을 제거하는 과정"이라고 했다. 덜어낸다는 것은 곧 '완성'으로 가는 과정이다. 행복도 비워가는 과정에서 찾아오는 것이다. 덜어내야 채워진다는 사실을 깨달을 때 비로소 행복은 찾아온다. 높이 나는 새는 몸을 가볍게 하기 위하여 많은 것을 버린다. 심지어는 뼛속까지 비워야 한다. 가진 것에 만족할 때 행복은 찾아오며, 행복은 채움으로써가 아니라 '버림'으로써 얻어진다는 사실을 깨달아야 한다. 불교에서 행하는 참선은 "비우면서 채우는 것"이라고 한다. 체험을 통해서 배우고 느껴야 그 경지에 이를 수 있다. 인간의 행복은 이처럼 탐욕과 무소유의 사이의 어딘가에서 찾아야 한다. 적정한 선에 꼭 필요한 것만을 누리며 사는 것이 무소유의 기본정신이다. 소유가 아니라 향유가 중요하다. 쇼펜하우어는 "먼 데서 들려오는 바람이 음악처럼 느껴질 때 인간은 행복하다."고 했다. 이러한 균형을 유지하기 위해서는 탐욕을 통제할 수 있는 '자제력'을 키워야 한다. 만족할 줄 모르는 사람에게는 탐욕만이 작동하므로 행복을 누릴 수 없다. 몸과 마음을 피폐화시킨 결과 얻는 물질과 성공보다 많은 것을 포기하고 얻는 '마음의 평화'가 더 값진 행복이다. 자연주의 사상은 자연의 섭리를 따름으로써 물욕에서 벗어나는 '비움의 지혜'가 행복으로 가는 길임을 가르쳐주고 있다. 조각가가 조각을 하듯 자신의 욕망을 깎아내는 것이 행복으로 가는 길이다.

3월 4일

'만족'할 줄 알아야 행복해진다.

행복으로 가는 길은 두 가지가 있다. 첫째는 재물에 대한 과대한 욕망을 덜어내는 것이고, 둘째는 내면의 평화를 이루는 것이다. 만족이 최고의 재산이다. "욕망이 작을수록 인생은 행복하다(톨스토이)." 그 이유는 작은 것에 만족할 수 있으므로 늘 행복하기 때문이다. 사람들은 외부에서 쾌락을 추구하고 있는데, 이러한 물질적 쾌락만을 좇는 사람은 곧 실망하게 된다. "만족해야 할 때 만족할 줄 알면 욕될 일이 없고, 멈춰야 할 때 멈출 줄 알면 위태로운 일이 없게 되나니, 그것이 바로 탈 없이 오래갈 수 있는 삶의 바른길이다(도덕경 제44장)." 욕망은 무한하며, 충족된 욕망은 새로운 욕망을 낳는다. 바닥이 없는 욕망을 채우는 것은 불가능하므로 삶에 대한 기대치를 가능한 수준으로 낮추고, 가진 것과 이룬 것에 만족할 줄 알아야 행복의 고지에 오를 수 있다. 채워지지 않는 욕망에 대한 공포가 신에 대한 공포와 죽음에 대한 공포와 함께 불행의 근본적인 원인이다(칸과 비트라노). 경제학자인 E. F. 슈마허의 소설 '작은 것이 아름답다'는 인간의 욕망은 무한하지만, 주어진 자원은 유한하므로 욕망을 줄임으로써 비로소 지속 가능한 사회를 만들 수 있다는 대안을 제시하고 있다. 부탄 사람들은 가난하면서도 행복도가 높은데, 그 이유는 불교의 영향으로 욕심을 줄이고 내면의 평화를 얻기 때문이다. 그러므로 욕망을 줄이고 만족할 줄 알며, 있는 그대로의 삶을 누리는 것이 행복으로 가는 길이요, 공동체가 지속될 수 있는 요인이다.

제 10주
(3월 5일 - 11일)

'잘못된 비교'는 행복을 앗아간다.

프랑수아 를로르는 "행복의 첫 번째 비밀은 자신을 다른 사람과 비교하지 않는 것"이라고 했다. 그러나 공동체 사회에서 함께 살면서 누군가와 비교를 한다는 것은 자연발생적인 것으로 불가피한 본능적 현상이다. 문제는 비교의 대상이 누구냐에 따라 행복과 불행이 갈린다는 점이다. 우리나라 사람들은 행복을 제로섬게임으로 생각하고, 항상 잘된 사람과 비교하면서 '상대적 박탈감'을 느끼며 행복해하지 못하는 심성을 가지고 있다. 올려다보지 말고 내려다보라! 그러면 자기가 더 성공하였음을 알게 되고, 행복해질 수 있다.

비교에는 '순기능'과 '역기능'이 공존한다.

사람들은 누군가와 비교하면서 살게 되어 있다. 공동체 안에서 함께 살고 있으므로 불가피한 본능적 현상이다. 비교를 한다는 것은 자연발생적인 것으로 무조건 나쁜 것은 아니다. 자신의 위치를 평가하기 위해 비교가 필요한 경우가 있으며, 앞서가는 사람들이 자극제가 되어 자기 발전에 동력을 불어넣을 수 있다. 고대 철학자 세네카는 "인간은 더 행복해지기를 원하는 것이 아니라 남들보다 더 행복해지기를 원한다. 그런데 우리들은 무조건 남들이 자기보다 더 행복하다고 생각하기 때문에 행복해지기 어렵다."고 했다. 남의 것을 탐하고 질투하는 심리가 누구나의 마음속에 깔려 있다. 다른 사람과 비교함으로써 자신의 부족함을 알게 되고, 타인으로부터 배울 수 있다면 발전과 성장을 할 수 있으니 순기능을 할 수 있다. 자신의 과거와 비교하여 현재 상태가 더 나아졌으면 행복감을 누리게 되는데, 이러한 비교는 자기 발전을 위해 필요하다. 문제는 행복을 비교할 수 있는 표준 잣대가 없고, 판단의 기준이 다양한데도 획일적이고 주관적인 잣대로 비교를 하는 데 있다. 헤르베르트 마르쿠제는 인간은 시장원리에 따라 삶을 영위하고 있으며, 사람들은 돈으로 모든 가치를 측정할 수 있으므로 '일차원적 인간'(책명)이란 관점에서 비교한다고 한다. 이것은 인간이 가지고 있는 욕망 때문으로 사회질서를 어지럽히고 스스로 불행해지는 이유다. 그 치유법은 스스로의 마음을 정화시키고, 주어진 환경에서 만족하는 데 있으므로 자신의 마음을 잘 통제하는 것이 행복으로 가는 길이다.

다른 사람과 '비교하지 않는 것'이 행복의 비결이다.

쇼펜하우어는 "모든 불행은 나를 다른 사람과 비교하는 데서 시작된다."고 했다. 문제는 비교의 대상이 누구냐에 따라 행복과 불행이 갈린다는 점이다. 자기보다 잘된 사람, 돈 많은 사람, 높은 지위에 있는 사람과 비교하면 상대적으로 불만이 생기고 시기심이 생길 수 있다. 그러면 행복은 사라지고 만다. 따라서 행복의 첫 번째 비밀은 자신을 다른 사람과 비교하지 않는 데 있다 (꾸뻬, 배움 1). 그런데 우리나라 사람들은 절대적 평등을 신봉하면서 잘된 사람들을 보면 상대적 박탈감을 느끼며 분노하는 경향이 있다. 행복은 다른 사람과 비교함으로써 얻는 상대적 가치가 아니라 자기 자신에서 찾는 '절대적 가치'이다. 알렌 스트라이크는 "당신 자신을 타인과 비교하지 마라. 그것은 당신 자신을 모욕하는 것이다."라고 했다. "들국화는 장미꽃을 부러워하지 않는다."는 것이 화엄사상이다. 각기 나름대로의 멋과 향기가 있기 때문이다. 인간은 각자가 고귀한 존재로서 비교의 대상이 아니다. 인간은 각자 독립적인 존재로서 다른 사람과 비교할 수 없는 절대적 가치를 가지고 있음을 알아야 한다. 비교의 대상은 자신의 과거로써 항상 발전하면서 성장하는 것이 행복으로 가는 길이다. 진정한 행복은 자기의 자존감을 인정하고, 자기가 누리고 있는 행복의 조건들을 그대로 받아들이는 것이다. 불만을 가진 사람은 행복할 수 없으며, 자기가 처한 환경 안에서 만족하며 사는 사람이 행복을 누릴 수 있다. 이러한 심성을 가져야 공동생활을 건전하게 할 수 있으며, 스스로 행복해질 수 있다.

비교의 나쁜 심성은 '질투'에 있다.

다른 사람과 비교함으로써 생기는 나쁜 심성이 질투와 선망이다. 어느 정도의 '선망'은 자신의 발전을 위해 새로운 욕구를 불러일으키는 자극제가 되므로 필요하다. 문제는 다른 사람이 나보다 잘되면 '질투'를 하는 경향이 있다는 점이다. 다른 사람이 잘되는 꼴을 보지 못하므로 미움과 시기가 생긴다. 여북하면 "사돈이 땅을 사면 배가 아프다"는 속담이 생겼겠는가? 그 원인은 함께 잘 살아야 한다는 공동체 정신이 결여되어 있고, 남이 자기보다 잘되는 것을 못 보는 시기심 때문이다. 이처럼 불만으로 가득 찬 사람을 만족시키는 것은 체에다 물을 붓는 것과 같아서 원천적으로 불가능하다. 다른 사람의 성공을 그대로 인정하고, 단지 선망의 눈으로 바라볼 일이다. 그러기 위해서는 사람을 대하는 자신의 마음을 선하고 아름답게 가꿔야 한다. 이러한 교훈을 얻어 자기 성취의 동력으로 삼을 때 비로소 성장할 수 있고, 행복도 깃들게 된다. 자신만의 행복지도를 만들고 독자적인 인생을 살아가는 것이 행복으로 가는 길이다. 진정한 행복은 자기의 자존감을 인정하고, 자기가 누리는 행복의 조건들을 그대로 받아들이는 데서 나온다. 다른 사람들과 불필요한 비교를 함으로써 불행을 자초하지 말고, 자긍심을 가지고 자신만의 길을 걸어가는 것이 행복으로 가는 길이다. 자신에게 주어진 환경과 여건을 있는 그대로 수용하면서 열정을 다해 살아가면 행복은 기다리고 있을 것이다. 자신의 마음속에서.

'자신보다 못한 사람'을 바라보면 행복해질 수 있다.

다른 사람과 비교하는 자체가 잘못된 것은 아니다. 문제는 비교의 대상인데, 올려다보지 말고 내려다보라! 그러면 자기가 더 성공하였음을 알게 되고, 행복해질 수 있다. 올려다보기만 하면 상대적 박탈감을 느끼게 되어 행복하지 못하다. 이것이 우리나라 사람들이 행복하지 못한 이유다. 내려다보라! 그러면 자기가 더 성공하였고 더 부유하다는 사실을 알게 되고 행복해질 수 있다. 미국의 문명비평가 헨리 멩켄은 "행복해지고 싶다면 자신보다 훨씬 가난하고 못사는 사람과 비교하라. 그러면 항상 행복할 수 있다."고 했다. 윗사람과 비교를 하면 상대적으로 불행해지지만, 아랫사람과 비교하면 상대적으로 행복해질 수 있다. 이솝은 "불행한 사람들은 자기보다 더 불행한 사람들을 보면서 위안을 받는다."고 했다. 칸트가 만족은 비교를 통해서만 생긴다는 말은 이런 경우를 두고 하는 말이다. 나아가 그 사람들에 대한 연민과 자비의 마음이 생겨 자선을 베풀고 봉사를 함으로써 한 차원 높은 공동체적 행복을 누리게 될 것이다. 그 치유법은 스스로의 마음을 정화시키고, 주어진 환경에서 만족하는 것이다. 자기를 선망의 대상으로 보는 사람들이 더 많다는 것을 잊지 말자. 이처럼 행복은 선물처럼 그냥 들어오는 것이 아니라 자신의 선택에 따라 결정되는 것이다. 행복과 불행은 어디를 바라보는 태도에 따라 이와 같이 갈리게 된다. 그러므로 자기보다 못한 사람들을 바라보면서 자신이 행복함을 느끼는 것이 행복으로 가는 지름길이다.

3월 9일

비교하는 '습관'이 행복을 앗아간다.

우리나라 사람들이 행복하다고 생각하지 못하는 이유 중 하나가 자신을 다른 사람들과 무조건 비교하고, 지나치게 타인의 시선에 신경을 쓰는 습관에 있다. 사람들은 행복을 제로섬게임으로 생각하고, 항상 잘된 사람과 비교하면서 '상대적 박탈감'을 느끼며, 자신이 행복하지 못하다는 심성을 가지고 있다. 우리나라 사람들은 무조건 절대적 평등을 추구하고 있으며, 합리적으로 받아들여야 할 차별대우도 용납하지 않는 경향이 있다. 아마도 자원이 부족한 환경에서 경쟁이 너무 심한 데다 성공에 목을 매고 살기 때문일 것이다. 경제발전이 인간의 욕망을 키워놓고, 미래에 대한 기대감이 높아진 탓도 있다. 1인당 GDP가 2만 달러를 넘어섰음에도 불구하고 '이스털린의 역설'의 덫에 걸려 행복도가 오르지 못하는 이유도 있다. 자기의 성공 여부를 다른 사람과 비교하는 정신적 풍토가 불행을 부채질하고 있다. 주변 사람들을 비교의 대상으로 삼아 일상적으로 심리적 압박을 받는 측면도 있다. 그런데 성공이나 행복은 비교의 대상이 아님을 깨달아야 한다. 자신은 독립된 개체로서 나름대로 존재가치를 가지고 있으며, 성공 여부는 스스로 결정하는 것이다. 성공의 잣대는 하나만이 존재하는 것이 아니며, 스스로 만족하면서 살아가면 성공한 인생이다. 행복은 밖에 있는 것이 아니라 자신 안에 있다. 비교하는 습관을 버리고, 자긍심을 가지고 자신의 삶에 만족하면서 자신만의 인생을 살아가면 행복의 꽃은 피어오를 것이다.

카나리아와 금붕어의 '교훈'은 인간에게도 유효하다.

어느 날 새장에 갇혀 있는 카나리아와 어항 속에 있는 금붕어가 서로를 바라보면서 자신의 처지를 원망하고 있었다. 모든 생명체는 자기가 처해 있는 환경에 만족하지 못하고, 다른 환경을 그리워하는 욕망을 가지고 있는가? 카나리아는 금붕어를 내려다보며 시원한 물속에 들어가고 싶어 하고, 금붕어는 카나리아를 쳐다보며 흔들거리는 새장 안에 들어가고 싶어 했다. 이들의 소망을 들은 하나님의 목소리가 들려왔다. "카나리아는 저 물로 내려가고, 금붕어는 새장으로 들어가라!"고. 그들의 소망이 이루어지고, 불행이 풀리는 것 같은 순간이다. 그러나 자신이 원하는 환경에 들어갔지만, 그들은 결코 행복하지 않았다. 자기들에게 맞는 먹이를 찾을 수 없어 생존문제가 제기된 것이다. 자기들에게 알맞은 환경에 처해 있다는 사실을 모른 채 다른 환경을 그리워하는 무지 때문에 불행을 자초한 것이다. 우리들도 때로는 이러한 잘못을 범하고 있지는 아니한지 자신을 돌아볼 일이다. 우리들은 잘된 사람들과 비교하거나, 좋은 환경에 있는 사람들을 선망하면서 스스로 행복하지 못하다고 생각한다. 어느 사회든 신분의 다름이나 재산의 차이 때문에 박탈감을 느끼는 경우는 있는데, 이를 시정하는 것은 개인의 차원을 넘어 제도적으로 해결되어야 하므로 오랜 시간을 필요로 한다. 그러므로 카나리아와 금붕어의 교훈을 되새기며, 불행을 환경 탓으로 돌리지 말고, 자기에게 주어진 조건과 환경을 수용하면서 자신만의 삶을 살아가는 것이 행복으로 가는 길이다.

주어진 조건들을 있는 그대로 '수용'하면 누구나 행복해질 수 있다.

"사지가 없어도 행복은 반드시 찾아온다."라는 슬로건을 내세워 각국을 순회하고 있는 오체불만족의 장본인인 '닉 부이치치'가 한국을 방문하였다. 그는 "자신을 가치 없는 존재라고 말하지 마세요. 누구나 세상에 태어나 살아가는 이유가 있습니다. 실수는 누구나 하지만, 삶과 존재 자체가 실패인 사람은 없습니다."라는 메시지를 전하고 있다. 다른 사람과 비교하지 않고, 자신만의 존재의의를 강조하고 있다. 모든 존재에는 나름대로 고유한 의미와 가치가 있다. 이러한 '존재의 가치'가 근원적 가치이다. 이 명제를 이해하면 누구나 자긍심을 가지게 되고, 자신의 독자성을 인정하며 행복해질 수 있다. 모든 것에 감사하며 사는 생활: 그 속에 행복은 보금자리를 틀고 들어선다는 진리를 몸소 보여주고 있다. "모든 건 지나갑니다. 당신의 인생도 아름다워질 수 있어요. 내가 그 증거입니다." 자신에게 주어진 조건이나 환경에 불만을 품지 말고, 있는 그대로를 수용하면서 자기가 나갈 길을 찾아가는 것이 행복으로 가는 길이다. 그러니 사지가 멀쩡한 사람들은 무조건 행복해야 할 의무가 있는 것 아닌가? 행복이란 이처럼 상대적인 것이다. 자신만의 행복을 추구하면 되고, 절대로 다른 사람과 비교하는 것은 금물이다. 행복은 스스로 만들어가는 것이다. 자존감을 가지고 어려움을 극복하면서 살아가면 능히 행복을 맞이할 수 있으므로 항상 희망을 가지고 자신만의 길로 굳건하게 걸어가는 것이 성공으로 가는 길이다.

우리나라 사람들이 '행복하지 못한 이유':
그것이 알고 싶다.

2010년에 한국을 방문한 에드 디너 교수는 갤럽과 함께 130개국을 대상으로 '주관적 행복감 지수'를 조사하여 각국의 행복도를 측정하였는데, 한국인들의 행복지수는 116위에 머물렀다. 그는 한국인의 불행요소로서 물질지상주의, 심한 경쟁과 비교 심리를 들었다. 한국 사람들은 기본적으로 잘못된 가치관과 그릇된 행태가 스스로 불행을 초래하고 있다는 점을 적절하게 지적하고 있다. 더 중요한 요인은 공동체의식이 무너짐에 따라 삶의 질이 떨어지고, 개인의 행복도는 더욱 낮아지고 있다는 점이다. 행복은 경제적 능력 이상에서 온다는 사실을 보여주는 대표적인 나라가 한국이다.

'물질만능주의'가 행복을 송두리째 앗아가고 있다.

자본주의가 들어오면서 경제논리만 기능을 하고, 그 윤리는 작동하지 않음으로써 우리나라는 자본, 아니 '돈'이 지배하는 사회가 되었다. 게다가 21세기에 들어서면서 물질적으로 풍요하게 잘 살고자 하는 웰빙주의가 확산되면서 '물질만능주의'가 사회 곳곳에 퍼져 있다. 그 결과 돈이 최고의 가치가 되고 세상을 지배하게 되니 돈을 많이 버는 것이 인생의 목표가 되었고, 부자가 성공의 지표가 되었다. 행복한 나라 사람들은 자기 자신을 가장 행복한 사람이라고 믿는 데 반해 한국인들은 가장 행복한 사람으로 빌 게이츠를 들고 있다. 돈으로 행복을 살 수는 없다. 그런데 사람들은 돈을 비롯한 권력·명예·성 등의 외적인 조건을 얻는 것을 인생의 목표로 삼고, 자신의 내면의 세계에서 행복을 찾지 않기 때문에 진정한 행복을 놓치고 살고 있다. 이처럼 물질적 가치에만 골몰하면서 살게 되면 그 결과는 공허만 남을 뿐 마음의 평화를 가져다주지 못하기 때문에 불행해진다. '세계가치관 조사'에 의하면, 한국의 물질주의는 미국인의 3배, 일본인의 2배나 된다고 한다. 학생들의 행복도 조사 결과를 보면, 중·고등학교 학생들도 돈 버는 것이 성공의 목표이고, 행복의 중요한 지표라고 생각하고 있다. 돈이 세상을 지배하게 되었으니 전통적인 가치나 공동체 정신은 사라지고 있다. 이러한 잘못된 가치관이 우리 사회를 병들게 만들고, 사람들의 행복까지 앗아가고 있다. 그러므로 인생에 행복을 가져다주는 몰입·사랑·신뢰·자선·공생 등 기본적 가치를 추구해야 참된 행복을 누릴 수 있게 된다.

성공해야 행복한 것이 아니라 '행복하게 사는 것'이 성공이다.

우리나라 사람들은 성공해야 행복해진다는 잘못된 생각을 하고, 성공에 올인 하면서 살고 있다. 어떤 방법으로든 성공이라는 종점까지 가는 것이 목표이고, 그곳으로 가는 과정은 중요시하지 않는다. 사람들은 기본적으로 미래의 성공을 위해 현재의 행복을 희생시키는 성취주의자 유형에 속하므로 행복을 모르고 살아간다. 행복은 지금 이곳에서 사소한 것을 통해 누려야 하는데, 먼 미래에 성공을 한 후에나 행복해질 수 있다는 잘못된 생각을 하고 있으므로 언제나 행복하지 못하다. 이코노미스트지 한국 특파원을 지낸 대니얼 튜더가 '한국 - 불가능한 나라'라는 책을 썼는데, 그 번역본 제목이 눈길을 끈다. 그 제목은 '기적을 이룬 나라, 기쁨을 잃은 나라'이다. 경제적으로는 한강의 기적을 일구는 등 성공하였지만, 그 과정에서 기쁨을 잃은 불행을 잘 지적하고 있다. 물질적 성공과 정신적 실패라는 대한민국의 역설: 우리들의 자화상이다. 로이 굿먼은 "행복은 여행길이지 종착역이 아니다."라고 했으며, 유영만은 "행복은 종점을 향하여 가는 수많은 간이역에 있다."고 했다. 행복은 성공한 후가 아니라 성공으로 가는 과정에서 누리라는 권고의 말이다. '파우스트'는 인생의 성공 여부는 결과가 아니라 과정에 있으며, 부단히 노력한 자를 신은 구원한다고 하였다. 행복은 성공해야 찾아오는 것이 아니라 성공을 향하여 가는 과정에서 누려야 한다. 진정한 행복이 무엇인지 바로 알고, 행복에 관한 관점을 바꿔야 행복해질 수 있다. 성공해야 행복한 것이 아니라 '행복하게 사는 것'이 성공이다.

'심한 경쟁'이 행복의 가장 큰 적이다.

우리나라는 영토가 좁고 자원이 부족한데 인구는 많다 보니 먹고살기 위해 경쟁이 심할 수밖에 없으므로 우리나라 사람들의 행복도가 가장 낮은 편에 속한다. 사람들은 미래를 지나치게 걱정하거나 과도하게 기대하는 심리를 가지고 있기 때문에 더 경쟁을 하게 된다. 물신주의 사상이 몸에 배어 돈과 성공에 목을 매다 보니 일중독에 빠지고, 최고만을 추구하니 경쟁은 심해진다. 그 결과 사회적 환경은 불안해지고 마음에 여유를 가질 수 없으므로 행복을 느낄 수 없다. 간디는 "대지는 모든 사람의 필요를 충족시키기에 충분하지만, 모든 사람의 탐욕에 대해서는 그렇지 않다."고 했다. 만족할 줄 모르는 지나친 욕심이 불행의 주범이다. 경쟁은 불가피한 현상이지만, 문제는 공정성이 결여된 경쟁의 방식과 다수가 실패자로 전락하는 결과에 있다. 누구든지 실패할 수 있는데, 이때 다시 일어나서 그때 얻은 교훈을 되새기며 재출발하면 성공할 수 있는 가능성은 그만큼 커진다. 수능시험은 모든 수험생들을 일렬로 세우고, 소수만이 승리를 하고 나머지는 모두 패자로 만들고 있다. 취업은 물론 사회에 진출한 후에도 출세하기 위해, 아니 살아남기 위해 무한경쟁을 해야 한다. 더욱이 최고의 자리에 오르는 것만을 성공이라고 생각하니 경쟁은 심해지고, 대부분의 사람들은 행복하지 못한 것이다. 경쟁은 우리 사회가 급속한 성장을 하게 된 동력이 되기도 했지만, 그 결과 많은 사람들의 행복을 앗아가고 있다. 자기가 좋아하는 일을 열정적으로 하면 성공한 것이고, 그 결과에 만족하며 살아가는 것이 행복으로 가는 길이다.

'1등'만이 성공한 것은 아니다.

영화 '4등'이 세간의 관심을 끌었다. 그 스토리 안에 우리나라 사람들이 행복하지 못한 이유가 들어 있다. 주인공은 "난 수영이 좋은데, 꼭 1등만 해야 해요?"라는 질문을 던진다. 재능은 있지만 대회만 나가면 4등만 하는 수영선수 '준호'와 1등에 대한 집착을 버리지 못하고 닦달하는 엄마. 우리 사회의 전형적인 모습이다. 사람을 한 줄로 세워 등수를 매기고, 1등만을 추구하는 경쟁이 많은 사람들을 패자로 만들고, 불행을 대량생산하는 우리 사회의 부조리한 모습을 고발하고 있다. 아빠는 취미로 시키라고 하지만, 엄마는 기어이 1등을 만들겠다고 한다. 그러나 1등을 하면 시상대에 오를 때는 기쁘지만, 그 후에는 그 명성을 유지하는 것이 어렵고, 그 기쁨은 곧 사라지고 만다. 2등은 1등을 하지 못해 행복하지 못하고, 3등이 오히려 입상을 했기 때문에 행복하게 생각한다. 그래서 행복해지기 위해서는 '동메달리스트'가 되라고 심리학자들은 권고한다. 적당한 선에서 만족할 줄 아는 것이 행복으로 가는 지름길이다. 올림픽에서 금메달을 따지 못한 우리나라 선수들은 하나같이 금메달을 따지 못해 죄송하다는 말을 되풀이한다. 우리들은 금메달 획득에만 관심을 돌리고, 금메달을 획득하지 못하면 실패한 것으로 보는 의식에 문제가 있다. 1등만이 성공을 의미하는 것은 아니므로 굳이 심한 경쟁을 할 필요가 없으며, 다른 사람들과 비교할 필요가 없다. 최선을 다해 싸웠으면 그것이 성공이고, 자존감을 가지고 살아가는 것이 행복으로 가는 길임을 명심해야 한다.

3월 16일

'부적절한 비교'가 행복을 앗아간다.

쇼펜하우어는 "모든 불행은 나를 다른 사람과 비교하는 것에서 시작된다."고 했다. 그런데 우리나라 사람들은 무조건 비교를 하는 습성이 있다. 사람들이 함께 살면서 비교를 하지 않을 수 없다. 비교를 한다는 것은 자연발생적인 것으로 무조건 나쁜 것은 아니다. 자신의 위치를 평가하기 위해 비교가 필요한 경우가 있으며, 앞서가는 사람들이 자극제가 되어 자기 발전에 동력을 불어넣을 수 있다. 문제는 비교의 대상이 누구냐에 따라 행복과 불행이 갈린다는 점이다. 미국의 문명비평가 헨리 멩켄은 "행복해지고 싶다면 자신보다 훨씬 가난하고 못사는 사람과 비교하라. 그러면 항상 행복할 수 있다."라고 했다. 윗사람과 비교를 하면 상대적으로 불행해지지만, 아랫사람과 비교하면 상대적으로 행복해질 수 있다. 그런데 우리나라 사람들은 최고의 위치에 있는 사람과 비교를 하면서 행복을 제로섬게임으로 생각하고, 합리적으로 받아들여야 할 불평등도 용납하지 않는 데 문제가 있다. 행복은 다른 사람과 비교함으로써 얻는 상대적 가치가 아니라 자기 자신에서 찾는 '절대적 가치'이다. 자신만의 방식으로 인생을 살아가는 것이 행복으로 가는 길이다. 진정한 행복은 자기의 자존감을 인정하고, 자기가 누리는 행복의 조건들을 그대로 받아들이는 데서 온다. 다른 사람들과 불필요한 비교를 함으로써 불행을 자초하지 말고, 자신의 자존감을 인정하면서 만족하며 살아야 행복을 지속적으로 누릴 수 있다.

'공동체 가치'가 무너지는 것이 불행의 최대의 원인이다.

우리나라는 공동체의식이 사라지면서 삶의 질이 점차 떨어지고 있는 것이 현실이다. 민주주의가 들어온 후 사람들은 개인의 자유와 평등만을 주장하면서 점차적으로 공생과 질서라는 공동체 가치는 존중하지 않는 경향이 있다. 이념 간·지역 간·계층 간 갈등이 지속되고, 나아가 세대 간 갈등까지 빚어지니 공생이란 이념이 무색해지고 있다. 대가족제도가 핵가족제도로 바뀌면서 가정에서는 물론 공교육에서 인성교육이 사라지고 있다. 2015 OECD 사회통합지표에 의하면, '사회적 관계' 항목의 평가지수가 0.2점(10점 만점)으로 OECD 국가 중 가장 낮다는 사실에 놀라지 않을 수 없다. 한국 사람들은 인정이 많고 이웃사촌을 말하던 시대는 지나가고, 가족의 해체·사회적 연대의 붕괴·협력의 부재 등 사회적 관계가 점차 악화되고 있다. 이러한 환경에서는 삶의 질이 낮아지고 행복도가 떨어질 수밖에 없다. 신뢰와 협력이 중요한 가치로 작동하고, 건전한 질서 속에서 공존할 수 있어야 삶의 질이 높아지고 행복해질 수 있다. 이제 우리나라는 근본부터 구조적 개혁을 해서 개인적 가치와 공동체적 가치가 조화와 균형을 이루게 함으로써 새롭게 출발해야 한다. 이러한 환경을 만들기 위해서는 국민들의 준법정신이 요구된다. 엄정한 입법과 공정한 집행을 통해 건전한 공동체로 발전시켜야 행복을 누릴 수 있다. 로버트 쿠민스 교수는 "긍정적인 인간관계가 행복을 만드는 데 중요한 요소"라고 하였는데, 건전한 인간관계를 형성하는 것이 행복도를 높이는 중요한 방법이다.

'시민의식'이 성숙되어야 행복도는 높아질 수 있다.

우리나라는 '정신적 후진국'이다. '빨리빨리'라는 모토를 내세워 단기간에 한강의 기적을 이루고 경제대국이 되었지만, 아직 공생을 위한 시민의식은 후진성을 벗어나지 못하고 있다. 공동체 가치를 존중하는 시민의식이 성숙해야 선진국 대열에 들어설 수 있다. 국가공동체를 형성한 기본적 목적이 안전과 평화로서 법에 의해 보장되어야 하는데, 국민들의 준법정신이 약해서 사회가 불안하고 갈등이 심한 것이 문제. 신용은 사회공동체가 성립하고 유지하는 데 필수적인 가치인데, 우리 사회에 만연되고 있는 불신이야말로 우리들의 행복을 가로막고 있는 장애물이다. 우리나라는 이러한 관행으로 인한 국가적 손실이 엄청나며, 그만큼 개인의 행복도도 낮아질 수밖에 없다. 나눔·봉사 등 공동체 정신도 미약하다. 새로운 대한민국으로 거듭나기 위해서는 국가전략을 다시 세우고, 기존의 체제와 관행을 구조적으로 개조해야 한다. 승자독식의 잘못을 고치고, 성과주의의 해악을 버리며, 사회적 안전망을 세우고, 구조적인 부정부패를 없애며, 사회적 통합을 이루고, 배려·나눔·공생을 하는 건전한 공동체로 거듭나야 한다. 무엇보다 행복 교육을 통해 국민들의 심성을 바로잡아야 한다. 근본으로 돌아가야 한다. 이제는 '빠른 길'이 아니라 '바른 길'로 가야 한다. 개혁은 혁명보다 어렵지만 개혁 없이는 미래가 없으니 국가의 명운을 걸고 '구조적인 개혁'을 해야 한다. 이러한 환경의 변화가 이루어질 때 국민들은 진정한 행복을 누릴 수 있게 될 것이며, 우리나라 사람들의 행복지수는 향상될 것이다.

제 12주
(3월 19일 - 25일)

'살아 있음'에 감사하며 사는 것이
최고의 행복이다.

생명은 신의 선물로써 최고의 가치이다. 생명권은 최고의 권리로서 자연권으로 인정되어 오던 것이 오늘날 헌법에서 보장되고 있다. 그러나 다른 권리와는 달리 생명권에는 처분권이 인정되지 않으므로 권리인 동시에 의무의 성격을 가지고 있다. 생명은 포기할 수 없으며, 삶을 존중하며 살아가는 것이 인도다. 살아 있다는 사실에 감사함을 느낄 때 가장 희열을 느끼고, 지속적인 행복을 누릴 수 있으며, 그 상태가 최고의 행복을 의미한다.

3월 19일

생명은 '신의 선물'로서 최고의 가치이다.

생명은 신의 선물이다. 살아 있다는 것 자체가 축복이다. 생명은 최고의 가치요, 모든 행복의 조건이다. 생명 그 이상 중요한 것이 어디 있는가? 신분의 차이나 빈부의 차이를 막론하고 존엄성을 가지고 있는 인간으로서의 가치는 동등하다. 인간의 가치는 생명 그 자체에 가치가 있다는 '존재의 가치'를 의미한다. 그런데 우리나라는 지금 생명경시사상이 이곳저곳에서 드러나고 있다. 돈 때문에 부모를 살해하고, 살기 어렵다고 자식을 죽이며, 스스로 목숨을 끊는 패륜행태가 우리들을 슬프게 만든다. 모든 삶의 근원은 생명에 있고, 생명 때문에 인생은 의미가 있는 것이다. 약동하는 생명력이 황홀한 신비감을 준다. 그러므로 인간은 생명의 가치를 존중하면서 살아야 할 의무가 있다. 실존철학에서는 인간이 어디서 왔다가 어디로 가는지 인간 존재의 근원적인 문제와 부조리에 대한 질문을 던지고, 생명은 자신의 의지와는 무관하게 이 세상에 던져진 존재일 뿐이라고 한다. 그러나 삶은 그 자체에 의미와 가치가 있으며, 인생은 그 뜻을 실천하기 위해 살아가야 한다. 알베르트 슈바이처는 '생명에 대한 외경'을 신조로 삼고, 아프리카에서 의료봉사를 하면서 일생을 마쳤다. 그는 생명에 대한 외경이야말로 인간이 지켜야 할 도덕적 명령이라고 했다. 살아 있다는 사실에 감사하는 마음을 가지게 되면 순간순간 행복을 누릴 수 있고, 모든 것에 감사할 수 있다. 생명 그 자체가 가장 고귀한 가치요, 귀중한 선물임을 깨닫게 될 때 최고의 행복감을 느낄 수 있다.

삶은 유한한 존재로서 '순간순간의 있음'이다.

법정 스님은 '버리고 떠나기'에서 "삶은 소유물이 아니다. 순간
순간의 있음이다. 영원한 것이 어디 있는가? 모두 한때일 뿐. 그
한때를 최선을 다해 최대한으로 살 수 있어야 한다."고 강론하였
다. 인생은 찰나에 불과하며, 모든 인간사는 덧없고 헛된 것이다.
인간은 영생을 추구하려고 시도하지만, 생물학적으로 생명을 다
소간 연장시킬 수 있을 뿐 영생은 불가능하며, 또한 건강이 허락
되지 않는 장수는 오히려 비극과 불행을 초래한다. 이처럼 인간
이 순간순간의 존재요 있음일진대, 지금 내가 살아 있다는 사실
에 감사함을 느끼는 것이 최고의 행복이다. "매 순간이 행복해질
수 있는 순간이다(도스토옙스키)." 인간의 실존은 결국 이 순간
에 있는 것이고, 이 순간을 어떻게 사느냐가 인생을 결정하며,
이 순간의 느낌이 행복과 불행을 결정하는 것이다. 순간순간 행
복을 느끼며 사는 것이 행복한 인생을 누리는 방법이다. 아름다
운 천국보다 고해라는 이승이 더 낫다는 말은 삶이 죽음보다 더
소중하다는 말로써 생명을 찬양하는 말이다. 응급실 의사는 수많
은 죽음을 보면서 항상 '살아 있다는 것에 감사함을!' 느낀다고
한다. 터키 이스탄불에서 마르마르 해협을 따라 뻗어 있는 길을
걸으면서 나는 무아지경에 빠진다. 이 시간 행복의 극치를 체험
한다. 살아 있으므로 걷고 있는 '지금의 나': 그 이상 더 가치 있
는 것이 무엇이랴. 이 순간 나는 천국을 걷고 있는 것이다. 그러
므로 순간순간 살아 있다는 사실에 감사함을 느끼며 사는 것이
최고의 행복이다.

3월 21일

생명권은 '권리'인 동시에 '의무'이다.

생명이 최고의 가치인 만큼 '생명권'은 최고의 권리로써 모든 인권의 기초이다. 생명권은 헌법상 보장되고 있는 가장 기본적인 권리이다. 생명권이 인정되지 않는다면 인간의 존엄성을 생각할 수 없으며, 구체적인 기본권의 보장도 무의미해진다. 생명권은 헌법이 채택되기 전부터 '자연법상의 권리(자연권)'로 인정되어 왔다. 생명권은 천부적 권리로써 신성불가침한 것으로 어떤 이유로도 침해할 수 없다는 것이다. 하나뿐인 생명은 귀중하므로 온 천하와도 바꿀 수 없다. 생명은 신의 선물로서 생명권에는 생명을 존중해야 할 의무가 또한 내재하고 있다. 생명은 개인의 소유에 속하지 않으므로 다른 권리처럼 스스로 포기할 수 있는 처분권(자기결정권)이 없다. 생명권은 의무로서 자기 생명을 침해하는 것(자살)도 인정되지 않는다. 다른 사람의 생명을 침해하지 않는 한 어떤 이유로도 생명권은 침해될 수 없다. 인간이 공동사회를 구성하고 공생을 누리기 위해서는 다른 사람의 생명을 존중해야 할 의무가 있다. 그러므로 생명권은 최고의 권리이지만, 절대적 권리라고는 할 수 없다. 즉, 생명권은 헌법상 기본권 중에서 최고의 권리로서의 성격을 가지고 있지만, 다른 사람을 살해하는 생명은 보호받을 수 없는 상대적 권리임을 인식해야 한다. 이처럼 생명권은 권리인 동시에 의무로서 2중적 성격을 가지고 있다. 그러나 생명은 권리와 의무라는 법적 차원을 넘어 '존재의 가치'로서 외경하는 정신으로 존중하고 보호하며 살아가야 모든 사람들이 안전과 평화 속에서 행복을 누리며 살아갈 수 있다.

3월 22일

누구의 생명이든 생명은 '똑같이 귀중하다.'

산기슭 트레킹코스를 따라 걸으며 이름 모르는 푸른 풀들을 내려다본다. 누가 '잡초'라고 불렀는가? 이름 없고 쓸모없는 풀이라고. 다른 꽃처럼 아름답지는 않고, 다른 풀처럼 쓸모는 없지만, 싱싱하고 푸른 그 모습이 당당하다. 이들은 강한 생명력을 가지고 있어 번식력이 대단하다. 다른 풀들과 함께 식물계의 일원으로 공생하고 있다. 그 모습을 보면서 생명은 얼마나 고귀하고 아름다운가를 느끼게 된다. 생태계에서 한 고리 역할을 하는 그 자체로써 존재가치가 있다. 사람들이 그 이름을 모르고 지나칠지라도. 자연의 한 식구인 잡초는 위대하다. 생명은 최고의 가치요, 무엇과도 바꿀 수 없다. 인간도 누구나 각자 가치를 가지고 있는 독자적 존재다. 생명의 가치에는 상하 우열이 있는 것이 아니라 존재 그 자체로써 가치가 있는 것이다. 살아 있는 존재는 그 존재만으로 절대적으로 평등하다. 그러므로 사람을 비교하면서 우열을 가려서는 안 된다. 인간은 누구나 인격체로서 존엄성을 가지고 있고, 동일한 가치를 가지고 있으며, 동일한 대우를 받아야 한다. 그러므로 개인은 각자 자신을 사랑하고, 자존감을 가지고 살아야 한다. 다른 사람들과 비교함으로써 스스로 가치절하를 해서는 안 된다. 비록 인생길이 성공과 실패로 갈릴지라도 인간의 가치에 우열이 있는 것은 아니다. 오로지 그 나름대로 자신의 길을 걸으면서 행복을 누리면 된다. 모든 사람은 똑같이 귀중하므로 자긍심을 가지고 각자 자기 삶의 주인이 되어야 행복해질 수 있다.

평소에 생명에 대한 '외경심'을 가지고 살아야 한다.

사람들은 평상시에는 생명의 가치를 실감하지 못하면서 건강을 잃었을 때 비로소 생명의 소중함을 깨닫게 되니 얼마나 어리석은가? 어느 날 병원에 가서 암 진단을 받았는데 양성이라는 결과가 나왔다. 순간적으로 눈앞이 캄캄해진다. 세상을 선하게 살려고 노력했고, 사람들을 사랑하면서 살아왔는데, 왜 나에게 이런 일이 발생했는가? 하나님에게 원망을 한다. 그러나 암은 누구에게나 오는 법: 이를 받아들이고 최선을 다해 고치도록 노력하는 수밖에 다른 방법은 없다. 이처럼 병이 난 후에야 비로소 건강이 중요하고 생명이 소중하다는 사실을 깨닫게 된다. 인간은 체험을 통해 겪어보지 못하면 생명의 귀중함을 느끼지 못하는 참으로 어리석은 존재다. 필자도 어느 해 부모님들을 거의 동시에 저세상으로 보내드리면서 생명의 소중함을 깨닫게 되었다. 그래서 인생의 무상함을 느끼며 어떻게 남은 인생을 의미 있게 살 것인가 고민하다가 여행을 하면서 기행문을 쓰기로 하였고, 지금은 사회봉사 차원에서 행복에 관한 책을 집필하고 있다. 앞으로는 '인생론'에 관한 책을 집필하면서 자아를 점검하고, 젊은이들에게 올바른 인생길을 제시하고자 한다. 평소에 생명의 중요성을 깨닫고 건강관리를 잘해야 하며, 살아 있다는 사실에 행복을 느끼며 살아가는 사람이 행복한 인생이다. 평소에 생명에 대한 외경의 정신을 가지고 살아가는 것이 필수적이다. 그러기 위해서는 인생의 속도를 줄이고, 자신의 내면의 세계를 들여다보며, 의미 있는 생활을 하는 것이 행복으로 가는 길이다.

3월 24일

살아 있다는 사실에 '감사'하면서 사는 것이 최고의 행복이다.

인간은 참으로 어리석은 존재다. 자신이 살아 있다는 사실을 의식하지 못하고 살아가고 있다. 평소에는 생명에 대한 외경을 느끼지 못한다. 삶에 묻혀 고해를 건너가느라 힘들게만 살고 있다. 고작해야 병이 났을 때 건강이 중요함을 깨닫고, 삶에 대한 애착을 가질 뿐이다. 경험이 최고의 스승이다. 어느 해 봄 이른 아침 아파트 23층의 서재에서 창밖을 내려다보니 도봉산 산자락이 한눈에 들어온다. 푸릇푸릇한 새싹들이 햇빛을 받으며 나뭇가지에서 솟아오르고 있다. 산자락 전체가 봄의 기운을 타고 푸른 옷으로 갈아입고 있다. 넘실거리는 연두색 물결 위로 생명이 넘쳐흐르고 있다. 그야말로 그 모습이 장관이다. 그 순간 생명은 이처럼 약동하고 아름다운가라는 생각이 들면서 '아! 나도 살아 있구나.' 하는 생각에 가슴이 벅차오른다. 평생 처음으로 느끼는 생명에 대한 경이감과 내면의 행복감이 교차한다. 어떤 기쁨과도 비교할 수 없는 최고의 희열이다. 행복 중에 가장 으뜸가는 행복감이다. 살아 있다는 것은 얼마나 축복인가? 생명이란 얼마나 고귀한 것인가? 살아 있다는 것은 얼마나 감사한가? 그 순간 나는 살아 있다는 사실만으로도 비로소 행복함을 느끼게 되었다. 살아 있기 때문에 모든 것을 보고 느끼며 행복을 누릴 수 있는 것 아닌가? 그날 이후 매일 아침 눈만 뜨면 도봉산 자락을 내려다보면서 오늘도 살아 있다는 사실에 감사하면서 하루를 시작하니 나는 행복하다. 하루하루가. 이처럼 매일같이 살아 있다는 사실에 감사하면서 살아가는 것이 최고의 행복으로 가는 길이다.

3월 25일

'내가 살아 있다는 것'이 기쁘고 감사하다.

존재하는 모든 것이 아름답게 보일 때 인생은 행복한 것이다. 자연의 아름다움이 느껴질 때 그 심성은 착해지고, 마음의 평화를 누릴 수 있다. 인간이 욕망만을 추구하면서 살게 되면 세상의 아름다움을 보지 못한다. 욕망은 무한정하기 때문에 욕망을 채우지 못해 스스로 행복의 무덤을 파고 만다. 사람은 누구나 생명을 외경하는 마음을 가지고 있고, 자연을 바라보며 감동하는 것은 바로 생명력 때문이다. 세상에 존재하는 것이 다 감사하게 느껴지면 그 삶은 아름답고 행복해진다. 모든 것은 살아 있기 때문에 이루어지는 것이고, 인간이 살아 있기 때문에 아름다움을 누릴 수 있다. '너와 나의 만남'도 살아 있기 때문에 받는 선물이다. 인간이 사랑을 할 수 있다는 사실은 바로 살아 있다는 증거이다. 모든 것의 근원이 생명에 있을진대 생명이 최고의 축복 아닌가? 이처럼 살아 있다는 사실이 귀중함을 인식하고, 살아 있다는 사실에 감사할 때 인간은 진정으로 행복을 느끼며 살아갈 수 있다. "행복은 살아 있음을 느끼는 것이다(프랑수아 를로르)." 살아 있다는 것이 최고의 행복이요, 행복의 근원이다. 항상 이런 감정을 가지고 살아가면 지속적인 행복을 누릴 수 있다. 오스트리아 시인 마샤 칼레코는 우리들에게 살아 있다는 사실이 인생의 의미이고 기쁨을 준다는 명시를 남기고 있다. 이 시를 되새기면서 나의 존재에 감사하면서 살아가는 것이 지속적인 행복을 누리는 길이다.

제 13주
(3월 26일~4월 1일)

'죽음'을 생각하며 인생을 배운다.

        생물학적으로 죽음은 육신의 생명이 끝나는 것을 말하지만, 종교에서는 영혼을 인정하고, 영혼이 떠나가는 것을 죽음이라고 본다. 분명한 것은 인간은 자연의 일부로서 죽음은 필할 수 없으므로 그대로 받아들임으로써 죽음의 문제를 해결하는 것이 불안과 고통을 극복하고 의미 있는 삶을 위해 필요하다. 마지막 행복은 '좋은 죽음'을 맞는 것이며, 그러기 위해서는 죽음을 미리 준비해야 한다. 생명권은 권리인 동시에 의무이므로 자살은 인정되지 않으며, 우리나라에서도 존엄사가 법제화되어 인간답게 마지막 인생을 누릴 수 있게 되었다.

3월 26일

생물학적으로 '죽음'은 피해갈 수 없다.

모든 것은 변한다. 생명도 유한한 존재요, 일정한 과정일 뿐이다. 쇼펜하우어는 "삶은 연기된 죽음에 불과하다."고 말했다. 인생이란, 토마스 만이 묘사한 것처럼, "무덤으로 가는 길"이다. 죽음을 향하여 달려가는 존재: 그것이 인생이다. 사르트르의 '구토' 주인공은 "삶이란 무엇이냐고 묻는다면 진심으로 삶이란 아무것도 아니고, 그저 텅 빈 껍데기일 뿐이라고 대답할 것이다."라고 말했다. 인간은 흙에서 왔다가 흙으로 돌아간다. 죽음은 온 곳으로 돌아가는 것, 즉 자연의 사이클을 의미한다. '생명은 지나가는 것': "인간이란 모두 집행기일이 확정되지 아니한 사형수들이다 (빅토르 위고)." 사람이란 생명체도 이 세상에 왔다가 덧없이 저 세상으로 돌아가는 존재이다. 그런데 인간의 욕망은 끝이 없고, 계속 불로장생을 꿈꿔왔다. 현대인들 또한 의학 발전에 힘입어 노화방지에 많은 관심을 기울이고 있다. 그러나 죽음은 피할 수 없고, 생물학적으로 영원히 사는 길은 없다. 영원히 살 것처럼 생각하고 행동해서는 안 된다. 누구에게나 죽음은 다가오고 있음을 상기하면서 남은 시간을 의미 있게 사는 것이 인생의 과제이다. 죽음은 자연현상으로 있는 그대로 받아들일 때 죽음의 문제는 해결되며, 노년에 절대고독에 시달리지 않는다. 죽음을 생각하면 주어진 인생을 즐겁게 살다 가야 한다는 생각이 더 절실해진다. 그러므로 누구나 죽음의 문제를 해결하고, 살아 있을 동안 행복을 누리도록 노력해야 한다.

3월 27일

죽음의 의미는 '입장'에 따라 다르게 이해한다.

죽음은 인간의 의지와는 상관없이 덧없이 찾아오므로 그 의미를 고민해보아야 의미 있는 삶을 살 수 있다. 죽음의 의미는 전통적 사상·종교·과학과 개인의 태도에 따라 다양하지만, 결국은 자신이 어떻게 받아들이느냐에 따라 결정된다. 죽음의 의미는 '영원한 새로운 탄생(렛싱)', '본질로의 복귀(셸링)', '삶의 올무에서 벗어나는 것(스토아주의)', '원자로의 해체(무신론)' 등 여러 가지로 생각할 수 있다. 죽음의 의미를 어떻게 보느냐에 따라 인생의 방향이 결정된다. 죽음은 선도 아니고 악도 아니다. 자연현상의 일부분일 뿐이다. 비록 죽음의 의미를 알지 못하더라도 죽음의 문제를 해결해야 남은 인생을 어떻게 살아가며, 절대고독을 극복하면서 노년을 평안하게 살 수 있다. 그 해결방법이 '영혼'을 인정하느냐 여부에 달려 있다. 유물론적 입장에서는 사후세계를 인정하지 않고, 사망은 '원소의 분해' 또는 '세포의 소멸'로써 인생의 종말이라고 본다. 정신은 뇌 세포활동의 산물로써 육체와 일체를 이루고 있으며, 사망과 함께 정신도 사라진다고 한다(물심일원론). 종교에서는, 천당이든 극락이든 그 형태는 다르지만, 사후세계를 인정함으로써 죽음이 인생의 종말이 아니고, 사망으로 분리된 영혼은 영생을 누린다고 한다(물심이원론). 영혼은 신의 존재와 마찬가지로 과학적으로 증명할 수 없기 때문에 무신론자들은 이를 수용할 수 없다. 영혼의 문제는 결국 개인의 믿음에 따라 선택할 수밖에 없지만, 있는 그대로 받아들이고 건강한 삶을 살아가야 행복을 누릴 수 있다.

죽음이 '자연법칙'임을 인정하면 죽음에 대한 공포는 사라진다.

사람은 누구나 죽음을 맞이하지만, 죽음을 어떻게 맞이하느냐에 따라 행복과 불행이 갈린다. 죽음은 피해갈 수 없지만, 죽는 방법은 선택할 수 있다. 에피쿠로스는 행복한 삶의 가장 중요한 요소가 '죽음에 대한 공포의 극복'이라고 하였다. 죽음을 두려워하는 것은 '원초적 공포'라고 한다(모니카 렌츠). 특히 노년에는 죽음으로 인해 절대고독에 빠지게 된다. 죽음은 인생의 종말이라는 생각과 내세에 대한 무지가 사람들을 불안하게 만들고 공포로 몰아간다. 임종과정에 들어서면 처음에는 거부하고 분노하고 저항하다가 마침내 타협하고 받아들이는 과정으로 이어진다. 인간도 자연의 일부이고, 죽음은 자연 순환의 과정일 뿐이다. 이 진리를 깨닫고 수용해야 하는데, 그러지 못하면 불안과 고독과 고통이 뒤따른다. 철학은 이성을 통해 죽음을 극복하려는 시도를 하고, 종교는 사후세계를 제시함으로써 죽음의 문제를 해결하려고 한다. 죽음은 자연법칙으로 피해갈 수 없으니 그대로 받아들여야 한다. 생텍쥐페리는 "죽음이 세상의 순리라고 생각하면 쉽게 죽을 수 있다."고 했다. 이를 진리로 인식하고 수용해야 죽음의 문제는 해결될 수 있으며, 죽음에 대한 불안과 공포로부터 해방될 수 있다. 니체는 인간은 언젠가는 죽는다. 그러므로 "한숨 쉬며 탄식하는 것은 오페라 배우에게 맡겨라. 쾌활하게 살자. 시간은 정해져 있으니 지금이 바로 기회다."라고 말했다. 스토아학파는 현재에 주의를 집중함으로써 죽음에 대한 두려움을 극복하고 자족적인 삶을 누릴 수 있다고 한다.

3월 29일

죽음을 생각하며 '인생'을 배운다.

철학자 제니퍼 마이클 헥트는 '죽음을 기억하라'를 행복의 네 가지 요소 중 하나로 들고 있는데, '좋은 죽음'이 인생의 마지막 행복이다. 죽음은 그 자체가 인생의 학교이고 스승이다. 죽음에 대해 진지하게 성찰하고 고민해보아야 남은 인생에서 무엇을 할 것인가를 되새기게 되고, 더 의미 있는 삶을 설계하며 행복한 삶을 누릴 수 있다. 마르쿠스 아우렐리우스는 "죽는 것조차 삶의 일부분이고, 잘 죽는 것보다 중요한 것은 없다."고 했다. 그런데 사람들은 일찍 죽음을 생각하며 인생을 설계하지 못하고, 죽음이 임박해서야 비로소 인생을 회고하게 된다. 세네카는 "죽음에 대해 생각할 때 인간은 신성을 만나게 된다."고 했으며, 프랭클은 "죽음은 삶에 의미를 부여하는 행위 자체를 헛되게 하지 않을 것"이라고 했다. 죽음은 생물학적으로는 인생의 끝이지만, 도덕적으로는 '삶의 완성'이라고 한다. 죽음을 생각하면 인생이 허무함을 느끼고, 인생을 경건하고 진지하게 살아갈 것이다. 죽음을 준비하는 삶은 '깨어 있는 삶'을 산다는 의미다. 하루하루가 최후의 날인 것처럼 사는 것이 죽음의 훈련인 동시에 삶의 기술이다. 오늘날 인생은 한 번 죽는 법이니 의미 있게 살다 가자는 요도(YODO: You Only Die Once의 첫 자 합성어)족이 등장하였다. 가능한 한 빨리 죽음의 문제를 해결하는 것이 인생을 풍부하게 만드는 데 필수적이고, 노년에 행복을 누리기 위한 최선의 방법이다.

3월 30일

'헤어지는 연습을 하며' 저세상으로 갈 준비를 하자.

죽음은 불시에 느닷없이 찾아온다. 그러므로 아름다운 이별을 위해서는 죽음을 준비하고 이별하는 연습을 하며 살아가야 한다. 세네카는 죽는 법을 배우려면 평생이 필요하다고 했다. 그만큼 아름답게 헤어지는 법을 안다는 것이 쉽지 않다는 말이다. 보들레르는 "사랑하면서 가장 중요한 것은 이별하는 방법을 아는 것이다."라고 했다. 만남 이상으로 작별하는 것이 중요하다. 흔히들 급사하는 것이 통증을 느끼지 않고 갈 수 있고, 가족들에게 부담을 주지 않으므로 가장 좋은 죽음이라고 말한다. 죽음이 준비된 이후에는 타당한 말이지만, 그렇지 못한 경우에는 아프고 아쉬운 감정이 남게 된다. 조병화 시인의 시 '헤어지는 연습을 하며'는 죽음의 세계에 대한 불안이나 공포와 같은 내면의 세계를 그리고 있다. 시인이 머무는 곳은 항상 '가숙(假宿)'이었다. 노시인은 항상 고독 속에 갇혀 살아왔고, 영원한 안식처를 찾기 위한 준비를 해왔을 것이다. 그러한 고독이 바로 이 시인의 시의 모태였으며, 현실과 이상을 연결해주는 교량역할을 했으리라고 본다. 평소에 시인을 보면서 그런 느낌을 받았고, 마지막에 건강하시지 못한 모습을 보며 그런 생각을 떨쳐낼 수 없었다. 이별하는 방법을 익히고, 아름다운 이별을 준비하며 사는 인생은 귀하고 아름답다. 이것이 자아완성으로 가는 길 위에서 마지막으로 추구하는 행복의 모습일 것이다. 오늘도 헤어지는 연습을 하며 사람들을 만나고 헤어진다.

헤어지는 연습을 하며

조병화

헤어지는 연습을 하며 사세
떠나는 연습을 하며 사세

아름다운 얼굴, 아름다운 눈
아름다운 입술, 아름다운 목
아름다운 손목
서로 다 하지 못하고 시간이 되리니
인생이 그러하거니와
세상에 와서 알아야 할 일은
떠나는 일일세

작별하는 절차를 배우며 사세
작별하는 방법을 배우며 사세
작별하는 말을 배우며 사세

아름다운 자연, 아름다운 인생
아름다운 정, 아름다운 말

두고 가는 것을 배우며 사세
떠나는 연습을 하며 사세

인생은 인간들의 옛집
아! 우리 서로 마지막 할
말을 배우며 사세

3월 31일

'귀천'을 생각하며 죽음을 준비한다.

천상병 시인이 이 세상의 소풍을 마치고 하늘로 돌아간 지 어언 30년이 흘렀지만, 그의 소망, 아니 그의 모습을 닮은 '귀천'이라는 시는 지금도 사람들의 심금을 울리고 있다. 그는 순진무구한 마음과 무욕의 정신으로 시를 써왔다. 이 시는 우리들 가슴속에 남아서 자신들의 삶을 되돌아보게 만드는 거울이 되고 있다. 어려운 환경 속에서 건강이 좋지 않음에도 어떻게 이처럼 아름다운 시를 쓸 수 있었는지 상상이 가지 않았다. 평범한 사람들은 모방할 수 없고 또한 이해하기도 쉽지 아니한 기행을 들어온 터라 더욱 놀라지 않을 수 없다. 시인들이 그의 시에 대한 평가를 어떻게 하든 간에 이 시는 그의 대표작으로 누구에게나 가슴을 울리고 있다. 이 시 속에서 삶과 죽음은 연속선상에 있으며, 시인은 죽음에 달관하거나 초월한 태도를 보여주고 있다. 과연 사람들에게 이 세상은 아름답게 비칠 수 있는지, 이 세상을 소풍하듯 살다가 갈 수 있는지, 의문스럽다. 더욱이 그런 고백을 할 용기가 있을지도 모르겠다. 그런 생각을 할 수 있고 그런 고백을 할 수 있다면, 그 인생은 아름답게 마무리되는 것이 아닐까 생각해본다. 그래 이처럼 아름다운 감성을 간직하고 살면서 마지막을 장식하고 저 하늘로 돌아가는 것이 이상적인 인간상이 아닐까? 그러나 아름다운 귀천, 자신이 없어 슬프다. 아직도 자신의 욕망을 다 내려놓지 못했다는 증거일 것이다. 자신을 돌아보며 상념에 잠긴다.

귀천

천상병

나 하늘로 돌아가리라
새벽빛 와 닿으면 스러지는
이슬 더불어 손에 손을 잡고

나 하늘로 돌아가리라
노을빛 함께 단 둘이서
기슭에서 놀다가 구름 손짓하며는

나 하늘로 돌아가리라
아름다운 이 세상 소풍 끝나는 날
가서, 아름다웠다고 말하리라

4월 1일

죽음은 '어디에나' 있다(?)

인간은 누구나 죽는다. 그러나 언제 죽는지 모른다. 하이데거는 죽음을 미래의 것으로 생각하고 현재 살아 있다는 사실에 안도하는 사람은 "죽음 앞에서의 부단한 도피"라고 하였다. 이는 죽음의 문제를 미리 해결하고 의미 있는 삶을 살라는 경구로 받아들이면 된다. 헤르만 헤세는 "죽음이란 저기 또는 여기에 있지 아니하고, 모든 길 위에 있다. 너의 그리고 나의 내면에 깃들어 있다."고 하였다. 여기서 죽음이란 육체적 죽음이 아니라 '정신적 죽음'을 말한다. 생물학적 죽음이 닥쳐왔을 때 비로소 죽는 것이 아니라 이성적 존재로서 참된 삶의 길을 벗어날 때 의미 있는 삶을 버리는 것을 말한다. 인간의 가치는 정신적 생명인 꿈과 희망과 사랑에 있다. 꿈과 희망을 잃고 사랑을 하지 못하면 그것은 죽음과도 같다. 정신이 건강해야 생산적 활동을 할 수 있고, 의미 있는 삶을 누릴 수 있다. "젊음의 사전에는 절망이란 없다." 나이가 들면서 꿈을 잃거나 희망을 포기하는 경향이 있다. 그러나 꿈을 잃는 것은 인생의 의미를 상실하는 것으로 인생의 끝자락까지 꿈은 간직하고 있어야 하고, 희망의 끈을 놓지 않으면서 긍정적인 삶을 살아야 한다. '좀 더 빛을!'을 외치고 저세상으로 건너간 괴테의 마지막 삶은 얼마나 아름다운가? 항상 꿈과 희망을 잃지 않고, 정신적 건강을 유지하면서 내일을 바라보며 살아가는 것이 행복의 근원이다. 내면에 스며드는 죽음을 극복하고 건강한 삶을 누리는 것이 행복한 인생을 만들어가는 길이다.

제 14주
(4월 2일–8일)

생명권은 권리인 동시에
'의무'로서 포기할 수 없다.

　　생명은 최고의 가치로서 인권 중에서도 최고의 권리로 보장되고 있다. 생명권은 권리인 동시에 의무이다. 생명은 신이 준 선물로써 스스로 포기할 수 없다. 생명권에는 자기결정권이 없으며, 따라서 자살은 인정될 수 없다. '자살금지'를 거꾸로 읽으면 '지금 살자'가 아닌가? 노년에는 마지막 희망이 '존엄사'이다. 죽을 때도 인간답게 존엄성을 지키며 가는 것이 좋은 죽음이다. 이제 우리나라도 오랜 논쟁을 거쳐 '존엄사법'이 입법화되어 존엄사를 권리로써 누리게 되었다.

생명권은 권리인 동시에 '의무'로서 포기할 수 없다.

셰익스피어는 '햄릿'에서 주인공은 "사느냐 죽느냐, 그것이 문제로다."라고 독백을 하는데, 그것이 문제가 아니다. 그것은 생사의 문제가 아니라 자살의 문제이다. 카뮈는 "참으로 중대한 철학 문제는 단 하나뿐이다. 그것은 자살이다."라고 하면서 '자살은 도피'라고 했다. 자살은 그만큼 개인적으로나 사회적으로 중요한 문제이다. 생명권은 인간의 존엄성의 기초이고, 가장 중요한 가치이므로 생명은 존중되어야 하며, 자기 생명도 포기할 수 없다. 또한 사람들은 다른 사람의 생명을 존중해야 할 의무가 있는데, 이것이 국가공동체를 만든 이유다. 생명은 신의 소유물이라는 입장에서는 죽음이란 '신의 호출에 복종하는 것'으로 자기 생명을 처분할 수 있는 '자기결정권'은 인정되지 않는다. 기독교에서는 자살을 죄로 규정하고, 이를 인정하지 않는다. "삶을 힘없이 버리는 자에게 신은 은총을 베풀지 않는다."고 한다(젊은 베르테르의 슬픔). 누구나 가장 소중한 자기 생명을 존중하면서 살아야 할 의무가 있다. 자살은 생명 그 자체에 대한 부정이 아니라 삶의 조건에 대한 절망감에서 이루어지는 경우가 허다하다. 그러나 고통을 이기지 못해 생명을 버리는 것은 잘못된 생각이다. 어떤 어려움이 부닥칠지라도 죽을 용기를 가지고 살아가면 반드시 극복할 수 있고, 새로운 인생을 만날 수 있다. '자살금지'를 거꾸로 읽으면 '지금 살자' 아닌가? 생명은 신의 선물이지 자기 소유가 아니다. 생명을 존중하고 살아 있음에 감사하면서 살아가는 것이 바로 행복이다.

4월 3일

대한민국은 '자살공화국'이란 오명을 쓰고 있다.

한국인 자살률은 OECD 29개국 중 1위로써 하루에 42명씩 자살을 한다. '자살공화국'이란 오명을 피할 길이 없다. 경쟁이 심해지고 삶이 힘들어짐에 따라 생명경시사상이 한반도를 뒤덮고 있다. 우리나라가 성공을 이루고 행복을 누리기 힘든 나라임을 반증하는 것이다. 경제가 발전하였음에도 불구하고 자살률은 계속 늘어나고 있다. 한때는 함께 자살하자는 온라인 커뮤니티가 생겨나서 세상을 놀라게 했다. 한 서울대생이 온라인 커뮤니티에 "먼저 태어난 자, 가진 자, 힘 있는 자의 논리에 굴복하는 것이 이 사회의 합리이며, 생존을 결정하는 건 수저 색깔"이라는 유서를 남기고 자살을 함으로써 사회적으로 충격을 주었다. 이 경우에는 개인적 사정도 한몫을 했겠지만, 사회적 환경에도 그 원인이 있다. 에밀 뒤르켐은 '자살론'에서 자살은 개인적 행위의 총합이 아니라 사회적 사실로써 사회적 영향을 받는다고 했다. 자살률이 높다는 것은 사회적 안전망에 문제가 있다는 징표이다. 빈부격차로 인한 상대적 박탈감이 행복을 앗아간다. 젊은이들에게 희망의 사다리를 놓아주어야 하며, 노년에게는 사회보장제도가 확립되어야 한다. 인터넷상에서 갑론을박이 이어지고 있는데, 유서가 베르테르 효과를 불러올까 걱정이 되기도 한다. 이러한 현상을 불러오는 우리 사회의 문제점을 근본적으로 파악하고 그 대책을 마련하는 것이 중요하다. 그 원인이야 어디에 있든 간에 자살은 금물로 인간은 누구나 살아야 할 권리와 함께 의무가 있다. 자살할 용기를 가지고 굳건하게 살아가자. 언젠가는 반드시 희망의 날이 올 터이니.

4월 4일

시련을 이길 수 있는 '강한 의지'와 '인내심'을 길러야 한다.

개인적으로 자살을 하는 이유는 일반적으로 가족의 붕괴, 절대적 빈곤, 심한 경쟁에서 오는 중압감, 사회적 갈등과 고립감, 중증의 질병, 은퇴 이후의 상실감과 고독감 등에서 찾을 수 있다. 청년들은 과도한 경쟁에서 오는 스트레스가, 노년들은 궁핍과 고독이 그 주된 원인이다. 그 근본원인은 자신을 사랑하는 자애심이 사라지고, 자신을 존중하는 자존심이 꺾이며, 환경을 이겨낼 수 없는 무능감과 미래에 대한 절망감이 크기 때문이다. 자살을 시도하는 사람들의 90%는 우울증 때문이고, 실제로 우울증 환자의 15%는 자살한다는 통계가 있다. 실존주의자 카뮈는 자살은 도피일 뿐이므로 인간은 세상의 부조리함을 극복하고, 자기 결정에 책임지는 삶을 살아야 한다고 했다. 생명은 가장 소중한 자산이다. 젊은 시절에는 원대한 꿈과 소망을 가지고 살아야 하며, 노년에는 생명의 소중함을 인식하고 살아가야 한다. 인생의 목표를 실현하기 위해서는 열정을 가지고 노력해야 한다. 어떠한 어려움이 있더라도 이를 극복할 수 있는 불굴의 의지와 강인한 인내심을 길러야 한다. 그래야 고해 같은 세상에서 성공을 하고 행복을 누리며 살아갈 수 있지 않겠는가? 사회의 경쟁에서 살아남기 위해서는 도전정신이 필요하며, 어떠한 난관도 넘어설 수 있는 적응력을 키워야 한다. 아인슈타인, 에디슨 등 위대한 사람들을 보라. 실패를 거듭하면서 마침내 성공하였으니 항상 희망을 가지고 분투하라. 단기적으로는 절망감을 극복할 수 있도록 도와야 하지만, 장기적으로는 자기성찰 능력을 키워 자긍심을 가지도록 해야 한다.

4월 5일

고통 없이 '자연사'하는 것이 마지막 행복이다.

인간은 누구나 죽는다. 어떻게 죽을 것인가?: 마지막 라이프스타일을 선택하는 문제가 인간이 풀어야 할 마지막 숙제이다. 노인들의 마지막 소망은 '존엄하게 죽는 것(존엄사)'이다. 죽기 전에 질병으로 고통을 겪는 것은 자신에게도 힘든 일이지만, 가족이나 사회에도 많은 부담을 준다. 그러므로 고통 없이 저세상으로 건너가는 '잠자는 듯한 죽음(=자연사)'이 좋은 죽음이요, 자연의 축복이다. 그러나 실제로 고통 없는 죽음이란 없다고 임상실험자들은 말한다. 누구나 노년에는 죽음을 생각하며 고통 없는 이별을 꿈꾼다. 행복추구권은 인생의 마지막 과정인 죽음에까지 적용되고 보장되어야 하다. '존엄사'란 엄격하게 정의하면 생명을 유지하는 데 필요한 모든 치료를 중단하는 '연명치료거부권'을 의미한다. 그 법적 근거는 인간의 존엄성과 행복추구권(헌법 제10조)에 기초한 자기결정권을 인정하는 것이다. 고통받지 않고 비참하지 않게 죽는 '좋은 죽음'이 마지막 행복으로 가는 길이다. 죽음을 맞이할 때도 인간답게 죽는 것이 중요하며, 고통 없이 생을 마감하는 것이 행복의 끝자락에 속한다. 그러므로 본인은 물론 가족들도 신경을 써서 존엄사를 미리 준비하는 것이 필요하다. 지금까지 생명을 최대한 연장시키는 것이 효도라는 잘못된 사고와 관행이 걸림돌이었다. 이제는 존엄사법이 제정되었으므로 평안하게 저세상으로 가는 길이 열려 있다. 그러므로 누구나 존엄사를 선택해서 실행하는 것이 마지막 행복을 누리는 방법이다.

4월 6일

'존엄사'를 선택하도록 적극적인 정책 전환이 필요하다.

생물학적으로는 인생의 4/1은 성장하는 기간이지만, 4/3은 늙어가는 과정이다. 그동안 경제성장과정에서 '웰빙'이 모든 나라에서 사회적 화두이었지만, 고령화시대가 다가오면서 이제는 '웰다잉'이 최대의 관심사가 되었다. 한국 사람들은 생명에 대한 집착이 강한 편이고, 부모들이 어떻게든 오래 살도록 하는 것이 효도라는 전통이 있다. 의료기술이 발전하면서 중병에 걸릴 때에는 통증을 완화하고 질병을 고치기 위해 병원으로 달려간다. 오늘날 '병원에서의 죽음'이 새로운 형태의 문화가 되었다. 그래서 죽음의 시간은 연장되지만, 그로 인한 문제들이 발생하고 있다. 우리나라 노년들은 병원에서 사망하는 경우가 70%에 이른다. 영국 이코노미스트지 산하 연구소가 행한 '죽음의 질' 조사에서 한국은 OECD를 포함한 40개국 중 32위로 하위권에 속한다. 병원에서 '연명치료'를 받게 함으로써 본인은 물론 가족에게 부담을 주는 등 사회적 비용이 너무 크다. 실제로 회생할 가능성이 없고 고통만 따르는 경우에는 생명의 연장이 오히려 비인도적일 수 있다. 이제 죽음에 대한 인식을 전환할 때가 왔다. 무의미한 생명의 연명치료를 중단함으로써 자연사를 통해 인간의 존엄성을 지키는 것이 중요하다. 그 방법에 관하여는 여러 가지가 논의되고 있다. 그러나 생명을 적극적으로 단축시키는 '안락사'는 인정되지 않으며, 이는 일종의 살인으로 형법상 범죄에 속한다. 환자와 가족은 존엄을 유지하면서 고통 없이 영면하도록 협력해야 할 것이다.

4월 7일

'대법원'이 최초로 존엄사를 인정하였다.

오늘날 존엄사는 세계적인 화두가 되고 있으며, 선진국에서는 점차적으로 입법화되고 있다. 생명권과 관련되어 있기 때문에 존엄사 문제는 법적으로 중요한 문제이다. 우리나라에서도 그동안 존엄사 문제가 이론적으로는 제기되어 왔지만, 법적으로는 인정되지 않고 있었다. 종교계에서는, 특히 기독교는, 교리상 자연사를 반대해왔다. 의료계에서도 갑론을박이 행해졌다. 우리나라에서는 1997년에 보라매병원에서 인공호흡기를 제거한 의료진이 살인방조죄로 실형을 선고받자 병원에서는 소생 가능성이 없는 환자라도 퇴원을 시켜주지 않게 되었다. 그러자 2009년에 김 할머니가 세브란스병원에서 뇌손상으로 식물인간이 되자 '인공호흡기를 제거해달라'는 소송을 가족들이 냈다. 대법원은 '김 할머니 사건'에서 "회복 불가능한 사망의 단계에 이른 때에는 특별한 사정이 없는 한 연명치료의 중단이 허용될 수 있다."고 판시함으로써 최초로 존엄사를 법적으로 인정하였다. 그 결과 사회적으로 존엄사에 대한 인식이 바뀌게 되고, 적극적으로 이를 수용하는 방향으로 전환되고 있다. 선진국에서는 단지 치료를 중단하는 데서 그치지 않고, 고통 없이 죽을 수 있는 다양한 방법들이 연구되고 있는데, 우리나라에서도 적극적으로 이러한 방법을 강구하는 것이 바람직하다. 이제 존엄사 문제가 법적으로 인정을 받게 됨으로써 누구나 마지막 행복을 누릴 수 있도록 국민의식이 전환되어야 하고, 국가적으로는 적극적인 정책 전환이 이루어져야 한다.

4월 8일

'웰다잉법'이 국회에서 통과됨으로써 존엄사 문제는 해결되었다.

선진국에서는 '웰다잉법'이 점차 입법화되는 추세에 있다. 우리나라에서도 2009년에 김 할머니 사건이 있은 후 20년 만에 국회에서 '웰다잉법'이 통과되었다. 그 공식명칭은 '호스피스 완화의료 및 임종과정에 있는 환자의 연명의료 결정에 관한 법'이다. 불필요하게 생명을 인위적으로 연장하는 인공호흡기를 제거하는 연명 치료 중단의 요건은 ① 회생 가능성이 없고, 치료에도 불구하고 회복되지 않으며, 증상이 악화되어 사망이 임박한 경우에, ② 본인의 '사전연명의료의향서'나 의사가 작성한 '연명의료계획서'를 통해 본인의 의사를 분명하게 밝혀두었거나, ③ 환자의 뜻을 알 수 없는 때에는 2명 이상의 가족이 확인해주면 가능하다. 존엄사제도의 역기능을 막기 위해서는 그 요건을 엄격하게 적용하여야 한다. 과잉진료를 막고 인간답게 저세상으로 떠나도록 만드는 것이 존엄사제도이다. 괴테처럼 '빛을 좀 더'라고 외치면서 이 세상을 떠나면 다음 생에 환한 세상을 맞을 것 같다. 사후에 법적 분쟁이 생길 위험성을 없애기 위해 사전에 유언장을 작성해두는 것이 마지막 행복으로 가는 길이다. 가족들도 신경을 써서 본인이 준비를 못 한 경우에 대비하여 준비를 해두는 것이 필요하다. 이는 어디까지나 법적 문제이므로 제도적으로 해결방법을 마련해야 하며, 적극적으로 실천할 수 있는 사회적 분위기가 필요하다. 그리하여 저세상으로 가는 사람에게 마지막 행복을 선물하는 것이 요망된다.

인간의 본성은 '선'인가, '악'인가?

　　인간의 본성은 원래 선한 것인가, 아니면 악한 것인가에 관하여 동서양을 불문하고 역사적으로 논쟁을 해왔다. 인간의 본성이 선하다는 성선설과 악하다는 성악설에 기초하여 사회현상을 설명하는 두 주류가 있었다. 그러나 인간의 본성은 순수하게 선하거나 악한 것이 아니라 선과 악이란 두 마음을 동시에 가지고 있으며, 외부에 어떻게 대응하느냐에 따라 그 심성이 다르게 나타난다. 인간의 마음은 교육을 통한 사회화 과정에서 이성을 갖추게 되므로 이성은 진보의 산물이라고 할 수 있다.

인간은 누구나 '욕망이라는 전차'를 타고 인생이라는 선로를 달리고 있다.

인간의 본성에는 '욕망'이라는 존재가 잠복하고 있다. 들뢰즈는 "인간은 이성적인 존재가 아니라 욕망하는 존재"라고 했고, 홉스는 "생명 그 자체가 운동이고, 욕망 없는 생명은 생명일 수 없다."고 했다. 자유주의는 인간의 본성에는 욕망이 있다는 전제에서 출발하고 있다. 욕망에 대한 가치판단을 하기 전에는 인간은 선하지도 않고 악하지도 않다. 인간은 DNA로 어느 정도 성격을 물려받기도 하지만, 본래 선한 사람과 악한 사람이 따로 있는 것이 아니라 사람은 누구나 선한 마음과 악한 마음을 함께 가지고 있다. 사람에 따라 차이는 있지만. 듀이는 아동은 선과 악을 동시에 가지고 태어난다고 했다. 욕망은 인간 행동의 동기가 되며, 그것이 어떻게 나타나느냐에 따라 선이 될 수도 있고, 악이 될 수도 있다. 이러한 욕망들이 '욕망이라는 전차'에 타고 세상이라는 선로를 함께 달리고 있다. 인간은 욕망 때문에 일을 하고 사랑을 하고, 성공하기 위해 노력을 한다. 인간의 욕망이 움직이지 않는다면 세상은 정적으로 가득할 것이다. 그런가 하면 욕망 때문에 증오와 분노를 일으키고 고통을 겪으면서 살고 있다. 모든 불행의 근원은 바로 탐욕에 있다. 이처럼 욕망은 이중성을 가지고 활동한다. 사람들은 성공과 실패, 행복과 불행의 갈림길에서 항상 고뇌를 하고 방황을 한다. 이러한 모든 현상은 바로 욕망이 어떤 결과를 초래하는가의 결과물이다. 뫼비우스의 띠는 안팎이 없다는 이야기는 이를 가르치는 말이다. 그러므로 욕망을 제대로 이해하고 잘 관리하고 통제하는 것이 성공과 행복으로 가는 길임을 명심해야 한다.

4월 10일

인간의 마음에는 '선과 악'이 공존한다.

맹자는 인간은 원래 선하다고 했고, 토머스 홉스는 인간의 본성을 악하다고 보았다. 전자를 '성선설', 후자를 '성악설'이라고 부른다. 이에 대하여 에리히 프롬은 "세상에는 선도 없고 악도 없고, 오직 엄밀한 자연법칙인 불가피한 필연성만 있다."라고 했으며, 불교에서는 인간의 본성은 선한 것도 악한 것도 아니라는 '성공설(性空說)'을 주장한다. 체이프 물르크는 "육체는 선과 악으로 가득 차 있는 영토"라고 했다. 인간의 마음에는 선과 악이 공존하고 있다. 칸트는 선한 유전자나 악한 유전자는 존재하지 않으므로 기존의 성선설과 성악설은 잘못된 접근방식이라고 했다. 선과 악은 일종의 현상으로 관념 속에 있는 것이지 인성의 본질이 아니며, 인성은 단지 중립적 상태일 뿐이다. 도스토옙스키는 인간의 마음을 "신과 악마의 전쟁터"라고 했다. 이들은 외부의 환경에 어떻게 적응하느냐를 둘러싸고 갈등이 생긴다. 실존주의자들은 인간의 타고난 본성은 없으며, 자기 선택에 의해 만들어지는 것이라고 한다. 인간의 본성은 생물학적 측면뿐 아니라 역사적·문화적 측면에서 여러 가지 복합적인 요인들에 의해 형성된다. 그 구체적인 모습은 '이성'과 '욕망'의 부단한 싸움으로 나타난다. 고귀한 인격이 갖추어지기 전에는 어떤 유혹에 넘어가느냐에 따라 두 마음은 갈등을 일으킨다. 두 마음 중 누가 이기느냐에 따라 선한 사람 또는 악한 사람 쪽으로 갈리게 된다. 이성이 욕심을 통제할 때 인격이 완성되며, 착한 성품을 만들어가는 것이 참된 행복으로 가는 길이다.

4월 11일

인간의 본성은 '이성'인가?

전통적 도덕주의자들은 합리주의적 인간관에 기초하여 인간의 본성을 '이성'에서 찾는다. 아리스토텔레스는 인간의 본성을 이성에서 찾으면서 이성을 실현하고 사색하는 삶을 아름다운 인생이라고 했다. 로크는 인간의 본성은 이성에 있으며, 자연상태에서 인간은 선과 악을 구분할 수 있을 정도로 이성적이고 합리적이라고 했다. 인간이 사회계약을 통해 국가공동체를 구성하는이유는 자연상태에서는 만인에 대한 만인의 투쟁으로 인해 사회적으로는 안전·질서·평화를 지킬 수 없으며, 개인적으로는 생명·자유·재산을 누릴 수 없기 때문에 이들 가치를 보장하기위한 것이다. 인간의 본성이 이성이라고 단언하는 사람은 이마누엘 칸트다. 인간의 가치는 그가 추구하는 대상의 가치와 동일하다. 선한 일을 하면 선한 사람이 되고, 악한 일을 하면 악한 사람이 된다고 했다. 조지 베일런트는 인간은 유전적으로 그리고 문화적으로 '도덕적 동물'로 진화해왔다고 한다. 인간은 본래 이기적 동물인데, 사회화 과정에서 교육과 사회규범을 통해 이성을 키워가는것이다. 그러므로 인간의 본성이 이성이 아니라 인간이 인간답게살아가는 지혜나 기술로써 이성을 키워가는 과정이 인생이다. 따라서 인간이 지향하는 이상적 인간상이 이성을 갖춘 인간이지, 이성 자체가 인간의 본성이라고 할 수는 없다. 인간이 단독자로삶을 살지 않고, 공동체를 구성하고 그 안에서 협력하면서 사는것이 이성의 산물이다. 그러므로 이성을 갖추고 온전한 인격체로살아가는 것이 참된 행복이요, 최고의 행복을 누리는 것이다.

4월 12일

인간은 '신과 동물 사이의 다리'이다.

인간이란 아름답지도 않고, 착하지도 않으며, 성스럽지도 아니한 존재이고, 그렇다고 더럽다거나 악하다거나 사악한 존재라고도 할 수 없는 중립적 존재이다. 니체는 인간을 '신과 짐승 사이의 다리'라고 표현했다. 인간의 본성이 신성과 동물성의 중간에 위치하고 있다는 말이다. 신에 다가설 것인가, 아니면 동물 쪽으로 기울 것인가, 즉 어떤 인간이 될 것인가는 스스로 선택하고 만들어간다는 것이다. 실존주의적 인간관은 개성을 가진 인간상을 추구한다. 아리스토텔레스가 행복을 '최고의 선'이라고 말할 때 그것은 '가치 있는 삶'을 의미한다. 인간은 단순한 동물적 존재에 그치는 것이 아니라 이성적 존재로서 본능적 쾌락 이상의 것을 추구한다. 인간이 인간답게 산다는 것은 의미 있는 일을 하며, 보람되게 살아간다는 것을 말한다. 인간은 공동체 안에서 공생을 위해 동물성을 벗어나야 하는데, 이는 당위적 요청이요 법이나 도덕이란 규범에 의해 보장된다. 인간은 천사가 될 수는 없지만, 적어도 이성적 존재로서 진화해왔다. 인간의 가치는 무엇을 하는지 그 대상의 가치에 의해 결정된다. 도덕주의의 입장에서는 인생의 목표는 자아형성에 있으며, 이를 위해 최선을 다해야 한다고 주장한다. 인간은 꿈을 꾸는 존재로서 이를 실현하기 위해 구체적인 목표를 세운다. 그 목표는 스스로 세우되, 의미 있는 삶을 만들어가는 과정이 보람 있는 인생이다. 자기 인생에 대한 책임은 스스로 져야 한다. 그 과정에서 행복을 누리는 것이 참된 행복이다.

'환경'에 대처하는 방식에 따라 심성은 변한다.

인간의 본성은 본래 이기적이다. 그래서 자기 이익을 우선시하고, 다른 사람을 배려하지 않는 경향이 있다. 모든 사람들이 이기심의 노예가 되어 충돌한다면 그곳에는 질서나 평화가 존립할 수 없다. 인간은 뇌가 발달하면서 이성적 존재로 진화하기 시작하였으며, 자연상태에서의 경험을 토대로 공동체의 필요성을 깨닫게 되고, 이타심을 바탕으로 하는 공동체 가치를 형성해왔다. 그 과정에서 문화가 형성되고, 역사가 발전해왔다. 괴테는 세상의 모든 구조는 합리적이라고 했는데, 그것이 바람직한 세상이라고 할 수 있지만, 현실은 결코 그렇지 못하다. 도덕주의자들은 선하게 사는 것이 행복이라고 하지만, 마냥 선하게만 살 수 없는 것이 현실이다. 불합리한 현상이 지배적이므로 합리적인 세상을 만들고자 하는 것이 인간의 소망이다. 그 본체는 이성이 욕망을 통제하도록 만드는 것이다. 교육을 통해 인간의 심성을 선하게 순화시킴으로써 건전한 공동생활을 할 수 있도록 해야 한다. 가장 중요한 것이 가정에서 이루어지는 인성교육이다. 인간은 무엇을 하느냐보다 어떤 인간이 되느냐가 중요하다. 많은 업적을 남기는 것도 중요하지만, 어떤 사람으로 평가를 받느냐가 더 중요하다. 인간은 실적보다 이성적 존재로 성장하고 훌륭한 인격을 보여줌으로써 자신의 유산을 남겨야 한다. 어떤 이는 사랑하는 모습을 남겼고, 어떤 이는 희생의 모범을 보였으며, 어떤 이는 봉사하는 자취를 남겼다. 이러한 의미 있는 일을 함으로써 사회에 교훈을 주고 귀감이 되도록 노력하는 것이 바람직한 인생길이다.

4월 14일

'교육'을 통해 인간의 심성을 단련시켜야 한다.

　인간의 본성은 자연과 사회에 대한 적응형식으로 자연발생적으로 이루어지는 측면도 있지만, 기본적으로는 학습과정을 통해 형성된다. 인간의 심성을 아리스토텔레스와 칸트는 각기 '휘어진 문재'와 '뒤틀린 목재'에 비유했다. 이러한 심성을 교정해서 바른 목재로 만들어야 올바른 인간이 될 수 있는데, 이 기능을 맡고 있는 것이 '교육'이다. 에리히 프롬은 인간의 본성은 충돌이라는 생물학적 현상이나 문화에 순응해가는 양식에 있는 것이 아니라 이념적·경제적·사회적·심리적 요소들과의 상호작용을 통해 형성되는 '역사적 진화의 산물'이라고 한다. 인간의 본성인 이기심과 충동성을 방치하게 되면 홉스의 말처럼 '만인에 대한 만인의 투쟁'이 전개되므로 어떤 형태로든 이들 본성을 순화시킴으로써 공동생활을 할 수 있도록 사회화시켜야 한다. 듀이는 아동은 선과 악을 함께 가지고 태어나므로 성장과정에서 교육을 통해 그 충돌을 막고 심성을 순화시켜야 한다고 했다. 교육은 인간이 사회적 동물로써 공생을 누리기 위한 지식을 전수하는 필수적인 과정이다. 그러므로 교육을 통해 인성을 순화시켜 건전한 공동체의 일원이 되도록 해야 한다. 그 밖에도 문화와 관습, 도덕과 법 등에 의해 개선되고, 간접적으로 규제하는 방법이 있다. 인간은 죽을 때까지 진화한다. 그 촉진제는 배움을 통해서다. 언제 어디서나 배움의 자세로 살아가는 것은 자신의 지식 함양은 물론 인격을 갖춘 인간상을 만드는 것이다. 그러므로 배움과 수양을 통해 자신의 인격을 단련시키는 것이 행복으로 가는 길임을 명심해야 한다.

4월 15일

공동체를 유지하기 위해서는 '사회규범'을 만들어 인간의 행동을 통제해야 한다.

공동체사회를 유지하기 위해 필수적인 도구가 '사회규범'인데, 여기에는 관습·도덕·법·종교 등이 있다. 관습이란 오랜 기간 계속 행해진 질서나 규칙을 말한다. 도덕은 인간이 인간답게 살아가도록 요구하는 일종의 사회규범이다. 도덕은 공동생활을 함에 있어서 필요한 최소한의 규범으로 법 이전의 세계에서는 강력한 규범의 기능을 했다. 유교사회에서는 도덕이 사회규범의 중추적 역할을 해왔지만, 오늘날에는 법에 의해 밀려나 규범으로서의 역할을 못 하고 있다. 법은 국가공동체를 유지하기 위해 반사회적인 행동을 하는 인간을 처벌하는 불가피한 도구이다. 사회가 발전하고 복잡해질수록 법은 광범하고 복잡하게 제정되고 있다. 법의 기능은 범죄에 대한 응보적인 측면과 예방적인 측면을 가지고 있지만, 징벌이라는 수단을 통해 인간의 행동을 규제하는 강제규범이다. 종교는 인간의 본성 자체를 완전하게 바꿀 수 있다는 점에서 다른 규범들보다 더 위력적이고, 중대한 영향을 미칠 수 있다. 인간은 신의 은사를 받으면 하나님의 명령을 지킴으로써 선하게 되고 그 본성이 변할 수 있다. 이들 규범은 인간의 욕구를 통제하고, 잘못된 행동을 징벌함으로써 공동체를 유지하는 기능을 한다. 사회규범이 엄격해야 사람들은 규범을 더 잘 지키고, 사회가 안전과 질서를 더 굳게 세울 수 있다. 싱가포르가 보여주는 것처럼, 이성이 법을 만드는 것이 아니라 법이 이성을 만든다는 사실을 인식해야 한다. 사람들의 준법정신이 높아져서 사회규범을 잘 지킬 때 개인의 행복은 성장할 수 있고, 행복한 사회적 환경이 조성될 수 있다.

제 16주
(4월 16일 - 22일)

'의미 있는 인생'을 사는 것이
최고의 행복이다.

　　　　인간이란 우주에 비하면 하나의 점에 불과하고,
영겁에 비하면 찰나에 지나지 않는다. 지나고 나서 돌이켜보면
인생은 헛되고 헛된 존재이다. 그러므로 짧은 인생을 보람 있게
살기 위해서는 '의미 있는 삶'을 살아야 한다. 삶의 진정한 의미
는 그 의미를 찾아가는 과정이다. 인생이란 주어진 시간과 에너
지의 총합이다. 이들 자원을 최대한 활용해서 가치 있는 삶을 누
리도록 노력해야 한다. 인생은 고해와 같아서 많은 시련을 겪으
면서 성장하는데, 그 과정에서 적응력을 키우고 정체성을 세우며
행복하게 살아가는 것이 인간의 의무요, 책임이다.

인생은 '하루살이'이다.

인생은 찰나에 지나지 않고, 인간의 실체는 끊임없이 변화한다. 육체에 속하는 모든 것은 흐르는 물과 같고, 정신에 속하는 모든 것은 스쳐가는 꿈과 같다. 마르쿠스 아우렐리우스는 사람이 얼마나 오래 사느냐는 중요하지 않고, 중요한 것은 삶의 순간순간이라고 했다. 소요산에서 등반을 마치고 내려오는 중이다. 산허리에 걸려 있는 늪지에서 하루살이가 떼를 지어 운행을 하고 있는 모습이 눈에 들어온다. 저녁 햇살을 받으면서 산기슭 습지에서 그곳이 자신의 우주인 것처럼, 그 순간이 영겁인 것처럼 정신없이 돌고 돈다. 마치 거울처럼 그 속에 내 모습이 투영되니 나도 하루살이 아닌가? 외곬으로 바쁘게 살아오면서 돌아보지 못하고 달려온 인생, 내 모습이 바로 그것과 일치하고 있었다. 이제야 뒤늦게 그 메시지를 통해 나 자신을 깨닫게 된다. 지구를 우주에서 바라보면 하나의 조그만 점에 불과하고, 인생을 영겁에 비교하면 순간적인 찰나에 지나지 않는다. 그래, '나도 하루살이인 것을!' 인생은 지나고 나서 돌아보면 헛되고 헛된 것이다. 달라이 라마는 "무상을 깨닫는다면 아집과 집착에서 벗어나 행복을 느낄 수 있다."고 했다. 인생이 화살처럼 지나간다고 결코 허무주의에 빠질 것이 아니라 하루를 나의 인생으로 받아들이며 효율적으로 시간 관리를 하면서 살아야겠다는 생각이 머리를 스쳐 간다. 의미 있는 삶을 누리기 위해서는 하루를 영겁으로 만들기 위해 순간순간에 집중하며, 자신의 목표를 이루기 위해 최선을 다해야 한다.

4월 17일

인생은 '생로병사'의 과정을 걷는다.

인생은 '생로병사(生老病死)'의 과정을 거친다. 태어나서 살다가 늙고 병들어 죽는 순환과정이 삶이다. 이는 누구도 거부할 수 없는 자연현상이고 자연법칙이다. 사르트르는 "삶이 무엇이냐고 물으면 삶이란 아무것도 아니며, 그저 껍데기일 뿐이라고 대답할 것이다."라고 했다. 이 과정을 순리적으로 수용하면서 긍정적으로 살아가는 것이 지혜요, 행복이다. 인생의 끝자락에서 인생을 돌아보면 얼마나 헛되고 헛된 것인가? 구약성서 전도서에는 "인생은 헛되고 헛되니 모든 것이 헛되도다."라고 했고, 반야심경에는 "만물의 본질은 공(空)이다."라고 했다. 인생은 풀과 같고, 그 영화는 꽃과 같다. 이처럼 인생은 세상을 건너가는 과정일 뿐, 그 시간은 잠깐이다. 부·권력·명예 같은 것은 거품과도 같아서 그 누림은 잠깐이고, 모두 헛된 것이다. 인생의 허무함을 극복하는 방법은 두 가지가 있다. 종교를 통해 내세에 구원을 받는 것과 이성을 통해 현세에 천국을 건설하는 것이다. 짧은 인생: 허무한 날에 하고 싶은 일을 하고 사랑하며 살아갈 일이다. 시간이 흐르면 인생은 노쇠해진다. 가능한 한 장수하는 것이 바람직하지만, 아프지 않고 오래 사는 무병장수를 누려야 한다. 그리고 죽음을 미리 준비하는 것이 필요하다. 그러면 남은 인생을 더욱 보람되고 의미 있게 살 수 있다. 인간은 죽을 때까지 진화한다. 나이를 먹는다는 것은 육체적으로는 노화하지만, 정신적으로는 진화하는 것이다. 그래야 행복한 노년, 아니 성공한 인생을 살 수 있다. 그 과정에서 행복을 누리는 인생은 성공한 것이다.

4월 18일

인생은 '에너지×시간'이다.

철학에서는 인생이란 어디서 왔다가 어디로 가며, 인간은 어떻게 살 것인가가 최대의 과제이다. 인생(life: L)은 에너지(E)와 시간(T)의 총합이다(L=E×T). 인생에 있어서 시간과 에너지는 무엇과도 바꿀 수 없는 최고의 자산이다. 인생에서 성공이란 주어진 에너지와 시간을 가장 효율적으로 사용함으로써 이루어내는 결과물이다. 삶의 문제는 결국 어떤 인생을 살 것인가의 문제이고, 성공적인 삶은 어떻게 주어진 시간과 에너지를 효율적으로 사용하는가에 달려 있다. 시간은 한정적이므로 어떻게 관리해서 그 가치를 극대화시키느냐가 인생 최대의 관제이다. 시간은 잘만 사용하면 모든 것을 해결할 수 있는 마술사이다. 쇼펜하우어는 평범한 사람들은 시간을 소비하는 데 마음을 쓰고, 재능 있는 사람은 시간을 활용하는 데 신경을 쓴다고 했다. "영원히 살 것처럼 꿈꾸고, 오늘 죽을 것처럼 살아라(제임스 딘)." 시간과 에너지가 부족한 것이 아니라 잘 사용하지 못하는 것이 문제다. 자기에게 주어진 시간과 에너지를 잘 관리하고 효율성을 높이는 것이 성공으로 가는 길이다. 그러나 인생은, 알렌이 말하는 것처럼, 결코 단순한 계산 문제가 아니고, 정신세계에도 반드시 인과법칙이 적용된다고 말할 수 없다. 최선을 다하되 그 결과는 하늘에 맡길 수밖에. '한 우물을 파라'는 속담이 있듯이 모든 시간과 에너지를 오로지 자신이 설정한 목표에만 집중해서 총력을 기울일 때 성공 가능성은 높아지고, 그 과정에서 행복의 꽃은 피어오를 것이다.

'이성'만이 세계를 움직이는 요소일까?

기존의 세계관은 우주를 하나의 기계로 보고, 모든 것을 수리적 법칙으로 설명할 수 있다는 '결정론적 세계관'에 기초하고 있었다. 데카르트는 이러한 결정론을 반대하면서 인간은 이성적 존재로서 자유의지에 의해 행동한다는 사실을 강조하고, 인간의 본성으로 '이성'을 제시하였다. 기존의 세계관은 감각기관이 세계를 있는 그대로 드러낸다는 믿음에 기초하고 있었는데, 아우렐리우스는 감각은 때로는 인간을 호도한다고 보고, 따라서 감각은 신뢰할 수 없다는 결론을 도출했다. 이러한 태도를 '방법적 회의론'이라고 부른다. 그는 감각 대신 이성을 기초로 해서 새로운 세계관을 시도한다. 생각을 한다는 것 자체가 존재를 입증하는 것이라면서 "나는 생각한다. 고로 존재한다."는 유명한 명제를 제시한다. 생각이란 판단은 잘못될 수 없고, 이러한 직관은 정확하다는 것이다. 감각의 눈으로 보는 것보다 마음의 눈으로 보는 것이 더 정확하다는 것이 그의 생각이다. 그래서 이성을 통해 세계를 재구성하면서 이성과 물질은 다른 방식으로 존재한다는 '2원론'을 제창하였다. 그러나 이성과 감성을 독립된 실체로서 이해하는 데는 문제가 있고, 새로운 과학이론들은 이 입장을 비판하고 있다. 이성이 인간의 본성은 아니고, 인생은 진화과정에서 이성을 형성해가는 과정으로 감성을 무시하고 이성만을 삶의 원동력으로 보는 데는 문제가 있다. 합리화된 이성을 통해 감성을 잘 관리하고 통제하는 것이 행복으로 가는 길이다.

인생의 목표는 '의미 있는 인생'을 살아가는 것이다.

인간에 대한 실천적 질문은 '어떻게 살 것인가?'에 있으며, 가장 추상적인 답변은 '의미 있는 삶'을 사는 것이다. 진화론에서는 인간의 목표는 생존에 있으며, 살아남는 것이 삶의 의미라고 한다. 그러나 도덕주의의 입장에서는 인간은 진화하면서 '의미 있는 삶'을 추구하게 되었다고 한다. 예로부터 사람들은 잘 사는 것을 인생의 목표로 생각해왔지만, 도덕주의는 좋은 삶을 인생의 목표로 삼게 되었다. 좋은 삶이란 자신의 존재의의를 추구하면서 가치 있는 삶을 사는 '의미 있는 삶'을 의미한다. 마틴 셀리그만은 '의미'를 추구하는 것이 가장 삶의 만족도를 높여준다고 하면서 나눔·베풂·봉사와 같은 이타적 행동, 타인을 위한 돈 사용, 좋은 인간관계의 추구, 소명의식을 갖고 하는 일 등을 의미 있는 일로 열거하고 있다. 그러나 의미는 목적의식, 자기희생, 대의명분, 이념 등 큰 의미만을 말하는 것이 아니라 작지만 남을 위해 좋은 일을 하고 사회에 기여할 수 있는 작업을 하는 것으로 충분하므로 어떤 의미를 추구하는가는 개인의 선택의 문제이다. 소크라테스는 인생을 바로 사는 것이 중요한데, 이를 위해서는 진실하고 아름답게 살며, 보람 있게 사는 것이라고 했다. 인간은 이성적 존재로서 '공생'을 위해 공동체 가치를 준수하면서 사는 것이 의무인 동시에 행복의 원천이다. 의미 있는 삶의 모델은 인격을 갖추고 양심에 따라 사는 것이다. 여하튼, 이러한 가치를 추구하면서 소명감을 가지고 사는 것이 의미 있는 삶이고, 지속적인 행복으로 가는 길이다.

인생의 궁극적 목적은 '자아실현'에 있다.

생물학적으로는 인간은 동물적 존재로써 생존이 가장 중요한 문제이지만, 도덕주의자들은 인생의 목표는 자아실현에 있다고 한다. '자아실현'이란 인간다운 인간이 되는 것을 말한다. 그러기 위해서는 먼저 그 목표가 되는 건강한 자아상을 형상화해야 한다. 자화상이 현재의 자기 모습이라면, 자아상은 미래의 이상적인 모습을 의미한다. 사라 브로다는 행복을 "평생 덕을 실천하는 이성적인 정신의 활동"이라고 정의하고, 제임스 그리핀은 "덕이 행복의 충분조건"이라고 했다. 다른 외적인 조건들을 모두 갖추어도 결코 행복해지는 것은 아니고, 덕이 무엇인지 알고 실천해야 비로소 참된 행복을 누릴 수 있다고 한다. 생명 그 자체를 존중하고 인격을 갖추는 것이 자아완성의 골자이다. 도덕주의의 입장에서는 인생이란 가치를 추구하면서 사는 '의미 있는 삶(=인간답게 사는 것)'을 추구하는 과정이며, 인생의 목표는 기본적으로 도덕적인 인간이 되는 '자아실현'에 있다고 하면서 인격을 갖추는 것이 최고의 행복이라고 한다. 자아실현은 하나의 인격체로서 자신이 바라는 형상의 '자신'이 되는 것이고(자아상의 구축), 그 목적을 실현하기 위해 '자기답게' 살아가는 것(정체성의 확립)을 말한다. 물론 자아란 일종의 관념이지 실체라고는 할 수 없으며, 이상과 현실 사이에는 간극이 있기 마련이다. 그러나 이성적 존재로서의 인간은 덕성을 쌓고 자아를 실현하는 과정이 인생이고, 지속적인 정신적 행복을 누리며 살아가는 것이 이상적인 행복의 모델이다.

4월 22일

인간은 시련을 통해 '성장'한다.

인생이란 고해라는 바다를 항해하는 과정이다. 바다를 건너가다 보면 크고 작은 폭풍과 파도라는 위기를 맞게 된다. '위기'는 위험과 기회를 포함하고 있다. 위험은 피할 수 없으므로 극복해야 할 대상이다. 그러나 위기 속에 또한 기회가 있으므로 이를 잡는 것이 성공으로 가는 비법이다. 따라서 어떻게 시련에 맞서느냐가 인생의 항로를 결정한다. 시련을 극복하기 위해서는 의지력을 가지고 인내하면서 이겨내야 한다. 제임스 알렌은 의지력을 강화하는 방법으로 "나쁜 습관을 버리고 좋은 습관을 길러라·무슨 일이든지 신속하게 착수하라·집중하라·규율에 맞게 생활하라·말과 마음을 컨트롤하라" 등을 들고 있다. 그 과정에서 인간은 인내력을 키우고 인생은 성장한다. 때로는 예기치 못한 어려움이 닥칠 수도 있는데, 어떠한 고난이 닥쳐올지라도 좌절하지 않고 불굴의 용기를 가지고 투쟁하면 능히 극복할 수 있다. 쇼펜하우어는 "인생이란 긴 인내"라고 했다. 끝까지 인내하면서 노력하면 반드시 어떠한 위험이라도 극복할 수 있으며, 자기가 설계한 목적을 달성할 수 있다. 괴테는 사람들은 성공하려고만 하고 성장하려고 하지 않는다고 질타했다. 인간이 인간답게 살고 이성이 욕망을 억제하며 사는 것이 성장하는 것이다. 성공한 후가 아니라 성장하는 과정에서 행복을 누려야 한다. 성장하는 과정이 성공보다 더 중요하다. 시련이 없는 인생은 없으며, 성장하는 과정에서 행복을 느끼며 살아가는 인생이 성공하는 삶이다.

제 17주
(4월 23일 - 29일)

인생은 '3일간의 여행'이다.

인생이란 '3일간의 여행'에 비유할 수 있다. 과거인 어제, 현재인 오늘, 미래인 내일 인생은 이와 같이 3일간을 여행하는 것이다. 그런데 어제는 역사, 내일은 미스터리이므로 인간의 실존은 오늘에 있다. 오늘을 어떻게 사느냐가 인생을 결정한다. 그러므로 오늘에 충실하게 사는 것이 성공과 행복으로 가는 비결이다. 영원한 것은 오늘뿐이다(호크니). 유토피아를 미래나 멀리서 찾지 말고, 오늘에 몰입해서 행복을 누리며 살면 그것이 영생이요, 그곳이 유토피아이다.

4월 23일

'3일간의 여행'이 곧 인생이다.

인생은 '3일간의 여행'에 비유할 수 있다. 과거인 어제, 현재인 오늘, 미래인 내일: 인생은 이와 같이 3일간을 여행하는 것이다. 어제는 역사, 내일은 미스터리 그리고 오늘은 선물이다. 어제는 지나간 것, 내일은 아직 오지 않은 것, 삶의 실존은 바로 '오늘'에 있다. 오늘이 모여서 인생이 된다. 오늘을 어떻게 사느냐가 인생을 결정한다. 인생의 성공과 행복은 오늘에 달려 있다. 잘못된 것에 대한 후회나 삭이지 못하는 분노 같은 과거의 짐을 지고 무겁게 살지 말고, 안개와 같은 미래에 대한 불안에 휘둘리며 살아서는 안 된다. 과거는 좋은 추억과 값진 교훈만을 간직하고 있을 때 인생에 도움이 되고, 미래는 자신감과 희망으로 무지개처럼 떠 있을 때 인생을 행복으로 인도한다. 오직 오늘에 집중하면 모든 불행과 고난을 극복할 수 있고, 기쁨과 평안함이 충만하게 되므로 행복으로 가는 최선의 방법이다. 모든 것은 오늘 이루어지기 때문이다. 로마시대 시인인 호라티우스는 "오늘에 충실하고 절대로 내일을 믿지 말라."라고 했다. 욕망에 사로잡혀 헛된 일을 하지 말고, 꼭 필요한 일만을 하면서 시간 관리를 잘하는 것이 성공으로 가는 비결이다. 영원이란 바로 오늘이다. 오늘이 모여서 영원이 된다. 항상 주어진 오늘에 감사하고, 오늘에 만족하면서 사는 것이 행복한 인생이다. 인생 전체를 행복하게 만들겠다는 욕심을 거두고, 오늘 하루를 즐겁게 사는 것이 행복으로 가는 길이요, 하루하루의 행복이 모여 행복한 인생을 만든다.

4월 24일

'과거와의 단절'을 잘해야 한다.

비록 과거는 지나간 것이라고 치부하지만, 현재는 과거의 연장선상에 있다. 그렇다고 과거를 끼고 사는 것은 바람직하지 않다. 누군가가 말하기를 "과거는 그냥 과거 속에 내버려두라!"고 했다. 과거와의 단절을 유효적절하게 잘하는 것이 현재에 집중할 수 있고, 현재를 풍부하게 만든다. 과거에 있었던 분노나 원한 같은 감정은 용서를 통해 정리를 해야 한다. 과거의 아픔은 망각의 세계로 흘려보내고, 아름다운 추억만 간직하며 사는 것이 행복으로 가는 길이다. 어떤 심리학자는 망각이 있기 때문에 행복해질 수 있다고 한다. 특히 노년에는 사람들은 과거에 산다고 하는데, 좋지 않은 기억들은 잊어버리고 즐거운 추억만을 되새기는 것이 정신건강에 좋고, 즐거운 삶을 누리는 방법이다. 그러나 과거의 실패에서 얻은 교훈은 간직하고 있으면서 되풀이해서는 안 된다. 심리학에서는 이러한 현상을 '므두셀라 증후군'이라고 부른다. 구약성서에 나오는 므두셀라(노아의 아버지)는 969세까지 산 장수의 상징인물로 나이가 들수록 좋은 기억만 떠올리며, 좋은 과거로 돌아가고 싶어 하는 심리를 말한다. 또한 과거의 실패를 통해서 얻은 교훈은 오늘을 사는 데 일종의 지침이 되어야 한다. "과거를 돌아보는 것은 미래에 도움이 될 때에만 의미가 있다(아데나워 전 독일 수상)." 이처럼 과거의 노예가 되지 말고, 과거와의 관계를 잘 정리함으로써 오늘 하루를 열정적으로 사는 것이 성공으로 가는 방법이고 행복으로 가는 길이다. 그러므로 과거로부터 해방되는 것이 행복에 더 접근하는 것이다.

4월 25일

'미래'를 절대로 믿어서는 안 된다.

많은 사람들은 자신의 행복이 오직 미래에만 있다고 생각하기 때문에 오늘 행복하지 못한다. 내일의 행복은 내일의 행복일 뿐 오늘의 행복이 될 수 없다. 칼슨은 "지금 행복하지 않으면 전혀 행복하지 않은 것"이라고 했다. 이처럼 행복은 저 멀리 있거나 다가올 미래에 있는 것이 아니라 '지금' 내 마음속에서 느껴야 한다. 시간이란 환상에 불과하고, 지금만이 존재하기 때문이다. 오늘은 신이 허락해준 선물이다. "행복을 즐겨야 할 시간은 지금이고, 행복을 즐겨야 할 장소는 이곳이다(로버트 인젠솔)." 이처럼 행복은 미래의 목표가 아니라 현재의 선택이다. 미래는 긍정적으로 생각하면 희망으로 떠 있고, 항상 낙관적인 사고를 하는 것이 행복에 도움이 된다. 그러니 미래를 비관적으로 바라보는 태도는 버려야 한다. 톨스토이는 세상에서 가장 중요한 것이 무엇이냐는 질문에 가장 중요한 시기는 바로 '지금 이 순간'이고, 가장 중요한 사람은 지금 '함께 있는 사람'이며, 가장 중요한 일은 지금 곁에 있는 사람을 위해 '좋은 일'을 하는 것이라고 했다. 미래의 행복은 오늘을 충실하게 산 결과물이다. 지금에 충실하라! 그것이 행복으로 가는 비결이다. 지금 이곳에서 행복을 누리며 사는 것이 참된 행복이다. 부세의 시 '산 너머 저쪽'은 행복은 산 너머 저 멀리 있는 것이 아니라 자신 안에 있음을 노래하고 있다. "산 너머 저쪽 하늘 멀리/ 행복이 있다고 들 말하기에/ 아, 행복을 찾아갔다가/ 눈물만 머금고 돌아왔노라/ 산 너머 저쪽에 하늘 멀리 / 행복이 있다고들 말들 하기에."

4월 26일

'오늘'에 충실한 것이 행복으로 가는 지름길이다.

오늘 하루를 어떻게 사느냐가 인생을 결정한다. 오늘이 내 인생의 첫날이라고 생각하면 희망으로 가득할 것이고, 오늘이 마지막 날이라고 생각하면 경건하게 하루를 살 것이다. '지금'만이 존재하며, 삶은 바로 지금이다. "우리가 극복해야 할 것은 현재뿐이다. 과거나 미래는 우리를 괴롭힐 수 없다. 과거는 이미 존재하지 않고, 미래도 아직 존재하지 않기 때문이다(스토아학파)." 롱펠로는 '인생의 찬가'에서 "아무리 즐거울지라도 미래를 믿지 말라! 죽은 과거로 하여금 그 죽음을 묻게 하라! 활동하라. 산 현재에 활동하라! 가슴속에는 심장이 있고, 머리 위에는 신이 있다!"고 노래하고 있다. 뉴욕 브루클린 거리에 있는 보드빌 극장의 석조현판에는 "오늘에 충실하라. 세월은 날아가나니!"라고 적혀 있다. 시간은 화살처럼 빠르게 날아가므로 오늘 하루를 열심히 충실하게 잘 사는 것이 성공과 행복을 결정한다. 영화 '죽은 시인의 사회'에서 키팅 선생님은 학생들에게 '카르페 디엠(지금 이 순간을 즐겨라)'을 주입시킨다. 이 말은 현재를 즐겁게 놀라는 것이 아니라 현재의 중요성을 알고 현재에 충실하라는 말이다. 윌리엄 오슬러는 "오늘을 충실하게 사는 것"이 성공의 비결이며, 에크하르트 톨레는 "구원은 지금 이곳"에 있다고 했다. 행불의 노래는 "무조건 감사합니다. 그냥 행복하겠습니다. 바로 지금 행복하겠습니다. 여기에서 행복하겠습니다. 이대로 행복하겠습니다."라고 노래하고 있다. 이것이 행복으로 가는 지름길이다.

4월 27일

'지금'이 금 중에서 가장 귀중하다.

세상에는 사람들이 귀하게 여기는 '금'이 세 가지가 있다. 황금·소금과 지금이다. '황금'은 세상에서는 귀한 물질이지만, 돈만 있으면 구할 수 있고, 없어도 그만인 소비재에 불과하다. '소금'은 생명의 기초를 이루므로 반드시 복용해야 할 필수품이지만, 과다 복용은 건강을 해친다. 그중에서 가장 소중한 금이 '지금'이다. 지금은 사람들이 누구나 당면하고 있는 순간이지만 지나가면 없어지는 것: 그것이 인간의 실존이고 생명의 속성이다. 지금 이 순간이 없으면 내 인생도 없는 것이다. 지금 이 순간은 나를 만나는 시간이고, 내일로 연결되는 시간이다. 어떻게 지금을 사느냐가 인생을 결정한다. 그러니 오늘 중에서도 가장 귀중한 시간이 지금이다. 지금 이 순간 무엇을 하느냐가 인생의 성공과 실패를 결정하며, 지금 이 순간의 행복이 모여 인생의 행복을 쌓아 올린다. 지금 이 순간은 영원히 존재하는 것이 아니라 평생 한 번밖에 없다는 사실을 명심해야 한다. 지금 이 순간에 집중하면서 최선을 다하고, 영원처럼 사는 것이 가장 현명하고 생산적인 삶의 방식이다. 성경은 "사람은 무엇으로 심든지 그대로 거두리라(갈라디아서, 6:7)."라고 했다. 의미 있는 일, 가치 있는 일, 선한 일을 하는 것이 인생을 풍부하게 만들고, 그 대가는 지속적인 행복으로 돌아오는 법이다. 그러므로 순간순간을 잘 관리하는 것이 인생의 최대의 과제요, 성공과 행복의 초석을 놓는 방법이다. 지금이란 시간을 밟고 구원으로 가는 길로 꿋꿋하게 걸어갑시다.

유토피아는 '어디에' 있는가?

오늘날처럼 풍요로운 세상에 살면서 사람들이 불안하게 느끼는 것은 희망이 없기 때문이다. 예나 지금이나 사람들은 고해와 같은 세상을 탈출하기 위해 항상 유토피아를 꿈꾸어왔다. 그곳에는 고통도 없고 풍요·평화와 사랑만이 가득할 것이라는 소망을 가지고 있다. 그러나 유토피아를 찾아서 산 넘고 강 건너 찾아나섰지만, 그런 곳은 나타나지 않았다. 평생 완전한 행복상태는 오지 않는다는 것이 인간 경험칙의 예상이다. 유토피아란 '그런 곳은 지상에는 없다.'는 말이다(Utopia is no where!). 토머스 모어의 '유토피아'는 많은 사람들의 동경의 대상이 되어왔지만, 그런 세계는 작품이나 꿈속에 존재할 뿐 지상에는 건설될 수 없는 몽상에 불과하다. 그러나 유토피아는 살기 좋은 사회를 그리는 인간의 꿈이고, 현실세계를 변화시키는 원동력이 되어왔다. 띄어쓰기만 다시 하면 유토피아는 지상에 건설될 수 있다(Utopia is now here!). 유토피아는 지금 이곳에 있다는 것을 믿어야 한다. 소로는 신과 천국이 가장 가까운 곳: 그곳은 월든이라고 불리는 호수의 가장자리라고 했다. 그렇다. 자신에게 마음의 평화가 임하고, 자신이 천국임을 믿으면 그곳이 바로 천국이 되는 것이다. 천국과 지옥은 공존하고 있다. 부족하더라도 지금 이곳에서 만족할 수 있고, 행복하게 살 수 있다면 이곳이 유토피아다. 천국과 지옥, 행복과 불행: 스스로 선택하는 것이다. 밝은 내일, 즉 잘 살 수 있다는 희망이 무지개처럼 떠 있을 때 행복은 항상 그 곁에 머물고 있을 것이다.

4월 29일

지금 이곳에 '천국'을 건설하다.

천국은 죽은 후에 갈 수 있는 이상향이 아니라 살아서 우리들 마음속에 건설해야 행복한 인생을 살 수 있다. 오늘날 욜로족 (You Only Live Once의 첫 글자를 조합한 신조어)이나 하하족 (Happy Aging, Healthy & Attractive의 첫 글자를 조합한 신조어) 은 한 번뿐인 인생, 지금 이곳에서 행복을 누린다는 자세로 살고 있다. 일본 베네스홀딩스의 후쿠타케 회장의 소망은 "노인만 남 아 있는 섬에 천국을 건설하는 것"이다. "노인이 활짝 웃는 곳이 행복한 세상입니다. 나는 죽은 뒤가 아니라 지금 이곳에 천국을 만들고 싶었습니다."라고 말한다. 그가 30여 년을 투자해서 일구 고 있는 세토내해 섬에서 자연과 문화를 재생시키고 있다. 그는 '공익자본주의'를 추구하면서 경제는 문화에 종속되어야 한다는 신념에 따라 기업이 창출한 이윤을 문화 창출에 쏟아붓고 있다. 예술로 만드는 '노인 천국': 지상에 임하기를 기원해본다. 필자는 퇴직할 때까지 건강을 유지하고 스트레스를 푸는 방법으로 등산 을 해왔다. 그래서 등산을 하러 나서면서 내자에게 '당신은 죽은 후에 천당에 가기 위해 교회로 가고, 나는 살아서 내 마음속에 천국을 건설하기 위해 산으로 간다.'는 이야기를 하곤 했다. 사람 은 죽어서 천국에 갈 것이 아니라 지금 이곳에 천국을 건설하도 록 노력해야 한다. 진정한 마음의 풍요와 참된 행복이 가득 찬 그곳이 바로 천국이 아니겠는가? 에크하르트 톨레는 구원은 '지 금 이곳'에 있다고 했다. 당신이 서 있는 곳에서 천국을 발견하 는 사람이 구원을 받는 것이다.

제 18주
(4월 30일 –5월 6일)

'어떻게 살 것인가?': 그것이 문제로다.

　　　　　인생은 선택이다. 그래서 올바른 선택을 하고, 이에 집중하면서 살아야 성공할 수 있다. 배가 바다에서 항로로 다니듯 인간은 인생에서 '인도(人道)'로 걸어가야 한다. 자신을 먼저 알고 스스로 자기 인생의 주인이 되어야 한다. 자신의 의미를 찾고 자신의 방식대로 살아가는 것이 정도이다. 탐욕에 빠지지 않고 중용의 원칙에 따라 사는 것이 현자의 길이다. 인생은 마라톤과 같으므로 자신의 조건에 맞게 속도를 조절하며 뛰어야 한다. 자신이 선택한 자아상을 형성하면서 지속적인 행복을 누리며 살아가는 것이 성공한 인생이다.

인생은 '선택'의 연속이다.

사르트르는 인생이란 "B와 D 사이에 있는 C"라고 했다. B는 출생(birth), D는 사망(death), C는 선택(choice)의 첫 자를 딴 말이다. 인생은 매 순간 선택의 기로에 서 있으며, 선택의 과정이 인생이다. 어떠한 선택을 하느냐가 성공과 행복을 결정한다. 경쟁에서 살아남고 성공을 거두기 위해서는 선택과 집중이 필수적이다. 나무가 곧게 자라서 열매를 많이 열리도록 하기 위해서 중요한 작업이 가지치기를 해주는 것이다. 어느 길로 가느냐가 인생의 방향을 결정하며, 그 선택은 운명까지 결정한다. 괴테는 "동시에 두 마리 말을 탈 수는 없다. 한 마리를 타면 나머지 한 마리는 포기해야 한다."고 했다. 누구나 원하는 것을 다 할 수는 없으므로 가장 하고 싶은 것을 선택해야 한다. '현명한 선택': 그것이 성공과 행복을 좌우한다. 누구에게나 선택의 자유가 있으며, 이는 인간에게 주어진 특권이다. 제임스 알렌은 인생에도 인과법칙이 적용된다고 하면서 '뿌린 대로 거둔다'는 속담을 과학적으로 설명하고 있다. 이러한 선택이 자신의 운명을 결정하는데, 궁극적인 책임도 자신에게 있다. 따라서 자신의 능력과 조건에 맞는 것을 선택하는 것이 지혜로운 선택이다. 그리고 열정을 바치며 최선을 다하고, 끝까지 인내하면서 마침내 성취시켜야 한다. 배리 슈워츠는 인간을 '최대 추구자'와 '만족 추구자'로 나누고 있는데, 최대 추구자는 완전한 성공을 이룰 때까지 만족하지 못하므로 행복을 누리지 못하고 사는 데 반해, 만족 추구자는 적정 수준에서 만족할 줄 알기에 행복을 누리며 살 수 있다.

5월 1일

'너 자신을 알아라.' 이것이 의미 있는 인생의 출발점이다.

'너 자신을 알아라.'라는 말은 소크라테스보다 탈레스가 먼저 한 말이며, 델피 신전 입구에 쓰여 있다. 이는 의미 있는 삶을 위해서 자신을 먼저 성찰하라는 경구요, 실천적으로는 인간다운 인간이 되라는 정언명령이다. 인생에서 가장 중요한 과제가 바로 자신을 정확하게 파악하는 것이다. 어떤 사람이 되고 싶고, 어떻게 살고 싶은가? 자신의 장점은 무엇이고, 무엇을 가장 좋아하는가? 자문자답을 통해 자신의 이상형인 '자아상'을 형상화해야 한다. 자신을 먼저 아는 것이 인생을 의미 있게 사는 출발점이다. 이성적 존재로서의 인간은 생존 차원을 넘어 인생에 의미를 부여하며 살아야 할 도덕적 의무가 있다. 그것이 인간다운 삶을 누리는 길이고, 그 결실이 인격을 형성하는 방법이다. 자신을 성찰하면서 객관적으로 평가할 수 있어야 발전할 수 있다. 니체는 인간을 죽음과 고통에서 구해줄 수 있는 절대자로서의 신이 죽었기 때문에 인간이 살아갈 수 있는 방법은 자신이 신이 되는 것이며, 삶의 의미를 이제는 하늘이 아니라 내 안에서 찾아야 한다고 했다. 로마의 철학자 세네카는 "삶을 배우려면 일생이 걸린다."고 했다. 인생은 미완성: 죽을 때까지 채워가는 과정이므로 배움에는 끝이 없다. "평생토록 배워도 인간의 머리는 채워지지 않는다."고 탈무드는 가르치고 있다. 인생의 완성은 없으며, 성장할 뿐이다. '나는 누구인가?' 계속 배움의 길을 걸으면서 자신이 주권자가 되어 자아상을 완성해가는 것이 의미 있는 인생을 살아가는 길이다.

5월 2일

인생은 '배의 운항'과도 같다.

인생은 고해라는 세상을 건너가는 배의 운항과도 같다. 자신이 선장으로서 운전수칙을 잘 지키면서 안전하게 항해를 해야 한다. 자신이 선택한 목적지를 향해 달려가야 한다. 그 과정에서 휘몰아치는 폭풍과 거센 파도를 이겨낼 수 있는 지혜와 기술이 필요하다. 김재철 동원그룹 회장은 그의 평전에서 항해하는 선장은 다음의 세 가지는 정확하게 알아야 한다고 말했다. "지금 배가 어디에 있는가? 내 배의 목적지는 어디인가? 항로는 제대로 잡고 있는가?" 바다 한가운데서 폭풍을 맞으며 참치 잡이를 하면서 얻은 교훈이라 더욱 실감이 난다. 인생을 항해에 비유하면 살아가면서 누구나 알고 항상 점검해야 할 좌우명이다. 인생이란 긴 여정에서 지금 어디에 있는가를 직시하고, 목적지를 향해 제 방향을 가고 있는가를 점검하면서 살아가야 한다. 목적지를 모르고 방향을 잃고 무조건 간다면 항로 잃은 배가 될 것이다. 그러니 항상 자신이 가고 있는 방향과 현재 처한 현실을 점검하면서 살아가야 한다. 항상 피드백을 하면서 자신의 항로를 점검해야 한다. 인생은 빠른 길이 아니라 바른길로 가야 한다. 바다에는 배가 다니는 항로가 있듯이 인생에는 인간이 가야 할 인도(人道)가 있다. 옛 선현들은 길이 아니면 가지 말라고 후손들에게 가르쳐왔다. 그런데 오늘날 이러한 인성교육이 되지 않고, 수단과 방법을 가리지 않고 성공만 하면 된다는 생각이 사회질서를 파괴하고 있다. 인도로 꿋꿋하게 걸어가는 것이 참다운 인생 모습이고, 자아형성을 통해 완전한 행복으로 가는 길이다.

인생의 풀코스는 '마라톤'과 같다.

　사람은 누구나 꿈을 가지고 있어야 한다. 이를 실현하기 위해 목표를 세우고, 구체적인 계획표를 만들며, 열정을 바치고 최선을 다해 살아가야 한다. 하고 싶은 일을 즐기면서 할 때 성공 가능성과 행복지수가 높아진다. 얼마나 노력했느냐가 성공과 실패를 가른다. 그 과정에서 지혜와 기술과 능력을 키워야 한다. 평소에 피드백을 하면서 목표를 점검하고, 목적지에 도달하기 위해서는 목표를 새롭게 가다듬어가야 한다. 중간 목표를 달성하지 못함으로써 실패를 할 수 있다. 그러나 그 실패는 교훈을 주고, 이를 바탕으로 다시 출발하면 성공은 더 가까이 다가올 것이다. 인생은 고해와 같으므로 아무런 고난 없이 인생이라는 바다를 건너갈 수는 없다. 그러나 끝까지 끈기를 가지고 인내하면서 노력하면 못 이룰 것이 없다. 항상 긍정적인 사고를 하면서 할 수 있다는 자존감을 가지고 대응해야 한다. 성공과 실패, 행복과 불행, 기쁨과 고통 사이에 균형 감각을 가지고 잘 조화시키면서 살아가야 한다. 빨리 뛰는 것이 능사가 아니라 평정심을 유지하면서 인생의 템포를 조절해야 한다. 인생은 마라톤과 같은 것: 인생의 풀코스는 자신의 체질에 맞게 속도를 조절하면서 달려가는 것이 바람직하다. 마라톤을 하면서 한눈을 팔거나 쉬었다가 가는 사람은 없다. 있는 힘을 다해 끝까지 달려간다. 골인 했을 때 느끼는 환희는 무엇과도 비교할 수 없이 크지만, 골인지점을 향해 달려가는 과정에서는 컨디션을 조절하고 고통을 인내하면서 달려야 한다. 인생은 마라톤과 같은 것: 달리는 모습 그 자체가 아름답지 아니한가?

5월 4일

'물'처럼 사는 것이 현자의 길이다.

인간이 사회생활을 함에 있어서 갖추어야 할 덕목은 여러 가지가 있다. 노자는 무위자연적인 삶에 행복이 깃든다고 하면서 인간수양의 근본을 물이 가진 여덟 가지 덕목(水有八德)에서 찾고 있다. 이들 덕목은 ① 낮은 곳을 찾아 흐르는 겸손, ② 막히면 돌아갈 줄 아는 지혜, ③ 구정물도 받아주는 포용력, ④ 어떤 그릇에나 담기는 융통성, ⑤ 바위도 뚫는 끈기와 인내, ⑥ 장엄한 폭포처럼 투신하는 용기, ⑦ 유유히 흘러 바다를 이루는 대의, ⑧ 겉은 변해도 근본이 변하지 않는 신의 등이다. 도덕경은 이러한 이치를 이렇게 적고 있다. "세상에는 물이 가장 약하지만, 아무리 굳세고 강한 공력이라도 물을 이기지 못한다. 약한 것이 강한 것을 이기고, 부드러운 것이 굳센 것을 이긴다." 세상을 살아가는 지혜가 가장 중요하다. 물은 용기가 있고, 끝까지 인내할 줄 알기에 바다에 이르게 된다. 물은 포용력과 융통성이 있기에 모든 물을 받아들이고 함께 흘러간다. 그리고 대의와 신의를 가지고 바다까지 이른다. 이처럼 물은 인간이 지녀야 할 심성을 몸으로 보여주고 있다. 물이 모여 바다가 되면 넓은 가슴으로 모든 것을 포용하고, 낮은 자세로 모든 것을 받아들인다. 물의 생리는 현실에 갈등하지 않으며, 모든 것을 수용한다. 특히 성공한 후 이러한 덕목을 발휘하지 못하면 그 탑이 한꺼번에 무너질 수 있다. 이것이 물의 생리이고, 자연의 법칙이다. 이러한 물의 생리에서 지혜를 얻고 물처럼 살아가는 것이 성공을 하고 행복으로 가는 현자의 길이다.

5월 5일

인생은 '중용'의 원리에 따라 살아야 한다.

　개인이나 사회가 경쟁을 통해 발전하기 위해서는 인간의 욕망은 필수적 조건이다. 슈마허는 "자연은 인간의 필요를 충족시키지만, 탐욕은 만족시킬 수 없다."고 했다. 인간의 욕망은 그 끝을 모르기 때문에 탐욕으로 치닫는 성향이 있는데, 탐욕이 바로 행복의 최대의 적이다. 탐욕은 번뇌의 원천이 되어 불행을 자초하는데, 인간만이 가지는 일종의 질병이다. 아리스토텔레스는 욕망 그 자체가 악이 아니라 욕망을 잘못 다스리는 것이 악이라고 하면서 "한쪽으로 치우치지 않고 중도에 존재하는 기본적인 미덕이 분명히 있다."고 했다. 넘치는 것은 모자라는 것보다 못한 법(過猶不及): 이것이 유교에 있어서 사회원리를 지배하는 중용사상의 기본이다. 유가에서는 인위적인 도덕적 함양에서 행복을 찾는다. '중용'이란 사람으로서 마땅히 해야 할 일을 하는 덕으로 지나침도 없고 모자람도 없는 조화와 균형의 상태를 말한다. 행복도 최대의 것만을 추구해서는 안 되고, 적정선에서 만족해야 지속적으로 누릴 수 있다. 권력·명예·일·돈·성·음식 등 모든 인생문제에서 이 원칙은 적용된다. 중심에서 균형을 찾으라는 것이 도(道)의 본질이다. 중(中)은 공간적으로 어느 쪽에도 기울어지지 않는 것을, 용(庸)은 시간적으로 언제나 변하지 않는 것을 의미한다. 키케로는 "욕망을 이성의 지배하에 두라."고 하였으며, 플라톤은 현명한 마부는 '욕망'과 '복종'이라는 두 마리의 말을 균형 있게 다룰 줄 안다고 했다. 욕망의 절제가 불행을 막는 중요한 제동기가 되며, 가진 것에 만족할 줄 아는 것이 행복으로 가는 길이다.

성공한 사람들은 행복의 '최적상태'를 갖추고 있다.

인생이 전체적으로 성공했느냐 실패했느냐의 평가는 임종 자리에서나 가능하다. 철학자 러셀은 "사람은 임종에 이르러서야 자신이 무엇을 위해 살았어야 했는지 깨닫게 되는 것 같다."고 했다. 인생을 제대로 평가하기 위해서는 일관된 목적의식과 인생 전체에 걸쳐 경험하는 행복을 총체적으로 살펴보아야 한다. 그러나 어떠한 행복을 추구할 것인가는 자신에게 맞는 방식을 스스로 결정할 문제이고, 다른 사람들의 행복모델과 비교할 필요는 없다. 긍정심리학자들은 성공한 아이들과 성공하지 못한 아이들의 차이는 아이큐가 아니라 '심리상태'에 있다며, 성공한 아이들의 공통된 7가지 특징을 들고 있다. ① 대부분 낙관적 성격을 가지고 있다. ② 삶에 대한 의미를 부여하고 있다. ③ 사회에 도움을 준다. ④ 적극적으로 목표를 설정한다. ⑤ 롤 모델을 가지고 있다. ⑥ 효과적으로 사회의 도움을 받는다. ⑦ 단점이 아니라 자신의 장점에 집중한다. 성공한 아이들은 이러한 심리상태를 가지고 있다는 사실은 뒤집어보면 이러한 요소들을 갖추어야 성공적인 인생을 살 수 있다는 이야기가 된다. 이들을 정리하면, 성공하기 위해서는 적극적으로 원대한 목표를 세우고, 인생을 살아가는 데 필요한 롤 모델의 도움을 받으며, 항상 긍정적인 사고를 하면서 자신의 장점을 살려 경쟁력을 높이고, 사회와의 연대를 잘하며, 의미 있는 삶을 사는 것이라고 할 수 있다. 그러나 자신의 행복은 스스로 선택할 문제로써 자신이 원하는 행복의 최적상태를 누리도록 노력하는 것이 성공의 길로 가는 것이다.

'꿈'은 인생의 나침판이다.

인간은 꿈을 꾸는 존재다. 꿈은 '어떤 사람이 될 것인가?', 즉 인간의 미래상을 그리는 것이다. 빅토르 위고는 "인생은 여행과 같고, 꿈은 여행 지도와 같다."고 했다. 꿈은 인생의 목표와 방향을 설정하고, 목적지로 인도하는 나침판과 같은 것이다. 꿈이 없으면 인생이라는 바다를 제대로 항해할 수 없다. 꿈은 간절하게 소망하면 반드시 이루어진다. 꿈을 향해 한 걸음씩 전진하는 것이 행복이며, 꿈을 간직하고 있는 한 불행은 없다. 그러므로 꿈은 일생 동안 간직하여야 할 보물이다.

인간은 '꿈'을 꾸는 존재다.

인간은 꿈을 꾸는 존재다. 꿈은 희망이고 이상이며 비전이다. "꿈을 추구하는 것이야말로 인생의 진정한 의미다(로빈슨·아로니카)." 그러므로 꿈이 없는 인생은 허망하다. 꿈은 인생의 목표와 방향을 설정하고 목적지로 인도하는 '나침판'인 동시에 고해라는 인생에서 목적지를 밝혀주는 '등대'와 같은 것이다. 인생을 설계할 때 꿈은 크고 높게 가질수록 좋다. 꿈은 기대감 때문에 즐거움을 주고, 성취했을 때 그 기쁨은 무엇과도 비교할 수 없다. 그러나 꿈은 이룰 수 있는 꿈이어야 한다. 인생은 꿈을 이루어가는 긴 여정이다. 꿈은 나침반과 같은 것이므로 꿈이 없으면 인생이라는 바다를 방황할 것이다. 꿈을 이루기 위해서는 굳센 용기가 필요하고, 자신감을 가지고 과감하게 도전을 해야 하며, 끊임없이 열정을 기울이고, 끝까지 인내하면서 나가야 한다. 꿈에는 인생을 행복하게 만드는 힘이 있다. 꿈을 향해 한 걸음씩 전진하는 것이 성공으로 가는 길이며, 그 과정에서 행복을 느껴야 한다. 꿈이 있으면 열정이 생기고, 어떤 장애물도 극복할 수 있다. 꿈을 간직하고 있는 한 실패는 없고 불행도 없다. 꿈은 젊음의 상징이요, 자산이다. 그러나 꿈은 젊었을 때만 누리는 특권이 아니라 노년에도 반드시 필요한 자산이다. 꿈이야말로 평생 동안 행복으로 가는 길 위에 떠 있는 무지개와 같은 존재이다. 꿈이 사라지는 날 인생은 사실상 끝난다. 그러므로 죽는 날까지 항상 꿈을 가지고 살아가는 것이 건강한 인생을 만들고, 행복한 나날을 보내는 비결이다.

5월 8일

'희망'은 행복요소 중 가장 중요하다.

인간은 누구나 '희망'을 가지고 살아가야 한다. 희망이 없는 인생은 등불 없는 세상과 같다. 희망은 미래를 그리는 마음의 능력이요, 성취할 수 있다는 기대감을 준다. 희망은 삶의 원동력이요, 행복의 촉진제이다. 항상 희망을 가지고 있어야 삶에 활기를 불어넣고, 일할 에너지를 얻을 수 있다. 신학자 윌리엄 바클레이는 일, 사랑과 함께 '희망'을 행복의 요소로 들면서 희망을 첫 번째 요소로 꼽는 것은 희망이 가장 중요하다는 점을 가리키는 것이다. "희망은 삶의 가장 큰 힘이고, 죽음을 물리치는 유일한 무기다(유진 오닐)." 희망이 없으면 미래도 없다. 고난 속에서도 희망을 가지면 능히 이겨낼 수 있는 용기와 힘이 생긴다. 셰익스피어는 "불행을 고치는 약은 희망밖에 없다."고 했다. 희망은 전두엽에서 생성되는 것으로 본능적으로 미래를 상상하고 판단하는 능력을 가지고 있다. 아리스토텔레스는 "머릿속으로 바라는 것을 생생하게 그리면 온몸의 세포가 그 목적을 달성하는 방향으로 조정된다."고 했다. 긍정심리학에서는 낙관성, 신념, 자신감과 함께 희망을 '미래에 대한 긍정정서'라고 부른다. 희망은 미래를 성공으로 이끌어가는 낙관적 요소라는 것이다. 희망이란 무엇보다 자신을 신뢰하는 데서 나온다. 비록 지금은 어둠 속에 있을지라도 반드시 밝은 아침이 온다는 사실을 믿어야 한다. 희망이란 종교와 비슷한 것이어서 일종의 '믿음'이다. 희망이 있는 한 그 삶은 미래가 있고, 즐거울 것이다. 이처럼 희망을 가진다는 것은 지속적인 행복으로 인도하는 길잡이다.

5월 9일

간절하게 '소망'하면 꿈은 반드시 이루어진다.

꿈을 포기하지 않고 인내하면서 끝까지 열정적으로 실행하면 언젠가는 반드시 이루어질 것이다. 꿈은 이루어진다는 믿음을 가지고 살아야 한다. 성공할 수 있다는 마음가짐, 성공에 대한 기대감이 성공의 밑거름이 된다. 스페인의 작가 파울로 코엘료는 '연금술사'에서 "이 세상에는 위대한 진실이 하나 있어. 자네가 무엇인가를 간절하게 원할 때 온 우주는 자네의 소망이 실현되도록 도와준다네."라는 명구를 남겨 많은 사람들에게 용기와 희망을 주고 있다. 평범한 양치기 소년인 주인공 산티아고는 이집트 피라미드에 가면 숨겨진 보물을 찾을 수 있다는 꿈을 실현하기 위해 찾아 나서지만 여러 가지 난관들이 가로막고 있다. 그때 연금술사가 나타나 꿈을 이루기 위해서는 '마음의 소리'를 들으라고 권고한다. 마음이 가는 곳에 보물이 있고, 마음은 끝내 자아를 실현하게 된다고 가르친다. 진정으로 원하는 것을 깨닫고, 이를 실현하기 위해 노력하는 과정은 '자아의 신화'를 이루는 것이다. 이처럼 꿈을 현실로 만들 연금술은 용기이며, 인생의 신성한 목표는 자아실현에 있다고 한다. 그러나 욕망을 억제하고 소망은 절제하면서 적정한 선에서 한계를 찾아야지 최고의 목표만을 추구하면 실패할 수 있다. 완전한 성공과 영원한 행복은 없다. 최선을 다했으면 적정선에 도달했을 때 만족하는 최적주의자가 되어야 행복을 누릴 수 있다. 어떠한 경우에도 희망을 포기하지 않으면 마침내 성공할 수 있고, 그 소망이 즐거움을 줌으로써 행복의 길로 인도할 것이다.

희망을 '포기'하는 것이 인생 최대의 적이다.

　인간은 누구나 희망을 가져야 한다. '희망'이란 "깨어 있는 꿈이다(아리스토텔레스)." 장애인 과학자 호킹은 "나를 보라. 누구도 희망을 버릴 필요가 없다."고 했다. 행복의 열쇠는 꿈을 갖는 것이고, 성공의 열쇠는 꿈을 실현하는 것이다. 꿈이 있는 한 절망하지 않고, 그 목표를 향해 나아갈 수 있다. 희망의 끈을 놓지 않으면 반드시 길은 열린다. 희망만 있으면 행복의 싹은 그곳에서 핀다. "내일 세상이 멸망할지라도 나는 오늘 사과나무를 심겠다."라는 말은 끝까지 희망을 가져야 한다는 말이다. 희망은 사람을 성공으로 이끄는 '신앙'이다(헬렌 켈러). 헤밍웨이는 '바다와 노인'에서 "희망을 버리는 건 어리석은 일이야. 더구나 그것은 죄악이야."라고 말했다. 희망을 잃는 것: 그것이 인생 최대의 적이다. 불행의 나락으로 떨어지는. 희망을 버리는 것: 그것이 인생 최대의 실패다. 스스로를 버리는. 희망: 이것이 인생의 나침반이다. 희망을 바라보며 확신을 갖고 노력하면 언젠가 그 목적지에 도착할 것이다. 인간에게 패배는 없다. 비록 파괴될 수는 있을망정. 그러므로 항상 신념을 가지고 도전하라. "구하라. 그러면 얻을 것이다. 찾아라. 그러면 찾을 것이다. 두드려라. 그러면 열릴 것이다(예수)." 노년의 경우에도 희망을 포기해서는 안 되고, 항상 희망을 간직하고 살아가야 한다. 희망을 가지고 있는 한 길은 항상 열려 있고, 어떤 어려움이 있더라도 인내하면서 견뎌내면 언젠가는 성공이란 종착점에 도달할 것이다.

꿈을 '구체화'한 것이 목표다.

인생에는 '목표'가 있어야 한다. 인생에 목표가 없는 사람은 길을 잃는다. 꿈을 구체화시킨 것이 목표이고, 꿈을 기록하면 목표가 된다. 인생의 목표는 삶에 있어서 나침반에 해당한다. 목표는 높은 곳에서 내려다보는 형식으로 설정하는 것이 바람직하다. 인생의 목적물인 '자아상'을 그리면서 이를 지향하는 큰 목표를 설정해야 한다. 목표를 세운 후에는 어떻게 도달할지 '설계도'를 작성해야 한다. 이 설계도에 따라 실천함으로써 계획성 있는 삶을 살아가야 한다. 구체적인 목표를 세우고 그 달성을 위해 총력을 기울일 때 성공할 수 있는 확률은 높아지며, 그곳을 향하여 가는 길 위에서 행복은 함께한다. 그러나 그 설계도는 화려한 것이 중요한 것이 아니라 실현 가능한 것이어야 한다. 그 목표는 가능한 한 높게 잡되, 처음부터 허황되거나 불가능한 것이어서는 안 된다. 라이언 홀리데이는 성공하기 위해서는 목표가 현실주의적이어야 하고, 무엇보다 중요한 것이 지나친 열정에 사로잡혀서는 안 된다고 했다. 그 목표는 자기 적성에 맞고, 능력이 감당할 수 있는 '합리적 목표'이어야 한다. 자신의 능력을 알고 환경과 조건을 이해함으로써 자신에게 어울리는 설계도를 작성하는 것이 현명한 방법이다. 단순한 꿈만 가지고는 작성할 수 없으므로 성년기에는 부모님이나 선생님 또는 멘토의 조언이 중요하다. 목표는 인생을 이끌어주는 힘을 가지고 있다. 목표를 향하여 꿋꿋하게 걸어가는 길 위에서 행복은 기다리고 있다.

목표에는 '유연성'이 있어야 한다.

인생의 목표는 한번 설정하면 절대적인 것으로 추구해서는 안된다. 완벽한 목표나 계획은 세울 수 없다. 만일 단기적 목표에 차질이 생기면 그 계획을 수정하는 용기가 있어야 한다. 또한 단기적 목표를 달성한 후 권태나 지루함이 생길 때는 새로운 것을 추구해야 한다. 중요한 것은 처음부터 최종 결승점에 집착하지 말고, 하위목표를 하나씩 달성하면서 그 과정에서 즐거움을 느끼며 일을 해야 행복을 누릴 수 있다. 목표를 향해 가는 과정에서 자신을 피드백하면서 재평가하고 목표를 조정해가야 한다. 자신이 발전하면서 환경과 조건이 변함에 따라 바꿀 수 있다. 한편으로는 목표를 실현 가능한 것으로 만들 수 있고, 다른 한편으로는 새로운 발전의 동력으로 만들 수 있다. 중간 목표는 수시로 달성하고 평가하면서 발전해간다. 기존의 목표를 향하여 전진하다가 더 중요한 것을 발견할 수 있고, 도중에 실패를 하는 경우가 생길 수 있다. 이처럼 더 중요한 것을 발견하면 기존의 목표를 수정할 수 있다. 인간은 불완전한 존재이니 누구나 실패할 수 있으므로 완벽주의를 추구하면 불행해진다. 실패도 수용하면서 적정한 선에서 목적을 추구하는 최적주의자가 행복을 누릴 수 있다. 실패할 때에는 그 원인을 직시하고 교훈을 얻어야 한다. 새롭게 출발하면 그만큼 성공 가능성도 높아질 것이다. 불가능하거나 적성에 안 맞는 경우에는 포기를 할 수 있는 지혜와 용기가 필요하다. 유연성을 가지고 적정한 선에서 목표를 조절할 때 성공 가능성은 높아지고, 행복은 더 가까이 다가올 것이다.

5월 13일

속도보다 '방향'이 중요하다.

목표를 향해 가는 길 위에는 '이정표'가 있으며, 이것이 인생의 방향을 결정한다. 목적지가 행동동기가 되어 에너지를 얻게 된다. 스티븐 라이스는 인간행동에 가장 영향을 미치는 핵심동기에는 16가지가 있다고 한다. 권력·독립성·호기심·사회적 인정·질서·저축·명예·이상주의·인간관계·가족·지위·보복·낭만성·식생활·운동·휴식 등이 그것이다. 이러한 동기들이 어떻게 조합을 이루는가는 사람과 환경에 따라 다르고, 가치관에 따라 우선순위가 다를 수 있다. 그러나 죽을 때까지 삶의 의미를 망각해서는 안 된다. 인간은 죽을 때까지 성장하는 과정이며, 성공과 실패는 마지막 단계에서 결정되는 것이다. "최후에 웃는 자가 가장 행복한 사람이다(디오게네스)." 인생의 목표는 뚜렷해야 하고, 그래야 성취할 수 있다. 속도보다 중요한 것이 '방향'이다. '이상한 나라의 엘리스'에서 엘리스가 고양이에게 어디로 가고 싶으냐고 물으니, 고양이는 "음, 아무 길이나 가봐."라고 대답했다. 그러나 아무 길로 가서는 목표에 도달할 수 없으니 성공할 수 없다. 그리고 그 과정에서 모든 에너지를 집중해서 투입해야 결과물을 산출할 수 있다. 시간 관리를 잘하는 것이 경쟁력이요, 성공으로 가는 길이다. 오늘 하루는 자기만의 것으로 다른 사람을 모방할 필요가 없다. 스스로의 방법으로 창의성과 성실함 그리고 열정을 가지고 해내면 행복의 꽃은 피어날 것이다. 자신이 설정한 바른길로 가면 자신만의 행복이 기다리고 있을 것이다.

'고독'은 즐기면 행복이 되고,
괴로워하면 불행이 된다.

　　　　인생이란 사막을 홀로 걷고 있는 외로운 나그네
와 같다. 키르케고르는 고독은 '죽음에 이르는 병'이라고 했다.
고독은 즐기면 행복이 되고, 괴로워하면 불행이 된다. 고독은 인
생의 한 부분으로 이를 즐길 줄 모르면 죽음 다음으로 두려움을
주는 일종의 질병이 된다. 생래적으로 인간은 고독하기 때문에
고독에서 벗어나기 위해서는 고독을 즐길 줄 아는 '고독력'을 키
워야 한다. 홀로 있는 시간을 생산적으로 활용함으로써 삶을 풍
부하게 만드는 것이 행복으로 가는 길이다.

5월 14일

인생은 사막을 '홀로 걷는 나그네'이다.

홀로 있다는 사실이 고독을 의미하지는 않는다. '고독감'이란 홀로 있는 상황을 해석하고 받아들이는 심리적 반응을 말한다 (제라드 마크롱). 이러한 내적 경험은 즐거움일 수도 있고, 괴로움일 수도 있는데, 대체로 부정적 정서로 이해하는 경향이 있다. 굳이 리스먼의 말을 인용하지 않더라도 우리는 모두 '고독한 군중'이다. 독일 화가 팀 아이텔의 개인전을 보면 그림 속 주인공은 하나같이 혼자이고, 전시장은 고독으로 가득 차 있다. 무미건조한 일상과 우울한 심상을 통해 소외된 인간상들을 사실적으로 묘사하고 있다. 이처럼 고독은 다양한 모습을 하고 있다. 고독의 원인은 신체적 결함이나 외딴 거주지 등 환경적 요소도 있고, 사회적 관계망(인간관계)의 결여에서 오기도 한다. 인터넷이 발달한 현대세계는 인간관계가 더 소원해지면서 고독 속으로 침몰하고 있다. 그러나 근본적으로 고독은 내면의 세계에서 느끼는 일종의 체험이다. 파리에 갔을 때 지하철 안에 블루의 '사막'이란 시가 붙어 있는 것을 보았다. "그 사막에서/ 그는 너무 외로워/ 때로는 뒷걸음질로/ 걸었다/ 자기 앞에 찍힌 발자국을/ 보려고." 인생이란 이처럼 사막을 홀로 걷는 존재이다. 사람들은 오늘도 사막에서 오아시스를 찾아 헤매고 있으며, 이 시는 그러한 삶에 대한 일종의 거울 역할을 하고 있다. 인간이란 홀로 태어나서 홀로 걷다가 홀로 떠나는 단독자이다. 이처럼 고독은 인간의 숙명이므로 고독과 공존하는 법을 익혀야 한다. 홀로 걸으면서 고독과 친구가 될 때 지속적으로 행복이 함께할 것이다.

외로움은 '또 다른 나'이다.

인간은 홀로 태어나서 홀로 돌아가는 원자적 존재이므로 생래적으로 '원초적 고독'을 느낀다. 말년에는 죽음을 눈앞에 두고 '절대적 고독'과 싸우면서 살아간다. 그래서 인간은 평생 동안 외로움과 함께 살아가는 존재이다. 외로움은 '내' 안에 '내'가 없기 때문에 생기는 것이라고 한다. 가정에서도 사랑할 때도 직장에서도 어디서든 고독을 느낀다. 외로움을 많이 타는 이유는 주로 신체적 결함이나 사회적 관계의 부족 등 환경적 요인에서 오지만, DNA를 통해 물려받거나 성격 형성의 결과이기도 하다. "고독에게 자신을 맡기는 자(괴테의 시)"가 진정 고독을 극복할 수 있다. 외로움은 단지 혼자 있다는 사실이 아니라 주관적인 내적 체험이다. 외로움은 스트레스 호르몬·면역 기능·심혈관 기능에 악영향을 미쳐 건강에 해로우며, 사회생활을 함에 있어서 인간관계 등에 부정적인 영향을 미친다. 사람은 누구나 외로워한다. 어느 곳에서든 외로움을 느끼고, 함께 있어도 외로우며, 항상 외로움과 함께한다. 태양 아래서도 외롭고, 달빛 아래서도 외로우며, 별빛 아래서도 외로운 것은 외로움은 '또 다른 나'이기 때문이다. 성장과정에서 외로움을 익혀가는 것이 성숙하는 것이고, 외로움 속에서 진정한 마음의 평화를 누릴 수 있게 된다. 고독한 성격은 변하기 어렵지만, 교육·종교·조언 등을 통한 사회화 과정에서 어느 정도 변화시킬 수 있다. 그러므로 고독을 자신의 자산으로 만들어 행복을 누릴 수 있도록 끊임없이 노력하는 것이 행복으로 가는 길이다.

5월 16일

고독은 '자신을 만나러 가는 여행'이다.

고독이 문제가 아니라 고독을 어떻게 받아들이느냐가 문제다. 고독 없이는 아무것도 달성할 수 없다. 사람들이 여행을 떠나는 이유도 바로 고독 속에서 자신을 만나러 가는 것이다. 무엇보다 고된 현실에서 벗어나기 위해 마음속의 고요함을 이끌어내는 것이 중요하다. 그래서 마음의 안정과 평화를 찾는 것이 행복으로 가는 길이다. 피카소는 "나는 예전에 나를 위해서 고독을 만들었다."고 하면서 고독을 창조를 위한 시간으로 활용했다. "난 결코 외롭지 않아. 고독이 함께 있으니까(나의 고독)."라고 무스타키는 노래하고 있다. 고독을 극복하는 최선의 방법은 고독 속으로 여행을 하는 것이다. 어느 시인은 고독을 '슬퍼서 아름다운 것'이라고 노래하고 있다. 외로움은 나를 발견하게 만들며, 새로운 자기만의 길을 보여준다. "혼자가 된다는 것은 '나'를 만나는 여행의 출발점"이고, 고독이란 '자아에로 회귀하는 것'이다. 자신과의 대화를 즐길 수 있을 때 고독을 극복하고 마음의 평화를 누릴 수 있다. 니체는 "달아나라. 그대의 고독 속으로."라면서 자신을 만나기 위해서는 고독할 줄 알아야 한다면서 인간에게 가장 필요한 것은 '고독의 시간'이라고 했다. 고독을 잘 활용하는 사람이 행복의 탑을 더 높이 쌓아 올릴 수 있다. 그만큼 고독은 인생의 중요한 자산이다. 혼자 있는 고독의 시간을 창조적인 활동에 몰입하게 되면 행복은 제 발로 걸어들어 온다. 그러므로 가끔은 고독해야 하고, 고독을 즐겨야 한다.

고독에게 자신을 맡기는 자

괴테

고독에게 자신을 맡기는 자
아! 곧 외롭게 되려니
살며 사랑하는 자 누구든
고통 가운데 자신을 맡기네

그렇다! 나의 고뇌에 나를 맡기리!
진정 나 한번은
고독하게 될 것이니
그때 비로소 외롭지 않으리

연인은 외롭지 않은지
사랑하는 자, 살며시 뒤따르며 귀 기울이지 않는가?
그처럼 밤낮으로 때 없이
고통은 다가와 나를 괴롭게 하네

고뇌는 나를 외롭게 하네
아! 내 무덤에 묻히어
비로소 진정 외롭게 되려니
그때 고통은 나를 홀로 두리라!

5월 17일

고독은 '창조의 원동력'으로 승화되어야 한다.

고독이 인생을 괴롭히는 부정적 정서가 아니라 긍정적 정서로서 창조의 원동력으로 승화될 때 인생은 행복해진다. "인간은 사회에서 여러 가지를 배울 수 있다. 그러나 영감을 받는 것은 오로지 고독 속에 있을 때만 가능하다(괴테)." 고독의 눈으로 볼 때 못 보던 것이 보이고, 고독의 귀로 들을 때 못 듣던 소리가 들린다. 고독한 마음에서 새로운 아이디어가 생기고, 창조적인 힘이 솟아 나온다. 고독감을 고독력으로 승화시켜 창조적 에너지로 활용함으로써 새로운 문화가 창조된다. 스토의 책에서 대화는 서로를 이해하게 하지만, "천재를 만드는 것은 고독이다."라고 함으로써 고독이 창조의 원동력임을 강조하고 있다. 니체는 고통을 자기 인생의 원동력으로 승화시켰다. 가난, 고독과 질병으로 고통을 받았지만, 이러한 고난 속에서 나름대로 천국을 만났으니 그곳은 자신의 철학세계였다. 중요한 사실은 고독 속에서 진정한 자유로움을 누릴 수 있고, 그 힘을 창조의 원동력으로 활용할 수 있다는 점이다. 그러므로 고독감을 '고독력'으로 승화시켜 창조적 에너지를 만들어내야 한다. 그때에 인간은 한 단계 성장하고, 행복에로 다가가고 있는 것이다. 철학자 쇼펜하우어, 작가 카프카, 음악가 베토벤 등이 그 대표적인 인물들로써 예술작품이나 철학은 바로 고독의 산물이었다. 고독이야말로 자기 발전에 원동력이 되는 것이다. 그러므로 고독 속에서 무엇인가를 창조하면서 자기 인생의 길을 개척해가는 것이 행복으로 가는 길이다.

고독은 즐기면 '행복'이 되고, 괴로워하면 '불행'이 된다.

고독은 신의 저주도 아니고 축복도 아니다. 고독은 즐기면 행복이 되고, 괴로워하면 불행이 된다. 오늘날 가족공동체가 해체되면서 외로움이 일상화되고, 사이버공간에서 홀로 일상생활을 하게 됨에 따라 혼자 살 수 있는 세상이 되어가고 있다. 인간이 '단독자'로서의 특성을 보이고 있다. 심지어는 현재를 나 홀로 즐기며 살자는 '욜로족('You Only Live Once'의 줄임말)'이 등장하였다. 고독은 혼자 있는 '고통'이 아니라 혼자 있는 '즐거움'이어야 한다. 고독으로부터 탈출하는 것이 아니라 그 속에서 즐거움을 발견함으로써 인생의 길을 찾아야 한다. 고독을 사랑하는 자는 외롭지 않고 행복하다. 고독은 즐길 줄 모르면 죽음 다음으로 두려움을 주는 일종의 질병이 된다. 외로움이 우울증을 유발하는 경향이 있는데, 자기조절능력을 키워 우울증에 굴복하지 않도록 주의해야 한다. 인간은 생래적으로 고독하기 때문에 이러한 고독에서 벗어나기 위해서는 고독을 즐길 줄 아는 '고독력'을 키워야 한다. 이를 생활화하면 고독을 능히 극복할 수 있고, 오히려 활기찬 인생을 살 수 있게 된다. 오늘날 바쁜 일상 속에서 나만의 시간을 가지는 것(=홀로 있다는 것)은 필수적이다. 이러한 시간을 휴식과 창조의 시간으로 만들어 행복으로 가는 길을 걸어가야 한다. 홀로 있는 시간을 적극적으로 만들고 활용함으로써 삶을 풍부하게 만드는 것이 행복으로 건너가는 징검다리이다.

5월 19일

고독을 벗어나는 '나름대로의 방법'을 익히고 있어야 한다.

고독이 창조를 위한 시간으로 활용되는 경우에는 군이 이를 탈피하고자 할 필요가 없다. 문제는 고독이 마음이나 육체의 질병을 유발하는 경우로서 이때에는 탈피할 수 있는 방법을 배워야 한다. 그 방법은 큰 틀에서 자신을 사랑하고, 환경을 개선하며, 자신에게 즐거움을 선물해야 한다. 나아가 주변사람들과의 인간관계를 지속적으로 유지하며, 궁극적으로 긍정적인 정서를 키워야 한다. 그 방법은 운동 등의 신체적 활동, 음주 등의 스트레스 해소, 독서 등의 지적 활동, 미술 등의 창작활동, 대화 등의 대인관계, 여행 등 다양한데, 자신의 취향과 능력에 따라 선택하면 된다. 그러나 가장 중요한 방법이 사색·묵상·기도 등 자기의 내면과 대화를 나누는 것이다. 혼자 있는 시간은 마음의 평화를 불러오고, 새로운 활력을 얻는 귀중한 시간이 될 수 있다. 내 인생의 주인공은 '나'라는 사실을 잊지 말고 살아가야 한다. 자신을 먼저 사랑하라. 항상 자긍심을 가지고 적극적으로 사는 것이 중요하다. 자신의 길을 걸어가라. 열정적으로 일하라. 진정한 사랑을 하라. 끝까지 목표를 포기하지 않고 인내하며 살아야 한다. 꿈이 있는 한 외롭지 않다. 궁극적으로 고독이라는 공간을 메울 수 있는 것은 자신의 '마음'뿐이다. 고독이라는 빈 공간을 희망과 열정으로 채울 때 고독은 사라진다. 영화 '본 투 비 블루'에서 쳇 베이커는 무엇인가 열중할 수 있는 것 하나(트럼펫)만 있더라도 인간은 능히 고독을 넘어설 수 있다는 것을 보여주고 있다. 그러므로 스스로 고독을 넘어설 수 있는 방법을 찾아 행복을 만들어가야 한다.

'절대고독'을 넘어서야 마지막 행복을 누릴 수 있다.

은퇴를 하게 되면 외로움을 더 느끼게 되고, 소외로 인해 고독이 일상화된다. 일로써 맺은 인간관계는 은퇴를 하게 되면 자동적으로 끊기게 된다. 나이가 들면서 사람들과의 만남은 그 횟수가 줄어든다. 자녀들과의 관계도 소통이 잘 안 되고, 부부간에도 대화가 끊기고 소원해진다. 이처럼 인간관계가 멀어져 가면서 소외감과 상실감을 가지게 되면 더 외롭다고 느끼게 된다. 과거를 청산하지 못하고 미련을 가지고 있으면 고독의 농도가 짙어지는 것이다. '과거지사는 과거지사'다. 시간은 지나가고 모든 것은 변하는 법: 뒤를 돌아보지 말고, 지금 이곳에서 새롭게 제2의 인생을 출발해야 한다. 꿈을 간직하면서 새로운 사람을 만나고, 새로운 일을 시작하면서… 노년에는 '관조하는 삶'을 통해 고독을 극복하고, 마지막 행복을 찾아야 한다. 노년에는 죽음을 앞두고 고통을 겪게 되는데, 이것이 '절대고독'으로 키르케고르는 이를 '죽음에 이르는 병'이라고 불렀다. 생로병사는 인생에서 피할 수 없는 과정이므로 순리적으로 죽음을 받아들이는 것이 이를 극복하는 최종적인 방법이다. 종교에 귀의하게 되면 죽음의 문제를 쉽게 해결할 수 있어 안 믿는 사람보다 더 행복할 수 있다. 그래서 이러한 절대고독을 극복하는 것이 노년의 가장 중요한 과제이고, 노년의 행복의 기초이다. 인생은 죽을 때까지 성장해가는 것이다. 이때 '자아실현'의 단계로 들어가게 된다. 이러한 마지막 행복을 즐기면서 저세상으로 건너가는 인생이 성공한 인생이다.

'그리움'은 가슴속에 머물고 있는 값진 자산이다.

그리움은 보이지 않지만 인생의 가장 값진 자산
이다. 수평선을 바라보면서 그것이 그리움으로 떠 있다는 상상을
하면서 섬으로 여행을 다닌다. 수평선은 무지개처럼 바다 위에
떠 있지만, 그 실체는 그리움으로 가슴속에 머물고 있다. 그리움
은 길이 되어 어디로든 사람들을 인도한다. 그 속성은 자유를 누
리며 세상을, 아니 우주를 여행한다. 그래서 그리움은 무엇인가
를 발견하고 창조하는 원동력이 된다. 그러므로 그리움을 항상
간직하며 사는 삶이 풍성하고 행복한 인생이다.

5월 21일

그리움은 인생의 값진 '자산'이다.

'그리움'은 보이지 않지만 인생에 있어서 가장 값진 자산이다. 행복은 그리워하는 '순간'에 있으며, 행복은 그리워하는 '마음'에 있다. 그리움 때문에 미래에 대한 희망을 떠올리고, 무엇인가 기대감을 가지게 된다. 가슴속에서 그리움이 뛰놀지 않고 있다면 그 인생은 얼마나 황막할 것인가? 그리움은 인생의 의미를 추구하는 과정으로 삶의 원동력이 되고, 소망을 키우면서 보다 질 높은 행복을 제공해준다. 한 국어사전에서는 그리움이란 '보고 싶어 하는 마음'이라고 협소하게 정의하고 있지만, 광의로는 장래에 대한 소망과 기대감을 포괄한다. 그리움의 대상은 따로 없다. 구체적인 모습은 스스로 형상화시키는 것이다. 하고 싶은 일, 보고 싶은 사람, 미지의 세계, 만들고 싶은 세상: 이 모든 것들의 동력은 그리움이다. 유토피아도 그리움으로 우리들 가슴속에 항상 떠 있는 것이다. 그리움으로 가는 길은 언제든지 내 마음속에서 형상화될 수 있다. 자신이 그리움을 키우는 만큼 행복도 자란다. 비록 그리움 때문에 마음이 아플 때도 있지만, 그것이 자라면 희망이 되고, 사랑으로 피어난다. 그리움의 집을 짓고 그 속에서 행복의 꽃을 피우며 살자. 적어도 그리움은 인생에 활력을 불어넣어 줄 수 있으니 항상 간직하고 사는 것이 바람직하다. 그리움은 미래를 형상화할 수 있으므로 무지개처럼 희망으로 떠 있다. 그리움은 창작의 동력을 불어넣고, 창의성을 이끌어낸다. 그리움으로 그대에게 다가가 구원을 얻고 싶다. 그때 행복의 꽃은 내 마음의 정원에서 가득 피어오를 것이다.

5월 22일

그리움은 '수평선'으로 바다에 떠 있다.

봄·여름·가을·겨울 없이 섬 여행을 다닌다. 언제부턴가 바다에 떠 있는 섬이 아니라 내 마음속 섬을 만나기 위해 섬으로 여행을 떠난다. 섬 여행을 떠난다는 생각만으로도 가슴이 설렌다. 배가 육지를 떠나 바다로 들어서면 저 멀리 섬들이 한눈에 들어온다. 수평선은 섬들을 피해 저 멀리 아득하게 바다에 누워 있다. 누구나 수평선을 보면 그곳으로 가보고 싶어 하지만, 아무리 달려가도 수평선은 결코 다가오지 않는다. 달려가다 보면 결국 육지가 나타날 뿐. 섬 여행을 하면서 수없이 수평선을 바라보았지만, 그것이 어디에 있고, 그 실체가 무엇인지 한동안은 발견하지 못하였다. 수없이 섬 여행을 하면서 상당한 세월이 흐른 후에야 비로소 깨닫게 되었다. 수평선은 우리들의 마음속에 머물러 있는 것이며, 그 실체는 '그리움'이란 것을. 그 너머에 있는 사랑, 소망, 천국… 미지의 세계에 대한 동경: 그것이 그리움이다. 그리움 속을 헤매다 보면 어느덧 섬에 도착한다. 내 마음속 섬이 바닷속 섬을 만나면 내 마음은 해후의 기쁨을 느낀다. 바닷가를 거닐면 하늘이 희망으로 내려오고, 파도 소리는 가슴속 스트레스를 시원하게 쓸어낸다. 그 길 위에서 일상에서 쌓여온 마음의 상처를 치유 받는다. 내일을 위한 새로운 설계를 하고, 삶의 동력을 회복하고 돌아온다. 바닷가에서 고독을 밟으며 거니는 동안 그리움은 자라고, 행복이 가슴속으로 스며든다. 언제든지 마음만 먹으면 갈 수 있는 곳: 이 순간 이곳이 바로 천국이 아니겠는가?

5월 23일

'기다림'은 그리움의 표상이다.

인생이란 어쩌면 '기다림'의 연속일지도 모른다. 예술의 전당을 지나가다가 우연찮게 연극 '고도를 기다리며'를 관람하게 되었다. 베케트의 희곡 '고도를 기다리며'는 인간의 근원적 문제를 다루고 있다. 무대는 단순하고 썰렁한 분위기다. 에스트라 공과 블라디미르 두 주인공은 무대 위에서 '고도'를 기다리고 있지만, 그는 결국 나타나지 않고 연극은 끝난다. "그만 가자. 가면 안 되지. 왜? 고도를 기다려야지. 참 그렇지." 두 주인공이 주고받는 이 마지막 대사가 이 작품의 주제임을 말해주고 있다. 고도가 누구이고 왜 고도를 기다리는가에 대하여는 침묵하고 있다. 그냥 '기다림'만을 묘사하고 있을 뿐이다. 고도를 신이라고 하는가 하면, 꿈이라고도 하는 등 해석이 분분하다. 그 답은 오로지 관객 개인의 몫이다. 분명한 것은 사람들이 주인공들처럼 '고도'를 기다리며 살고 있다는 사실이다. 그렇다. 누구나 고도를 기다리고 있다. 그가 누구이며 어떤 자세로 기다리고 있는가가 다를 뿐… 그것은 내일이고, 소망이며, 그리움으로 인생의 나침반이 되고 등대가 될 수 있다. 현재의 순간에서 인생을 즐기고, 행복을 기다리지 말라는 권고가 스며 있다. 그러나 현재에서 행복을 즐기는 것과 동시에 미래에 대한 희망을 가지는 것은 이율배반적인 것이 아니다. 마음속에 '고도'가 들어올 때 사람들은 희망을 가지고 위안을 받으면서 행복의 길을 걸어갈 수 있다. 인생은 이처럼 기다림의 연속이다. 자신만의 '고도'를 그리워하는. 항상 기다리는 마음으로 살아가면 행복이라는 선물을 받게 될 것이다.

5월 24일

그리움은 우리들 '가슴속'에 있다.

지금도 추억이 머물고 있는 그곳이 그립다. 시간이 흐를수록 더욱더 마음속에서 살아나지만, 너무 멀고 만날 기약이 없어서 쉽사리 갈 수 없는 그곳이 그립다. 눈 감으면 불현듯 나타나고 눈 뜨면 곁에 있는 듯 그리움이 유혹하는 곳: 해후의 기쁨과 함께 이별의 아픔을 감수해야 하는 그곳으로 달려가고 싶다. 대지에도 바다에도 창공에도 어디에나 그리움이 만든 길이 있지만, 실제로 그곳이 머무는 곳은 가슴속이다. 그리움이 찾아가는 것은 결국 한 사람이다. 괴테는 "자신이 절반에 불과하다는 사실을 깨닫게 될 것이다. 자신을 완전한 것으로 만들기 위해 한 사람의 여성을 추구하게 된다."고 했다. 그리움은 마음을 움직여 그곳으로 달려가게 만든다. 사랑은 절반을 찾아 자신을 완성하기 위한 신성하고 위대한 작업이다. 그리움은 불완전한 인간이 완전함 또는 하나를 그리는 마음이다. 그리움은 구원의 손길이다. 그래서 그리움이야말로 인간의 마음을 아름답게 만들 수 있는 비밀병기이다. 그리움은 우리들 마음을 움직이고, 길이 되어 그곳으로 인도한다. 내가 지금 가고 싶은 곳은 그대의 '마음'이다. 빗방울 소리에도 그리움은 깨어나고, 바람소리만 나도 그리움은 밀려온다. 오늘 내 마음은 이곳을 훌쩍 떠나 그대에게로 다가간다. 그리움은 영혼 속에 남아 있는 법. 그리움의 길이 나를 유혹하고 있다. 지금 몸은 비록 멀리 떨어져 있지만, 마음은 이미 그곳 하늘 아래서 맴돌고 있다. 그 길이 바로 행복으로 가는 길이다.

영원한 고향은 '어머니'이다.

인간은 누구나 고향을 그리워한다. 고향을 떠나 멀리 살고 있으면 때로는 고향을 그리며 마음을 세척하기도 한다. 분단의 장벽 때문에 마음대로 갈 수 없는 실향민들이 고향을 그리워하는 마음은 더욱 간절할 것이다. 출생해서 성장한 그곳이 그립다. 자연과 함께 뛰놀고, 친구들과 어울리며, 꿈을 키우고 자란 곳이다. 그곳에서 쌓아놓은 추억이 항상 머릿속에서 맴돌고 있다. 그래서 어느 해 오랜만에 고향을 찾아갔다. 차에서 내려 고향 마을로 얼굴을 돌리니 완전히 다른 모습이다. 원래 작은 산으로 둘러싸여 자궁처럼 생긴 아담한 마을이 큰길에서 오 리쯤 떨어져 앉아 있었다. 그런데 마을 입구부터 고층 아파트들이 평풍을 쳐놓은 듯 마을을 가리고 있다. 걸어서 들어가는데 옛길을 찾을 수 없다. 새로 큰길들이 동서남북으로 뚫려 있다. 길을 잘못 들어서서 돌고 돌아 마을에 들어섰다. 마을이 개발로 인해 누더기처럼 어지럽다. 온통 천지개벽이 되었는데, 옛 마을만 옛 모습 그대로 누워 있다. 아름답던 자연은 파괴되고, 옛사람들은 떠나고 없고, 옛 추억만 내 머릿속에서 맴돌고 있다. 고향의 옛 모습이 사라지고 없으니 고향을 잃어버린 기분이다. 이제 옛 고향은 추억 속에서나 만날 수 있게 되었으니 고향은 더욱 그리움으로 남아 있다. 문득 어머니 생각이 난다. 나를 낳으시고 길러주신 어머니! 고향에 오기 전에 머문 곳, 원 고향이 어머니 아닌가? 영원한 고향, 어머니! 어머니 품이 그립다. 이러한 그리움을 타고 행복은 다가오고 있다.

5월 26일

'그리움을 향한 독백'이 행복을 선물한다.

그리움은 상상의 날개를 펴고 세상을, 아니 우주를 여행한다. 그리움은 삶에 활기를 주고 희망을 선물한다. 인생에 있어서 가장 중요한 자산이다. 아무 곳도 막힘이 없으니 자유다. 그리움이 지나가면 길이 된다. 그곳은 무한대의 공간이요, 막힘없는 시간이다. 모든 것이 자유로우니 그곳은 해방공간이다. 상상력이 그 주인공이고, 창조의 원동력이 된다. 그 공간에서 몰입하면서 생각이 산책을 하면 아이디어가 발산된다. 과학자든 예술가든 위대한 사람들은 바로 그리움이 낳은 인물들이다. 그 순간순간에 미망 속에서 한 줄기 빛을 바라보며 영겁을 만들어온 것이다. 그리움은 과거를 품고, 미래를 열며, 현재를 살아간다. 그리움이 있기에 가슴은 뛰고, 희망이 생기며, 내일이 기다려진다. 그리움은 사랑의 씨앗으로 사람들을 이어준다. 그리움이 고리가 되어 관계를 만들어낸다. 그리움 속에서 구원을 받을 수 있다면 행복은 완성될 것이다. 그래서 그리움을 형상화해 본다. 시가 아니어도 좋다. 독백이어도 괜찮다. 어떤 시인은 법언 같다고 했다. 중요한 것은 그리움이 있기에 이런 시가 탄생할 수 있다는 사실이다. 그리움을 키워가면서 지속적인 행복으로 가는 인생은 얼마나 아름다운가? 그리움은 행복을 실어다주는 마차이므로 이것을 타고 인생길을 계속 달려갑시다. 그리움의 동산에서 행복의 꽃을 키우며 유토피아를 건설합시다. 그리움은 내 가슴속에 있으니 내 안에 천국이 들어설 것 아니겠는가?

그리움을 향한 독백

그리움이란 내일을 기다리는 마음
사랑을 그리는 마음
그대를 향한 마음입니다

그리움 때문에 오늘이 즐겁고
가슴이 뜨거워지고
그대가 그립습니다

미래가 있기에 그리움은 오늘에 머물고
사랑이 있기에 그리움은 계속 자라고
그대가 있기에 그리움은 형상화됩니다

그리움이 없다면 내일은 없을 것이고
사랑은 메말라버릴 것이며
그대는 망각의 세계로 사라질 것입니다

그리움을 키워야 밝은 미래를 맞이할 수 있고
사랑의 불꽃을 피울 수 있으며
그대 곁으로 다가갈 수 있습니다

그리움은 미래에의 관문이고
사랑의 열쇠이고
그대의 분신입니다

그리움으로 당신에게 다가가
자유함을 누리고
구원을 얻고 싶습니다

5월 27일

그리움은 '창조의 원동력'이 된다.

그리움은 상상의 날개를 펴고 떠돌면서 새로운 세계를 그린다. 천경자 화백은 결혼에 여러 번 실패를 했다. 상대방이 있는 남녀 간의 사랑에는 실패를 했지만, 사랑의 감성은 무한한 것이기에 사랑이 작품의 주제가 되기도 하고, 평생 작품을 만드는 데 힘이 되었다고 한다. 그래도 자기 인생을 이끌어준 것은 '꿈, 사랑과 모정'이라고 했다. 그의 예술활동의 원동력은 사랑에 대한 '그리움'이었다. 예술의 본질은 사랑에 대한 그리움이라고 표현하는 것이 더 적절한 표현이 아닐까 생각해본다. "그린다는 것은 그리워하는 것입니다. 그리움은 그림이 되고, 그림은 그리움을 부르지요(바람의 화원)." 이처럼 그리움은 그림의 원동력인 동시에 모든 예술의 원동력이기도 하다. 그리움이 사람들을 예술의 세계로 이끌어내고, 예술을 창조하는 과정에서 행복을 선물하고 있다. 그러나 그리움은 예술세계에서만 존재하는 것이 아니라 미지의 세계에 대한 호기심을 유발하고, 사랑을 유도하며, 인생에 꿈을 심어주는 매체이기도 하다. 그러기에 그리움을 느끼지 못하는 인생은 오아시스 없는 사막처럼 얼마나 황막할 것인가? 그러니 행복한 인생을 꿈꾸려면 그리움을 만들고 간직하며 살아야 한다. 우리 모두 그리워하자! 자연을, 사람을, 아니 모든 것을… 그리움이 때로는 정신적 고통일 수 있지만, 또한 창조의 원동력이 될 수 있음을 그의 작품은 보여주고 있다. 그리움을 간직하고 사는 인생은 항상 희망이 있고, 에너지가 넘치며, 지속적인 행복을 누릴 수 있다.

제 22주
(5월 28일 – 6월 3일)

'자유'는 인간답게 살기 위한 기본적인 조건이다.

　　자유는 인간답게 살기 위한 기본적 조건으로 행복의 중요한 요소이다. 인간은 자유롭게 태어났지만, 날 때부터 수많은 쇠사슬에 얽매여 살고 있다. 자유란 자연상태에서 누리는 자연적 자유를 의미하지 않고, 공동체 안에서 법과 질서의 범위에서 누릴 수 있는 '합리적 자유'를 말한다. 자유를 누리기 위해서는 스스로 지키려는 '자유의식'을 가지고 있어야 하며, 궁극적으로 자신의 욕망을 내려놓아야 참된 자유를 누릴 수 있다.

자유는 '생래적 선물'로써 인간은 자유롭게 태어났다.

"인간은 자유롭게 태어났다. 그러나 날 때부터 수많은 쇠사슬에 얽매여 있다(루소)." 원래 인간의 속성은 자유로운 존재인데, 여러 가지 사회조직 속에서 구속을 받으며 산다는 말이다. 자유는 인간이 공동체 안에서 개체성을 확립함으로써 인간다운 생활을 누릴 수 있게 만드는 가장 중요한 조건이요, 행복으로 가기 위한 필수적 요소이다. 그래서 선택의 가능성을 가지고 인생을 스스로 일구어가는 자율성이 행복에 큰 심리적 영향을 미친다. 아우렐리우스는 인간 영혼의 두 가지 공통점으로 남에게 속박을 받지 않는 것과 선으로써 모든 욕망을 억제하는 것을 들고 있다. 인간의 욕망이 행동의 동기가 되므로 자유는 창조의 원동력이 되며, 자유를 통해 인간은 잠재력을 발견하고 그 힘으로 사회에 기여할 수 있다. 그래서 자유는 민주주의의 기초인 동시에 다른 가치 실현의 조건이 된다. 종교가 지배하는 신정정치나 절대군주가 지배하는 전제주의하에서는 개인의 존재가치는 인정되지 않았다. 근세에 들어오면서 종교개혁과 인본주의에 의해 인간의 가치를 존중하고 개별화를 지향하면서 자유의 쟁취가 역사적인 과제로 등장하게 되었다. 이를 사상적으로 발전시킨 사조가 '자유주의'였으며, 자연법사상은 자유를 인간의 천부적 자연권으로 선언하였다. 인류의 역사는, 액튼 경의 표현처럼, 자유를 얻기 위한 '투쟁의 역사'였다고 할 수 있다. 개인은 자유를 얻게 되었으므로 비로소 자신의 삶을 스스로 설계하면서 행복을 추구할 수 있는 것이다.

자유는 '시민혁명의 선물'이다.

'자유'란 물리적으로든 심리적으로든 외부의 간섭 없이 자기가 하고 싶은 활동을 하는 것을 말한다. 자유는 인간이 인간다운 생활을 누릴 수 있게 만드는 가장 중요한 조건이요, 행복으로 가기 위한 필수적 요소다. 자유는 그만큼 인간으로서 누려야 할 소중한 가치를 가지고 있다는 증거이다. 절대국가에서는 국가목적의 달성을 위해 막강한 권력을 남용 또는 오용함으로써 개인의 자유는 보장될 수 없었다. 그래서 인류는 절대 권력에 항거하면서 피를 흘리며 투쟁하였고, 마침내 시민혁명을 통해 자유를 쟁취하게 되었다. 그 역사적 배경에는 인본주의와 자유주의 사상이 있었다. 프랑스 시민혁명 이후 각국의 인권선언은 '인간의 해방'과 '개인의 자유'를 주창하면서 구체제로부터 민주국가로 발전하게 되었다. 그런데 자유주의가 등장하면서 사람들은 개인적 자유만을 주장하고 공동체 가치를 경시하는 역기능을 초래하였다. 이러한 폐단에 대한 대안으로 공동체주의가 등장하여 개인의 자유와 공동체 가치의 조화를 강조하게 되었다. 그런데 생명기술 혁명과 정보기술 혁명으로 개인의 모든 정보가 인터넷상에 집적·관리하게 되면서 개인의 프라이버시와 자유가 침해될 위험성이 높아지고 있다. 조지 오웰의 소설 '1984년'의 원형감옥이 새로운 형태로 등장함에 따라 개인의 자유는 다시 위협을 받게 되었으며, 여론조작이나 의사결정에 문제가 발생하여 디지털독재가 등장하게 되면 민주주의도 위협을 받을 수도 있다. 이러한 위기상황을 어떻게 극복하느냐가 현대사회가 당면한 중대한 과제이다.

자유란 '다의적 개념'이다.

자유는 행복과 함께 인생이 추구하는 두 가지 중요한 가치요, 인간의 존엄성을 실현하기 위한 필수적인 도구이다. 그런데 자유란 개념은 역사적으로 시대와 문화에 따라 다르게 해석되어 왔고, 학자들마다 달리 정의하는 '다의적 개념'이다. 근대에 들어오면서 자유를 '인간의 본성'으로 이해하게 되었다. 어느 학자에 의하면, 자유의 개념이 200개가 넘는다고 한다. 법학자 벌린은 자유를 소극적 자유와 적극적 자유로 나누고 있는데, 자유의 개념은 여기서부터 출발하고 있다. '소극적 자유'라 함은 국가로부터 간섭이나 통제를 받지 않는 소극적 권리를 말하며, '적극적 자유'란 개인이 육체적 활동이나 정신적 성취를 추구하는 적극적 권리를 말한다. 사회적 약자들이 실질적 자유를 누리도록 근로의 권리를 비롯해서 사회적 기본권을 보장하게 되었는데, 이를 '국가에 의한 자유'라고 부른다. 루소는 자유를 누리기 위해서는 국정에 적극적으로 참여하는 권리를 강조하였으며, 이 권리를 '참정권'이라고 부르는데, 이는 '국가 내에서의 자유'의 성격을 가진다. 칸트는 인간이 인과율에 복종하지 않고, 자율성을 가지고 도덕률에 따라 행동하는 것이 진정한 자유라고 했다. 인간은 '자유의지'를 가지고 있기 때문에 어떻게 살 것인가를 스스로 결정할 수 있는 선택의 자유를 가지고 있으며, 자유인은 자신의 선택에 대하여 스스로 책임을 져야 한다. 자유는 궁극적으로 자신의 욕망을 내려놓을 때 느낄 수 있으므로 이러한 '심리적 자유'가 자유의 최후의 보루이다. 이처럼 자유란 다의적 개념이다.

자유는 법과 질서 안에서 행사할 수 있는 '합리적 자유'를 의미한다.

어느 시인은 "일탈한 자 별똥이 자유롭다."고 노래하고 있다. 그야말로 시적이고 비유적이며, 그런 표현을 하는 것은 시인의 자유다. 그러나 자유란 이처럼 자연상태에서 누릴 수 있는 '자연적 자유'를 의미하지 않는다. 이러한 자유는 로빈슨 크루소가 누린 것처럼 무인도에서나 가능하지, 사회공동체 안에서는 인정될 수 없다. 루소는 사회계약을 통해 시민사회에 들어옴으로써 인간은 자연적 자유를 포기하고 진정한 자유를 찾게 된다고 했으며, 진정한 자유는 시민적이고 도덕적이며 법의 지배에 복종하는 데 있다고 했다. 개인적 자유는 사회공동체 안에서 황금률인 '공생의 원리'와 조화를 이루어야 한다. "누구나 손을 휘두를 자유가 있다. 그러나 그것은 타인의 코가 시작되는 곳에서 끝나야 한다." 자유는 방종하기 쉽고 남용되는 것이 용이하다. 개인의 자유는 타인의 자유와 권리를 침해해서는 안 되며, 사회질서나 공공복리와 합치될 때 보장될 수 있다. 자유의 다른 편에는 의무와 책임이 있으며, 무책임한 자유는 방종이지 자유가 아니다. 이처럼 구성원들 간의 공존과 질서를 유지하기 위해 자유는 법에 의한 제한을 받는 '상대적 가치'이며, 헌법이 보장하는 자유는 이와 같은 '합리적 자유'를 의미한다. 이러한 자유의 원리는 사이버공간에서도 그대로 적용되어야 한다. 오늘날에는 시위에서 보는 것처럼 자유의 일탈 또는 과잉이 오히려 문제가 되고 있다. 자유도 지나치면 모자람만 못하다(過猶不及). 이러한 범위 안에서 자유를 누려야 하며, 그 범위를 넘어설 때 국가의 통제를 받게 된다.

6월 1일

'자유의 여신상'에서 자유의 참뜻을 찾는다.

자유의 여신상은 미합중국 독립 100주년 기념으로 프랑스가 우호의 표시로써 기증한 것으로 그 원명은 'Liberty Enlightening the World'이다. 이 여신상은 전 세계를 향하여 자유의 중요성을 알리는 상징물이 되었으며, 자유의 여신상이 서 있는 '자유의 섬'은 세계적인 관광명소가 되었다. 이 여신상은 전 세계를 향하여 자유의 횃불을 들고, 머리에는 월계관을 쓰고 있으며, 왼손에는 법전을 움켜쥐고, 오른손에는 횃불을 높이 쳐들고 있고, 발은 부러진 사슬로 매여 있다. 그녀의 발에 끊어진 사슬을 얹어놓고 있는 것은 독재의 사슬로부터 해방되었음을 상징하는 것이다. 왼손에는 법전을 들고 있게 한 것은 자유는 법에 의해 보장되지만, 또한 법의 테두리 안에서만 보호받을 수 있다는 것을 의미한다. 여신상은 승리의 상징으로 월계관을 쓰고 있으며, 횃불을 들고 전 세계를 향하여 자유를 외치고 있다. 자유는 인류가 누려야 할 가장 소중한 가치이지만 절대적 권리가 아니며, 법과 질서 안에서 보장되는 상대적 자유라는 것을 전 세계에 알리고 보급하는 것이 이 여인상의 존재이유이다. 미국 의사당 돔 위에 서 있는 자유의 여신상은 투구를 쓰고 허리에 칼을 찬 채 손에는 월계관과 방패를 쥐고 있는 모습을 하고 있는데, 이는 자유란 자유의 적으로부터 살아남기 위해서는 힘으로 지켜야 한다는 것을 의미한다. 누구나 자유의 여신상처럼 자유의 본질을 이해하고, 합리적 자유를 누릴 수 있는 삶이 행복한 것이다.

국민들의 '자유의식'이 자유의 최후의 보루이다.

미국의 판사 핸드는 시민권을 수여하는 연설에서 "자유는 사람들의 마음속에 있다. 자유가 그 속에 죽어 있다면 헌법도 법률도 법원도 이를 구조할 수 없다. 자유가 그 속에 살아 있는 한 헌법이나 법률이나 법원은 이를 구조할 필요가 없다."라고 하였다. 국민들의 자유의식 또는 헌법의식이 자유를 누리기 위한 전제조건이 된다는 것을 말해주고 있다. 루소는 자유를 확장시키고 지속적으로 누리기 위해서는 국가 의사결정에 국민들의 적극적인 참여가 필수적 조건이며, 이는 민주시민의 의무라고 했다. 아무리 헌법에서 상세하게 자유를 보장하고 있더라도 개인들이 자유를 누리고 지키고자 하는 노력이 없는 한 자유를 잘 누릴 수 없게 된다. 예링(Jhering)은 유명한 저서 '권리를 위한 투쟁'에서 "권리 위에서 잠자는 자는 보호할 필요가 없다."고까지 말했다. 이 명제는 자신의 권리를 누리기 위해서는 부단한 투쟁이 필요함을 강조하고 있는 것이다. 스티븐스는 '자유는 농장과 같다.'라고 말하면서 자유를 지키기 위해서는 농장을 가꾸듯 노력하여야 한다고 강조한다. 자유는 대가 없이 주어진 선물이 아니라 힘든 투쟁에 의해 쟁취하고 부단한 감시를 통해 보장되는 것이다. "자유는 농장과 같은 것/ 곡식이 저절로 생산되지 않는 것처럼/ 자유도 항상 그대로 머물러 있지 않는 법// 농장에는 잡초와 곤충들이 살고 있듯이/ 자유에도 항상 적들이 도사리고 있으므로/ 부단한 주의와 어려운 투쟁을 요구한다/ 자유를 지키기 위해서는."

6월 3일

궁극적인 자유는 '욕망'을 내려놓을 때 느낄 수 있다.

오늘날 우리들은 국가로부터 아무런 간섭이나 강제를 받지 않으니 '국가로부터의 자유'를 누리고 있다. 우리나라는 개인의 자유가 헌법에서 광범하게 보장되어 있고, 민주화가 상당한 수준에 올라섰다. 종래 국가권력이 권력을 남용하여 인권을 유린하던 관행도 거의 사라졌다. 그럼에도 불구하고 사람들은 왜 자유롭다고 생각하지 못하는가? 그 이유는 아직도 무엇인가에 대한 집착과 욕망이 남아 있기 때문이다. 무엇이든 자유롭게 선택을 하면 어느 정도까지 행복도는 올라가지만, 그 한계점을 넘어서면 선택만족도는 떨어진다. 어떤 선택도 반복하게 되면 신선도가 떨어지고, 만족감이 줄어드는 것이 인간의 심성이다. 자유에도 쾌락적 응현상이 나타난다. 욕망이 클수록 그것에 예속되어 자유를 잃게 된다. 에픽테토스는 "자유는 욕망을 채움으로써가 아니라 버림으로써 얻어진다."고 했다. 욕망만 내려놓으면 마음이 자유롭게 된다. 진정한 자유는 이성의 힘을 통해 스스로 욕망을 통제할 때 얻을 수 있는 '마음의 자유'를 통해 누릴 수 있다. 루소는 최종적인 자유란 물질적 의존이나 정신적 속박으로부터 해방되는 것을 의미하였다. 이러한 자기제어능력이 자유 행사를 위한 필수적 조건이다. 궁극적으로 자신으로부터 해방되어야 진정한 자유를 누릴 수 있다. 필자는 이스탄불에서 마르마르 해협을 따라 걸으면서 여행의 목적이 자유로움을 누리는 데 있다는 괴테의 말을 몸소 느끼며 걸었다. 이러한 '심리적 자유'를 누릴 때 비로소 진정한 자유인이 될 수 있다.

제 23주
(6월 4일 -10일)

'의·식·주'는 인간의 기본적 욕구이다.

　　　　　의·식·주는 생존이란 기초적 욕구를 해결하기 위한 필수적 요소다. 인간은 동물적 존재로서 생리적 욕구를 충족시키는 것이 행복한 생활을 누릴 수 있는 기초적 조건이요, 행복의 출발점이다. 그러나 여기에도 쾌락적응과 과유불급의 원칙이 적용된다. 삶에 필요한 만큼 먹고 마시며 입고 살면 되지, 지나친 것은 바람직하지 않다. 샤를 바그네르는 이들을 단순화하라고 권고하고 있다. 적당한 수준에서 이들을 즐겁게 누리고 살면 행복한 것이고, 이들에 집착하면 질 높은 다른 행복을 누리지 못한다.

6월 4일

의·식·주는 인간의 '기본적 욕구'를 해결하기 위한 필수적 요소다.

의·식·주는 인간이 생존을 누릴 수 있는 최소한의 조건으로 기본적으로 이들 문제를 해결해야 비로소 행복을 생각할 수 있다. 옛날부터 우리나라 속담에 '배부르고 등 따스하면 바랄 것이 없다.'는 말이 있다. 이것들은 인간이 동물적 존재로서 생리적 욕구를 충족시킴으로써 행복한 생활을 누릴 수 있는 기초적 조건이요, 행복의 출발점이다. 의·식·주의 기본적 욕구가 충족되지 않으면 그 이상의 행복을 생각할 수 없다. 그래서 이들은 비록 하위단계의 욕구이지만, 가장 강력한 욕구로써 행복을 위해 작동을 한다. 따라서 이 문제는 상당한 관심을 기울여 해결해야 할 우선적 과제다. 이러한 욕구는 생존을 위한 최소한의 조건으로 개인적으로는 필수적으로 해결하여야 하고, 국가적으로도 사회정의를 실현하기 위해 개인의 최저생활을 보장하여야 한다. 그러나 이들은 문화적 생활에 필요한 적정한 수준에서 충족시키면 되지, 남보다 잘 살기 위해 인생을 거는 것은 어리석은 일이다. 여기에도 과유불급의 원칙은 적용된다. 의·식·주는 행복의 최소한의 필요조건으로 기본적 행복에 속할 뿐, 행복을 총체적으로 누리기 위한 충분조건은 못된다. 진화심리학자들은 이러한 욕구를 충족시키는 것이 행복의 전부인 것처럼 말하지만, 이성적 존재로 진화하는 인간은 의미 있는 삶을 누리기 위해 몰입·관계·문화·봉사·신앙 등에서 얻는 그 이상의 질 높은 행복을 추구하며 살아간다. 샤를 바그네르는 이들을 단순화하는 것이 행복으로 가는 길이라고 했다.

6월 5일

'의상'이 날개인가?

옷은 신체의 상징적 부분을 가리고, 몸을 보호하기 위해 입는 것이다. 의상은 나아가 아름다움을 표현하고, 개성을 나타내는 역할을 한다. 외관을 잘 가꾸는 것은 자신을 표현하는 방법이고, 자신감과도 관련이 있다. 자신의 신체적 조건이나 취향에 따라 옷으로 이미지를 만들면 기분이 좋아지고 행복해진다. 색감이나 디자인도 중요하고, 액세서리도 필요하지만, 자신의 모습을 품위 있게 만드는 것이 중요하다. 연령대에 따라 의상이 자신에게 어울려야 하는데, 특히 노년에는 굳이 남의 눈에 띄도록 화려하게 입는 것보다는 품위를 유지할 수 있도록 입는 것이 필요하다. 우리는 생존을 위한 필수적인 조건으로 그 순서를 의·식·주로 표기하는데, 이는 셋 중에서 '의(옷)'를 가장 중요시함을 의미한다. 우리 사회는 외모지상주의가 유행을 하면서 옷을 잘 입어 자신을 과시하려는 풍조가 있다. 겉치레를 중시하는 허례허식이 유행이 되면서 쇼핑중독이 생기고 명품을 좋아하는 경향이 있다. 일부 사람들의 문제이지만, 스트레스를 해소하기 위해 백화점을 돌면서 옷을 사들이는 여성들도 있다. 이러한 겉치레는 일시적인 기쁨을 주지만, 곧 싫증이 나고 나중에는 회의감마저 느끼게 된다. 최근에는 학생들이 외모에 신경을 많이 쓰고, 여중생들도 립스틱을 바르고 다닌다. 서울 중심가가 어느 선진국보다 화려하게 보이는 이유는 사람들의 옷차림 때문이다. 샤를 바그네르는 단순함에 아름다움이 있다고 한다. 남의 시선을 의식하지 말고 자신이 활동하는 데 편리한 옷차림이 곧 행복으로 가는 날개이다.

6월 6일

'간소한 옷차림'이 행복으로 가는 길을 가볍게 만든다.

자연스럽게 멋을 내는 스타일을 '놈코어(normal+core의 합성어)'라고 부른다. 의상을 통해 개성을 표현하려는 경향이 있는데, 옷은 자신에게 어울리도록 입는 것이 최선의 방법이다. 유행을 따라 옷을 입거나 돈을 많이 투자하는 것은 바람직한 현상이 아니다. 개성을 표현하는 것도 중요하지만, 건강을 고려하고 미풍양속을 살리는 것이 중요하다. 부를 상징하거나 미를 추구하는 것은 부가적인 기능에 불과하다. 따라서 옷은 기본적인 욕구만 충족시키면 그 위에 '행복의 옷'으로 치장해야 한다. 내면의 옷을 아름답게 입으려는 노력이 필요하다. 의상이 사람을 위해 존재하는 것이 아니라 사람이 의상의 노예가 되어가고 있다. 옷장과 방을 가득 채우고 있는 옷은 과감하게 정리를 해야 시간을 아끼고 돈을 절약할 수 있다. 의상의 자유는 어디까지 허용될 것인가? 젊은 여성들의 스커트가 하늘 높은 줄 모르고 올라가고 있으니 새로운 사회문제가 되고 있다. 사람들의 주목을 받는 데 너무 집착하지 말고, 기본적인 윤리는 지키면서 옷차림을 해야 사회정화에도 도움이 될 것이다. 최근 들어 옷 유행이 바뀌고 있다. 전철을 타면 출퇴근시간이 아닌 때에는 간소복을 입은 사람들이 많이 보인다. 의례적으로 격식을 차릴 자리가 아니라면 간소복을 입는 것이 활동하기에 얼마나 편리한가? 겉치레를 통해 자신을 위장하지 말고, 자연스러운 모습으로 사는 것이 건강이나 사회풍조에 좋다. 가벼운 옷차림으로 행복의 길을 가볍게 걷는 것이 아름다운 행복을 가져다준다.

6월 7일

'음식'은 생존의 필수적 요소다.

먹는다는 것은 생존을 위한 필수적인 조건으로 행복의 가장 중요한 요소다. 진화론의 입장에서는 음식은 생존을 위한 필수품이고, 먹을 때 뇌에서 강렬한 쾌감이 발생한다고 한다. 이처럼 먹는 즐거움이 생물학적으로 설계된 선물이며, 인간은 먹기 위해 산다는 결론을 내리고 있다. 어느 행복학자는 "좋은 사람과 맛있는 음식을 먹는 것이 행복"이라고 한다. 음식을 통해서 얻는 즐거움은 행복의 가장 기초적인 요소로서 그 비중도 높다. 영화 '파리로 가는 길'에서 남주인공 자크는 "행복한 추억들은 모두 식탁에서 일어났죠."라면서 "먹고 싶은 것은 먹어야죠."라고 말한다. 먹는 것이 행복의 중요한 요소라는 점을 강조하고 있다. 노년에는 건강을 유지하기 위해 식이요법을 하고, 영양상태를 잘 조절해야 한다. 무엇을 먹느냐의 목적은 생존문제를 해결하고 건강을 유지하는 데 있다. 기름지고 단 음식이 입맛을 돋우어준다. 휘게 10계명에도 초콜릿과 같은 것이 포함되어 있다. 그러나 이들을 과식하면 몸에 해롭다는 아이러니가 사람들에게 경고를 보낸다. 우리나라는 전국이 음식점으로 덮여 있고, 맛집 선전이 인터넷을 뒤덮고 있다. 최근에는 TV 프로그램 중 음식과 건강 프로그램이 넘쳐난다. 국민들의 관심도 점차 높아지고 있다. 미식가들은 맛있는 음식을 찾아서 전국을 누비고 다닌다. 그러나 맛있는 음식이 아니라 건강에 좋은 음식을 먹어야 건강을 지킬 수 있고, 그 위에 행복을 담을 수 있다는 점을 명심해야 한다.

'건강식'을 하는 것이 행복으로 가는 길이다.

짧은 기간에 세계 10대 경제대국으로 올라선 우리나라는 이제 배고픔이 아니라 과도한 영양섭취가 문제가 되는 세상이 되었다. 그래서 성인병을 피하기 위해 '건강식'을 해야 한다. 음식은 잘 먹으면 약이 되고, 잘못 먹으면 독이 된다. 특히 노년에는 질병을 예방하기 위해서라도 식이요법을 잘 지켜야 하며, 노화과정을 늦추기 위해 항산화 식품을 두루 먹어야 한다. 과학적으로는 음식은 맛없는 것이 몸에 좋고, 맛있는 것은 몸에 좋지 않으므로 맛있는 음식을 찾아다니는 것은 바람직하지 않다. 과도한 육식의 섭취는 건강을 해치고 성격도 변화시킨다. 신선한 과일과 야채를 많이 먹고, 충분한 물을 마실 것을 의사들은 권고한다. 노년에는 섬유소, 칼슘과 비타민 B 종류를 충분하게 섭취해야 한다. 설탕과 소금은 생존에 필수적 요소이지만, 과다 섭취는 건강에 치명적이고, 패스트푸드는 건강상 문제가 많으므로 삼가는 것이 좋다. 또한 과식은 금물이므로 적당한 양(80% 정도의 포만감)을 먹고, 천천히 먹는 것이 건강을 위해 바람직하다. 음식도 즐기되 적당한 수준을 넘지 말아야 하며, 건강을 위해 규칙적인 운동을 해야 한다. 그렇다고 이러한 원론적 이야기에 너무 얽매이지 말고, 신토불이, 즉 우리나라에서 나오는 것을 골고루 적당하게 먹으면 건강하게 살 수 있다. 먹는 것에 너무 신경 쓰지 말고 건강식을 하면 건강해진다. 숙면과 휴식 또한 건강에 필수적이다. 이러한 건강수칙들을 지키는 것이 행복의 기초를 튼튼하게 쌓아가는 것이다.

'주택'은 거주할 수 있는 공간이면 된다.

주택은 사람이 거주하는 공간으로 이곳에서 가정의 행복이 싹 튼다. 그레첸 루빈은 "행복은 가까운 곳에 있다. 집은 행복한 기억의 보물섬이다."라고 말했다. 기본적으로 주거문제가 해결되어야 최소한 행복의 조건을 충족시킬 수 있다. 예부터 등 따스하고 배부르면 삶의 조건이 충분하다고 했다. 그러나 크고 좋은 집을 마련하기 위해 인생을 걸고, 가정과 인간관계를 소홀히 하는 것은 참으로 어리석은 일이다. 집은 화려하거나 넓은 것이 아니라 가족이 함께 생활할 수 있는 최적공간이 확보되면 충분하다. 오늘날 우리 사회에서 가장 큰 사회문제가 주택문제이다. 집을 마련하기 위해 평생 벌어서 투자를 해야 한다. 그런데 주택의 양극화 현상이 벌어져 많은 서민들이나 미래 세대들은 평생 벌어서 모아도 강남에 집을 살 수 없다는 것이 문제다. 주택이 행복의 보금자리라는 관념은 사라지고, 부의 형성수단으로 여겨지는 세태가 불행의 씨앗이 되고 있다. 가옥구조가 기능성으로 바뀌고, 부족한 토지문제를 해결하기 위해 아파트를 선호하게 됨에 따라 우리나라는 '아파트공화국'이 되어버렸다. 삶은 편해졌지만, 이웃사촌이란 개념은 옛말이 되고, 이웃이 단절된 삭막한 환경으로 바뀌었다. 이제 토지의 공개념을 확장시켜 토지에서 나오는 경제적 부조리를 해결해야 하고, 주택문제는 선진국처럼 소유개념에서 주거개념으로 바뀌어야 한다. 국가는 장기적으로 주택문제를 현명하게 해결하고, 국민들은 의식변화를 통해 주택문제를 해결해야 한다. 그래야 조속한 시간 안에 행복의 조건을 해결할 수 있다.

주택은 '안식과 행복'으로 채워야 한다.

주택에도 쾌락적응현상이 나타나 더 좋은 집을 찾아 이사를 하는 경향이 있다. 집은 생활하는 공간으로 인식을 하고, 좋은 집을 사는 데 인생의 목표를 두어서는 안 된다. 일본 작가 다카무라의 '작은 집 운동'은 우리들에게 신선한 충격을 주고 있다. 집의 크기가 문제가 아니라 그 집에서 휴식을 취하고, 그 공간을 행복으로 채우면 된다. 그래서 집 구조를 영화를 보고 음악을 들으며 운동도 할 수 있는 등 휴식과 즐기는 공간으로 구성해야 한다. 집을 선택한 후에는 그곳에서 적응하면서 즐겁게 사는 것이 행복을 누리는 길이다. 영화 타이니는 "작은 집을 선택함으로써 얻는 가장 중요한 자산은 바로 자유다. 작게 살면 세상이 커진다. 지금은 온 세상이 내 거실이다."라고 한다. 주택문제는 개인의 선택문제이지만, 국가는 공공정책을 통해 잘 해결함으로써 주택문제로부터 해방될 수 있도록 해야 한다. 은퇴하게 되면 행복한 노후를 위해 어디에서 살 것인가가 중요한 문제가 된다. 주거지는 무엇을 하며 살 것인가에 따라 선택하게 된다. 시골에서 전원생활을 할 것인가, 도시에서 문화생활을 즐길 것인가에 따라 결정된다. 그런데 양자를 더 누리기 위해 서울에서 한 시간 정도 걸리는 곳을 선호하는 경향이 있다. 고향을 찾아가는 사람들도 있다. 퇴직 후 동남아시아 등지로 해외 이주를 선호하는 사람들이 늘어나고 있는데, 그 이유는 기후가 좋고 생활비가 적게 들기 때문이다. 그러나 안전문제·경제사정·문화적 차이점 등을 고려하여 신중하게 결정해야 한다.

제24주
(6월 11일 -17일)

'건강'은 생존의 기초요, 행복의 원천이다.

　　　　건강은 행복이 거주하는 집으로 생존과 행복의 필수적 요소다. 건강이야말로 행복의 '유일한 외적 조건'이다. 그런데 인간은 어리석게도 건강을 잃고 나서야 비로소 그 중요성을 깨닫는데, 건강을 잃기 전에 지키는 것이 인생의 최대의 과제다. 건강은 올바른 식습관을 가지고, 적당한 운동을 통해 유지할 수 있다. 그러나 육체적 건강 못지않게 정신건강이 중요하다. 심신일여(心身一如)라고 하듯이 몸과 마음의 건강은 불가분의 관계에 있으므로 마음의 건강을 위해 노력해야 한다. 비록 건강이 나쁘거나 장애가 있는 경우에는 이를 있는 그대로 받아들이고 자신만의 행복을 만들어가야 한다.

건강은 생존과 행복의 '필수적 요소'이다.

행복은 건강이라는 집에 거주한다. 행복의 생물학적 조건이 건강이지만, 나아가 건강은 인간의 심리적·사회적 영향을 미친다. 쇼펜하우어는 건강이야말로 행복의 '유일한 외적 조건'이라고 했다. 건강은 인생의 기초자산으로 건강하게 사는 것이 생존의 필수적 조건이고, 행복으로 가는 바른길이다. 의학박사 제시 윌리엄스는 "건강은 최고의 삶을 살아갈 수 있게 하는 최상의 상태이다."라고 말했다. 건강은 생명을 담보하고, 기분을 좋게 만든다. 무엇보다 건강은 젊음을 유지하여 삶에 활력을 불어넣어 준다. 그리하여 건강은 행복의 출발점으로 삶의 질을 향상시켜 준다. 그런데 사람들은 호흡이 곤란해야 산소의 중요성을 깨닫듯이 어리석게도 건강을 잃고 나서야 건강의 중요성을 깨닫는다. 명예를 얻고 돈을 벌기 위해 몸을 망치는 것은 어리석은 일이며, 가장 어리석은 일은 향락을 즐기다가 건강을 잃는 것이다. 돈을 잃으면 조금 잃은 것이고, 명예를 잃으면 많이 잃은 것이며, 건강을 잃으면 모든 것을 잃는 것이다. 건강을 잃고 나면 그 인생은 끝나고 행복은 사라지고 만다. 병마와 싸우면서 이를 극복할 수 있는 사람은 자신뿐이며, 건강할 때 건강의 중요성을 인식하고 건강을 지키도록 노력해야 한다. 하루하루를 건강하게 살아가는 것이 최고의 축복이요, 가장 행복한 것이다. 건강을 유지하는 것은 노년까지도 '지속적인 행복'을 누리기 위한 필수적 요소로서 자기의 책임인 동시에 사회에 대한 의무이다. 그러므로 항상 건강함에 감사하고, 건강을 유지하도록 '건강 습관'을 만들어가는 것이 행복으로 가는 길이다.

올바른 '식생활 습관'을 가져야 한다.

예로부터 건강을 유지하기 위한 건강오정법(健康五正法)이 내려오고 있다. 정식·정동·정식·정면·정심이 그것이다. 미국 질병예방센터에서 행한 조사에 따르면, 건강을 결정하는 변수가 유전은 20%, 환경은 20%, 치료불비가 10%에 불과하고, 생활습관이 50%나 된다고 한다. 그러므로 건강하게 사는 것은 기본적으로 '본인의 노력'에 달려 있다. 식(食) 자를 보면, 사람 인 변에 좋을 양으로 구성되어 있다. 음식은 사람에게 좋은 것이라는 해석과 인간은 좋은 것을 먹어야 한다는 풀이가 가능하다. 건강을 위해서는 기본적으로 음식을 가려서 좋은 음식을 적당하게 먹어야 하며, 건강에 나쁜 음식은 피하도록 '식생활 습관'을 고쳐야 한다. 과음과 흡연은 나쁜 습관이므로 고쳐야 한다. 편식은 금물이다. 균형 잡힌 식사가 올바른 식사방법이다(正食). 저자의 철학은 '신토불이(身土不二)'가 자연의 섭리로써 가장 과학적인 방법이라고 생각한다. 즉, 우리나라에서 제철에 나오는 음식을 골고루 균형 있게 먹고, 과식하지 않으면 된다. '무엇이든 지나치면 모자람만 못하다(과유불급)'는 진리는 음식에도 적용된다. 필요한 만큼만 먹는 것(중용)이 건강에 유익하고, 행복으로 가는 방법이다. 루소는 자연치유력을 강조하였다. 현대 의학은 질병의 근본치료를 하는 것이 아니라 대증요법을 써서 질병의 진행과정을 억제하거나 통증을 제거하는 데 중점을 두고 있다. 이에 대해 인간은 생명체 내부에 치유력을 가지고 있으므로 최악의 경우가 아니면 아프다고 약을 먹거나 병원에 가지 말도록 권장하였다.

건강에는 적당한 '운동'이 필수적이다.

건강을 위해서는 '적당한 운동'을 하는 것이 필수적이다(正動). 운동은 신체에 활기를 주는 호르몬의 분비를 촉진시킬 뿐 아니라 뇌의 산소 흐름을 증가시키기 때문에 기분을 좋게 하고 건강을 촉진시킨다. 운동을 계속하면 근심과 걱정을 덜어내고, 즐겁게 생활할 수 있도록 만든다. 운동은 육체적 피로뿐 아니라 정신적 피로를 회복시켜 주므로 규칙적으로 하는 것이 좋다. 운동을 하면 엔도르핀 분비를 500%나 증가시킨다니 그만큼 행복한 감정을 만들어주며, 인생을 낙천적으로 살아갈 수 있는 힘을 키워준다. 건강한 육체에 건강한 마음이 깃든다. 나아가 불안이나 우울증을 제거하는 데 도움이 된다. 섹스는 적당하게 하면 건강에도 좋지만, 과도하게 하면 역시 건강에 좋지 않다. 운동의 종류는 다양하므로 자신에게 맞는 운동을 무리하지 않게 하면 된다. 긍정심리학자들은 누구나 '규칙적인 운동을 하라'고 권고하고 있다. 한 연구 결과에 의하면, 매주 운동하는 청소년이 스트레스를 덜 받고 행복감이 높다고 한다. 노년에는 무엇보다 건강이 중요한데, 노화가 진행되면 인지기능이 떨어지고 치매까지 걸릴 수 있으므로 유산소운동과 근력운동을 적당하게 함으로써 이들을 예방해야 하며, 만성질환을 방지함으로써 건강한 노후를 보내는 것이 행복으로 가는 길이다. 누구나 다 알고 있는 진실이지만, 사람들은 게으르거나 재미가 없다고 운동을 하지 않는 경향이 있다. 적당한 운동을 규칙적으로 함으로써 건강한 몸을 만들고 유지하는 것이 행복의 토대를 굳건하게 쌓는 것이다.

많이 '움직이는 것'이 건강에 필수적이다.

   기계는 사용할수록 낡아가지만, 몸은 쓸수록 건강해지고, 행복도가 높아진다. 노화현상은 별도의 문제이지만. 일상생활에서 몸을 움직이지 않고 편안함만을 추구하면 할수록 건강은 나빠진다. 생활을 하면서 신체의 활동량을 늘리면 운동한 효과를 얻을 수 있고 건강해진다. 반드시 운동을 해야 하는 것은 아니고, 산책을 하거나 걷기를 하고, 집안일을 하는 것도 좋은 방법이다. 미국의 애리조나주립대학 비만센터의 총책임자인 제임스 레바인 박사는 '비운동성 활동 열 생성'을 의미하는 니트(NEAT: Non-Exercise Activity Thermogenesis) 운동을 주도하고 있다. 운동 이외에 생활습관을 바꾸는 것만으로도 체내열량의 20%를 소비함으로써 건강에 도움을 준다고 한다. 앉아서 계속 일하는 경우 비만의 문제를 넘어서 당뇨병·동맥경화·심장병·고혈압·직장암·요통·치질 등 각종 질병을 일으킨다. 레바인 박사는 '병 없이 살려면 의자부터 끊어라'라는 책에서 "앉기는 흡연보다 위험하고, 에이즈 바이러스보다 더 많은 사람을 죽이며, 낙하산으로 뛰어내리는 것보다 더 아찔하다. 우리는 앉아서 죽어가고 있다."는 충격적인 사실을 밝히고 있다. 주로 앉아서 일하는 현대인들에게는 경각심을 불러일으킨다. 오늘날 스포츠센터가 곳곳에 생겨나고, 많은 사람들이 운동을 하고 있지만, 운동을 전혀 하지 않는 사람들은 이 충고를 받아들여야 한다. 가능한 한 많이 움직이는 것이 건강을 위해 필수적이다. 그러므로 휴식만이 아니라 많은 움직임을 통해 건강을 지킴으로써 행복한 생활을 이어가야 할 것이다.

'뇌 건강'에도 신경을 써야 한다.

뇌 건강은 신체 건강의 기초가 되고, 정신활동을 원만하게 만들며, 삶의 질을 높여주기 때문에 중요하다. 경쟁이 심한 사회에서 사람들은 스트레스의 홍수 속에서 살고 있는데, 뇌의 피로도 건강에 악영향을 준다. '감사'하는 마음을 가지면 뇌세포가 건강해진다고 한다. 감사와 건강의 관계를 연구해온 데이비드 스노드 박사에 의하면, 감사하는 마음과 긍정적인 자세를 가진 수녀들과 불평이 많고 부정적인 사고를 하는 수녀들을 비교·조사한 결과 전자가 수명이 7년 정도 더 길고, 뇌세포도 덜 파괴되었다고 한다. '운동'을 하면 뇌로 공급되는 피와 산소량이 늘어나면서 세포 배양 속도가 빨라지고, 뇌 안의 신경세포가 더 활기를 띤다고 한다. '운동화 신은 뇌'의 저자 존 레이티 교수는 세계는 운동 기반 교육을 강화하고 있는 데 반해 한국식 교육은 이에 역행하고 있다고 지적했다. 운동을 하면 집중력·성취욕·창의성이 증가하고, 뇌의 능력이 확장되어 학업 성취도가 높아지고 스트레스가 감소하는데, 우리 학생들은 가만히 앉아서 주입식 교육만 받고 있으므로 창의성 개발도 안 되고, 스트레스를 많이 받는다. 뇌가 건강해야 스트레스·화 등 부정적 감정을 극복할 수 있다. 나이가 들어갈수록 뇌 건강에 신경을 써서 치매를 예방하는 등 건강한 여생을 보내도록 노력해야 한다. 적절한 '휴식'과 '숙면'은 삶의 활력을 불어넣으며, 적절한 '호흡'과 '명상'으로 뇌 건강을 회복할 수 있다. 이처럼 뇌 건강이 행복 바이러스를 증가시켜 지속적인 행복을 누릴 수 있게 만들므로 뇌 건강에 신경을 써서 행복 기반을 튼튼하게 쌓아야 한다.

6월 16일

몸과 마음의 건강이 '조화'를 이루어야 한다.

건강이 행복을 누릴 수 있는 최고의 자산이지만, 한국 사람들은 육체적 건강에만 신경을 쓰고, 정신적 건강(正心)에는 등한시하는 경향이 있다. 육체적 건강 못지않게 정신건강이 중요하다. 즐거운 마음으로 사는 것이 최고의 보약이다. 미국 수녀들을 대상으로 조사한 결과에 의하면, 긍정적 감정이 건강에 좋은 영향을 미치지만, 불안·분노·우울·절망·증오 등의 부정적인 감정은 건강을 악화시킨다. 이와 같은 부정적 감정을 제거할 수는 없지만, 이들을 잘 극복함으로써 정신적 건강을 지켜야 한다. 정신과 육체의 균형을 이루는 '건강의 맛(중용, 인생팔미)'을 아는 것이 중요하다. 몸과 마음은 하나로써 서로 영향을 주기 때문에 '심신일여(心身一如)'라는 말이 생겨났다. 몸이 건강해야 마음도 건강해지고, 마음이 건강해야 몸도 건강해진다. 몸과 마음의 건강이 '조화'를 이루어야 건강은 유지될 수 있다. 사무엘 울만은 '청춘'이란 시에서 "청춘이란 인생의 어떤 기간이 아니라 마음가짐을 말한다. 머리를 높이 치켜들고 희망의 물결을 붙잡는 한 80세라도 인간은 청춘으로 남는다."고 노래하고 있다. 긍정적인 감정을 가지고 살면 건강해지고, 자신의 능력을 끌어올릴 수 있으며, 인간관계도 개선할 수 있는 데 반해, 부정적인 생각을 하면 건강에 해롭다는 사실은 심리학적으로나 의학적으로 공인되고 있다. 그러므로 마음 다스리기를 병행하여 심신일여를 달성함으로써 육체적 건강도 유지할 수 있으며, 궁극적으로 마음의 평화를 이룸으로써 지속적인 행복을 누릴 수 있게 된다.

6월 17일

'장애'는 결코 인생의 걸림돌이 아니다.

의학과 의술이 발전해왔지만, 불치병은 항상 존재하였다. 어떠한 질병에 걸릴지라도 그 현실을 수용하면서 희망을 가지고 의미 있는 생활을 추구하게 되면 새로운 인생이 전개된다. 합리적으로 설명할 수 없을 때 그 결과를 운명이라고들 이야기하는데, 이는 그 사실을 그대로 수용한다는 의미다. 어떤 경우에도 포기하지 말고 적응하게 되면 의미 있는 삶을 사는 방법은 반드시 있다. 자신의 마음가짐이 결정한다. 하늘은 스스로 돕는 자를 돕는다. 건강이 좋지 아니한 많은 사람들이 현실을 그대로 받아들이면서 그 조건하에서 최선을 다해 건강을 회복하거나, 그러지 않더라도 성공하고 위대한 업적을 남긴 위인들이 많이 있다. 존 밀턴은 시각장애인으로서 '실낙원'이라는 명작을 썼고, 베토벤은 청각장애인으로서 '운명'을 비롯한 명곡을 만들었다. 스티븐 호킹은 루게릭병을 앓고 있으면서도 계속 연구를 함으로써 신체적 고통을 극복하고 승리한 산 교훈을 남겼다. 이들에게 장애는 예술활동을 하거나 과학을 연구함에 있어서 걸림돌이 아니라 동력이 되었다. 서울대학교 이상묵 교수는 미국으로 지질조사 여행을 갔다가 자동차가 전복되는 사고를 당해 전신이 마비되어 입으로 불어서 사용하는 마우스와 마이크로 컴퓨터로 글을 쓰고 있는데, 연구업적을 남겨야 된다는 중압감에서 벗어나 오히려 홀가분하고 자유로워졌다고 한다. 질병을 극복하는 과정에서 자신의 일에 몰입함으로써 창조적 활동을 하고, 정신적으로 성숙해짐으로써 의미 있는 삶의 모델을 보여준다. 이러한 과정에서 몰입을 통해 자신을 구원하는 길이 바로 행복으로 가는 길이다.

제 25주
(6월 18일 - 24일)

'가정'은 행복의 온상이다.

      가정은 작은 공동체로서 사랑의 금고요, 행복의
온상이다. 가정의 평화와 즐거움이 행복의 근원이다. 가정에서
행복하지 못한 사람은 어디에서도 행복을 찾을 수 없다. 그런데
오늘날 여러 가지 사정으로 가족공동체가 무너지고 있다. 자녀들
은 부모를 공양하지 않거나 부모들이 자녀들에 대한 인성교육을
안 시킨다. 최근에는 가정에서도 돈이 인간관계를 지배하고, 돈
때문에 살인사건이 빈번하게 일어나고 있다. 가족공동체가 해체
되는 것이 우리 사회가 불행해지는 근본적인 이유다.

행복은 '가정'에서 비롯된다.

인간의 행복은 가정에서 비롯된다. 그레첸 루빈은 "행복은 가까운 곳에 있다. 집은 행복한 기억의 보물섬이다."라고 말했다. 가정은 행복의 보금자리요, 사랑의 교실이며, 교육의 도장이고, 도덕의 학교이다. 가족(family)이란 "아버지와 어머니, 나는 당신을 사랑해요(Father, Mother, I love you!)."의 단어 첫 글자들을 조합한 것이다. 가족들이 서로 사랑하는 공간이 '가정'이다. 가족 간의 연대감과 소속감이 가정을 하나의 공동체로 엮어준다. 괴테는 "가정이 평화로운 사람이 가장 행복하다."고 했다. 이곳은 바로 당신의 세계이며, 평안하고 안전한 장소다. 가정의 화목과 평화는 행복의 전제조건인 동시에 그 자체가 '큰 행복'이다(휘게 10계명 ⑨). '집안이 화목해야 모든 일이 잘 이루어진다(家和萬事成).'는 고사성어가 이를 말해주고 있다. 성공보다 중요한 것이 가정이요, 사회의 평화보다 중요한 것이 가정의 평화로써 가정에서 행복해야 '긴 행복'이 가능해진다. 사회가 불안할수록 가정의 중요성을 더욱 절감하게 된다. 그렇다고 가정에서 행복이 저절로 이루어지는 것은 아니다. 결혼생활이 원만하게 이루어지고, 가족 간에 서로 사랑하며, 자녀들에게 인성교육을 시키고, 각자의 위치에서 책임과 도리를 다해야 한다. 가정에서도 불화가 생기는데, 이는 서로 믿고 대화하고 용서하면서 극복해가야 한다. 가정이 붕괴되면 불행해지고, 인생이 힘들어진다. 가정의 행복이 행복의 필수적 조건이므로 가정의 평화와 사랑을 도모하면서 행복을 추구하는 것이 행복의 성을 쌓는 작업이다.

'인간관계의 출발점'은 가정이다.

가정은 자연발생적으로 이루어지는 가장 기본적인 공동체이다. 가정은 생물학적으로는 혈연으로 묶인 공동체이지만, 인문학적으로는 사랑으로 엮인 공동체이다. 혈통으로 엮어진 가정에서 사랑이란 주고받는 식의 것이 아니라 무조건적이고 무한한 것이다. 그래서 가정에서의 사랑이란 희생을 본질로 하는 아가페의 성격을 가지고 있다. 아니 가지고 있어야 한다. 부모가 자식을 사랑하는 것은 무조건적인 사랑으로 일종의 본능이다. 자식들이 부모를 공경하고 사랑하는 것도 의무적이다. 이러한 관계가 유교하에서는 효 윤리를 통해 정립되었다. 가정 안에서 질서가 잡히고 화목해야 나아가 사회생활을 잘할 수 있다. 가정은 사회의 축소판으로 그 안에서의 인간관계가 사회라는 외연으로 확장된다. 효의 근본정신과 가치는 가부장적인 것이 아니라 사랑으로 맺어진 가족의 도리를 말한다. 효는 가족관계에서 나아가 그 정신이 국가적 차원에서도 적용되어 나라를 사랑하고 질서가 형성된다. 가족관계뿐 아니라 사회생활을 함에 있어서 인성교육이 중요하다. 인간다운 인간을 양성하여 국가공동체의 주역이 되도록 함으로써 공동체 정신을 심어주어야 공동체의 행복을 도모할 수 있다. 부모가 일방적으로 자식을 사랑하는 데서 그치지 않고, 자식들이 부모를 공양하는 정신을 가르치고 실천함으로써 행복한 가정을 만들어야 한다. 그러므로 가정에서 사랑을 배우고 실천함으로써 사회에서 그 연장선상에서 원만한 인간관계를 맺고 행복한 사회생활을 할 수 있다.

6월 20일

'가족공동체'가 무너지고 있다.

우리나라 가족제도는 산업화와 도시화 과정에서 대가족제도가 핵가족제도로 바뀌면서 많은 문제를 초래하고 있다. 비록 가정의 형태는 여러 가지로 변할지라도 가정은 사회공동체의 기초단위로서 행복의 보금자리인 점에는 변함이 없다. 그런데 가족공동체가 무너지고 있다. 가정 안에서 부부 사이의 불화와 갈등, 외도와 이혼, 고부간의 갈등, 부모와 자식 간의 패륜행위 등이 다반사로 일어나고 있다. 특히 금전만능주의 사상이 가정 안에도 침투하여 돈 문제로 온갖 갈등이 생기고, 심지어는 살인사건까지 일어나고 있다. 부모의 자녀에 대한 사랑과 자녀들의 부모에 대한 존경과 사랑이 행복의 가장 큰 원천이다. 그러므로 가정이 파괴되면 그 자체가 불행이요, 돈도 성공도 명예도 행복을 가져다주지 못한다. 옛날부터 가정의 화목이 가정은 물론 사회질서의 근간을 이루고, 평화의 상징으로 인식되어 왔다. 그런데 오늘날 전통적인 '밥상머리' 교육은 사라지고, 노인을 모시는 '경로사상'은 외면당하고 있다. 인성교육이 되지 않음으로써 공동체 가치가 무너지고 있다. 물질지상주의가 가정 안에도 침투하여 돈이 가족관계를 지배하는 형국이 되었다. 우리들 모두가 불행해지는 가장 중요한 이유다. 그러므로 가정이라는 행복의 텃밭을 잘 가꾸어 하나의 훌륭한 공동체가 되도록 노력함으로써 공동체적 행복을 바로 세워야 한다. 가족공동체가 건전하게 기능을 해야 개인의 행복이 깃들고, 나아가 국가공동체도 행복한 환경을 만들 수 있다.

6월 21일

'인성교육'의 부재가 공동체의 가치를 무너트리고 있다.

지금 대한민국의 위기는 가정 안에서도 공동체 가치가 허물어지고 있다는 사실이다. 대가족제도에서는 할아버지·할머니가 손자들을 가르치고 한 울타리 안에서 함께 살면서 인성교육과 노인복지문제가 자동적으로 해결되었다. 그런데 산업화와 도시화의 결과 대가족이 핵가족으로 변하면서 전통적인 가정의 교육기능과 복지기능이 사라지고, 모든 기능을 국가에 떠넘기고 있으므로 국가는 역부족으로 감당할 수 없으니 많은 사회문제가 일어나고 있다. 부모들이 자식들 뒷바라지하느라 노후준비가 안 되어 노년의 빈곤이 심각한 사회문제가 되고, 심지어 고독사가 새로운 사회문제가 되고 있다. 교육의 기본은 공동체 생활을 함에 있어서 필요한 기본적인 윤리를 가르치고, 선한 마음과 사회성을 키우는 데 있는데, 가정에서나 공교육에서 '인성교육'이 이루어지지 않고 있는 것이 그 주범이다. 중앙일보가 선정한 행복 10계명은 '가족과 친구가 우선이다.'라고 하면서 가족의 중요성을 강조하고 있다. 이처럼 우리의 고유한 정신문화인 효(孝) 윤리와 가족제도가 무너지고, 공생과 질서를 기본으로 하는 공동체의 가치가 흔들리고 있다. 그러므로 가정의 질서와 화목을 이루고, 아름다운 전통문화를 이어가도록 각 가정은 노력해야 하고, 이에 대한 국가의 적극적인 정책이 뒷받침되어야 한다. 사회 분위기가 메말라 가면 살맛이 없어지고, 행복지수는 떨어질 수밖에 없다. 그러므로 인성교육을 강화하여 살맛이 나는 공동체를 만들 때 행복지수는 올라갈 수 있는 것이다.

6월 22일

'대화'가 가정의 연결고리요, 사랑의 씨앗이다.

가정을 하나로 묶는 것은 '대화'다. 따뜻한 대화를 통해 사랑이 오가고 신뢰가 쌓이면서 가정의 행복은 굳건해진다. 대화는 의사소통의 수단일 뿐 아니라 사랑의 가교역할을 한다. 그러므로 원만한 대화가 이루어질 수 있도록 서로 노력하여야 한다. 그러기 위해서는 대화의 방법을 익히고, 대화의 기술을 연마해야 한다. 우리나라 가정의 가장 큰 문제는 대화를 할 줄 모르는 데 있다. '화성에서 온 남자와 금성에서 온 여자'처럼 남녀 사이에 차이점을 알지 못하면 대화가 원만하게 이루어질 수 없다. 가족 간에도 대화는 수직적 관계가 아니라 수평적 관계에서 신뢰를 바탕으로 상대방의 인격을 존중하고, 대등한 관계에서 행해져야 한다. 대화는 가족 간의 프라이버시를 보호하고, 화합하는 방향으로 이루어져야 한다. 부부간이나 자식들을 하나의 인격체로 인정하고, 쌍방향적인 소통을 함으로써 민주적 형태로 이루어지는 대화가 이상적이다. 무엇보다 중요한 것이 상대방의 이야기를 경청하고 존중하는 것이다. 들어주는 것만으로도 문제의 절반은 해결된다. 다른 구성원과의 대화가 안 될 때에는 자신이 먼저 바뀌어야 한다. 혀는 양날의 칼을 가지고 있어서 잘 사용하면 사랑의 도구가 될 수 있지만, 잘못 사용하면 분쟁과 파괴의 주범이 된다. 그러므로 세 치에 불과한 자신의 혀를 통제할 수 있어야 한다. 그러니 대화의 방법과 기술을 익혀서 의사소통을 원만하게 함으로써 '가화만사성'을 이루어야 가정에 행복이 깃들 수 있다.

가족공동체의 '모범사례'를 본다.

우리나라에서 전통적인 가족제도의 정신이 무너지고 있는 현실이 우리를 슬프게 만들고 있다. 산업화와 도시화의 결과 대가족제도가 핵가족제도로 바뀌는 것은 불가피한 현상이지만, 전통적인 가족제도가 가지고 있던 순기능이 사라지는 것이 문제다. 가족 사이에 대화와 사랑이 메말라가고, 인성교육과 복지기능이 사라지고 있다. 이런 와중에 우리나라에서 가족공동체의 실험을 성공적으로 이끈 한 예를 볼 수 있다. 삼대에 걸쳐 13명의 식구가 한집에서 살고 있는 정신과 의사 이근후 박사의 가정이다. 삼대가 한 울타리 안에서 함께 살고 있으니 전통적인 '대가족제도'의 모습 그대로다. 그 동기는 늙으신 부모를 모시고 동시에 육아문제를 해결하려는 장남의 아이디어였다고 한다. 조부모는 손자·손녀들에게 밥상머리 교육을 통해 인성교육을 시키고, 자녀들은 돈벌이를 하면서 조부모를 부양하는 대가족제도의 순기능을 살려보기 위한 것이었다. 이러한 실험은 성공적이었다. 그 이유는 가족원 간의 독립성을 보장하기 위해 물리적 공간을 분리시키고, 합의에 의해 의사결정을 함으로써 불간섭주의를 실천하는 데 있다. 이는 시대변화에 적응하는 순리적 방법이다. 이 가정은 대가족제도의 결함을 극복하면서 다양한 정보와 경험을 공유하는 소통을 통해 대가족제도의 이점을 최대한 누리면서 행복이라는 탑을 가정 안에 쌓고 있다. 우리 사회가 가정의 행복을 위해 귀감으로 여기며 새로운 가족형태의 모델로 답습할 필요가 있다.

6월 24일

동남아시아 사람들이 행복한 이유는 '가족'에 있다.

'라오스: 욕망이 멈추는 곳'이라는 책 제목을 보고 동남아시아 여행을 하게 되었다. 동남아시아 나라들은 우리나라보다 경제발전이 뒤지고, GDP가 우리나라보다 훨씬 작은데, 행복지수가 높은 이유가 어디에 있는지 알고 싶었다. 동남아시아의 모든 나라들을 여행하면서 동남아시아 사람들의 행복은 욕망의 절제와 함께 가족의 존중에서 나온다는 사실을 알게 되었다. 동남아시아 사람들은 나(我)라는 개인보다 가족이라는 공동체를 더 중요시한다. 공동체 가치를 존중하고 지키는 그들의 생각과 태도가 그들이 행복한 이유라는 점을 주목해야 한다. 가족공동체 안에서 함께 생활하는 전통을 간직하고 있는 것: 이것이 그들이 행복한 이유다. 전통사회는 가족이 사회공동체의 중심이고, 가족 단위로 생활을 한다. 가족윤리가 확립되어 있어서 아랫사람이 윗사람을 존경하고 가족 간의 우애가 강하다. 개인의 성공보다는 함께 행복해지는 것을 원한다. 이러한 전통가치를 유지하면서 살아가는 것이 그들의 행복의 원천이다. 동남아시아 사람들의 행복지수가 우리보다 높은 이유는 불교를 비롯한 모든 종교가 '욕망의 절제'와 함께 '가족의 존중'에서 나온다는 사실에 유념할 필요가 있다. 각 가정에는 종교를 불문하고, 조상을 숭배하고 제사를 올리는 시설이 크든 적든 간에 갖추어져 있었다. 동남아시아 여행을 하면서 그들의 가족에 대한 믿음과 사랑이 부럽기 그지없었으니 단란한 가정이 그리운 것이 우리들의 현실이다.

제 26주
(6월 25일-7월 1일)

행복은 '일상' 속에 있다.

     삶은 대체로 평범한 일상으로 이어져 있다. 그 일상 속에서 행복을 추구하며 살아가는 존재가 인간이다. 살아가면서 큰 행복은 몇 번 오지 않으며, 지속적으로 행복을 느끼는 것도 불가능하다. 인생에는 쾌락적응과 과유불급의 원칙이 적용되기 때문이다. 작은 행복을 계속 느끼면서 살아가는 인생이 행복한 삶이고, 작은 행복들이 모여 행복한 인생을 만든다. 인생에 행복을 가져다주는 것은 일상 속에 무수히 많다. 항상 기뻐하고 범사에 감사하면서 살면 일상 속에서 지속적인 행복을 누릴 수 있다.

6월 25일

'사소함' 속에 참된 행복이 있다.

삶은 평범한 일상으로 이어져 있으며, 일상의 수레바퀴가 굴러가는 것이 인생이다. 독일 철학자 하이데거는 일상이란 반복·지껄임·호기심·무의미·불안함·지나침 등이 반복되는 상태라고 했다. 이러한 일상 속에서 행복을 추구하며 살아가는 존재가 인생이다. 빌헬름 슈미트 전 독일 수상은 "살아가는 나날의 80%가 평범한 일상이란 사실을 받아들인 다음부터 사는 것이 행복해졌다."고 했다. 작가 장링잉은 "행복이란 배고플 때 먹는 한 끼 식사이고, 낙심에 빠졌을 때 건네는 한마디 위안이다. 또한 넘어졌을 때 일으켜주는 누군가의 손길이고, 야근을 마치고 피곤한 몸으로 집에 왔을 때 켜져 있는 밝은 등이다. 행복은 느끼려고 하면 이처럼 쉽게 감지하고 얻을 수 있다. 지금의 행복 하나하나가 모이면 결국 평생의 행복이 된다."고 했다. 사람들은 커다란 행복만을 고대하면서 작은 기쁨을 잃어버리는 경향이 있는데, 행복은 대단한 것이 아니라 지금 이곳에서 사소한 즐거움을 자주 누리는 '음미하기[이른바 '소확행(小確幸)']'에서 나온다는 사실을 깨달아야 한다. 영화 '파리로 가는 길'에서 주인공들은 한 사람은 기억을 잡아두기 위해 사진을 찍고, 다른 사람은 추억을 상기하기 위해 음식을 즐기는데, 이들은 일상에서 추억을 만들며 행복을 키우고 있는 것이다. 막심 고리키는 "손에 잡고 있는 동안에는 행복이 작게 보이지만, 놓치고 나면 얼마나 크고 귀중한지 알게 된다."고 했다. 이처럼 사소함 속에 행복은 숨어 있다는 사실을 알아야 한다.

'여행'은 인생 교육의 현장이고 치유의 교실이다.

여행은 인생에 있어서 가장 훌륭한 교육의 현장이고, 치유의 교실이다. 그래서 사람들은 여행을 떠난다. 괴테는 여행의 목적이 해방, 자유, 행복과 구원에 있다고 했다. 낯선 곳에서 걸으면 일상의 속박으로부터 벗어나 해방감을 느끼고, 아무런 구속이 없는 자유로움을 누리며, 더없는 행복감을 만끽하게 되고, 자신의 내적 세계와 만나게 된다. 실존철학자 카를 야스퍼스는 "철학은 길 위에서 행해진다."고 했다. 여행지에 도착해서 낯선 곳을 걷게 되면 호기심이 생기면서 사색을 하고 철학을 하게 된다. 특히 걸으면서 짐이 가벼울수록 여행하기가 좋다는 것을 알게 되면서 비움의 진리를 깨닫고 행복으로 가는 길을 걷게 된다. 그곳 문화 속에서 인간은 무엇으로 사는가를 보고 배운다. 문화 속에 역사가 숨 쉬고 있으므로 그들의 지혜를 살펴보고 역사를 배운다. 여행이란 길을 거닐면서 인생과 자연과 문화를 사유하는 과정이며, 그 체험을 통해 배우고 치유하는 선물을 받는다. 그 과정에서 우리 문화나 역사와 비교를 하게 되고, 우리의 과거를 돌이켜 보고 미래를 생각하게 된다. 여행에서 중요한 것은 여행지가 아니라 바로 자기 자신이다. 일상에서 한 걸음 물러서면 인생을 객관적으로 볼 수 있다. 그 과정에서 궁극적으로 자신과의 만남을 선물로 받게 된다. 많은 위대한 인물들도 이러한 여행을 통해 자신의 세계관과 철학의 줄기를 세웠다. 여행을 하면서 자신의 안목을 높이고 자아를 형성하는 것이 행복으로 가는 의미 있는 길이다.

인생은 '등산'과도 같다.

인간은 목표를 정해놓고 이를 성취하기 위해 노력을 한다. 땀을 흘리며 정상을 향하여 올라가는 등산은 너무나 인생을 빼닮지 아니하였는가? 인생이란 홀로 걷는 등산과 같다는 생각을 하면서 발을 옮긴다. 성전 스님은 "걸음은 삶의 오만을 버리는 기도이고, 번뇌를 죽이는 죽비이고, 평화를 건네는 풍경소리가 된다."고 하였다. 그래서 등산은 수도와 같은 것이고, 인생도 수도하는 기분으로 살아가야 한다. 정상에 오르면 하늘을 만나는데, 이를 칸트는 마음속 도덕률과 함께 인생의 두 가지 기쁨 중 하나라고 했다. 등산을 통해서 마음을 닦고 수련을 통해서 삶의 모습을 가꾸어가는 것이 등산이 주는 최대의 선물이다. 그러나 정상까지 정신없이 오르는 것이 능사가 아니다. 서서히 오르면서 자연을 관조하고 사색을 하면서 그 과정을 즐겨야 한다. 오를 때는 힘이 들고 땀이 나지만, 정상에 오른다는 목표가 있고 희망이 있기 때문에 기꺼이 오를 수 있다. 그러나 그 기쁨은 잠깐이고, 다시 비탈길을 내려와야 한다. "어떠한 오르막길에도 반드시 내리막길이 있다(유태 격언)." 인생도 성공이라는 목표를 향해 긴 세월 노력하다가 성공을 하면 곧 정상에서 내려오게 되어 있다. 오를 때보다 내려올 때가 더 위험하다. 성공을 거둔 뒤 갖추어야 할 것이 절제와 겸손이다. 그러지 못하면 성공의 결실이 한꺼번에 무너질 수 있다. 그래서 헤럴드 멜처트는 "매일 등산하는 것처럼 인생을 살아라."고 주문한다. 등산하는 자세로 하루하루를 살면 그 인생은 행복이란 정상을 정복하게 될 것이다.

'사색'은 자유와 창조의 시간이다.

특정한 곳을 향하여 떠나는 것만이 여행은 아니고, 상상 속에서도 여행을 할 수 있다. 상상의 세계에는 아무런 장애물이 없으니 이곳이 바로 해방공간이다. 분주하게 사는 사람들에게 전문가들은 삶의 속도를 줄이기 위해 사색을 하라고 권하고 있다. 사색은 자신의 뇌에 휴식을 주는 것이다. 아인슈타인은 "지식보다 중요한 것이 상상력"이라고 말했다. 상상력은 바로 창조의 원동력이다. 자신이 원하는 미래를 상상하면 그러한 미래가 다가올 것이다. 상상 그 자체만으로도 새로운 경험을 하고, 아이디어를 이끌어낼 수 있다. 순간의 생각이 문제를 해결해줄 수 있고, 결단을 이끌어낼 수도 있다. 상상을 통해 학습을 하고 삶의 질을 높일 수 있다. 상상을 하는 동안 마음에 평화가 오고, 그것에 몰두함으로써 행복할 수 있다. 혼자만의 시간을 가지는 것은 단지 고독해지거나 휴식을 위해서만 필요한 것이 아니라 성찰의 시간을 가지는 것이다. 상상을 통해 인생의 폭은 넓어진다. 자기의 인생관을 정리하는 시간은 바로 이때다. 문제를 해결하는 방법을 찾아내는 것도 바로 이때다. 외로움을 달래고, 그리움을 이끌어내는 이 순간은 아름답다. 상상은 인생의 양식이요, 약이 될 수 있다. 인생의 전 과정에서 이런 여행을 많이 할수록 성공에의 길은 더 활짝 열릴 것이다. 하버드대 출신들이 성공한 하나의 비결은 바로 상상에 있다고 한다. 자신을 엘리트라고 생각하고 그들처럼 공부하고 행동하고 일함으로써 성공한다는 것이다. 이런 상상을 자주 그리고 깊이 하는 것이야말로 행복으로 가는 디딤돌이다.

6월 29일

'산책'은 건강뿐 아니라 많은 영감을 준다.

　경쟁이 심해 분주하게 사는 현대인들을 치유하는 방법으로 전문가들은 사색과 함께 산책을 들고 있다. 사람들은 지친 일상에서 벗어나 치유를 받기 위해 걷는다. 산책은 성인병을 예방하고 체중감량에도 좋지만, 무엇보다 사색하는 시간으로 뇌를 건강하고 젊게 단련시킨다. 루소는 자연 속에서 산책을 하면서 그의 인생과 자연에 대한 철학의 줄기를 세웠다. 아리스토텔레스와 그의 제자들은 산책로를 만들고 걸으면서 창조성, 자아의 발견과 형이상학적 배회를 하였다고 한다. 산책을 하는 것은 기본적으로는 걷기를 통해 운동을 하고, 자연 속에서 휴식을 취하는 것이지만, 그 이상의 의미를 발견한다. 자연 속으로 들어가면 마음의 여유가 생기고, 자연과 만남으로써 친구가 되며, 자연 속에서 치유를 받는다. 산길을 걸으면서 사색을 하고, 그 과정에서 내 마음은 성숙해진다. 밖으로 나가 햇볕을 쐬면 기분이 좋아지고 정신이 맑아진다. 햇볕을 쪼이면 자외선이 흡수되어 비타민 D3를 만들어내고, 심장병과 암 발생의 위험을 줄여준다고 한다. 게다가 햇볕을 쬐면 우울증을 예방할 수 있다는 연구보고가 있다. 그러므로 햇빛을 보기 힘든 곳에서는 일광욕을 하는 것이 유행이다. 산책을 하면 이러한 부수적 효과를 얻을 수 있으며, 자신의 내면세계로 들어가면 행복감이 상승하게 된다. 우리나라도 최근 힐링의 방법으로 산책이 유행하면서 슬로시티, 올래길, 둘레길 등이 전국적으로 설치되고, 그 길을 찾아 여행을 하면서 행복을 누리고 있다.

6월 30일

'명상'은 마음의 평화를 가져다준다.

행복은 마음 관리를 잘하느냐 못하느냐 여부에 달려 있는데, 그 방법 중의 하나가 명상이다. '명상'은 일종의 휴식인 동시에 수양이기도 한다. 명상은 생각을 멈추고 한 가지 대상에 정신을 집중하는 것으로 몸 안의 기를 모으는 일종의 의식이다. 원래 명상은 종교의 산물인데, 종교에 따라 묵상과 기도(기독교), 요가(불교), 정좌(유교와 도교) 등 그 형식이 다양하다. 명상을 하면서 모든 고통, 두려움과 번뇌를 털어버리고, 마음의 평화에 도달할 수 있다. 나를 비움으로써 새로운 것을 채우는 방법으로 자기억제력을 키워준다. 순간적으로 영감이 떠오르는 경우가 있는데, 이러한 정신적 깨달음은 문제를 해결하고 기회를 만드는 창조의 시간이다. 오늘날에는 신도 종교도 교회도 없이 그냥 묵상하는 것: 이것이 명상의 본질로써 몰입과 유사성이 있다. 제임스 알렌은 명상을 '감정을 지배하는 힘'이라고 부른다. 처음에는 훈련이 안 되어 있으면 정신을 집중하고 생각을 버리는 것이 쉽지 않다. 반복된 훈련을 통해 명상은 가능하게 되므로 수련의 역할을 하는 것이다. 순수한 생각을 반복함으로써 모든 잡된 생각을 털어버리고 새로운 마음으로 거듭난다. 이처럼 정신적 목욕을 하면 마음의 평화가 생기고, 자기 안에 에너지가 발생한다. 그리하여 명상을 계속하게 되면 자아를 새롭게 하면서 새로운 삶이 시작되고 행복으로 다가가게 된다. 서양에서는 종교가 몰락하고 있지만, 단전을 비롯한 명상이 확산되고 있다. 종교 차원을 넘어 정신적 문제들을 해결하려는 수련으로 마음의 평화를 통해 긴 행복을 쌓는 것이다.

7월 1일

'취미 생활'을 하는 것이 정신건강에 좋다.

일상에서 충분한 만족과 보람을 느끼지 못하는 경우에는 취미 활동을 하는 것이 필요하다. '취미활동'은 직업에서 오는 스트레스를 풀어주고, 즐거움을 줌으로써 좋은 휴식방법으로 일의 능률을 올릴 수 있다. 일상에서 오는 공허감을 메워주고, 사람들과의 교류를 확장시켜 준다. 무엇보다 중요한 것은 자기가 하고 싶은 것을 함으로써 만족과 기쁨을 누릴 수 있다는 점이다. 취미의 종류는 지적 활동·스포츠·예술·여행·사회활동 등 다양하다. 각자 취향에 따라 선호하면 되지만, 능력이 뒷받침되어야 하는 경우 배워야 한다. 악기를 다루는 사람들은 여기에 몰입함으로써 다른 사람들보다 더 행복감을 느낀다. 그러므로 취미를 개발하여 습관적으로 하는 것이 바람직하다. 일본에서 60대 여성을 대상으로 어떤 사람이 행복한가에 관하여 사회조사를 했더니 새로운 행복을 찾아 누린 사람들의 유형은 공부를 시작한 사람, 봉사활동에 참여했던 사람과 함께 '취미활동'을 계속한 사람을 들고 있다. 취미생활을 통해 일상의 무료함과 권태를 극복함으로써 지속적으로 행복을 누릴 수 있다. 이를테면, 아르헨티나 사람들은 탱고를 추면서 행복을 느끼는데, 그들의 행복지수는 매우 높은 편이다. 즐거움을 지속시킬 수 있도록 여러 가지 취미를 가지는 것이 좋다. 이처럼 현재 느끼는 쾌감이나 열정, 몰입하는 상황 등을 긍정심리학자들은 '현재에 대한 긍정정서'라고 부르는데, 취미생활을 하면서 이러한 긍정정서를 키워나가는 것이 행복을 키우는 방법이다.

제 27주
(7월 2일-8일)

'일'에 몰두할 때 행복은 찾아온다.

프로이트는 행복의 조건으로 일과 사랑을 들고 있다. 일 그 자체가 축복이요, 행복의 산실이다. 일은 생존문제를 해결하기 위한 수단이기도 하지만, 자신이 좋아하는 일을 하면서 사회에 기여함으로써 보람을 느끼며 행복한 삶을 누릴 수 있다. 그러나 경쟁이 심한 사회에서 일자리를 찾는 것도 쉽지 않고, 소명의식을 가지고 일한다는 것이 쉽지 않다. 그래도 자기가 좋아하는 일을 찾아 소명의식을 가지고 일하면서 지속적으로 행복을 누리는 것이 성공한 인생이다.

'일'은 직업을 포함한 광범한 개념이다.

많은 사람들이 일은 사랑과 함께 행복의 양대 요소라고 말한다. 일은 단순한 노동이 아니라 행복의 원천이며, "일을 하는 사람은 축복을 받은 것이다(시편, 23:3)." 이처럼 일을 한다는 것은 축복이요, 행복의 원천이다. 직업의 만족도가 행복의 요소 중 가장 중요한 비중을 차지하는데, 사람들은 인생의 의미를 직업에서 찾고, 일하는 시간이 생활의 대부분을 차지하고 있기 때문이다. '직업'은 기본적으로 생계수단으로 돈을 버는 일을 말하는데, '일'은 직업을 포함하여 보수와 상관없이 하는 모든 노동을 포괄하는 개념이다. 피카소는 "직업은 나에게 생존을 위한 호흡이다. 일할 수 없다면 나는 숨 쉴 수 없다."고 했다. 노동의 일차적인 목표는 빵의 문제를 해결하는 데 있다. 자유롭게 하는 노동은 행복을 가져다주지만, 강제로 하는 노역은 불행을 안겨준다. 자유로운 노동은 인간에게 활력을 불어넣고, 고통·번뇌·망상과 외로움을 극복해줌으로써 정신건강의 원천이 된다. 일에 '몰입'할 때 즐거움이 생기고, 효율성이 높아지며, 직업만족도가 올라간다. 일을 통해서 인간은 만족감과 성취감을 느끼고, 행복의 세계로 들어가게 된다. 그러므로 직장을 사랑하고 일을 즐기는 것이 행복으로 가는 길이다. 그래서 안정적인 직장에서 일하거나 원하는 일을 할 때 '긴 행복'을 느끼게 된다. 이러한 일의 성과로써 탄생하는 것이 문명이요, 문화이다. 그러므로 일을 하고 있는 것이 곧 행복임을 명심하고, 일을 하면서 보람을 느끼고 풍성한 인생을 꾸려가야 한다. 좋아하는 일을 하면서 일에 몰입하는 것이 행복으로 가는 길이다.

직업은 '생계·성취·소명'을 위한 것으로 분류할 수 있다.

직업은 그 가치를 돈·성취·소명 등 어디에 두느냐에 따라 생계를 위한 일, 성취하기 위한 일과 소명으로 하는 일로 나눌 수 있다. 생계수단으로 하는 일은 '생업'이라고 부르는데, 생존을 위해서는 필수적으로 가져야 하는 것이 직업이다. '성취'하기 위한 일은 생계를 위한 일과 대체로 중첩되지만, 경력을 쌓으면서 높은 지위로 상승하는 것을 목표로 하고, 목표에 도달했을 때 행복을 이룰 수 있다고 생각한다. 그래서 발전 가능성이 동기부여로 작용하는데, 사람들은 사회적으로 성공하기 위해 전문직을 선호하는 경향이 있다. '소명'으로 하는 일은 그 자체로써 보람을 느끼고, 사회적으로도 높게 평가를 받는다. 여기에는 나눔·봉사 등과 같이 공동체적 가치를 실현하거나, 목사·교수·과학자·예술가 등 사회적 가치를 추구하는 직업이 속하는데, 한 차원 높은 행복을 추구한다. 이러한 일은 소명감 때문에 하는 것으로 일을 하는 것만으로도 지속적인 행복을 누릴 수 있는데, 이를 '천직'이라고 부른다. 직업의 성격은 본인의 태도에 따라 달라지는데, 의사도 돈벌이에만 급급하면 생업이 되고, 청소부도 소명으로 일하면 천직이 된다. 변호사의 경우 돈벌이로 생각하면 생업으로 전락하고, 사회정의를 실현한다는 소명감을 가지고 하면 천직이 된다. 어떤 직업이든 소명을 가지고 일을 하게 되면 그것이 바로 천직이 되며, 그 일에 몰입함으로써 '직업의 맛'을 느끼게 된다. 그러므로 소명감을 가지고 일을 하는 사람은 의미 있는 삶을 누리게 되고, 지속적인 행복을 누릴 수 있다.

노동은 개인의 생존과 사회의 발전을 위한 '도덕적 의무'이다.

노동은 생존을 위한 인간의 기본적 조건이다. 사람을 위대하게 만드는 것은 모두 노동에 의해 만들어진다. 인간이 단순한 소비자가 아니라 창조자가 되는 이유는 노동을 통해서다. 노동은 자발적으로 하는 한 신성한 것으로 육체적·정신적 행복을 가져다준다. 그런데 노동은 '도덕적 의무'이기도 하다. 성 바오로는 "일하기를 거부하는 사람은 굶도록 내버려두어야 한다."고 했으며, 중세시대에는 나태를 7대 죄악의 하나로 들고 있었다. 일하지 아니함으로써 오는 무료함과 게으름은 악의 근원이고, 영혼의 적이며, 가장 가벼운 불행의 형태라고 실존철학자 키르케고르는 말했다. 할 일이 없다는 것은 개인적으로는 불행한 일이고, 사회적으로는 실업문제가 발생한다. 그래서 일자리가 최고의 복지라는 말이 나온다. 장기간의 실업상태는 배우자의 사망보다 더 힘들다는 조사결과가 있다. "일은 신이 우리에게 준 최고의 축복이다(하버드 행복노트)." 따라서 일 그 자체가 행복의 전제조건이 되고, 일자리가 있다는 사실이 곧 행복의 원천이 된다. 일은 먹고사는 문제에 국한되는 것이 아니라 새로운 것을 창조하고, 사회에 봉사하는 고차원적인 기능을 한다. 일이란 인생의 목표를 세우고 이를 성취하기 위해 하는 작업이다. 이러한 사람들의 작업이 모여서 문화와 문명을 일구어낸다. 새뮤얼 스마일스는 "사람을 위대하게 만드는 것은 모두 노동에 의해 만들어진다. 문명은 노동의 산물이다."라고 했다. 그러므로 일을 통해 사회에 봉사하면서 의미 있는 삶을 누리는 것이 지속적인 행복으로 가는 길이다.

7월 5일

자기가 '원하는 일'을 즐겁게 할 때 행복해진다.

"행복은 자신이 좋아하는 일을 하는 것이다(배움 10)." 자기가 원하는 직업을 선택할 때 즐겁게 일할 수 있다. 더 중요한 것은 자기가 '잘하는 일'을 선택하는 것이다. 그래야 경쟁력이 있고, 성공가능성이 높아진다. 그런데 일단 일을 시작한 후에는 즐겁게 하는 것이 행복으로 가는 길이다. 미켈란젤로는 "노력하는 자가 천재를 이기고, 즐기는 자가 노력하는 자를 이긴다."고 했다. 일하는 즐거움이 바로 경쟁력이 되고, 행복의 원천이 된다. 하고 싶은 일을 즐겁게 하는 것: 이것이 행복의 중심에 있다. "우리 인생에 있어서 가장 행복한 때는 일에 몰두하고 있을 때이다(힐티)." 자기의 꿈을 지향하면서 적성에 맞는 일을 할 때 행복은 배가된다. 공자는 "진정한 고수는 즐기는 자"라고 했다. 즐겁게 일하면 그곳이 천국이요, 의무적으로 일하면 그곳이 바로 지옥이다. 그런데 직업을 선택하는 것은 쉽지 않다. 개인의 적성, 장래성과 수입 등 작업조건을 판단해서 선택해야 한다. 미래의 불확실성과 수입에서 오는 불평등도 고려해야 한다. 더 문제가 되는 것은 모든 사람들이 자기가 원하는 직장에 취업할 수 없는 현실이다. 어떤 경로로든 취업을 한 후에는 소명의식을 가지고 즐기면서 일을 해야 한다. 그러나 도저히 발전 가능성이 없다거나 적응할 수 없을 때에는 이직을 고려할 수밖에 없을 것이다. 존 스튜어트 밀은 "행복과 만족감은 각자의 일에 열정을 다할 때 얻을 수 있는 보너스와 같은 것"이라고 했다. 그러므로 좋아하는 일을 직업으로 선택하고, 그 일에 몰입하면서 지속적인 행복을 누리는 것이 가장 바람직하다.

직업은 자기 '적성과 능력'에 따라 선택하는 것이 이상적이다.

직업은 생계수단으로 자기 적성과 능력에 따라 선택하는 것이 중요하다. 마즈로 박사는 '자기실현의 욕구'가 인간의 욕구 중에 정점에 있는데, 이를 실현하기 위해서는 자신의 능력을 최대한 발휘하고 타인에게 인정받는 것이라고 했다. 오늘날 평생직장은 사라졌지만, 평생의 과업을 찾아야 한다. 그것은 꿈을 구체화한 것으로 인생의 목표인 동시에 삶이 지향해야 할 과정이다. 적성에 맞는 일을 해야 즐겁게 일할 수 있고, 능력에 맞는 일을 해야 성공할 수 있다. 그러므로 먼저 자신의 잠재적 능력과 취향을 알아야 한다. 50%는 DNA의 영향을 받는다고 하니 부모님의 적성과 능력 등을 고려하여 선택하는 것이 중요하다. 이를테면, 음악가나 체육인인 부모에게서 태어난 자녀들은 그 방향의 재능을 가지고 태어날 확률이 50%나 되므로 이를 확인하는 것이 직업선택에 있어서 중요한 고려사항이다. 오늘날처럼 경쟁이 심하고 직종이 다양한 경우에는 새로이 등장한 일을 찾아 선택하는 것이 경쟁력을 높여줄 수 있다. 무슨 일을 하든 항상 창의성을 발휘하도록 노력해야 성공 가능성이 높아진다. 그런데 직업에 귀천은 없고, 자기가 원하는 직장을 선택해서 자긍심을 가지고 일을 하면 된다. 어떤 직업을 선택하든 그 일을 소명으로 생각하고, 즐겁게 일하면서 행복을 느껴야 한다. 좋아하는 일과 잘하는 일이 개념상으로는 다를 수 있는데, 어느 일을 할 것이냐는 개인의 선택의 문제이다. 중요한 것은 스티브 잡스의 말처럼 "자기가 하는 일을 사랑하는 것"이 행복으로 가는 길이다.

7월 7일

어떤 '직업'을 선택할 것인가?: 그것이 문제다.

어느 방향으로 나갈 것인가? 이것이 젊은이들의 가장 큰 고민이다. 어떤 직업에 종사하느냐는 행복의 밑거름이 된다. 돈이나 안정성만을 생각하지 말고, 부모가 강요하는 직업을 선택하지 말고, 자신이 좋아하며 장래성 있는 일을 선택하는 것이 중요하다. 자신이 가장 잘하는 일을 해야 경쟁력이 있고, 성공 가능성이 높아진다. 젊었을 때는 호기심을 가지고 미지의 세계로 뛰어들 용기가 있어야 한다. 그래야 성공 가능성도 높아진다. '새로운 것에 대한 도전': 이것이 젊음의 특권 아닌가? 니체는 인생에서 큰 결실을 얻기 위해서는 '위험하게 사는 것'이라고 했는데, 이는 편리함만을 추구하지 말고, 위험이 따르더라도 새로운 것을 추구하라는 말이다. 잡스는 Stanford 대학에서 명예박사학위를 받고 행한 연설 중에서 젊은이들에게 "Stay hungry! Stay foolish!(늘 갈망하고, 우직하라)"라고 충고했다. 항상 배고픔의 정신으로 도전하고 꾸준하게 밀고 나가라는 말이다. 남들이 가지 아니하는 길로 가는 것이 '경쟁력'이다. 현대사회는 '불확실성'의 시대이므로 미래를 예측하기 힘들고 불안하다. 또한 고용창출이 안 되고 젊은이들의 일자리가 부족해서 실업난이 심각하다. 그렇다고 좌절하고만 있을 수는 없다. 무엇인가에 새로운 도전을 해서 탈출구를 마련해야 한다. 새로운 영역을 개척하는 것은 위험이 따르지만 성공의 가능성도 그만큼 커진다. 자신만의 길을 찾는 것이 성공으로 가는 길이요, 궁극적으로 행복을 가져다줄 것이다.

7월 8일

성공하려면 '도전과 열정'을 다 기울여야 한다.

행복은 일에 열정을 다 바쳤을 때 느낄 수 있는 보너스와 같은 것이다. 도전과 열정은 성공의 근원이다. 도전의 분야와 열정의 크기가 성공 여부를 결정한다. 자기 목표를 달성하기 위해 열정을 바치면서 일할 때 이를 심리학자 칙센트미하이는 '몰입'이라고 부르며, 몰입 그 자체가 행복이라고 한다. '근면'이 성공의 열쇠다. 에디슨은 천재성은 5%에 불과하고, 95%는 노력에 의해 발명했다고 한다. 천재는 노력하는 사람을 이길 수 없다는 말도 이런 맥락에서 이해할 수 있다. 스티브 잡스는 "당신에게 주어진 시간은 유한하다. 남의 인생을 사느라 시간을 낭비하지 말라. 무엇보다 중요한 것은 당신의 가슴과 직관을 따르는 용기를 가지는 것이다."라고 했다. 용기를 가지고 도전하고, 시간 관리를 잘하라는 권고의 말이다. 제너럴 존슨은 직원들에게 "위험을 무릅쓰지 않으면 성장할 수 없다. 성공한 모든 기업은 실패의 기록으로 점철되어 있다."고 하면서 모험을 하도록 강조하였다. 안정에만 머무르면 큰 성공을 기대할 수 없다. 자신의 영역을 확장시키기 위해서는 어느 정도 예측 가능한 모험은 감수하여야 한다. 그런데 아무리 열심히 일해도 반드시 성공한다는 보장은 없다. 스필버그는 "성공의 80%는 소통이고, 나머지 20%는 전문지식"이라고 했다. 소통이 필수적임을 강조하고 있다. 중요한 것은 성장을 하면서 성공으로 가는 것이다. 꿈을 이룰 때 행복한 것이 아니라 그 목표를 추구하면서 성장해갈 때 진정한 행복은 찾아온다. 이러한 성장이 성공으로 가는 길이요, 행복을 만드는 원동력이다.

제 28주
(7월 9일 – 15일)

일과 '휴식'은 이단구조로 되어 있다.

　　우리나라는 '빨리빨리'라는 슬로건 아래 속도전을 벌임으로써 급속한 경제성장을 이루었지만, 행복지수는 OECD 국가 중 최하위에 머물고 있다. 이제 우리는 잠시 멈춰 서서 지나온 길을 돌아보고 제대로 평가를 해서 새롭게 다시 출발하여야 한다. 휴식은 재충전의 시간이다. 일은 많이 할수록 효율성이 떨어진다. 일과 휴식의 균형을 유지하면서 효율성도 올리고, 행복한 일상을 만들어가야 한다. 이제 우리는 빠른 길이 아니라 바른길로 가야 한다.

일반적인 '행복요소들'이 직장인에게도 미친다.

직장인들도 행복요소들이 잘 갖추어질 때 행복해질 수 있고, 행복도는 올라간다. 삼성경제연구소가 행한 조사에 의하면, 우리나라 직장인의 행복도는 100점 만점에 55점에 불과하며, 정서적 행복감은 48점으로 더 낮았다. 그만큼 작업환경이 좋지 않거나, 경쟁이 심하거나, 수입이 적거나, 장래성이 없다고 생각하기 때문이다. 우리나라 근로자들의 노동시간은 세계에서 멕시코 다음으로 가장 길기 때문에 '저녁이 있는 삶'을 누리지 못하고 살고 있다. 그래서 요즈음 젊은이들은 높은 임금보다는 자기가 하고 싶은 일자리를 찾고 있고, 일과 휴식이 조화를 이루는 조건을 중시하는 경향이 있다. 우리나라 대기업 노동자들의 임금은 높은 편이데, 생산성이 낮다는 데 놀라움을 금할 수 없다. 행복감은 생산성을 12%나 향상시킨다는 조사 결과도 있는데, 우리나라는 환경이 열악하고 노동시간이 길어서 그런지 생산성이 낮다는 데 의문이 든다. 중소기업에 종사하는 노동자들에게는 임금 격차가 심하고, 노동조건의 개선이 아직 요원하기만 하다. 행복도 상위 20%의 직장인들에게 공통되는 특징은 첫째, 긍정감성을 가지고 있고, 둘째, 자신의 업무에서 의미를 찾으며, 셋째, 인간관계의 폭이 넓고, 좋은 관계를 유지하고 있다는 점들이다. 행복요소의 중요한 것들이 행복한 직장인들에게 직접적으로 영향을 미치고 있음을 보여주고 있다. 그러므로 직장에서도 기업문화를 개선함으로써 행복도를 높이기 위해 기업과 종업원은 공동으로 노력해야 한다.

7월 10일

무엇을 하는가가 아니라 '어떻게 하는가'가 중요하다.

셰익스피어는 성공을 위한 세 가지 필수조건으로 ① 남보다 많은 지식을 갖고 있을 것, ② 남보다 더 열심히 일할 것, ③ 남보다 큰 기대를 갖지 말 것을 들고 있다. 지금 이곳에서 느낄 수 있는 것: 그것이 행복이니. 무엇을 만들어냈는가는 결과일 뿐 그곳으로 가는 '과정'이 중요하다. 무엇을 하는가? 그것이 문제가 아니라 '어떻게 하는가?' 그것이 중요하다. 얼마나 자기 일에 열중하는가?: 그것이 성공과 실패를 갈라놓는다. 하는 일에 '몰입'할 때 즐거움을 느끼게 되고, 생산성도 올라간다. 또한 일을 함에 있어서 자율성이 행복도를 높여주는 요소이다. 성공과 실패: 그것은 결과일 뿐 실패하면 다시 도전하면 된다. 실패는 성공으로 가는 디딤돌이다. 완전함을 추구하지 말고, 적정선에서 만족할 줄 아는 최적주의자가 행복하다. 그런데 일에도 쾌락적응현상이 나타난다. 처음에는 만족감을 느끼지만, 일에 적응하게 되면 권태와 싫증이 생기고, 새로운 기대감이 생기지 않을 때 행복도는 낮아진다. 세상에서 성공한 사람들은 모두 몰입한 결과이다. 에디슨 같은 유명한 과학자는 수많은 실험에 실패한 후 위대한 발명을 했고, 피카소 같은 화가는 새로운 장르를 추구하면서 유명한 그림을 남겼으며, 베토벤 같은 음악가는 질병을 견뎌가면서 인류를 열광시키는 음악을 만들었다. 자기가 하는 일에 몰입하는 습관을 기르는 것이 성공으로 가는 길이요, 행복을 불러오는 힘이다. 그러므로 무엇을 하든지 몰입하면서 자기만의 행복을 쌓아가는 것이 바로 행복의 비결이다.

7월 11일

몰입을 위해서는 몇 가지 '수칙'을 지켜야 한다.

사람은 무엇인가에 몰입함으로써 성취 가능성을 느끼고 즐거움을 누린다. 물아일체(物我一體): 일과 자신이 하나가 될 때 행복감은 최고에 달할 수 있다. 몰입을 잘 하기 위해서는 목표의식이 분명해야 하고, 피드백을 잘 해야 하며, 학습을 통해 숙련되어야 한다. 특히 주인의식을 가지고 일을 해야 더 몰입할 수 있다. 무엇을 하느냐가 아니라 어떻게 하느냐가 몰입을 결정한다. 그러나 장기간 몰입하는 것은 쉽지 않고 효율성이 떨어진다. 오랫동안 집중하기 위해서는 숙련도가 잘되어 있어야 하지만, 장기간 몰입하기 위해서는 몇 가지 사항을 실천하여야 한다. 수면은 본인 체질에 맞게 적절하게 취해야 한다. 피로한데 시간만 채우는 것은 능률이 떨어지므로 쉬거나 낮잠을 자서 풀어야 한다. 적당한 운동을 해서 근육의 이완을 풀어주어야 피로감이나 지루함 없이 계속할 수 있다. 취미를 가지고 여가시간을 즐겁게 보냄으로써 스트레스를 풀고 정신건강을 챙기는 것이 필요하다. 일을 성취시키기 위해서는 굳은 의지와 도전정신이 있어야 하며, 불굴의 추진력이 있어야 한다. 자신의 능력을 전체적으로 유지하고, 과정에서 즐거움을 느끼며 행복을 누려야 한다. 이처럼 집중할 수 있는 환경을 잘 정돈하고, 마음의 자세를 항상 가다듬고 있어야 한다. '과유불급'의 원칙은 여기에도 적용된다. 지나치면 모자람만 못하므로 몰입도 적정선에 이루어져야 한다. 이처럼 몰입할 수 있는 환경과 조건을 만드는 것이 성공으로 다가가는 출발점이자 행복의 문을 여는 방법이다.

7월 12일

인생은 일과 휴식의 '이단구조'로 되어 있다.

인생이란 과정은 '일과 휴식의 이단구조'로 엮여 있다. 일은 효율적으로 하고, 여가시간에는 휴식을 즐김으로써 일과 휴식 사이에 균형을 잡는 것은 자연법칙이다. 인센티브라는 제도가 일의 효율성을 높이는 순기능을 하는 한편, 에너지 소진의 원인이 되어 삶의 질을 떨어트리는 역기능을 하기도 한다. 그러므로 일터와 가정의 조화를 이루는 것이 '저녁이 있는 삶'을 만들어가는 것이다. 뇌는 '일하기 회로'와 '놀기 회로'로 나눠져 있는데, 이들이 협력관계를 유지해야 건강해진다고 한다. 일만 계속하다 보면 에너지가 소진되어 신체적으로 건강을 해칠 뿐 아니라 정신적으로도 피로감·무력감 등의 증후군이 나타난다. 그렇게 되면 일의 능률도 당연히 떨어지게 된다. 휴식을 취하면 과거를 돌아보게 되고, 경험에서 지혜가 생겨 새롭게 출발할 수 있다. 휴식을 통해 건강도 유지할 수 있고, 능률도 올릴 수 있다. 여기서 논다는 것은 일 이외의 것에 몰입함으로써 정신적으로 쉬는 상태를 말한다. 어느 학자는 일은 생산이고 휴식은 소비라고 표현했는데, 이러한 설명은 적절하지 못하다. 하루에는 낮과 밤이 있듯이 일과 휴식은 사람들이 살아가는 데 있어서 전체적으로는 하나의 구조를 이루고 있다. 일이 생산이라면 휴식은 생산의 효율성과 창의성을 높여주는 역할을 한다. 랍비 조슈아 헤셀은 휴식을 '시간 속의 궁전'이라고 부르면서 인생에 활력을 불어넣는 리듬으로 보았다. 휴식을 유효적절하게 함으로써 일의 효율성도 높이는 것이 개인에게는 행복도를 높이고, 사회적으로는 발전을 이룰 수 있는 방법이다.

7월 13일

휴식은 '재충전하는 시간'이다.

　일은 생존문제를 해결하고 문화를 건설하기 위해 필수적이며, 열심히 일을 함으로써 소득도 올리고 생활환경을 발전시켜 행복한 환경을 만들어가야 한다. 그러나 '휴식'은 창조와 능률을 위해 필수적이다. 휴식이나 여가 선용은 단지 노는 것이 아니라 쉼을 통해 육체적으로나 정신적으로 재충전하는 시간이다. 쉼은 삶의 활력소로서 쉼을 통해 자유를 누릴 수 있고, 창조의 시간이 될 수 있다. "휴식은 노동 못지않게 또 하나의 창조적인 활동이다 (풀톤 쉰)." 쉬지 않고 일을 하면 육체에 질병이 생길 수 있으니 건강을 위해 휴식이 필요하고, 노동시간이 길어지면 일의 효율성도 떨어진다. 휴식방법은 자기 취향과 조건에 따라 선택할 문제이지 획일적인 방법이 있는 것은 아니다. 휴식 시간에 명상을 통해 자기 일에 대한 점검을 함으로써 업무의 효율성을 높일 수 있는 기회가 된다. 그래서 일에 대한 적응능력을 키우거나 일에 대한 만족도를 높일 수 있다. 그러므로 잠시나마 세상으로부터 멀리할 수 있는 내면의 휴식이 중요하며, 현대인들은 휴식 있는 생활을 누리도록 노력하여야 한다. 이러한 환경이 조성될 수 있도록 경제성장이 이루어지고, 국가정책이 적극적으로 전개되어야 한다. 경쟁에서 벗어난 휴식은 마음의 평화를 가져다주고, 행복의 세계로 인도한다. 달리기만 하지 말고 멈추어서 사색하라. 스스로 그 기회를 만들고 실천해야 한다. '시간의 여백'이야말로 인생을 살찌게 만들고, 행복으로 안내하는 보약과 같은 것이다.

일은 많이 할수록 '행복도'는 낮아진다.

OECD 국가 중 우리나라 사람들은 가장 많은 시간 일을 하는 근면한 민족이다. 그야말로 우리나라 사람들은 휴식이란 단어조차 잊고 지금까지 죽기 살기로 일을 해왔다. 돈을 많이 벌고 성공하기 위해서다. 그 결과 가장 짧은 시간에 세계적인 경제대국이 되었다. 빌 매키번은 "일하는 시간이 늘어날수록 돈은 더 벌게 되지만, 삶에서 느끼는 만족감은 줄어든다."고 했다. 2015 OECD 사회통합지표에 의하면, 우리나라 사람들의 '일과 삶의 균형 지수'는 5.0(10점 만점)으로 OECD 국가 중 멕시코 다음으로 가장 낮다. 그 이유는 과도한 활동과 그로 인한 스트레스 때문이다. 과도한 스트레스를 받게 되면 건강을 해치고, 일의 능률도 떨어지며, 인간관계마저 나빠진다. 그러므로 노동시간을 줄이고 휴식을 제대로 취하는 것이 개인의 행복감을 높이고, 노동생산성을 높이는 데 필수적이다. 그런데 최근 청년들의 의식이 바뀌어가고 있다. 하고 싶은 일을 하면서 돈은 적당히 벌고, 여가생활을 즐기면서 일과 삶의 균형을 이루는 '워라밸(work and life balance의 약어)'을 추구하는 경향이 있다. 사람들이 일의 노예가 되면 삶의 참된 의미를 잃게 된다. 나만의 시간을 가지고 휴식을 즐김으로써 일과 휴식 간에 균형을 유지하는 것이 건강한 삶에 필수적이다. 경쟁의 정글 속에서 쉬지 않고 달리는 현대인들에게 필요한 것은 바로 마음의 안식을 취함으로써 질적인 행복을 추구하는 것이다. 그러므로 '시간의 여백'을 만들어 인생을 즐기며 행복으로 가는 길을 만들어가야 한다.

이제 우리들은 빠른 길이 아니라 '바른길'로 가야 한다.

우리나라는 '빨리빨리'라는 슬로건 아래 속도전을 벌임으로써 급속한 경제성장을 이루었고, 이제는 OECD 국가에 진입하는 등 경제대국의 반열에 올라섰다. 그럼에도 불구하고 행복지수는 OECD 국가 중 최하위에 머물고 있다. 우리나라 사람들은 여가 문화를 즐길 줄 모르고, 취미생활도 제대로 못 한다. 샤하르는 "인생의 속도를 높이면 행복은 멀어진다."고 했다. 적정한 속도로 가는 것이 건전한 발전을 이룰 수 있다. 방향이 잘못되면 속도는 의미가 없다. 속도보다 중요한 것이 '방향'이다. 속도에는 욕심이 있기 때문에 엉뚱한 방향으로 가다가 실패할 수 있다. 목적을 향한 방향, 적당한 속도의 진행, 균형 잡힌 추진: 이것이 진정한 성공의 길이다. 우리 사회는 급성장을 하면서 많은 부조리와 부패의 관행이 쌓여왔다. 이제 우리는 잠시 멈춰 서서 지나온 길을 돌아보고 제대로 평가를 해서 새롭게 다시 출발하여야 한다. 악보에 쉼표가 있는 이유는 그 음악이 살아 있고 아름답게 만들기 위해서다. 삶에도 적당한 휴식을 취해야 더 멀리 갈 수 있고, 더 많은 것을 할 수 있다. 빠른 속도의 병패를 보완하고, 행복한 생활을 위한 적정한 속도이어야 한다. 과연 우리들은 올바른 방향으로 가고 있는가를 점검해야 한다. 이제 우리가 가야 할 길은 '빠른 길'이 아니라 '바른길'이다. 이제 합당한 목표를 설정하고, 합리적인 방법으로 발전을 함으로써 건전한 공동체를 이루어야 공동체적 행복을 지속적으로 누릴 수 있게 될 것이다.

제29주
(7월 16일 -22일)

'돈'으로 행복을 살 수는 없다.

　　　돈은 생존을 위한 필수품이지만, 필요한 만큼 있으면 된다. 최소한의 경제력조차 없으면 활동의 자유마저 잃게 되고, 다른 가치는 아무런 의미를 갖지 못한다. 그러나 돈으로 행복을 살 수는 없다. 탐욕이 행복의 최대의 적이다. 그런데 우리나라는 물질만능주의 풍조가 만연하여 돈이 최고의 가치로 행세하고 있으며, 돈이 지배하는 사회가 됨으로써 여러 가지 부조리현상이 나타나고 있다. 종교도 돈에 휘말려 갈 길을 잃고 있다. 사람들은 온통 돈교의 신자들이 되어가고 있다. 부에도 쾌락적응과 과유불급의 원칙이 적용된다.

'돈'으로 행복을 살 수는 없다.

사람들은 누구나 생존을 위해 돈이 필수품이라는 사실을 부정하지 않는다. 그리스 철학자 에피쿠로스는 의·식·주와 성욕과 함께 부(富)를 인간의 3대 욕구로 들고 있다. 돈은 인간의 기본적 수요를 충족시키기 위해 반드시 필요하다. 그런데 사람들은 '돈으로 행복을 살 수 있다'는 착각 속에서 살고 있다. 이 점에 대해서 네덜란드 속담이 우리들에게 산 교훈을 주고 있다. "돈으로 집을 살 수 있어도 가정은 살 수 없다. 돈으로 시계는 살 수 있어도 시간을 살 수 없다. 돈으로 책은 살 수 있어도 지식은 살 수 없다. 돈으로 의사는 살 수 있어도 건강은 살 수 없다. 돈으로 피는 살 수 있어도 생명은 살 수 없다. 돈으로 관계는 살 수 있어도 사랑은 살 수 없다." 이처럼 돈으로 행복을 누리기 위한 조건들을 마련할 수는 있어도, 행복의 원천이 되는 근본적인 가치는 살 수 없다. 디너 교수는 "돈은 행복에 도움이 되지만, 행복을 보장해주지는 못한다."고 했다. 인류는 역사상 가장 풍요로운 시대에 살고 있지만, 가장 불만과 요구가 많고 행복하지 못하다고 생각하며 살고 있다. 물질적 풍요로움이 행복을 가져다주는 것이 아님을 반증하는 것이다. 돈은 수단적 가치이지 궁극적 가치가 아니고, 행복을 위한 필요조건일 뿐 충분조건이 아니다. 경제학자들도 행복에 관심을 가지기 시작하였는데, 행복은 소득 그 이상의 것에 있다고 하면서 건강·가족·사랑·관계 등의 '본질적 재화'를 위해 더 많은 시간을 투자하라고 권고한다. 부에 대한 인식을 올바로 가지고 삶을 누려야 행복은 항상 곁에 머무를 수 있다.

돈이 없으면 '자유'를 잃는다.

돈이 없으면 '자유'를 잃는다고 한다. 삶을 누림에 있어서 돈은 필수품이다. 가난은 고난 중의 고난으로 빈곤하면 자유마저 제대로 누릴 수 없게 만든다. 1980년대에 운동권 학생들은 "택시를 탈 자유가 있다고 하는데, 택시를 탈 돈이 없으면 그 자유는 무슨 의미가 있느냐?"고 반문했다. 그렇다. 생존을 유지할 돈이 없는 사람에게는 실제로 다른 가치는 아무런 의미가 없다. 생존을 위해 기초적인 생활을 할 수 있는 돈은 필수적이다. 이 범위에서 돈과 행복은 중대한 상관관계가 있지만, 그 이상의 상황에서는 상호 관련성이 아주 미미하다. 사업을 실패하거나 직장을 잃었을 때 돈이 권력이요, 자유가 될 수 있음을 절감하게 된다. 그러므로 돈은 생존 그 자체를 유지하기 위한 필수적 요소이며, 경제력이 없으면 가정도 파괴될 수 있다. 탈무드는 "수중에 돈이 떨어지면 누구도 스스로를 통제할 수 없다."고 한다. 굶주림 앞에서는 인간의 이성은 물러나고, 야만성이 발동을 하게 된다. 생존능력이 없는 사회적 약자를 도와야 하는 이유는 상대적 박탈감을 줄이고, 사회질서를 유지하며, 함께 사는 건전한 사회를 위한 것이다. 지금 우리 사회에서 벌어지고 있는 많은 비인도적 사건들이 이를 입증하고 있다. 세계적으로 경제대국이 되었음에도 불구하고 많은 사회문제가 제기되고 있는데, 개인의 생존 문제를 넘어 건전한 사회를 만들기 위해서도 약자를 보호하기 위한 사회정의는 굳건하게 세워져야 행복을 함께 누릴 수 있게 된다.

소득과 행복은 실제로 중요한 '상관관계'가 있다.

　돈은 생활의 편리함을 제공하고, 만족한 상태를 만들어주는 존재이므로 소득과 행복에는 분명 상관관계가 있다. 작가 윌리엄 서머싯 몸은 "돈은 인간의 여섯 번째 감각이다. 그것 없이는 오감을 느낄 수 없다."고 말했다. 그만큼 돈의 중요성을 강조하고 있다. 한 일간지 조사에 의하면, 돈과 행복이 무관하다고 대답한 사람은 겨우 7.2%에 불과하므로 사람들은 소득이 행복과 직결되어 있다고 생각하고 있다. 소냐 류보머스키는 "소득과 행복은 실제로 상관관계가 있다. 다만 그 관련성이 큰 것은 아니다."라고 했다. 기본적인 생존을 누리기 위해서 필요한 돈은 행복의 필수적 조건이다. 그러므로 소득이 적은 사람에게 돈은 행복해지기 위한 필수적 요소로써 소득이 증대되는 만큼 행복도가 높아진다. 의·식·주 등의 기초적 욕구를 해결할 돈마저 없다면 그 사람은 행복을 생각할 수 없다. 괴테도 기본생활을 충족시킬 수 있는 경제적 여유를 행복의 5대 조건 중의 하나로 들고 있다. 자신이 어떤 인간이 되고자 하는가에 따라 필요한 부는 달라질 수 있는데, 행복의 규모는 스스로 결정할 일이다. "돈은 아직까지 그 누구도 부자로 만들어주지 못했다(세네카)." 가장 적은 것으로 만족하는 사람이야말로 가장 큰 부자다. 진정한 풍요는 내 마음 속에 있다. 삶의 기본적인 문제가 해결된 후에는 돈에 대한 관심을 거두고, 의미 있는 생활을 함으로써 질 높은 행복을 추구하는 것이 성공한 인생이다.

돈은 '필요한 만큼'만 있으면 된다.

　욕망의 노예가 되면 소유가 행복의 원천이라고 착각을 한다. 그러나 돈이 많다고 반드시 행복한 건 아니다. 돈은 얼마만큼 있으면 행복할까? 아이러니컬하게도 복권 1등을 탄 사람치고 행복한 사람은 없었다. 돈은 인간다운 생활을 함에 있어서 '필요한 만큼' 있으면 되고, 그 이상의 부는 행복을 누리기 위한 필수적 요소가 아니다. 구체적으로 필요한 돈의 범위를 정하기 위해서는 '어떠한 삶을 누릴 것인가?'를 먼저 생각하고, 이를 기초로 그 범위를 정해야 한다. 구체적인 금액은 그 나라의 경제수준과 문화적 특성에 따라 다르게 나타난다. 돈을 비타민에 비유하기도 한다. 비타민은 건강에 반드시 필요한 요소이지만, 과도하게 섭취하면 건강에 오히려 안 좋다. 돈을 벌고 증식시키고 관리하느라 모든 시간과 에너지를 소비해야 하므로 돈을 많이 버는 것은 스스로를 물질의 노예로 만든다. 동남아시아의 한 어촌에서 어부가 고기 몇 마리를 잡고는 집으로 돌아가려고 하자 서양인이 더 잡아서 갖다 팔면 돈을 벌 수 있지 않느냐고 물었다. 그러자 그 어부는 "이 정도면 우리 식구들이 먹기에 충분하다."고 했다. 잡은 고기에 만족하면서 돌아서는 그 어부는 가진 것에 만족할 줄 알기에 행복한 것이다. 필요 이상의 부를 추구하는 것은 더 행복하게 만들지 못하며, 인생을 돈 버는 데 소비함으로써 오히려 인생을 허망하게 만든다. 돈은 부족해도 문제이고, 넘쳐도 문제이다. 그러므로 가진 것에 만족하면서 진정한 행복을 누리는 인생이 성공한 인생이다.

'탐욕'이 불행을 자초한다.

행복의 조건들을 모두 갖추어도 사람들은 행복을 느끼지 못하는 경향이 있다. 행복은 외적 조건에 의해 결정되는 것이 아니라 인간의 마음의 상태에서 나오기 때문이다. "허세를 버려라! 행복해지는 데는 많은 게 필요치 않다. 최소한의 것으로 만족하며 사는 것을 익혀라"라고 줄스 에번스는 강권한다. 그런데 인간의 욕망은 끝이 없으므로 무한정 돈을 벌려고 노력한다. 한편으로는 결핍감이, 다른 한편으로는 미래에 대한 불안감이 '더, 더, 더' 욕망을 자극한다. 사람들은 자기보다 많은 것을 소유하고 있는 사람들과 비교하면서 상대적 박탈감을 느끼고, 그들보다 더 많은 부를 얻기 위해 온몸을 불사른다. 문제는 필요 이상의 부를 축적하려는 '탐욕'으로 이것이 행복의 공적이다. 탐욕은 인간만이 가지고 있는 심성으로 자제하지 않으면 그 끝이 보이지 않는다. 부는 축적하는 데 목적이 있는 것이 아니라 어떻게 사용하느냐가 그 가치를 발휘한다. 기본적인 수요를 충족시킨 후에는 부는 결코 행복을 가져다주지는 못한다. 부자들이 지루함을 느끼게 되면 과도한 소비나 일시적 쾌락을 추구하게 되어 불행을 자초하기도 한다. 부자들은 나눔이나 기부 등을 통해 부를 사회에 환원하고, 나아가 부의 재분배에 기여함으로써 보람과 기쁨을 누려야 한다. 인생의 끝자락에 도달해서야 물질이 얼마나 허망한 지를 깨닫게 되니 참으로 인간은 어리석다. 그러므로 물질 지향적 가치관을 바꿈으로써 탐욕을 버리고 가진 것에 만족할 줄 아는 것이 행복으로 가는 길이다.

돈은 '의미 있는 일'을 위해 사용할 때 더 행복해진다.

돈은 어떻게 사용하느냐에 따라 그 의미가 달라진다. 스마일스는 악의 근원을 이루는 것은 돈 그 자체가 아니라 돈에 대한 사랑이라고 했다. 돈을 사랑하면 돈을 쫓게 되고, 탐욕을 자초하게 되어 결국 불행을 초래한다. "중요한 것은 무엇이 주어졌느냐가 아니라 주어진 것을 어떻게 활용하느냐에 달려 있다(아들러)." 돈이 횡포를 부리거나 돈을 남용해서는 안 된다. 돈을 행복하게 사용하는 방법은 다른 누군가를 위해, 새로운 경험을 위해, 좋은 시간을 위해 사용하는 것이며, 그때 행복지수는 올라간다. 여러 사회조사에서 나타났듯이 사람들은 재산이나 수입을 불문하고 다른 사람을 위해 돈을 쓸 때 자신을 위해 쓸 때보다 더 큰 행복을 느낀다. 여행이나 박물관 관람 등 새로운 경험을 위해 돈을 쓸 때 다른 곳에 쓰는 것보다 더 행복감을 얻는다. 가족이나 친구들에게 시간과 돈을 쓸 때 행복은 자란다. 기부·나눔·봉사 등의 공동체적 가치를 위해 돈을 쓸 때 사람들은 가장 행복을 느낀다는 사회조사도 있다. 자신을 위해 돈을 쓸 때보다 다른 사람이나 경험을 위해 쓰면 그 기억이 오래 추억으로 남아 행복감을 지속시켜 주기 때문이다. 행복은 큰 것보다 작은 것을 여러 번 살 때 더 행복을 느낀다. 상속은 좋지 않은 결과를 가져온다는 연구결과가 있다. 상속을 포기하고, 의미 있는 곳과 일에 사용하는 것이 본인과 자식의 행복을 위해서나 공동체의 행복을 위해 바람직하다. 그러므로 의미 있는 일에 돈을 사용하면서 행복을 키우고 가꿔가는 것이 참다운 인생길이다.

'물질만능주의'가 행복을 앗아간다.

　돈의 중요성을 과대평가하는 물질만능주의 사고가 사람들을 불행하게 만들고 있다. 심리학자 호르눙은 "물질 지향적 인생관은 행복과 안녕에 독이 된다."고 했으며, 많은 사회조사가 물질적 가치를 중시하는 사람들이 그러지 아니한 사람들에 비해 덜 행복하다는 사실을 보여주고 있다. 돈은 삶을 풍부하게 만드는 한 가지 조건일 뿐이고, 돈이 행복에 미치는 영향은 고작해야 4%에 불과하다고 한다. 물질만능주의는 우리나라 사람들의 행복지수를 낮추는 가장 중요한 요소이다. 자본주의가 들어오면서 "돈으로 열리지 않는 문은 없다."는 유대격언이 침투되어 우리나라는 자본, 아니 '돈'이 지배하는 사회가 되었으며, 물질만능주의 풍조가 사회 곳곳에 스며들고 있다. 불행하게도 돈을 많이 버는 것이 인생의 목표가 되었고, 부자가 성공의 좌표가 되었다. '세계가치관 조사'에 의하면, 한국의 물질주의는 미국인의 3배, 일본인의 2배나 된다. 행복한 나라 사람들은 자기 자신을 가장 행복한 사람이라고 믿는데 반해, 한국인들은 가장 행복한 사람으로 빌 게이츠를 들고 있다. 돈만 있으면 무엇이든 할 수 있다는 풍조가 만연되고 있으며, '유전무죄 무전유죄'라는 사회적 부조리가 국민들의 분노를 사고 있다. 돈이 최고의 권력으로 모든 사람들의 숭배의 대상이 되니 '돈교'라는 사이비 종교가 세상을 지배하고 있다. 돈 때문에 각종 범죄가 자행되고 있고, 인간성마저 앗아가고 있다. 이러한 잘못된 가치관이 우리 사회를 병들게 만들고, 사람들의 행복까지 앗아가고 있다. 국민들의 근본적인 가치관의 변화가 있어야 행복은 우리 곁에 머물 수 있을 것이다.

제 30주
(7월 23일 -29일)

행복감은 '소득 수준'에 비례하지 않는다.

　　행복은 소득 수준에 비례하지 않는다. 인간은 새로운 상황에 익숙해지면 만족감이 사라지고 종전상태로 돌아가는데, 심리학자들은 이를 '쾌락적응현상'이라고 부른다. 이런 이론을 경제 분야에 적용하여 인간의 기본적인 욕구가 충족되면 그다음에는 소득 수준의 향상이 행복감을 향상시키지 못한다는 '이스털린의 역설'이 제시되었다. 경제성장이 어느 단계를 지나면 소득 수준이 향상되어도 개인의 행복도는 오르지 않는다. 소유보다 중요한 것이 향유이며, 마음의 부자가 진정한 부자이다.

7월 23일

행복감은 '소득 수준'과 직접적인 관련이 없다.

사람들은 무엇을 이루든가 얻게 되면 성취감을 느끼고 만족을 누리지만, 그 기쁨은 순간적이고 오래 지속되지 않는다. 일정한 시간이 지나면 새로운 상황에 익숙해지면서 처음 느끼던 만족감은 사라지고, 종전의 상태로 돌아가 무감각해지는데, 이를 '쾌락적응'이라고 부른다. 1971년에 심리학자 필립 브리크먼과 도널드 캠벨은 쾌락과 적응이란 개념을 묶어서 '쾌락의 쳇바퀴'라는 용어를 만들어냈는데, 이는 쳇바퀴 속의 다람쥐처럼 어떤 경험으로 얻은 느낌도 시간이 흐르면 제자리로 돌아오는 현상을 말한다. 기본적인 생활수요를 위해서 최소한의 돈은 필요하지만, 일정한 수준을 넘어서면 소득의 증대는 행복을 끌어올리지 못하므로 돈은 행복의 필요조건이지만 충분조건은 아니다. 경제학자 이스털린은 쾌락적응 이론을 경제 분야에 적용하여 "인간은 일단 기본적 욕구가 채워지면 그다음에는 소득 수준이 행복감을 향상시키지 못한다"는 결론을 이끌어냈다. 이를 '이스털린의 역설'이라고 부른다. 선진국을 보면, 대체로 연간 1인당 실질소득이 2만 달러(폴 아난드는 2005년 기준으로 1만 5천 달러라고 함)까지는 소득과 행복지수가 정비례하지만, 그 선을 넘어서면 양자 사이에는 아무런 상관관계가 없다고 한다. 이러한 현상을 경제학에서는 소득의 '한계효용체감의 법칙'이라고 부른다. 우리나라도 지금 이스털린의 역설이란 덫에 걸려 1인당 GDP는 2만 달러를 넘었지만, 다른 환경적 요인 때문에 행복지수는 떨어지고 있다. 이러한 쾌락의 쳇바퀴를 벗어나는 행복 능력을 키워야 지속적인 행복을 누릴 수 있다.

스티븐스의 반론은 이스털린의 역설과 '조화'를 이루어야 한다.

벳시 스티븐슨 교수는 이스털린의 역설에 대하여 반론을 펴고 있다. 50년에 걸쳐 132개국을 조사·분석한 결과 복지 인프라가 제대로 갖추어진 선진국가의 국민(부자)들이 빈곤국가의 국민(가난한 사람)들보다 행복지수가 더 높았다고 발표하였다. 그러나 이스털린은 더 많은 나라들을 대상으로 조사·분석한 후 자신의 주장이 틀리지 않다고 반박하였다. 이들의 주장은 상반되는 것이 아니라 서로 보완되어야 한다. 일반적으로 복지제도가 잘 갖추어진 선진 국가 사람들이 행복지수가 높은 것은 사실이다. 그러나 부탄에서 보는 것처럼 반드시 그런 것은 아니다. 부탄 사람들은 불교 신도로서 가진 것에 만족할 줄 알고 자선을 통해 행복을 추구하기 때문에 행복지수가 높다. 최소한의 생존조건이 구비될 때까지는 부를 축적하는 만큼 행복지수가 올라가지만, 그 이상으로 올라가면 부와 행복 사이에는 상관관계가 없다. 러셀은 행복의 반대말은 불행이 아니라 '권태'라고 했다. 기대감과 그리움이 작동할 때는 행복감은 상승한다. 그런데 사람들은 변화에 대한 호기심이 발동하여 새로운 것을 추구하면서 쾌락을 찾아다니는 경향이 있다. 그러므로 최소한의 생존문제를 해결하게 되면 물질적 욕구를 충족시키는 과정에서 행복을 찾으려는 것은 허망한 짓이다. 그러므로 물질 이외의 본질적 행복요소들을 추구함으로써 행복역량을 키워야 이스털린의 역설을 극복할 수 있다. 교육을 통해 그 방법을 습득하고, 낙관적인 사고를 하는 습관을 형성하는 것이 행복 역량을 키우는 길이다.

'빈 배'는 강을 가볍게 흘러간다.

버트런드 러셀은 '어느 정도의 결핍'이 행복의 필수조건이라고 말했다. 인생의 부자가 되는 길은 '채움'이 아니라 '비움'에서 온다는 사실을 깨달을 때 진정한 행복을 누릴 수 있다. 마음을 비우고 평화를 얻게 될 때 참된 행복은 찾아온다. 장자의 '빈 배 이야기'는 이 대목에서 다시 음미해볼 필요가 있다. "배는 인생이라는 강을 타고 흘러간다. 배는 너무 많이 실으면 무겁고, 무거우면 흐름이 더디고 둔해진다. 그러나 비우면 배는 가볍게 흘러간다. 무겁게 채우는 것은 탐욕이고, 비움은 무심(無心)이다. 채우는 자는 그 채움에 매이게 되고, 비우는 자는 비움으로 인해 자유로워진다." 중국의 노장사상은 자연의 섭리를 따름으로써 물욕에서 벗어나는 '비움의 지혜'가 행복으로 가는 길임을 가르쳐 주고 있다. 알렉산더 대왕은 견유학파의 거장인 디오게네스를 스승으로 모시기 위해 작은 동굴 속에 기거하며 인생의 진리를 명상하는 그를 찾아와 간청하니 한마디로 거절하였다. 알렉산더 대왕이 그러면 "단 한 가지 소망을 말하면 무엇이든지 들어주겠다."고 했더니 그는 "폐하, 저는 지금 햇빛을 즐기고 있으니 가리지 말고 좀 비켜주십시오."라고 답하였다. 알렉산더 대왕은 햇빛 한줄기만으로도 감사하고 행복해하는 그 모습을 보고, 행복의 의미를 되새기며 돌아갔다고 한다. 견유학파는 원하는 것은 아무것도 없고, 오직 자연과 하나가 되어 모든 것을 즐기고 기뻐하는 사상을 말한다. 모든 사람들이 그 교훈대로 따를 수는 없지만, 그 정신을 배워 비움으로써 얻는 기쁨이야말로 진정한 행복이다.

7월 26일

무소유란 '나무'처럼 사는 것이다.

법정 스님은 무소유를 설교할 뿐 아니라 몸소 실천하면서 모범을 보여주고 저세상으로 가셨다. 무소유란 '나무처럼 사는 것'이라고 한다. "나무는 '나' 홀로 '무'언의 침묵을 미덕으로 살아간다."는 뜻으로 풀이한다. 나무는 생존에 필요한 최소한의 뿌리와 가지 그리고 잎만 가지고 삶을 이끌어간다. 생존에 필요한 그 이상의 것을 가지려고 하지 않는다. 나무를 가꾸는 사람들은 더 자라고 열매를 많이 맺을 수 있도록 일 년에 한 번씩 가지치기를 해준다. 이처럼 무소유란 아무것도 소유하지 않는다는 뜻이 아니라 꼭 필요한 것만 소유하면서 자유롭게 누리면서 사는 삶을 의미한다. 그러기 위해서는 소유욕을 버려야 하고, 특히 집착을 하지 말아야 한다. 영화 '인생은 아름다워'의 주인공 로베르토 베니니는 수용소 안에서도 행복하다고 고백하였다. "따뜻한 방, 읽을 책, 하루 두어 시간 걸을 수 있는 운동화, 첼리스트 아들과 함께 하는 음악, 더 바랄게 없다. 침대에 누워 창밖 나무만 봐도, 아침 새소리만 들어도 행복하다."고 했다. 이는 욕망의 노예가 되지 말고 참된 가치를 추구하면서 살라는 교훈이다. 필요한 만큼 소유하고, 많은 것을 이웃과 공유하며, 사회에 기여하는 것이 가치 있는 삶이다. '빈손'이 윤리적인 이유는 다른 사람의 손을 잡을 수 있기 때문이다. 청빈한 삶, 절제하는 생활, 함께 나누며 사는 마음: 그것이 공동사회의 가치이고, 그런 생활 속에서 참된 행복을 느끼며 사는 것이 의미 있는 인생이다.

7월 27일

진정한 부자는 '마음의 부자'이다.

돈은 가치척도·교환·가치보관 등 삶을 위한 수단으로 만들어진 것인데, 오늘날에는 인생의 목적이 되었다. 더 많은 것을 소유하려는 욕망이 인생을 지배하고 있다. 그 대상은 돈·명예·권력·성 등으로 이들을 얻기 위해 모든 것을 건다. 돈이면 무엇이든 다 살 수 있다는 사고가 세상을 어지럽게 만들고 있다. 돈을 신처럼 최고의 권력으로 보는 현대인들의 관습이 있는데, 이를 티머시 켈러는 '거짓 신'이라고 부른다. 돈이 인생의 유일한 목표가 될 때 더 이상 행복을 가져다주지 못한다. 돈의 가치를 다른 가치보다 위에 놓게 되면 사람이 돈의 노예가 될 수 있다. 그 과정에서 시간·에너지·건강 등을 바치면서 사소한 행복들을 모두 잃게 되고, 돈을 벌고 나면 허탈하게 된다. 재벌이 결코 중산층보다 행복하지 못하다는 사실을 명심하자. 돈의 노예가 되면 일시적인 환락을 누릴 수 있지만, 결국 인생의 파멸을 불러와 불행을 초래하고 만다. 진정한 부자는 물질의 부자가 아니라 '마음의 부자'이다. 프롬은 행복해지기 위해서는 소유형 인간에서 '존재형 인간'으로 삶의 자세를 바꿔야 한다고 주장한다. 물질을 소유하는 것이 아니라 정신적 가치가 있는 것을 추구하는 것이 행복으로 가는 길이다. 가진 것과 이룬 것에 만족하면서 마음의 평화에 도달하는 것이 지속적인 행복을 누리는 길이다. 샤하르는 행복이야말로 '최고의 재산'이라고 했다. 스스로 만족하며 마음의 평화를 누리는 것이 곧 생활의 지혜요, 행복으로 가는 지름길이다.

7월 28일

소유보다 '향유'가 더 중요하다.

　찰스 스펄전은 "행복을 만드는 것은 얼마나 많이 가졌는가가 아니라 얼마나 즐길 수 있느냐이다."라고 했다. 중요한 것은 소유가 아니라 향유라는 것을 깨닫게 될 때 진정한 행복은 찾아온다. "버리지 못하면 떠날 수 없습니다. 툭툭 털어버리고 가장 값어치 있는 일에 몸과 마음을 던지세요. 하루에 갈 수 있는 만큼 조금씩 행복을 즐기며 인생을 항해하세요!" 어느 스님의 경구다. 돈을 벌고 나면 더 이상 기대할 것이 없어지므로 인생이 허무해진다. 부자가 행복하게 돈을 쓰는 방법으로 소냐 류보머스키는 '욕구를 충족시키는 활동에 써라', '자신이 아닌 다른 사람을 위해 써라', '시간을 벌기 위해 써라', '돈을 지금 지불하되, 기다리는 기쁨을 누려라.' 등을 들고 있다. 인천에서 덕적도 가는 중간에 위치한 자월도에 갔을 때 얻은 교훈이다. 다른 조그만 섬과 연결되는 구름다리에서 바다를 바라보기 위해 걸어서 갔다. 조그만 마을을 가로질러 나지막한 산길을 올라가 정상에서 뒤를 돌아다보았다. 푸른 하늘이 내려와 바다에 누워 있고, 푸른 바다는 가슴 조이며 출렁거리고 있다. 자궁처럼 생긴 산속에 누워 있는 조그만 마을이 한눈에 들어온다. 자연에 취해 내 마음은 몽롱해진다. 그래, 지금 자연을 이처럼 누리면 되지 이 섬을 소유한들 누리지 못하면 무슨 의미가 있겠는가? 그 순간 소유보다 향유가 중요하다는 사실을 깨닫고 무한한 행복을 누린 기억이 되살아난다. 진정한 행복은 소유에 있지 아니하고 즐기는 데 있음을 알고 실천할 때 행복은 날개를 펴고 세상을 비행할 것이다.

행복은 '마음먹기'에 달려 있다.

어느 날 아침 꿈에서 깨어났다. 복권 1등에 당첨되었는데, 상금이 8억이란다. 당첨금을 타려고 찾아가 왜 상금이 다른 때보다 적으냐고 항의를 하고 있는데, 사람들이 몰려와서 잠에서 깼다. 다음날 주례를 서려고 가기 위해 옷을 입으면서 아내에게 꿈 이야기를 하니 복권 한 장을 사보란다. 필자는 단호하게 거절하고 사지 않았다. 샀다가 당첨이 안 되면 개꿈이 되고 말테니까. 그런 행운을 나는 믿지 않는다. 초등학교 때 학생들에게 구호물자를 나눠주는데 물건들이 다르니까 제비뽑기로 결정을 하였다. 학생은 60명인데 선물은 59개이므로 한 사람에게는 돌아가지 않는다. 그때 꽝을 뽑은 경험 때문에 그 뒤부터 복권을 사지 않을 뿐 아니라 절대로 어떤 공짜 행운을 기대하지 않았다. 그 돈 8억 원은 허황된 것으로 치부하고 잊어버릴 수 있다. 그러나 필자는 평생 한 번도 만져보지 못한 거금이라 꿈속 은행에 저축해두었다. 그 돈은 인출하지 않고 항상 상상 속에서 사용하며 즐기고 있다. 사람들을 만났을 때 꿈 이야기를 하면서 사용하니 이는 중요한 자산이다. 필자는 아무도 모르는 부자다. 정신적 부자. 이처럼 행복은 무엇이 있든가 무슨 일이 생겨야 오는 것은 아니고, 상상 속에서 만들 수도 있다. 그때 깨닫게 되었다. 행복은 만드는 것이고, 생각하기 나름이라는 것을! 그 후부터 필자는 상상을 통한 그리움으로 행복을 만들어가니 바로 이곳이 천국임을 느끼며 살고 있다. 행복을 밖에서 찾지 말고, 자신 안에서 찾아야 바로 자신 앞에 다가선다.

'단순하게 살기'는 행복을 누리는
새로운 삶의 방식이다.

　　인간의 욕망을 부채질하는 것 중의 하나가 쇼핑이다. 그러나
물건을 사들이다 보면 결국은 물건의 지배를 받게 된다. 그래서
인간이 주체적으로 살기 위해서는 '단순한 삶'이 유익하다. 단순
하게 산다는 것은 단지 물질적인 조건들을 줄이는 것이 아니라
삶의 폭을 줄이고, 인생을 간소하게 살라는 말이다. 그래야 시간
과 공간, 자유와 에너지가 넓혀져 인생을 풍부하게 살 수 있다.
이제 세계적으로 단순하게 살기 운동이 널리 전개되고 있는데,
이러한 운동에 동참해서 행복을 키워가는 것이 필요하다.

'쇼핑'이 인간의 욕망을 부채질한다.

인간의 욕망을 부채질하는 것이 '쇼핑'이지만, 과도한 쇼핑은 행복을 가져다주지는 않는다. 사람들이 지루함이나 권태를 느낄 때 새로운 것을 찾게 되는데, 그 대표적인 행태가 바로 새로운 물건을 사들이는 것이다. 산업화 이후 자본주의는 대량생산·대량소비를 지향하면서 사람들의 구매력을 높이는 것이 경제발전의 한 축을 형성해왔다. 새로운 상품이 나오면 사람들의 구매충동을 일으키며 인간의 욕망을 키워간다. 쇼핑이 일시적인 만족감을 주기 때문에 그 유혹에서 사람들은 벗어나지 못한다. 그런데 이러한 만족은 쾌락적응현상 때문에 오래가지 못한다. 사람들의 욕망은 끝이 없으므로 필요한 물건들을 다 갖추고 있어도 만족하지 못하고, 끊임없이 다른 사람과 비교해서 더 많은 것을 가지려고 하기 때문이다. 이러한 과정을 사사키 후미오는 '무한 루프(infinite loop)'라고 부른다. 이처럼 쇼핑중독에 걸리게 되면 물건 그 자체가 아니라 물건을 사는 데 더 관심이 있다. 그래서 물건을 마구잡이로 사들여 가정이 물건들로 가득 차서 복잡한 환경을 만들어낸다. 살아가는 데 꼭 필요한 물건만을 가지고 살면 불필요한 욕망을 덜어내고, 자기가 보람 있다고 생각하는 곳에 돈과 시간 그리고 마음을 투자할 수 있다. 이때 단순한 생활 속에서 행복을 누릴 수 있게 된다. 인생은 짧다. 살아 있는 동안 자신의 이상을 실현하기 위해 보람 있는 일을 하다가 저세상으로 가는 것이 최고의 행복 아닐까?

인간은 결국 자기가 가진 '물건'에 소유당하고 만다.

현대인들의 생활환경은 너무 복잡하게 얽혀 있다. 물질만능주의가 다다익선을 추구하지만, 이는 삶에 대한 만족감이 떨어지게 만들고, 행복을 저해하는 역기능을 나타내고 있다. 대량소비사회가 되면서 '소비가 미덕'이라는 구호에 걸맞게 사람들은 새롭게 생산되는 물건들의 유혹에 넘어가 계속 사들이는 습관이 생겼다. 인간의 욕망은 멈추지 않기 때문에 아무리 사들여도 만족할 줄 모른다. 이들을 사용하고 관리하기 위해 많은 시간과 에너지를 빼앗기게 된다. 결국 물건의 지배를 받게 된다. 영화 '파이트 클럽'의 주인공은 "너는 결국 네가 가진 물건에 소유당하고 말 거야."라고 말한다. 처음에는 사람이 물건을 관리하지만, 나중에는 물건이 사람을 지배하게 되고, 마지막에는 모든 것을 앗아간다. 그래서 사람들은 물신을 섬기게 되고, 그 노예가 되어 소비왕국을 만들고 있다. 행복은 얼마나 많이 소유하느냐가 아니라 어떻게 이를 사용하느냐에 달려 있다. 소비가 어느 정도 행복도를 높여주는 것은 사실이지만, 일정한 수준까지만 그렇다. 소비는 많은 것을 잃게 만들어 결국은 의미 있는 삶을 방해한다. 그러므로 삶의 규모를 줄이고, 보람 있는 곳에 시간을 투자하는 것이 중요하다. 행복은 물건으로 채우는 것이 아니라 욕망을 버리고 마음을 비울 때 찾아온다. 그래서 물질만능주의를 벗어나 단순한 삶을 누리는 것이 행복을 이끌어낸다. 사람(정)과 물건(반)의 변증법이 형성되는데, 이들의 '합(合)'이 바로 단순하게 사는 것이다. 물건의 노예가 되지 않고 그 주체가 될 때 진정한 행복을 누릴 수 있다.

8월 1일

'단순한 삶'이 행복이다.

행복하게 사는 데는 반드시 많은 것이 필요하지 않다. 주어진 것에 만족하면서 사는 것이 행복으로 가는 길이다. 테오도르 폰타네는 인간이 행복을 느끼는 데 필요한 것은 대단한 것들이 아니라 단지 좋은 책 한 권과 친구 서너 명 그리고 치통 없이 지내는 것이라고 하면서 수용소 안에서도 행복을 누릴 수 있다고 했다. 사람마다 다르게 말하지만, 꼭 필요한 것은 건강·일·관계·배움 등 지속적인 행복을 가져다주는 소수에 불과하다. 1895년에 샤를 바그네르는 '단순한 삶'에서 단순한 삶이 곧 행복이라는 명제를 밝힘으로써 '심플 라이프'의 개념을 처음으로 제시하였다. 이 책은 인생 전체에 걸쳐 단순함을 밝히고, 그 가치를 실천하는 방법을 제시하고 있다. 루스벨트 대통령이 이 책을 읽고 감명을 받아 저자를 백악관으로 초청하여 대담을 하고, 대중들에게 일독을 권했다는 일화가 있다. "사치를 중단하라. 시골로 떠나라. 자연의 품에 안겨라. 소박하게 살아라." 이러한 주문은 재산이 많고 수입이 좋은 도시 사람들에게 해당하는 말이지 대부분의 가난한 자와 고통을 받는 자에게는 그림의 떡과 같은 소리라고 항의할 수 있다. 그러나 복잡한 환경 속에서 살고 있는 현대인은 단순함을 추구함으로써 행복을 누려야 한다. 단순함이란 물질적·사회적 상황이 아니라 마음가짐이 단순해야 한다는 것을 말한다. 그때 비로소 복잡하고 무미건조한 삶을 벗어나 더 큰 가치를 추구하며 의미 있는 삶을 누릴 수 있게 되고, 그 과정에서 더 큰 행복은 찾아온다.

많은 사람들이 '단순하게 살기'를 강조한다.

　많은 사람들이 단순하게 사는 것이 행복으로 가는 길임을 강조하고 있다. 아인슈타인은 "조용하고 소박한 삶이 끊임없는 불안에 얽매인 성공 추구보다 더 큰 기쁨을 준다."고 했으며, 소로는 '월든'에서 "삶에서 필요를 줄이면 그만큼 자유의 공간이 늘어난다."고 했다. '혼의 퇴사'의 저자 이나가키 에미코는 '단순하게 살기'를 몸소 실천하면서 우리들에게 산 교훈을 주고 있다. 남들의 선망의 대상인 아사히신문 기자로 일하던 그녀는 언제까지 이렇게 살 수 있을까 고심을 하던 끝에 50세에 사표를 던지고 자유인이 되었다. 열심히 일하면서 월급을 받아 스트레스를 풀기 위해 물건을 사들였지만, 욕망은 끝이 없고 결코 행복하지 못했다. 그래서 사표를 내고 나니 지금은 돈이 없는 대신 '자유'를 얻었다고 한다. 어두컴컴한 집에서 조용하게 앉아 창밖의 별을 보면서 비로소 깨달았다고 한다. "지금 뜻밖에도 참 행복하구나!"라고. 돈이란 남녀관계와 같아서 집착하면 손에 쥐어지지 않고, 돈에 관한 관심을 버리면 돈이 슬슬 모인다고 한다. 이처럼 돈에 집착하지 않고 보람 있는 일에 몰입할 때 비로소 돈을 넘어설 수 있게 된다. 일상에서 욕심을 버리면 영혼이 자유로워지므로 사소한 일에서 즐거움을 느끼고 행복을 찾을 수 있다. 나아가 사색의 시간을 가지게 되고, 마음의 평화를 얻게 되므로 더 깊은 행복을 누리게 된다. 그러므로 물건을 사랑하지 말고, 삶을 사랑하는 것이 행복으로 가는 길이다(태미 스트로벨). 단순하게 살기를 실천할 때 그 빈 공간을 행복이 채워줄 것이다.

8월 3일

단순하게 살기는 '인생'을 단순하게 살라는 말이다.

현대사회는 그 조직이 복잡하고 경쟁이 심하다. 그 속에서 속박과 굴종이라는 굴레를 쓰고 살고 있다. 소박하게 산다는 것은 단지 작은 집에 살고, 살림살이를 줄이며, 자동차가 없이 사는 것만을 의미하지 않는다. 단순하게 살라는 말은 삶의 규모를 줄이고, 행동과 말과 생각을 적게 하고, 나아가 욕구를 단순화하라는 것을 의미한다. 가오위엔은 휴대폰을 예로 들면서 그 기능 중 30%만 사용하고 나머지 70%는 빈 공간이라고 하면서, 인생을 단순하게 즐기려면 가진 것의 30%만 있으면 충분하다고 한다. 사회활동을 바쁘게 하지만, 그중 70%는 의미 없는 행동이라는 것이다. 인간관계도 많은 것이 무조건 좋은 것이 아니라 적정한 수준에서 관계를 정리하고 잘 관리하는 것이 중요하다. 물건을 줄이는 것은 잃는 게 아니라 얻는 것이다. '작게 살고 크게 생각하는 것'이 진정한 참된 삶을 사는 것이다. 이러한 생활태도의 최대의 수확은 일상생활에서 '자유', '공간', '시간'과 '에너지' 등을 얻는 것이다. 버림으로써 자유를 누리게 되고, 시간을 벌게 되며, 공간을 넓히고, 에너지를 절약할 수 있게 된다. 무엇보다 더 중요한 소득이 '기쁨'을 얻어 행복하게 된다는 사실이다. 어떤 문제에 부딪히든 간명하게 결정을 하고, 힘차게 살아가는 것이 중요하다. 가장 귀중한 자산이 시간이다. 짧은 인생에서 시간을 효율적으로 사용하는 것이 가장 중요하다. 그러므로 생각을 정리하고 선택을 잘한 후 목표를 실현하는 데 집중해야 한다. 남아 있는 것이 소중한 것이고, 그들 속에서 단순한 생활을 하면 행복으로 가는 길이 보인다.

단순한 삶을 위해 여러 가지 '운동'이 일어나고 있다.

　샤하르는 "단순한 삶을 살라."고 권고한다(긍정적인 삶을 위한 10계명 ⑤). '단순하게 살기'가 삶의 형태를 바꾸기 위해 세계적으로 생활운동의 일환으로 전개되고 있다. 그중 중요한 것이 '소박하게 살기 운동', '작은 집 운동', '슬로 시티 운동'과 함께 '미니멀리즘'이다. 욕망이 지배하는 사회에서 인간은 행복을 느끼기보다는 소외와 불안 나아가 불행을 느끼는 아이러니 속에서 방황하고 있다. 이제 세계는 새로운 바람을 일으키며 공급자 시대로부터 자신의 취향 중심으로 살아가려는 '수요자 시대'로 바뀌고 있다. 수요자가 더 이상 공급의 대상이 아니라 소비의 주체가 되는 것이다. 이는 내 안의 정신세계에서 나를 찾고 행복해지려는 일대 정신혁명이다. 이처럼 행복해지기 위해 단순한 생활을 추구하려는 움직임이 세계로 확산되고 있다. 스티브 잡스도 미니멀리스트로써 그가 고안한 물건들은 불필요한 부분을 최소화함으로써 유명해졌다. 성철 스님은 "손에는 일을 줄이고, 몸에는 소유를 줄이며, 입에는 말을 줄이고, 대화에는 시비를 줄이며, 위에는 밥을 줄이라."고 했다. 줄이면 작아지는 것이 아니라 시간과 자유, 에너지와 마음의 여유 등 더 큰 것을 얻게 된다. 이러한 사실을 체험할 때 마음의 부자가 될 수 있다. 모든 것은 꼭 필요한 것만 남기고 줄이는 것이 행복으로 가는 길이다. 그러므로 불필요한 것을 줄임으로써 인생을 간소하게 만들어 자신만의 행복을 추구하는 것이 행복으로 가는 지름길이다.

8월 5일

'미니멀리즘'도 간단하게 살기의 실천운동이다.

지금 인터넷에서는 '미니멀리즘 게임'이 유행하고 있다. '미니멀리즘'이란 원래 단순함과 간결함을 추구하는 예술 기법을 말하는데, 이것을 인터넷에서 실생활에 적용한 것이 미니멀리즘 게임이다. 불필요한 것을 버리고 인증샷을 올리는 게임이다. 그 진단은 풍요를 버리고 최소한의 물건만 소유하면서 간단한 생활방식을 추구하는 방식이다. 단순하게 살기 운동이 인터넷상에서 전개되는 현상이다. 이 게임은 원래 미국 웹사이트 '더 미니멀리스트 닷컴'에서 시작되었으며, 일본에서도 '단사리'라는 이름으로 유행이 되었다. 우리나라에서도 이러한 '미니멀리즘 게임'이 최근 SNS 등을 통해 등장하였다. 네이버에는 2014년에 '미니멀 라이프' 카페가 생겨났는데, 회원 수가 벌써 2만 명을 넘어섰다. 그 회원들은 마음이 편해졌을 뿐 아니라 실제 생활도 바뀌었다고 한다. 단순하게 삶을 간소함으로써 시간과 공간, 특히 마음의 여유를 얻게 되고, 그만큼 행복의 폭이 넓어진 것이다. 이러한 생활태도는 굳이 게임에서만 적용되는 것이 아니라 일상생활 전반에서 적용함으로써 생활을 간소화하여 시간과 공간 나아가 자유를 얻게 된다. 불필요한 많은 것들을 버림으로써 더 가치 있는 것들을 얻게 된다. 이제 누구나 생활을 간소화함으로써 더 의미 있는 생활을 할 줄 아는 것이 자신의 경쟁력을 키우고, 참된 행복으로 가는 길이다.

제 32주
(8월 6일 -12일)

좋은 '인간관계'는 성공과 행복으로 인도한다.

　　　　인간은 사회적 동물로써 공동체를 형성하고, 그 안에서 공동생활을 하고 있다. 진화심리학자들은 자신의 생존을 위해 다른 사람들을 필요로 한다고 한다. 그런데 긍정심리학자들은 행복은 (인간) '관계' 또는 '사이'에서 온다는 점을 강조한다. 그래서 좋은 인간관계를 형성하고 잘 관리해야 성공할 수 있고, 인간관계야말로 행복해질 수 있는 '수용자산'이다. 인간관계는 적극적으로 관리해야 하지만, 반드시 광범한 것이 좋은 것은 아니고, 적정한 선에서 잘 관리하는 것이 효율적이다.

인간은 '사회적 동물'이다.

인간은 '사회적 동물'이다. 로빈슨 크루소는 작품 속에나 존재하는 가상인물일 뿐 현실적으로는 존재하지 않는다. 인간은 혼자서는 살 수 없으니 여러 형태로 다른 사람과 교류를 하면서 살고 있다. 사람 인(人) 자를 보면 사람과 사람이 의지하며 사는 존재임을 가리킨다. 사회생활을 한다는 것은 곧 인간관계를 맺으며, 그 그물망 속에서 상호작용을 하면서 살아가는 것을 말한다. 친밀한 인간관계를 맺고 사랑하는 사람들을 곁에 두고 사는 것이 행복이다. 인간관계는 가정·직장·학교·동호회·학회·이웃·친구 등 여러 가지 형태로 이루어진다. 이처럼 인간사회는 함께 사는 여러 형태의 공동체를 구성하고, 그 구성원으로서 소속감을 가지고 교류하면서 살아가고 있다. 진화심리학자들에 의하면, 사람들은 자신의 생존을 위해 다른 사람을 필요로 한다고 한다. 협동을 통해 동물이나 적들로부터 안전을 지키고, 나아가 생존문제를 공동으로 해결해야 하기 때문이다. 피오나 로바즈는 "행복이란 사람에서 사람으로 퍼져나가는 것이다. 그러므로 행복은 사회적 관계 속에서 싹이 튼다."고 말했다. 이처럼 인간관계가 좋을수록 성공확률은 많아지고, 원만할수록 행복지수는 높아진다. 행동과학연구가인 슈가먼에 의하면, "주변 사람들과 원만한 관계를 많이 맺을수록 행복과 삶의 만족도가 30% 정도 증가한다."고 한다. 이처럼 행복한 사람들의 공통된 특징은 폭넓은 인간관계를 형성하고 사교적으로 살고 있다는 점에 있다. 그러므로 좋은 인간관계를 맺고 확장하면서 잘 관리하는 것이 행복으로 가는 길이다.

8월 7일

성공과 행복은 '사이'에서 온다.

긍정심리학자들은 긍정적인 인간관계가 행복과 밀접한 관계가 있다는 점을 강조한다. 크리스토퍼 피터슨은 긍정심리학이 무엇이냐는 질문에 '타인'이라고 했으며, 조너선 하이트는 인간의 행복은 '사이'에서 온다고 했다. 이는 인간관계가 좋아야 성공할 수 있고, 원만한 인간관계에서 행복이 나온다는 것을 말한다. 우리나라뿐만 아니라 모든 인간사회에서 인맥이 사회생활을 함에 있어서 중요한 역할을 하므로 인간관계를 잘 형성하는 것이 성공과 행복의 열쇠가 된다. 인간이 원초적 고독을 벗어나고, 식량을 확보하며, 궁극적인 번식을 위해서 집단이 필수적이다. 마이클 가자니가는 인간의 뇌는 인간관계를 잘하기 위해서 설계되어 있다고 했으며, 라즈 라후나탄은 인간관계가 친밀함과 사교로 연결하면 행복해진다고 했다. 공존을 위해 각자의 존엄성을 인정하고, 협력을 통해 사회적 문제들을 해결해야 하는데, 사랑이 기본적인 매체이다. 가족·친구·회사·학교 등에서 좋은 인간관계를 형성해야 행복한 생활을 할 수 있는데, 이러한 사회적 행복이 삶의 질을 결정한다. 그중에서도 신뢰와 무조건적 사랑과 협동을 바탕으로 하는 좋은 친구를 만나는 것이 가장 중요하다. 작가 윌리엄 모리스는 "친구가 있는 곳이 천국이요, 친구가 없는 곳이 지옥이다."라고 말했다. 인간관계가 돈·권력·직업·건강 등 외부적 조건보다 더 행복도를 높여준다는 사회조사도 있다. 그러므로 원만한 인간관계를 맺음으로써 자신의 행복의 질을 높여가는 것이 성공한 인생이다.

멀리 가고 싶으면 '함께 가라.'

"빨리 가고 싶으면 혼자 가라. 그러나 멀리 가고 싶으면 함께 가라."는 아프리카 속담이 있다. 함께 산다는 것: 사회생활의 기본이며, 공동체를 형성하는 이유다. 소외를 벗어나고 자기애를 극복하기 위해서는 공생이 필수적이다. 구성원과의 관계가 원만해야 성공적이고 행복한 사회생활을 할 수 있다. 행복한 사람들은 광범하고 원만한 인간관계를 가지고 있다는 사회조사 결과들이 있다. 벤 샤하르도 "궁극적 가치를 실현하기 위해서는 모든 종류의 대인관계가 중요하다."고 했다. 하버드대학에서 성공한 CEO를 대상으로 조사한 결과를 보면, 행복의 조건 중에서 인간관계 능력이 85%인 데 반해, 직무능력은 15%에 불과한 것으로 나타났다. 그만큼 대인관계가 어느 나라를 불문하고 중요한 역할을 한다. 특히 중국은 '꽌시(관계)'를 중요시해서 무슨 문제를 해결하기 위해서는 제도보다 관계가 더 중요한 작용을 한다. 우리나라도 이에 못지않게 인간관계를 관리하는 능력이 성공에 결정적인 영향을 미치고 있다. 성공한 사람들은 두터운 인맥을 쌓고 관리를 잘한다. 외향적이고 사교적인 사람들이 인간관계를 더 적극적으로 형성함으로써 행복지수가 높다. 다양한 분야에서 인맥을 쌓아두면 도움을 받아 성공할 확률이 높아진다. 그만큼 인간관계가 성공을 좌우하고 있음을 말해준다. 셀리그만과 디너는 친밀한 인간관계가 행복한 삶의 비결이라고 했다. 그러므로 좋은 인간관계를 넓고 두텁게 만드는 것이 성공과 행복으로 가는 길이다.

'좋은 인간관계'를 맺는 사람은 행복하다.

인간관계는 내 마음에 달려 있다. 모든 사람들과 화목하게 지내는 것이 기초 작업인데, 그 바탕에는 신뢰가 있어야 하고, 그 기술이 소통이다. 좋은 인간관계를 맺고 있는 사람은 그러지 아니한 사람보다 더 행복하다. 인간관계에서 오는 행복이 소득 수준의 향상보다 더 행복에 영향을 미친다는 조사결과들이 있다. 그러나 다른 사람들과 갈등과 분쟁이 생기는 경우가 허다하므로 인간관계가 성공적으로 이루어지는 것은 평탄치 않다. 다른 사람들에 대한 불신이 가득하고 자신만의 세계에서 고립되어 소외를 자초하는 것은 바람직하지 않다. 그러므로 소외를 벗어나 사람들과 융합하는 방법을 알아야 한다. 사교적인 성격을 가지고 있으면 대인관계가 더 광범하게 이루어지고 행동반경이 넓어짐으로써 성공 가능성이 높고, 효율적으로 일할 수 있다. 외향적인 성격의 사람들은 내성적인 사람보다 적극적으로 활동을 하고, 대인관계를 폭넓게 잘 맺는다. 그러나 성격을 바꾼다는 것은 쉽지 않다. 적극적인 성격을 가지려면 자신의 성격에 자신감을 가지고, 대인관계를 맺으면서 소극적인 성격을 조금씩 고쳐가야 한다. 적응능력을 키우면서 자기관리를 잘함으로써 자신의 성격을 긍정적이고 적극적으로 만들어가야 한다. 긍정심리학에서는 성격도 긍정적으로 바꿀 수 있다는 이론을 제시하고, 훈련을 통해 개선하는 방법을 알려주고 있다. 소극적이거나 내성적인 성격을 가지고 있다면 성격을 개조함으로써 행복도를 높이기 위해 노력해야 한다. 행복의 문제는 결국 자신에게 달려 있으므로 노력해서 열린 마음으로 행복으로 가는 길을 개척해야 한다.

8월 10일

인간관계도 '적극적인 관리'가 필요하다.

인간관계를 잘 관리하고 유지하기 위해서는 능동적 태도를 가지고 상대방에 접근하고, 좋은 관계를 유지하도록 노력해야 한다. 이를 '처세술'이라고 부르는데, 좋은 인간관계가 성공과 행복을 결정하는 인생의 가장 큰 자산이다. 자기가 출세하기 위해 다른 사람을 수단으로 활용하는 것이 아니라 아름다운 세상을 만들기 위해 다른 사람을 목적으로 대해야 한다. 공자는 "덕이 있는 사람은 외롭지 않기 때문에 반드시 이웃이 있다."고 했다. 덕이 있어야 인간관계를 넓힐 수 있다는 이야기다. 이러한 작업은 결코 쉽지 않고 세심한 배려와 꾸준한 노력이 필요하다. 인간관계를 가장 훌륭하게 만드는 기술은 바로 '사랑'이다. 가장 중요한 것이 시간을 선물하는 것이다. 함께하는 시간을 많이 보낼수록 좋다. 상대방에 대한 신뢰가 대인관계의 기초가 되며, 교만이 인간관계를 해치는 악폐다. 상대방을 칭찬하고, 심기를 건드리거나 믿음을 깨거나 잘못을 저지르면 안 된다. 그러기 위해서는 인간관계를 잘 관리하는 지혜와 기술이 필요하다. 끊임 없는 논쟁은 피하고, 직접적인 비난은 금물이다. 무조건 책임을 추궁하는 것도 안 된다. 상대방이 잘못을 할 때는 용서를 하는 것이 필요하다. 본인의 잘못이 있을 때는 바로 인정하고 사과하는 것이 중요하다. 그러기 위해서는 공손하고 부드러운 태도로 임하되, 무엇보다 대화하고 타협하는 기술을 습득하여야 한다. 이러한 매너를 가지고 다른 사람들을 적극적으로 관리함으로써 좋은 인간관계를 맺을 수 있고, 그 결과 자신의 행복도를 높일 수 있다.

8월 11일

인간관계도 '적정한 것'이 좋다.

우리나라 사람들은 학연·지연·혈연 등에 의한 인간관계를 중요시하는 경향이 있다. 인맥이 성공의 열쇠가 되므로 줄을 잘 서야 성공할 수 있기 때문이다. 인간관계를 넓히는 것이 좋다고 행복학자들은 인간관계의 중요성을 강조하지만, 팔방미인이 결코 현명한 생존방식은 아니다. 사회생활에서 물론 인간관계가 중요지만, 너무 인간관계를 넓히다 보면 시간과 돈이 낭비된다. 행복은 좋은 인간관계에서 나오는 것이므로 잘 관리를 하여야 하는데, 인간관계의 폭이 넓다 보면 관리하기가 힘들기 때문에 효율적이거나 생산적인 것은 아니다. 단순하게 살기 위해서는 인간관계의 효율성을 고려하여 알맞은 정도로 단순화해야 한다. 샤를 바그네르는 인간관계도 단순화하라고 권고하고 있다. 오늘날에는 인간관계에도 미니멀리즘이 유행을 하면서 인간관계를 축소하려는 경향이 있다. 여기에도 과유불급(중용)의 원칙이 적용된다. 인간관계가 넓을수록 좋은 것이 아니라 적정 규모로 조정해야 한다. 가족관계는 필수적이고, 직장의 조직 안에서의 인간관계도 의무적이다. 전공 분야나 취미생활에 있어서 필요한 인간관계는 유지되어야 한다. 그 이상의 인간관계는 선택의 문제이지 필수적인 것은 아니다. 불필요한 관계는 정리하고, 꼭 필요한 최소한의 관계만 유지하여야 한다. 여기에도 선택과 집중이 필요하다. 일단 선택한 인간관계는 사랑과 열정으로 헌신하는 자세가 중요하다. 적정 규모의 인간관계를 유지하면서 살아가는 것이 효율적으로 행복을 관리하는 것이다.

8월 12일

인간관계는 양보다 '질'이 중요하다.

75년간 연구한 '하버드 성인발달 연구'에 의하면, 인간관계가 좋을수록 행복하게 오래 산다고 한다. 외로움은 독약으로 뇌기능과 건강을 해치며, 다른 사람들에게 악한 감정을 가지게 되면 자신의 행복과 건강을 잃을 수 있다. 긍정심리학자들은 인간은 외로운 존재이므로 행복해지기 위해서는 자신 밖으로 나와 인간관계를 넓게 형성하라고 권고한다. 일반적으로 교류하는 사람 가운데 80%는 별로 도움이 되지 않고, 20% 정도가 도움이 될 수 있다고 한다(장이츠). 그러므로 질 좋은 사람들과의 교류가 성공과 행복에 중대한 영향을 미친다. '던바의 법칙'에 의하면 인간관계를 맺을 수 있는 최대치는 150명이고, SNS를 통해 1,000명이 넘는 사람들과 소통을 해도 정기적으로 연락하는 사람은 150명 정도라고 한다. 그러나 서로 공감하고 소통하며 친밀한 관계를 가진 사람은 20명 정도이며, 절친한 사이는 3-4명이라고 한다. 따라서 성공하기 위해서는 인간관계를 잘 선택하고 형성해야 하며, 시간과 에너지를 그 사람들을 관리하는 데 투자함으로써 관계의 견고함과 지속성을 유지할 수 있도록 '인맥관리'를 잘해야 한다. 티모시 샤프에 의하면, 좋은 인간관계를 맺고 관리하기 위해서는 장점 찾기, 조건 없는 사랑, 칭찬, 긍정적 생각, 열린 마음, 존중과 신뢰 등을 필요로 한다면서 첫 자를 모아 '지지(support)'라는 요소를 제안하였다. 이처럼 인간관계는 양이 중요한 것이 아니라 '질'이 중요하므로 관리를 잘해야 한다.

제33주
(8월 13일 –19일)

대인관계는 세심한 배려를 해서
잘 '관리'해야 한다.

        행복의 주된 원천이 인간관계에서 오므로 이를 잘 관리하는 것이 행복으로 가는 길이다. 인간관계의 출발점이 바로 만남에 있으며, 좋은 만남을 만드는 길이 행복을 쌓는 작업이다. 인간관계를 맺음에 있어서 소통이 가장 기본적 역할을 하고, 친절은 인간관계를 부드럽게 만드는 윤활유와 같으며, 겸손은 인간관계에 있어서 최대의 무기이다. 항상 감사하는 마음을 가지고 용서함으로써 마음의 평화를 누리는 것이 행복으로 가는 지름길이다.

인간관계에 있어서 '소통'이 기본적 역할을 한다.

인간관계를 맺음에 있어서 소통이 기본적 역할을 하는데, 그 정의는 다양하다. 가정·직장·집단·국가에서 그 기능을 원만하게 수행하기 위해서는 소통을 잘해야 한다. '소통'은 읽고 쓰고 말하고 듣는 것으로 이루어지며, 정보의 흐름으로 전달되는데, 쌍방향으로 흘러야 한다. 목소리·표정·몸짓·자세 등 비언어적 소통도 언어소통의 효과에 중요한 영향을 미친다. 특히 침묵도 소통의 한 방법이며, 말을 적게 하는 것이 힘을 주고 효과적인 경우가 있다. 오늘날 인터넷의 발달로 사람들은 페이스북·트위터·블로그 등에 의해 24시간 연결되어 있지만, 인간관계가 더 멀어지고 인간성이 더 메말라가는 등 소통의 부작용이 심각하다. 언어를 통해 소통을 하는 것이 기본이지만, 언어는 양날의 칼과 같은 기능을 하므로 역기능이 나타날 때는 관계를 위태롭게 만들 수 있다. 그래서 언어는 잘 가려서 해야 하며, 오롯이 그 결과는 자신에게 책임이 있다. 말 한마디가 인생을 살리기도 하고 죽일 수도 있다. 사회생활을 하면서 중요한 것이 입 조심하는 것이다. 모든 불행의 원인은 세 치밖에 안 되는 혀를 통제하지 못하기 때문에 일어난다. 진정한 소통은 들음으로써 이루어지므로 소통에 있어서 더 중요한 것이 '듣는 것'이다. 소통은 일방적 커뮤니케이션이 아니라 쌍방향 커뮤니케이션이기 때문이다. 진지하게 상대방에게 귀를 기울여줌으로써 신뢰가 생기고, 그 자체로서 치유의 효과를 볼 수도 있다. 그러므로 소통의 기술을 습득하는 것이 행복으로 가는 길이다.

'친절'은 인간관계를 부드럽게 만드는 윤활유와 같다.

인간관계의 출발점이 바로 만남에 있으며, 좋은 만남을 만드는 길이 다른 사람에게 기쁨을 준다. 니체는 오늘 하루를 행복하게 사는 방법은 "적어도 한 사람에게라도 어떤 기쁨을 줄 수 있을까?" 고민하는 것이라고 했다. 친절은 즐거운 삶의 원동력이 되고, 인간관계를 윤택하게 만드는 윤활유와 같다. 괴테는 "친절은 한 사회를 묶어주는 금으로 된 사슬과 같다."고 했다. 대인관계에서 친절을 베풀면 감사하는 마음이 생기고 가까워지면서 서로 행복해질 수 있다. 다른 사람에게 친절하게 대하고 칭찬을 하는 것은 일종의 투자요, 처세의 비결이다. 아무리 작은 친절이라도 베풀면 다른 사람들의 마음을 감동시키고, 반드시 그 대가가 돌아온다. 친절을 베푸는 방법은 다양하다. 단지 웃음을 보내거나 대화를 나누는 것부터 어려운 사람을 돕거나 돈을 기부하거나 사회봉사를 하는 것들이 있다. 타인에 대한 친절과 배려는 결국 자신에게로 돌아오기 마련이므로 자신을 위한 것이기도 하다. 이처럼 친절은 인생과 세상을 바꿀 수 있으며, 사회 전체적으로 행복지수를 높일 수 있다. 그런데 상대방의 태도가 이를 긍정적으로 받아들여야 하는데, 우리 사회 분위기는 그러지 못하다. 같은 아파트에 살면서 인사도 하지 않고 사는 사람들이 많다. 상대방에 대한 불신이 원죄다. 일상생활 속에서 솔선수범해서 바로 지금 곁에 있는 사람을 칭찬하고 친절을 베풀며 사는 것이 사교의 출발점이고, 행복으로 가는 첫걸음이다.

'겸손'은 인생에 있어서 최고의 자산이다.

세상은 넓고 인간은 불완전한 존재다. 그러므로 인간은 겸손하게 살아야 한다. 겸손은 인간관계에 있어서 최대의 무기이며, 교만은 최대의 적이다. '겸손'이란 다른 사람을 대함에 있어서 공손하고 예의 바르며, 자만하지 않고 배움을 구하는 태도를 말한다. 겸손은 '빈 항아리'와 같아서 빌수록 많은 것을 담을 수 있다. 겸손해야 사람들에게 존경을 받고, 교만하면 사람들이 등을 돌린다. 사람은 겸손함으로써 인생을 채워가면서 온전한 인간으로 성장해야 한다. 겸손을 갖춘 인재를 양성하는 것이 하버드 경영대학원의 중요한 교육목표 중 하나라고 한다. 덕이 있으면 외롭지 않고 반드시 이웃이 있다(공자). 그러니 세상을 살면서 자신을 남보다 낮추어라. 그러지 않으면 마치 촛불 속으로 뛰어드는 불나방이나 울타리를 들이받는 숫양처럼 안락을 바랄 수 없다(채근담). 티베트 격언 중에 '지혜는 물과 같다.'는 말이 있는데, 지혜는 낮은 곳으로 모인다는 의미이다. 겸손한 태도로 사회생활을 함으로써 다른 사람들의 신뢰와 호의를 받을 수 있고, 자기 발전을 이룰 수 있으니 겸손이야말로 성공으로 가는 길이다. 빌 게이츠는 IT산업을 성공적으로 이끌어 세계적인 CEO가 되었음에도 결코 자만하지 않고 다른 사람들의 의견에 귀를 기울이고 항상 배움의 자세를 유지했다. 그러나 겸손도 지나치면 신뢰를 잃게 되어 역기능을 할 수 있다. 자신의 정체성을 지켜야 하고, 겸양의 덕을 넘어서는 안 된다. 이처럼 적정한 겸손을 통해 대인관계를 원만하게 만드는 것이 성공과 행복으로 가는 길에 디딤돌을 놓는 역할을 한다.

8월 16일

항상 '감사'하는 마음을 가지는 것이 행복으로 가는 길이다.

감사하는 마음을 생활화하는 것이 지속적으로 행복을 느낄 수 있는 원동력이다. 존 헨리는 "감사는 최고의 항암제요, 해독제요, 방부제"라고 말했다. 감사하는 마음은 스트레스를 극복하는 힘이 되고, 스스로 즐거워할 수 있게 되며, 인간관계를 원활하게 만든다. 일상에서 감사하는 마음을 가지게 되면 행복도가 높아지므로 감사하는 습관을 기르는 것이 행복을 키우는 지름길이다. 사도 바울은 "범사에 감사하라."고 했다. 감사할 일은 주변에 얼마든지 있다. 지금 가진 것에 감사하고, 주어진 환경에 만족하는 것이 행복의 요체다. 감사하는 마음은 긍정적인 감정을 가지게 만들고, 자존감을 높여주며, 무엇보다 탐욕을 억제하게 만든다. 특히 쾌락적응 속도를 늦추게 되어 그만큼 행복감을 지속시킬 수 있으며, 자신에게 그 반향이 돌아와 부메랑 효과를 가져다준다. 간디는 "감사의 분량이 행복의 분량이다."라고 말했다. 이처럼 감사하는 마음은 사람을 행복하게 만드는 가장 쉬운 긍정정서이다. 행복해서 감사한 것이 아니라 감사하면 행복해진다고 한다. 탈무드는 "세상에서 가장 지혜로운 사람은 배우는 사람이고, 가장 행복한 사람은 감사하며 사는 사람"이라고 한다. 감사를 통해 인간관계를 얼마나 잘 맺고 있는가를 표시하는 공존지수(NQ: Network Quotient)가 올라간다고 한다. "감사합니다. 행복하겠습니다. 무조건 감사합니다. 그냥 행복하겠습니다(행복의 노래)." 이처럼 항상 감사하며 살고, 감사하는 습관을 기르는 것이 지속적인 행복을 누리는 비법이다.

'웃음'은 인생을 즐겁게 만드는 특효약이다.

세상은 경쟁이 심하고 살기가 힘들기 때문에 실상 웃을 일이 별로 없다. 그런데 긍정심리학자들은 하루를 웃음과 함께 시작하라고 권고한다. 웃으면서 하루를 보내게 되면 즐겁고 행복한 하루가 되고, 행복한 하루하루가 모이면 평생 행복해질 수 있다는 이야기다. 웃음은 슬픔을 이겨내고 기쁨을 가져오는 특효약이다. 앤드류 카네기는 "미소는 인간이 표현할 수 있는 가장 아름다운 예술이다."라고 했다. 항상 미소를 머금고 사람을 대하는 것은 행복을 전하는 바이러스이다. '웃음'은 엔도르핀을 분비시켜 불안과 스트레스를 극복하는 좋은 수단이고, 혈액순환이 잘되며, 면역력을 높여주는 효과가 있다. 또한 다른 사람들의 기분을 좋게 만드는 사회성을 발휘하며, 암 환자의 호전율도 높여준다고 한다. 그래서 웃음을 '내적 조깅'이라고도 표현한다. 15초 동안 웃기만 해도 수명이 2일이나 연장된다는 보고서가 있고, 암 환자의 호전율을 높여준다는 연구결과도 있다. 일부러 웃는 것도 자연스러운 웃음의 90% 효과가 있다고 하니 자주 웃으면서 살 일이다. 웃으며 사는 데는 환경적인 요인도 있지만, 무엇보다 기본적으로 '낙관적인 사고방식'을 가져야 한다. 긍정심리학은 사람들의 사고방식을 긍정적으로 변화시켜 기쁨을 줌으로써 사람들을 행복으로 인도하려고 한다. 최근에는 웃음을 정신질환의 치료방법으로 많이 이용하고 있다. 고 황수관 박사는 자칭 웃음전도사로서 많은 사람들에게 웃음을 가르치고 전파시켰다. 항상 웃는 습관을 가지는 것이 자신의 행복도를 높이고 다른 사람들을 즐겁게 만드는 방법이다.

8월 18일

'유머'는 웃음을 통해 행복을 전하는 촉매제이다.

웃음은 유머를 통해 오는 경우가 많으므로 오늘날 유머는 행복심리학의 중요한 테마가 되었다. 유머는 인생에 대한 태도이자 일종의 능력으로 잘 활용하면 삶에 윤활유 역할을 한다. 웃음은 일상생활에서 무료함을 극복하고, 행복을 가져다주는 양념과 같은 것이다. 살아가면서 유머나 위트는 웃음을 줌으로써 팍팍한 사회생활을 부드럽게 만들고, 고통이나 고독을 잊게 만들어주는 역할을 한다. 웃음은 '신이 준 선물'로써 인생을 즐겁게 만드는 최고의 명약이다. 유머는 웃음을 줄 뿐 아니라 생각하게 만드는 교육적인 효과도 있다. 웃음은 그 집단이나 모임을 우호적 관계로 이끌고, 하나로 묶어주는 역할도 한다. 개그나 코미디 프로그램이 인기가 있는 이유도 이처럼 웃음을 주기 때문이다. 특히 나이가 들면 유머를 통해 다른 사람들에게 웃음을 주고, 스스로 웃음을 찾을 수 있도록 노력하여야 한다. 경직된 우리 사회의 분위기를 부드럽게 만들기 위해서도 유머와 위트를 적극적으로 활용하는 것이 필요하다. 그러므로 유머 감각을 키우는 것은 행복을 누리기 위해 필요하다. 일노일노 일소일소(一怒一老 一笑一少)는 웃으면서 살아가는 것이 건강에 좋고 장수할 수 있다는 말이다. 소문만복래(笑門萬福來)는 웃는 집에 온갖 복이 온다는 말이다. 긍정적인 사람은 항상 웃는다. 그러니 평소에 유머를 즐기면서 웃으며 마음의 여유를 가지고 생활함으로써 개인의 행복도도 높이고, 밝은 사회를 만들어가는 것이 우리 사회의 과제이다. 유머를 익히고 실천하면서 사는 것이 즐거움을 만드는 긍정적인 생활방식으로 행복도를 높여준다.

'용서'는 가장 효과적인 치유방법이다.

사람과 사람 사이에는 여러 가지 갈등이 생기고, 원한관계가 생기므로 분노하거나 증오할 수 있다. 이러한 마음을 가지고 살아가는 것은 정신적으로나 육체적으로 건강에 좋지 않으므로 해소시키는 것이 필요한데, 그 치유방법은 '용서'가 가장 효과적이다. 간디는 "사람들이 '눈에는 눈, 이에는 이'를 실천한다면 세상은 온통 장님과 이빨 빠진 사람밖에 없게 될 것이다."라고 했다. 악을 악으로 갚지 말고 선을 베풂으로써 함께 사는 사회를 만들어야 한다는 당위의 전갈이다. 용서를 받고 싶으면 먼저 용서를 하라. 용서는 나를 힘들게 하는 사람을 위해서가 아니라 바로 자신에게 베푸는 가장 큰 선물이다. 진정한 용서는 잘못된 편협한 생각을 버리고 자신의 행동양식이나 사고방식을 바꿈으로써 인간관계를 회복하고, 미래로 나갈 수 있는 힘을 발휘한다. 용서하는 마음으로 세상을 바라보면 언제나 세상을 이겨낼 수 있고, 함께할 수 있는 에너지가 생긴다. 성숙한 사람이 되기 위해서는 마음의 문을 열고 용서를 하여야 한다. "잘못을 저지르는 것은 인간적인 것이고, 용서하는 것은 성스러운 것이다(알렉산더 포프)." 용서를 함으로써 나 자신이 정신적 고통으로부터 해방되고 마음의 평화를 얻을 수 있으므로 행복의 길로 들어설 수 있게 된다. 그러나 용서를 한다는 것은 쉬운 일이 아니고, 오랜 시간이 걸린다. 용서하는 능력은 나이가 듦에 따라 증가한다는 연구 결과도 있다. 인간은 용서할 때 행복해지므로 용서하는 습관을 키워가는 것이 행복으로 가는 길이다.

'교육'은 인생의 가장 위대한 자산이다.

생물학적으로 사람들은 '인간'으로 태어났지만, 교육을 통해 '새로운 인간'으로 다시 태어나야 한다. 인간은 배움을 통해 지식을 넓히고 살아가는 방법을 익힌다. 우리나라 교육은 입시 위주 교육으로 주입식 교육이 행해지고 있고, 창의성을 높이는 교육이 안 되니 장기적으로는 사회발전에 문제가 있다. 함께 협력하며 살아가는 공동체를 만들기 위해 인성교육이 행해져야 하고, 문답식 교육을 통해 창의성을 키워야 한다. 평생 배우는 자세가 변화에 적응하면서 행복을 가져다주므로 항상 배우는 자세로 살아가야 한다.

8월 20일

인생길은 '배움의 길'이다.

세네카는 "삶을 배우려면 일생이 걸린다."고 했다. 그러므로
인생길은 배움의 길이고, 평생 배우며 살아가야 한다. 사람은
배움을 통해 지식을 넓히고 살아가는 방법을 익힌다. 그래서 배
움에는 아낌없이 투자를 해야 한다. 배움은 학교뿐만 아니라 가
정·교회·기타 단체에서 일상적으로 행해진다. 교육의 목적은
이념적으로는 인간의 품성을 키우는 데 있고, 실용적으로는 살아
가는 데 필요한 지식을 가르치는 데 있다. 인간은 배우면서 사회
적으로 유용한 인간이 되고, 인격을 갖춘 온전한 인간이 되어간
다. 무엇을 어떻게 배우느냐에 따라 인생의 진로가 결정되고, 자
신의 인간상이 형성된다. 그래서 교육이 인생에 있어서 가장 중
요한 과제이다. 소크라테스는 "보다 나은 인간이 되기 위해 노력
하면서 사는 것보다 훌륭한 삶은 없다."고 했다. 그러니 행복한
삶을 위해서는 배움에 열중하면서 가치 있는 일을 추구하며 살
아가야 한다. 영국 수상 디즈레일리는 "나는 배우고 준비하리라.
그러면 기회는 올 것이다."라고 말했다. 배움으로 준비를 하면
반드시 그 보상을 받을 것이다. 라이언 홀리데이는 "지금 배우지
않으면 이미 죽어가는 중"이라고 했다. 이 말은 항상 배우는 자
세로 살라는 경구이다. 배움에는 끝이 없고, 최근에는 평생교육
이 강조되고 있다. 노년에도 배움을 게을리하지 아니해야 권태를
느끼지 않고 인생의 활력을 얻을 수 있다. 새로운 변화에 적응하
기 위해서는 항상 공부를 해야 하고, 배움 그 자체가 삶의 질을
높이고 행복을 쌓아가는 작업이기도 하다.

고전적인 교육관은 '인성'을 키우는 데 있었다.

전통적인 교육의 목표는 지(知)·덕(德)·체(體)에 두고 있었다. 이들은 육체가 성장하여 성인이 되고, 머리가 발달하여 지혜 있는 사람이 되며, 인간으로서 인격을 형성하는 것을 목표로 하였다. 가장 중요한 것이 현명한 지혜를 갖추고, 자주적 독립성으로 무장하며, 화목한 인간관계를 맺는 것이다. 건강한 몸에 건강한 정신이 깃들므로 건강이 중요하다. 인간은 개체로서 존재하지만, 공동체 안에서 함께 살아가야 한다. 생물학적으로 사람은 '인간'으로 태어났지만, 공생을 하기 위해서는 교육을 통해 '새로운 인간'으로 다시 태어나야 한다. 덕성을 키우는 것이 도덕적 인간으로 육성하고, 건전한 공동체 유지를 위해 필수적이므로 '인성교육'이 가장 중요하다. 인격의 형성은 가정에서 유년 시절부터 시작되므로 가정교육이 중요하다. 아이들은 가정에서 부모들의 행동을 보면서 배우고 영향을 받는다. 특히 어머니의 역할이 중요한데, 이는 부모의 솔선수범적인 행동과 무한한 사랑으로 이루어져야 한다. 성격이 형성된 성년에는 그 습관을 바꾸기가 어려우므로 반드시 어렸을 때 인성교육은 이루어져야 한다. 어떻게 교육을 받았느냐에 따라 인간상이 달라지고, 사회에서 적응력이 다르게 나타난다. 유대인들은 가정교육을 통해 덕성을 키우고, 생존을 위해 일과 교육을 중시한다. 학생들이 잘못을 했을 때 훈계를 하고 체벌을 하는 것은 건전한 방향으로 교육시키는 데 필요한 수단이다. 인성교육이 제대로 이루어져야 본인도 행복해지고 공동체도 건전해질 수 있다.

현대 교육은 '성공으로 가는 길'을 가르쳐주는 작업이다.

현대사회에 있어서 교육의 목표는 기본적으로 성공으로 가는 길을 가르쳐주는 데 있다. 그중에서도 학생의 잠재력을 발견하고 능력을 키워주는 것이 가장 중요한 과업이다. 학생의 강점은 타고난 점도 중요하지만, 계발을 통해 만들어지는 것이다. '자생력'을 키워주는 것이 교육의 궁극적인 목표다. 교육은 신분을 향상시키는 사다리 역할을 해왔다. 그래서 부모들은 자녀 교육에 혼신의 노력을 기울이고 있다. "아는 것이 힘이다."라는 베이컨의 말이 이를 대변해왔다. 삶의 질은 평생 무슨 일을 하며, 그 일을 하는 동안 무슨 생각을 하는지에 달려 있다. 교육이 그 기능을 담당하고 있으므로 인생에서 가장 중요한 과업이 어떤 교육을 받는가이다. 열심히 공부를 하면 꿈을 이룰 수 있으며, 배움을 즐기는 사람은 반드시 성공한다. 기회는 준비된 자에게 찾아온다. "자녀에게 교육은 최고의 유산이다(토마스 스코트)." 유대인들은 교육의 중요성을 어느 민족보다 중요시하고 있기 때문에 가정교육을 열정적으로 시키고 있으며, 이스라엘은 GDP의 8%를 교육에 투자하면서 강한 민족의 전통을 이어가고 있다. 돈은 인생을 지켜줄 수 없지만, 교육은 평생 지켜줄 수 있다는 믿음 때문이다. 그런데 현대교육은 인성교육을 등한시함으로써 공동체가치가 붕괴되고 있는 것이 가장 심각한 문제이다. 그러므로 인성교육을 통해 깨어 있는 민주시민으로 육성하는 것이 자신도 행복해지고, 국가도 행복한 환경을 만들 수 있는 길이다.

우리나라의 '교육방식'이 바뀌어야 나라가 살아난다.

전통적인 교육은 학생들에게 정보를 전달하는 데 그 목적이 있었다. 그런데 오늘날에는 '많은 정보'가 오히려 문제가 되며, 이들 정보를 이해하고 중요한 정보를 선별해서 활용할 수 있는 능력을 가르쳐주는 것이 중요하다. 오늘날 교육의 목표는 비판적 사고, 의사소통, 협력과 창의성을 키워주는 데 있다고 한다(유발 하라리). 교육은 무엇보다 급변하는 시대변화에 대처할 수 있도록 새로운 것을 배우고 균형감각을 높여주는 것이 필요하게 되었다. 학교교육은 입시 위주 교육으로 주입식 교육이 행해지고 있으므로 창의성과 비판적 사고를 살리는 교육이 안 되고 있다. 수능시험이 모든 학생을 성적순에 의해 한 줄로 세우고, 성적에 의해 전공과 대학을 선택하는 것은 심각한 문제다. 이제는 자기 취향과 능력에 따라 진로를 결정하고, 학생들의 창의성을 개발할 수 있는 교육풍토가 만들어져야 한다. 부모들은 자신의 욕심을 버리고, 학생들이 스스로 자신의 미래를 결정하도록 해야 한다. 이스라엘이 강국인 것은 무엇보다 특별한 교육내용 때문이다. 올바른 역사관을 심어주고, 공동체 가치와 윤리를 교육시키며, 인적 자원(교육)의 중요성을 강조한다. 교육의 중점은 전인교육에 두고 있다. 국가에 대한 충성, 민족의 자긍심, 이웃에 대한 기부, 대화를 통한 문제 해결, 유능한 참된 교육 등을 통해 작지만 '강한 국가'를 만들었다. 이처럼 우리나라 교육도 새로운 교육방식으로 전환되어야 한다.

문답식(Socratic Method) 교육을 통해 '창의성'을 키워야 한다.

교육의 핵심은 학생들에게 지식을 많이 넣어주는 데 있지 않고, 그들의 장점을 발견하고 키워주는 데 있다. 주입식 교육은 암기력만 키울 뿐 이해력을 확장시키지 못한다. 이러한 지식은 응용능력이 없으므로 죽은 교육이나 다름없다. 그러므로 호기심을 키워 학생들이 질문을 하고 답을 이끌어내는 문답식 교육을 해야 창의성이 개발되고, 교육의 효과가 크다. 이러한 교육방법을 처음으로 제시한 사람이 소크라테스다. 이러한 대화법은 학습자 중심의 교육방식으로 질문을 하고 해답을 추구하도록 인도하는데, 그 목적은 문제를 해결하는 것이 아니라 새로운 문제를 발견하도록 하는 데 있다. 특정한 사안에서 출발하여 일반적인 진리에 도달하도록 하는 이러한 사고방식을 '귀납법'이라고 부른다. 이 방법은 학습 의욕을 고취시키고, 민주적 참여를 유도한다. 문답식 교육에 참여하려면 먼저 자료를 읽고 많은 준비를 해야 하고, 질문과 답변을 하면서 이해도를 높이고, 사고의 틀을 갖추게 된다. 질문이 최고의 교육방법이다. 질문을 하게 되면 문제의 본질을 알게 되고, 문제를 해결하는 방법을 찾게 된다. 문답하는 과정에서 논증하는 방법을 터득하게 되고, 질문하는 습관을 키우면서 창의력은 향상된다. 이러한 교육방식이 '소크라테스식 방법'으로 서양에서는 전통적인 교육방법으로 행해지고 있다. 이제 우리나라도 교육방식을 바꿔 학생들의 참여도를 높이고 창의성을 키워야 개인의 발전이 있고, 나라의 미래가 있다. 그래야 지속적으로 행복을 누릴 수 있는 환경이 조성될 것이다.

8월 25일

'사이버 공간'에서도 배움은 계속되어야 한다.

지금 우리는 정보사회에서 살고 있다. 현대사회에서 가장 중요한 생산요소가 '정보'로서 개인이나 국가는 이를 얻기 위해 사이버공간에서 무한경쟁을 벌이고 있다. 컴퓨터를 켜고 들어가면 그야말로 이곳은 '정보의 바다'이다. 단순한 정보를 통해 지식을 얻는 데서 나아가 깊은 지혜를 배워야 한다. 이제 사이버공간은 더 이상 국가와 동떨어진 가상공간이 아니라 새로운 생활공간으로서 인간은 그 속에서 정보를 얻고 누리기 위해 매일같이 활동하고 있다. 인터넷상의 정보가 잘 활용되면 생활이 편리해지는 등 순기능을 하지만, 악용되면 역기능을 하여 많은 병리현상이 나타나고 있다. 몰지각한 사람들이 익명성 뒤에 숨어서 동물적 근성을 드러내는 경향이 있다. 인터넷상의 정보는 단순하거나 잘못된 정보들이 범람하고 있어 필요하고 올바른 정보의 선택이 어렵다. 그러므로 필요한 정보를 얻기 위해 인터넷을 이용하되, 지나치게 이에 의존하지 말고 현명하게 대처해야 한다. 구글사의 에릭 슈미트 회장은 "스마트폰이나 컴퓨터의 끄기 버튼을 찾으세요. 하루 한 시간씩 이 기계들을 꺼놓고 사랑하는 사람의 눈을 들여다보고 진짜 대화를 하십시오."라고 젊은이들에게 당부하였다. 그래서 스티브 잡스는 젊은이들에게 창의성을 얻기 위해서는 획일화된 정보에 의존하지 말고 "다르게 생각하라."고 경고하였다. 그러니 중요한 정보는 활자를 통해 얻어야 한다고 울프 교수는 권고한다. 속도를 늦추고 주인의식을 가지고 행복을 만들어가는 것이 현대사회의 지향점이다.

항상 '배우는 자세'를 가지고 살아야 한다.

인간은 누구나 인간으로서의 존엄성을 가지고 있으며, 서로 개체로서의 가치와 유용성을 존중해야 한다. 인간은 태생·성격·환경·교육·직업·관계 등 모든 면에서 다르다. 인간은 하나의 개체로서 독보적인 개성과 다른 능력을 가지고 있다. 그래서 인간은 비교의 대상이 아니라 각기 특성을 가진 독립적 개체로서 이해해야 한다. 따라서 다른 사람을 만나면 항상 배우는 자세로 임해야 한다. 행복경은 "어리석은 자와 사귀지 말고 현자와 가까이하고 존경할 만한 이를 존경하는 것이 최상의 행복"이라고 했다. 자연이나 문화를 통해 항상 열린 마음으로 배우는 자세로 살아가야 한다. 젊은이들로부터 새로운 지식을 배울 수 있고, 노인들한테서는 삶의 지혜를 배울 수 있다. 불필요한 자존심을 버리고 겸손한 자세로 임해야 한다. 모든 사람들로부터 배우는 사람이 지혜로운 자다. 공자는 "세 사람이 함께 길을 걸으면 반드시 내 스승이 있다."고 했다. 누구에게나 배울 것이 있으므로 항상 배움의 자세를 유지해야 한다는 말이다. 그 사람의 인품을 보고 배울 수 있다. 학력이 다르고 직업이 다르고 경험이 다른 것이 서로 배울 수 있는 지식을 제공해줄 수 있다. 그러므로 만남이 배움의 동인이 되고, 만나는 곳이 배움의 터전이 될 수 있다. 이러한 열린 마음으로 사람들을 만나야 겸손해지고 배려하는 마음이 생긴다. 이러한 만남의 과정을 통해 인간은 성숙해지고 진화하게 된다. 배움에는 끝이 없으니 평생 배우면서 사는 습관을 익혀야 그 과정에서 행복을 누릴 수 있다.

제 35주
(8월 27일 -9월 2일)

'독서'는 가장 값진 여행이다.

　여행이 서서 하는 독서라고 하면, 독서란 '앉아서 하는 여행'이
다. 독서는 많은 것을 읽고 생각하며 명상하는 시간을 제공한다.
성공한 사람들은 대부분 어려서부터 독서를 많이 하였다. 책 속
에 인생의 길이 있다. 책 속에는 모든 지식이 쌓여 있고, 각종의
살아 있는 정보가 담겨 있다. 우리나라는 '독서빈국'이다. 독서가
인생을 풍부하게 만들고 행복의 길로 인도한다는 점을 인식하고,
독서하는 습관을 기르는 것이 행복으로 가는 길이다.

8월 27일

배움은 '평생' 계속되어야 한다.

　인간은 생명체 중에서 유일하게 학습하는 존재라고 한다. 삶을 제대로 영위할 수 있는 사람은 없다. 살아가는 법을 배워서 행복을 누리고 성공으로 가는 것이 필수적이다. 배움은 그 자체가 행복을 가져다주므로 평생 계속되어야 한다. 배움만이 삶을 풍성하게 만들어주므로 배움을 게을리해서는 안 된다. 급변하는 세계에서 계속 배우지 않으면 그 인생은 퇴보한다. 배움을 통해 자신의 능력을 키우고, 자기 발전을 기하며, 사회에 봉사할 수 있다. 학교를 졸업하면 배움이 끝난다는 생각은 잘못된 것이다. 직장에서도 지식과 기술을 연마하여 적응하고 발전할 수 있도록 항상 준비하는 자세가 필요하다. 일상 속에서 사람들과의 만남에서도 항상 배우는 자세가 필요하다. 인생은 미완성: 죽을 때까지 채워가는 과정이므로 배움에는 끝이 없다. 노년에는 배움을 통해 삶의 활력을 찾고 새로운 생활양식을 만들어가야 한다. 인간은 경험을 통해 지식을 지혜로 성장시킨다. 노인에게는 평생 쌓아온 지혜라는 자산이 있기에 노인의 삶에도 가치가 있는 것이다. 일본에서 60대 여성을 대상으로 어떤 사람이 행복한가에 관하여 사회조사를 했더니 새로운 행복을 찾아 누린 사람들의 유형은 공부를 시작한 사람, 취미활동을 계속한 사람과 봉사활동에 참여했던 사람의 세 가지로 나타났다. 배움을 계속하면 인간은 성장한다. 배움에는 평생 행복이 뒤따른다. 그러므로 평생 배움으로써 즐거움을 누리고, 새로운 기회를 만들며, 마지막 목표를 향하여 나아갈 때 평생의 큰 행복이 기다리고 있을 것이다.

독서는 '앉아서 하는 여행'이다.

　여행이 서서 하는 독서라고 하면, 독서란 '앉아서 하는 여행'이다. 독서여행은 이처럼 책 속을 거니는 여행이다. 독서는 많은 것을 읽고 생각하며 명상하는 시간을 제공한다. 책 속에 세상이 있고, 우주가 있다. 책 속에 인생의 길이 있고, 성공의 비결이 있다. 책 그 자체가 하나의 우주요, 그 이법이며 소통의 창구이다. 책이 곧 스승이요, 의사이며 친구이다. 독서할 때는 오로지 그 책에 몰입함으로써 행복을 느낀다. 배움은 주로 독서를 통해서 이루어진다. 이러한 배움의 과정에서 새로운 지식을 얻었을 때 그 기쁨은 무엇과도 비교할 수 없다. 인생 전 과정이 배움의 과정이다. 소로는 "여행하면서 관찰하는 대상은 대부분 육체적 사건이다. 그러나 집에 앉아서 관찰하는 대상은 대부분 정신적인 현상"이라고 했다. 단순한 여행보다 독서여행이 더 깊고 값진 여행이라는 말이다. 책 안에는 모든 정보가 다 있다. 독서를 통해서 인생을 관조하면서 자아상을 형성해간다. 실용적인 면에서는 삶에서 일어나는 문제의 해결방법을 터득하고, 인생이 갈 길을 개척하는 것이야말로 가장 위대한 여행이 아닌가? 독서를 하면서 느끼는 행복이야말로 인생을 살찌게 만든다. 키케로는 정원과 책만 있으면 아무것도 더 필요치 않다고 했다. 책이 행복을 선물하기 때문이다. 독서를 하면서 얻는 기쁨은 일시적인 행복이 아니라 평생 누릴 수 있는 '긴 행복'이다. 그러므로 항상 독서를 하면서 배우고 자신을 만나면서 인생을 살찌게 만드는 것이 행복의 질을 높여가는 최선의 방법이다.

독서를 통해 '위인'이 된 사람들이 많다.

　성공한 사람들은 대부분 어려서부터 독서를 많이 하였다. 독서가 그들의 인생을 바꾼 것이다. '책 읽는 뇌'의 저자 매리언 울프는 책을 많이 읽어야 성공할 수 있다고 하였다. 미국의 독립을 이끌고 대통령까지 역임한 벤저민 프랭클린(1706-1790)도 독서를 통해 위인이 된 대표적 인물이다. 세계 최고의 부자가 된 빌 게이츠도 독서를 통해 자신을 만들었고, 끝내 성공을 거두게 되었다. 빌 게이츠는 "오늘의 나를 만든 것은 우리 마을의 작은 도서관이었다. 1년에 50권 이상의 책을 읽었고, 책에서 참다운 지식을 얻었다. 나에게 소중한 것은 하버드대학의 졸업장보다 독서하는 습관이었다."고 술회하였다. 독서를 하면서 창의력을 키웠고, 다양한 지식을 얻어 활용함으로써 성공을 거두었다. 다만 책 내용에는 질의 차이가 있으므로 좋은 책을 선별해서 읽는 것이 중요하다. 불필요한 스토리를 읽다가 시간을 낭비하면 그것은 곧 인생의 낭비가 된다. 니체는 우리가 읽어야 할 책 목록을 이와 같이 열거하고 있다. 읽기 전과 읽은 후에 세상이 전혀 다르게 보이는 책, 우리들을 이 세상에서 다른 세상으로 데려다주는 책, 읽음으로써 우리의 마음이 깨끗해지는 것을 느끼게 해주는 책, 새로운 지혜와 용기를 주는 책, 사랑과 아름다움에 대하여 새롭게 눈을 뜨게 해주는 책 등. 빌 게이츠는 사이버공간에서 지식을 구하지 않고, 활자로 된 종이책을 읽고 배웠다는 사실을 알아야 한다.

8월 30일

책 속에 인생의 '길'이 있다.

책 속에 인생의 길이 있다. 책 속에는 모든 지식이 쌓여 있고, 각종의 살아 있는 정보가 담겨 있다. 그러므로 시간이 나면 서점에 들러 신간서적을 구입해 읽는 습관을 가지는 것이 중요하다. 독서를 함으로써 저자와의 만남을 통해 자신의 지식과 지혜를 넓힐 수 있다. 독서는 뇌의 인지능력을 향상시키고, 축적된 지식을 새롭게 연결함으로써 창의력이 생긴다. 또한 마음의 문을 열어놓으므로 세상과 소통하는 계기를 만들 수 있다. 독서를 많이 하면 독해력·기억력·추론능력·창의력 등이 발달하여 학업 성취도가 높아진다는 연구결과들이 나왔다. 학생들이 독서를 통해 상상력과 창의력을 기를 수 있도록 학교나 가정은 노력해야 한다. 나아가 독서 습관을 키우면 성인이 되어 경쟁력을 높이고, 노동시장에서 더 환영을 받고 고임금을 받는다는 조사결과도 있다. 짐 트렐리즈는 '하루 15분 책 읽어주기의 힘'에서 "더 많이 읽으면 더 많이 알게 된다→똑똑하면 학력도 높아진다→학력이 높을수록 더 많은 돈을 번다."고 주장하고 있다. 이처럼 독서는 임금 상승을 통해 계층을 상승시키는 사다리 역할을 하기도 한다. 특히 노인들은 치매에 걸릴 확률이 낮아진다고 하니 책을 계속 읽음으로써 뇌의 건강을 유지할 필요가 있다. 그래서 선진국들은 읽기혁명을 주도하는가 하면, 북스타트 운동이 전개되고 있다. 책을 읽으면 이처럼 유익한 선물을 받고, 행복을 누릴 수 있으므로 독서를 통해 행복의 길을 걷는 것이 얼마나 경제적인가?

책 속에 모든 '해답'이 들어 있다.

예로부터 각 분야에서 연구업적들이 책으로 발간되어 왔다. 그 속에 이론이 있고, 해결책이 있다. 최근에는 창의성을 개발하는 책, 인생의 길을 직접적으로 제시하는 책, 인생의 괴로움이나 외로움을 위로해주는 힐링 책들이 많이 출간되고 있다. 모든 문제에 대한 해답이 이들 책 속에 들어 있다. 인생의 진로나 문제가 해결되지 못하고 있다면 책 속으로 들어가 자기가 원하는 해답을 찾으면 된다. 굳이 멘토를 찾아 나설 필요가 없다. 저자와의 소통을 통해 길을 발견하면 된다. 급변하는 현대사회에서 새로운 지식을 지속적으로 습득하지 못하면 낙오자가 될 것이다. 어떤 책을 읽느냐가 그 인생을 결정한다. 요즘에는 인터넷이나 스마트폰과 같은 전자기기에 의존하는 경향이 있다. 다양한 정보들이 뜨고 카톡이 들어오니 집중력이 떨어진다. 인터넷상의 정보는 단순하거나 잘못된 정보들이 범람하고 있어 필요하고 올바른 정보의 선택이 어렵다. 그러니 중요한 정보는 활자를 통해 얻어야 한다고 울프 교수는 권고한다. SNS 등을 통해 글을 읽는 것은 '읽기'가 아니라 '보기'라고 한다. 스마트폰에만 집중하다 보면 다른 사람과의 교류를 할 줄 몰라 사회성까지 떨어지게 된다. 보르헤스는 인터넷을 '가장 멍청한 신'이라고 비판했다. 그러므로 독서를 통해 사고력과 창의성을 키워가면서 자신의 길을 개척하고 성공으로 가는 것이 행복으로 가는 길이다.

인생의 '지혜'를 얻는 것이 중요하다.

독서를 통해서 단지 지식을 구할 뿐 아니라 인생의 '지혜'를 얻는 것이 중요하다. 행복해지기 위해서는 독서를 통해 많은 지식과 지혜를 얻고, 나아가 삶의 기술을 배워야 한다. 우리나라 교육은 지식을 전수하는 주입식 교육으로 일관되고 있기 때문에 삶의 지혜를 얻지 못하고, 창의성을 발휘하지 못 하는 데 문제가 있다. "독서는 남이 고생한 것을 가지고 쉽게 자기 발전을 이룰 수 있는 최선의 방법"이라고 소크라테스는 말했다. 독서를 하는 순간 우리들은 새로운 지식을 얻고 세상을 알게 되면서 행복을 느낀다. 독서를 통해 얻는 기쁨은 어떤 기쁨보다 크고 다채롭다. 풍요로운 인생을 살기 위해서는 다양한 서적들을 읽으면서 자아를 발견하고 자기 발전을 이루어야 한다. 책 속의 골짜기를 헤매면서 상상을 하고 가치를 추구하는 것은 가장 인생을 살찌게 만든다. 그 순간 순간이 창조의 시간이 될 수 있고, 행복의 시간이 된다. 또한 책 속에 몰입할 때 마음의 평화도 찾아온다. 무슨 책을 어떻게 읽느냐가 자기 인생을 결정한다. SNS 등을 통해 글을 읽는 것은 '읽기'가 아니라 '보기'라고 한다. 보르헤스는 인터넷을 '가장 멍청한 신'이라고 비판했다. 독서를 통해 인간은 자아를 형성하고, 세상을 살아가는 데 필요한 인생관과 세계관을 형성하게 된다. 그래서 시간을 내서 독서를 하는 습관을 키우는 것이 인생을 풍부하게 사는 방법이다. 그 위에 경험이 지식을 지혜로 승화시킨다. 나이가 들면서 다른 사람에 대한 관심, 감성과 이성의 조화, 균형 있게 세상을 보는 눈, 용서와 인내심 등을 갖추면서 인간은 성장해간다.

우리나라는 '독서빈국'이다.

우리나라 사람들은 책을 읽지 않는 경향이 있다. 대한민국은 국민들이 책을 읽지 않는 '독서빈국'이라고 불린다. 통계청이 발표한 '2014년 생활시간 조사'에 의하면 우리나라 사람들이 하루 평균 책 읽는 시간은 6분이다. NOP 월드가 세계 30개국을 대상으로 조사한 '국민 1인 평균 주당 독서 시간 조사(2005년)'에서 우리나라는 3시간 6분으로 꼴찌였다. 한국인의 읽기능력이 15세 때는 OECD 국가 중 최고수준이지만, 대학생이 되면서 떨어지기 시작하여 55세 이후에는 최하위권으로 추락한다. 대학생들은 주로 취업을 준비하기 위한 책을 읽을 뿐 인문학 책을 읽지 않는다. 취업을 한 후에는 일에 쪼들려 책을 읽지 못한다. 전철 안 풍경이 우리나라 사람들이 얼마나 독서를 안 하는지 잘 말해주고 있다. 대부분의 사람들은 스마트폰에 얼굴을 묻고 있고, 책 읽는 사람은 거의 볼 수 없다. 이따금 책 읽는 사람을 보면 신기할 정도이다. 외국인들도 놀란다. 그렇게 바쁘게 사는 모습과는 달리 한국인들은 책 읽는 모습을 보기 힘드니까. 뉴욕에서 공부할 때 전철을 타고 가면 반드시 신문이나 책을 읽고 있던 뉴요커들의 풍경이 떠오른다. 독서가 인생을 풍부하게 만들고 행복의 길로 간다는 점을 인식하고, 우리나라 국민들은 자신의 행복을 위해서나 미래를 대비하기 위해서 독서하는 습관을 길러야 한다.

제 36주
(9월 3일 -9일)

'경쟁'은 사회 발전의 원동력이다.

　경쟁은 만물의 본성이고, 생물학적으로는 자연법칙이다. 경쟁이 없는 사회는 발전할 수 없고, 끝내는 망하고 만다. 생존경쟁에서 적자가 되기 위해서는 경쟁력을 갖추어야 한다. '남들이 가지 않는 길'로 가는 것이 경쟁력을 높일 수 있다. 경쟁사회에서 적자가 되기 위해서는 '늑대 정신'을 발휘해야 한다. 열정을 다하고, 인내심을 키워야 성공할 수 있다. 자신과의 싸움에서 이기는 자가 진정한 승자가 될 수 있다.

9월 3일

'경쟁이 없는 사회'는 붕괴되고 만다.

"행복의 가장 큰 적은 경쟁심이다(꾸뻬, 배움 21)." 그러나 경쟁은 불가피한 현상이다. 자원이 모든 사람들의 욕구를 충족시켜 줄 정도로 충분하지 않기 때문이다. 태아 연구가인 파틱 와다는 인간의 출산에 비유하여 경쟁은 자궁 속에서부터 시작되었다고 하면서 이것은 만물의 본성이고, 생물학적 법칙이라고 했다. 경쟁이 없는 사회는 발전할 수 없고, 끝내는 망하고 만다. 사회주의국가가 망한 이유다. 모든 사람은 능력에 따라 일하고 평등하게 배분한다는 것은 결국 경쟁원리를 무시하는 것으로 일의 효율성이 떨어져 사회의 발전을 저해하고, 마침내 빈곤의 평등만을 초래하여 자멸하고 말았다. 이에 반해 자본주의사회는 경쟁원리를 도입하고, 이윤의 추구를 동력으로 삼음으로써 발전을 하게 된다. 경쟁은 하되, 공정한 경쟁이어야 한다. 문제는 무한경쟁을 함으로써 실패자를 대량 생산하는 것으로 '1:99의 문제'가 제기되고 있다. 경쟁의 결과 낙오자가 많이 생기고, 부익부·빈익빈의 현상이 생기는 것이다. 함께 사는 건전한 공동체를 만들기 위해서는 부의 재분배와 복지제도를 통해 사회적 약자도 공생할 수 있도록 자본주의의 부작용을 제거하는 것이 가장 중요한 과제다. 그러나 지나친 경쟁의식은 버리고, 자신만의 방식으로 최선을 다해 살면 된다. 자신과의 싸움에서 이겨야 경쟁에서 살아남을 수 있으므로 자신의 일에 집중해서 일구어내는 것이 성공으로 가는 길이다.

생존경쟁에서 적자가 되기 위해서는 '경쟁력'을 갖추어야 한다.

모든 생물들은 생존을 위해 경쟁을 하는 것이 필연적 현상이다. 부족한 자원을 얻기 위해 인간도 경쟁을 할 수밖에 없다. 인간사회도 경쟁을 통해 발전해간다. 항상 변화에 '적응'할 수 있도록 경쟁력을 갖추어야 한다. 적자생존의 법칙이 적용되는 당연한 결과이다. 토드 부크홀츠는 "에덴은 어디에도 없다. 태초부터 경쟁이 있었을 뿐이다."라고 말하였다. 그렇다고 최고만을 목표로 하고 성공을 하려고 하면 스트레스·우울증·실망감·좌절 등으로 행복을 잃을 수 있다. 탈 벤 샤하르는 성공한 사람들과 실패한 사람들의 차이는 아이큐가 아니라 '심리상태'에 있다고 한다. 어떤 역경 속에서도 성공할 수 있다는 긍정적인 생각을 하고, 목표를 항상 점검하면서 유연성을 가지고 대응해야 한다. 단점이 아닌 장점에 집중해서 자신을 효과적으로 발전시킬 줄 알아야 한다. 용기가 있어야 하고, 실행할 수 있어야 하며, 적응력을 키워야 한다. 경쟁에서 이기기 위해서는 다른 사람보다 강점을 가지고 있는 분야를 발견하는 것이 급선무다. 그 능력은 천부적인 것과 생후에 노력으로 얻어지는 것이 있다. DNA로 물려받는 것은 자신의 영역 밖에 있으므로 후천적으로 노력해서 재능을 만들고, 이를 경쟁력으로 승화시켜야 한다. 객관적으로 자기 평가를 해서 경쟁우위에 있는 것을 찾아내고, 또한 자신의 약점도 알고 항상 피드백을 해야 한다. 무엇보다 자존감을 가지고 일에 몰입하는 것이 중요하지만, 창의성을 발견하기 위해 휴식을 취하는 것 또한 중요하다. 그 과정에서 행복을 누려야 한다.

9월 5일

'남들이 가지 않는 길'로 가는 것이 경쟁력이다.

경쟁에서 이기기 위해서는 자기방식으로 살고 경쟁하는 것이 최선의 방법이다. "인생에서 속도는 중요하지 않다. 그대 자신의 속도로 가라. 천천히, 그러나 꾸준히 계속하라(존 맥스웰)." '남들이 가지 않는 길'로 가는 것이 경쟁력을 높일 수 있는 방법이다. 여기에는 물론 위험성도 따르지만, 성공 확률은 더 높아진다. 요즘처럼 새로운 직업이 많이 나타나는 시대에는 다른 사람보다 먼저 새 분야로 들어서는 것이 유리하다. 다른 사람을 모방하지 말고, 다른 사람과 비교하지 말며, 자신의 길로 걸어가면 된다. 자신을 성찰하는 자세를 항상 잊지 말고, 과거의 경험과 교훈을 통해 발전을 도모해야 한다. 자존감을 가지고 일하면 어떠한 난관도 넘어설 수 있는 힘과 에너지가 발생한다. 괴테는 "스스로 개척한 길로 가라."고 권고한다. 길이 끝난 곳에서 다시 길을 만들며 걷는 것이 진정한 여행자의 모습이다. 자신의 길로 걸어가는 인생이야말로 성공한 것이며, 행복으로 가는 길이다. 진정한 경쟁 상대자는 바로 자기 자신임을 깨달아야 한다. 성공은 탁월한 재능이나 풍부한 지식에 의해 결정되는 것이 아니라 용기와 열정과 인내가 만들어내는 결실이다. 한 번 실패했다고 좌절해서는 안 되고, 참고 견디면서 다시 목표를 향해 나가야 한다. 자신의 일에만 열중하고 최선을 다하면 반드시 목표에 도달할 수 있고, 그곳에서 성공이 기다리고 있을 것이다. 목표를 향해 가는 성장과정에서 조금씩 전진하면서 하나씩 얻는 것: 그것이 승리로 가는 비결이다.

살아남기 위해서는 '늑대 정신'을 발휘해야 한다.

항상 기회를 기다리면서 만반의 준비를 해야 한다. 그러나 기회는 결코 기다려주지 않으므로 기회가 오면 신속하고 정확하게 잡아야 한다. 경쟁에서 살아남고 성공을 거두기 위해서는 '선택'과 '집중'이 필수적이다. 가장 중요한 것을 선택하고 여기에 집중해야 경쟁에서 이길 수 있고, 빨리 성공할 수 있다. 많은 일을 동시에 할 수 있다고 믿고 시간과 에너지를 분산시키면 그만큼 경쟁력은 떨어지고, 성공 확률은 낮아질 수밖에 없다. 나무가 곧게 자라서 열매를 많이 열리도록 하기 위해서 가지치기를 해주는 것이 중요한 작업이다. 그러므로 선택한 것은 열정적으로 해야 하고, 선택하지 않은 것은 아예 미련을 버리고 생각을 말아야 한다. 이를 '늑대 정신'에 비유하기도 한다. 늑대는 먹이의 대상을 선택하면 그것만을 쫓아가 기어코 먹이로 만든다. 젊은이들은 실패를 두려워하지 말고 '도전'하라. 그것이 젊음의 특권이다. 누구나 잠재력을 가지고 있으니 자신감을 가지고 다시 도전하면 길이 열린다. 실패에서 얻은 교훈은 성공으로 가는 길을 열어줄 것이다. 잡스는 Stanford 대학에서 명예박사학위를 받고 행한 연설 중에서 젊은이들에게 "Stay hungry! Stay foolish!(늘 갈망하라. 늘 우직하라)"라고 충고했다. 항상 배고픔의 정신으로 도전하고 꾸준하게 밀고 나가라는 말이다. 현재와 같은 어려운 환경에서 우리나라 젊은이들에게 주는 경구라고 할 수 있다. 열정을 가지고 도전하고 인내를 가지고 추진해나가면 언젠가는 목표지점에 도달할 수 있다.

9월 7일

'열정'의 결실이 성공이다.

도전하지 않으면 아무것도 얻을 수 없다. 세상에 공짜는 없다. 성공을 하려면 투자를 해야 한다. 자기 인생을! 샤르는 "내면의 열정을 따르라."라고 권고한다. 인생의 목표를 설정했으면 그 다음은 이를 실현하기 위해 노력해야 한다. 성공했느냐 여부는 결과론이고, 그 과정에서 '열정'을 다 바치면서 행복을 느껴야 한다. 바쁘게 일하는 꿀벌에게는 슬퍼할 시간이 없다. 스웨덴의 심리학자 안데르스 에릭슨은 '10년의 법칙'을 주장한다. 어느 분야에서 일하더라도 성공하려면 최소한 10년 이상 노력을 해야 한다고 한다. 위대한 사람들을 보면 자신의 일에만 집중하면서 오랜 시간 각고의 노력을 해서 성공을 거두었다. 끝까지 포기하지 않으면 꿈은 반드시 이루어진다. 그 과정에서 그들은 행복했고, 그 결실은 위대한 것이었다. 이세돌이 이를 잘 입증하고 있다. 그는 바둑에 미쳐 살아왔다. 밥을 먹으면서 복기를 하고, 이기고도 복기를 하는 습관이 있다. TV를 보아도 바둑과 관련된 것을 좋아한다. 그의 생활은 온통 바둑으로 일관되어 있다. 그래서 한국은 물론 세계적인 바둑 1인자가 되었다. 마침내 인간을 대표해서 알파고와 5번 기 승부바둑을 두게 되었다. 5:0으로 이길 것이라는 예상을 뒤엎고 3:0으로 패하자 실망이 컸다. 밤을 새워가면서 복기를 하고 알파고의 약점을 알아내서 혼신의 승부근성을 발휘해 4국을 승리로 이끌었다. 온 인류가 환호했다. 한 가지 목표를 달성하기 위해 모든 에너지를 쏟아부었기 때문이다. 무슨 일을 하든지 그 일에 미치면 반드시 성공할 것이다. '열정' 그 자체가 성공의 원동력이요, 행복의 원천인 것이다.

9월 8일

'인내심'을 키워야 성공할 수 있다.

인간은 고해라는 바다를 건너면서 많은 고난과 시련을 겪을 수 있다. 장기적인 목표를 세우고 이를 성취하려면 인내가 절대로 필수적이다. 단번에 이루어지는 일은 없고 수많은 장애물이 가로놓여 있으므로 참고 견디면서 노력을 해야 비로소 결실을 맺을 수 있다. 그때까지 기다리지 못하면 성공할 수 없고, 인생은 낭패를 본다. 니체는 인생이란 '긴 인내'라고 했다. 참고 견디는 것이 성공의 열쇠이다. 어둠 속에서도 하늘 높이 반짝이는 별빛을 따라 움직이고, 사막 한가운데서도 오아시스를 찾아 헤매야 한다. 이는 희망이 있기 때문에 가능하다. 기다릴 수 있는 인내력이 경쟁에서 승리하기 위한 필수적 요소이다. 끝까지 참으면 반드시 성공이 다가올 것이다. 인내는 능력이나 노력보다 더 중요할 수도 있다. 문제를 해결함에 있어서도 중요한 역할을 한다. 결혼생활도 성공하기 위해서는 인내하는 것이 가장 중요하다. 실패할 때에는 다시 일어나서 성공을 위해 나가야 한다. 그때는 새로운 용기와 함께 더욱 인내심이 필요하다. 인생이란 어떤 의미에서 이러한 인내의 과정일지 모른다. 인내는 쓰지만 그 열매는 달다. 오랜 인내의 고통을 견디며 얻은 성과는 기쁨을 배가시킨다. 인내심을 키워 자존감을 높이는 것이 성공의 원천이요, 행복으로 가는 길이다.

'자신과의 싸움'에서 이기는 자가 진정한 승자다.

일차적인 경쟁의 대상은 자기 '자신'이라는 점을 깨달아야 한다. 경쟁에서 이기기 위해서는 먼저 자신을 알아야 하고, 자신과의 싸움에서 이겨야 한다. 지나친 승부욕은 금물이다. 자신의 부족함을 깨닫고 돌아보면서 경쟁에서 살아남을 수 있도록 실력이나 기술을 쌓아가야 한다. 꾸준하게 열정을 다해 만반의 준비를 해야 타인과의 경쟁에서 이길 수 있다. 플라톤은 "인간 최대의 승리는 내가 나를 이기는 것이다."라고 했다. 다른 사람들과의 경쟁에서 승리하는 것은 쉽지 않지만, 자신과의 싸움에서 이기는 것이 더 힘들다. 자기 자신과의 싸움에서 이겨야 다른 사람들과의 경쟁에서 이길 수 있다. '극기(克己)': 인생에서 성공하기 위한 가장 중요한 덕목이다. 항상 자신을 성찰하는 지혜가 필요하다. 자신에게 맞는 방법을 찾고, 속도를 조절해야 한다. 싸움에서 사용할 무기를 갖추고, 전략 전술을 세우며, 용감하고 끈기 있게 전투를 하지 않으면 어떤 전쟁에서도 승리할 수 없다. 그러므로 먼저 자신을 돌아보고 준비상태를 점검해야 한다. 무엇이든 성취하기 위해서는 시간이 필요하므로 성급하게 서두르지 말고, 성급하게 판단하지 말아야 한다. 한 걸음이 모여서 천 리 길이 완성되는 것처럼 차분하게 한 걸음씩 걸어가야 한다. 극기야말로 성공과 행복으로 가는 첫걸음이다.

제37주
(9월 10일 -16일)

'성공'이 평생의 행복을 가져다주지는 아니한다.

　　　　　누구나 성공을 인생의 목표로 삼고 살아가고 있다. 성공이란 단지 특정한 목표지점에 이르는 것을 의미하지 않고, 인생이 인간다운 삶을 누리면서 자아의 완성을 향하여 나아가는 도정에서 찾아야 한다. GROW 모델에 의하면, 성공하기 위해서는 뚜렷한 목표를 설정하고, 성공 가능한 목표이어야 하며, 선택을 잘 하고, 굳은 의지를 가지고 추진해나가야 한다. 행복은 성공해야 누릴 수 있는 것이 아니라 목표를 향해 가는 과정에서 찾아온다. '성공해야 행복한 것이 아니라 행복하게 사는 것이 성공이다.'

참된 성공은 자신의 '꿈과 가치'를 실현했을 때이다.

행복의 목표가 성공이라고 하면 '참된 성공'이 무엇인가를 아는 것이 중요한 과제이다. 성공의 기준은 자신이 세우는 것이며, 다른 사람들과 비교할 필요가 없다. 자신이 설정한 목표를 달성하면 일단 그 성취감에서 오는 환희를 느낀다. 긍정심리학자들은 성취가 행복을 이끌어내고 행복이 다시 성공을 이룬다는 선순환 구조를 강조한다. 그러나 그것은 일시적인 감정일 뿐, 성공 그 자체가 인간의 본질적 가치를 높여주지는 않는다. 최고만을 지향하는 세속적인 성공에 집착하게 되면 성공에 대한 무리한 집착으로 불행과 위험이 따른다. 맹목적으로 성공을 추구하는 사람은 실패에 대한 두려움 때문에 불안을 느낀다. 성공이란 단지 특정한 목표지점에 이르는 것을 의미하지 않고, 인생이 인간다운 삶을 누리면서 '자아의 완성'을 향하여 나아가는 도정에서 찾아야 한다. 최후의 성공은 자신이 추구하는 '꿈과 가치'가 실현되었을 때 온다. 그 모습은 세상에서 하나뿐인 '나만의 꽃'을 피우는 것이다. 빠른 길로 가는 것이 아니라 '바른길'로 가야 한다. 빨리 가면 단기적으로는 조속한 성과를 거둘 수 있지만, 그 방향이 옳은지 모르고, 그 기초가 부실할 수 있다. 조급하게 굴지 말고 인내심을 가지고, 멀리 내다보면서 차근차근 기초를 다져 큰 성과를 거둠으로써 최종적인 성공에 이르게 되는 것이다. 이제 우리들은 속도를 조절하고 마음의 여유를 가지면서 바른길로 가야 하며, 그 목표를 향하여 가는 길에서 인간은 성장을 하면서 진정한 행복을 누릴 수 있다.

성공을 위해서는 불가능은 없다는 '자신감'이 필수적이다.

성공을 하기 위해서는 뚜렷한 목표를 설정하고, 목표를 향하여 자신감을 가지고 걸어가야 한다. 성공은 자신을 믿고 과감하게 도전한 사람에게 돌아간다. 자신감은 성공의 밑거름이 된다. 영화감독 스티븐 스필버그는 성공의 80%는 소통이고, 나머지 20%가 전문지식이라고 한다. 대인관계에서 소통이 중요함을 강조하는 말이다. 전설의 복서 무함마드 알리가 남긴 어록 중에 "불가능: 그것은 나약한 사람들의 핑계에 불과하다. 불가능: 그것은 아무것도 아니다."라는 말이다. 이는 '하면 된다. 끝까지 소기의 목적을 포기하지 말고 해보라.'는 권고의 말이다. 세상에 어찌 불가능이 없는가? 그러나 성공을 확신하면 그만큼 용기가 생기고 열정적으로 일할 수 있으므로 성공할 수 있다. 약관 20세의 나이에 세계 랭킹 21위에 불과한 박상영 선수가 서양 선수들의 독점물처럼 되어 있는 펜싱 에페 종목에서 극적인 우승을 하였다. 스코어가 '14 v. 10'까지 몰린 상황에서 모두가 포기했을 때 '할 수 있다'고 되뇌면서 마지막 정열을 다해 결국 승리를 했다. 이 승리를 두고 어떤 이들은 기적이라고 하고, 어떤 이들은 노력의 결과라고 한다. "지금 이 순간에 온전히 몰입해서 최고의 기량을 떨치는 것"이 스포츠 심리학이 추구하는 최고의 경지라고 한다. 나는 할 수 있다는 긍정의 심리를 끝까지 살려 결국 해낸 것이다. 최선을 다하는 데서 행복을 찾는 그의 긍정 DNA가 세상 사람들에게 행복으로 가는 길을 다시 한번 일깨워주었다.

9월 12일

GROW 모델에 따르면, 성공하기 위해서는 4단계를 확실하게 거쳐야 한다.

GROW 모델은 성공을 위해서는 네 단계가 필요하다고 한다. 첫째, '목표'를 뚜렷하게 설정하여야 한다. 성공이란 단순하게 어떤 목표를 이루는 것이 아니라 인생에서 궁극적으로 승리하는 것을 의미한다. 성공을 위해서는 자신이 진정으로 원하는 삶을 살고, 최고의 삶을 위해 건강관리를 잘하며, 궁극적인 행복을 위하여 사랑의 관계 맺기를 잘하여야 한다고 한다. 둘째, '현실'의 상황과 환경을 고려하여 성공 가능한 목표를 만들어가야 한다. 인생의 목표는 최종적인 목표가 있고, 이를 실현하기 위한 중간 단계의 목표가 있다. 이상은 높을수록 좋다. 모든 위인들은 몽상가였다고 한다. 그러나 꿈은 유연성을 가지고 피드백을 하면서 현실에 맞게 조정해야 성공 가능성이 높아진다. 셋째, 많은 것 중에서 가능한 것을 잘 '선택'해야 한다. 인생은 선택의 연속이다. 가능한 것을 현명하게 선택하는 것이 성공으로 가는 길이다. 분명한 것은 인지능력을 향상시켜 실패 가능성을 줄이는 것이 바람직한 처방이다. 넷째, 굳은 '의지'를 가지고 추진해나가야 한다. 일단 꿈을 설정했으면 자신을 믿고 도전을 해야 한다. 성공에도 왕도는 없으며, 성공이란 노력의 결과물이다. 굳건한 의지와 집념을 가지고, 자제력과 인내심을 발휘하면서 끝까지 헌신해야 한다. 열정이 성공의 열쇠이다. 희망의 끈은 놓아서는 안 된다. 희망에는 중력이 없으므로 놓으면 끝이니까. 노력한 뒤에 얻는 성공과 행복이라는 열매는 달고 시원하다.

성공이 아니라 '성장'을 지향해야 한다.

성공의 기준은 목적지에 도달하는 것이 아니라 그곳으로 가는 과정에서 얼마나 최선을 다해 일을 했는가에 달려 있다. 행복도 성공으로 가는 과정에서 누려야 하며, 성공을 위해 현재의 행복을 포기하는 것은 어리석은 일이다. 진정한 성공은 크기에 의해 결정되는 것이 아니라 자신의 목표를 향해 얼마나 자신의 잠재적 능력과 가능성을 바쳐 노력했는가에 달려 있다. "최선을 다하라. 그러나 그 결과는 하늘에 맡겨라."라는 말이 있다. 최선을 다했으면 그 인생은 실패한 것이 아니다. 성공과 실패는 결과일 뿐 그 자체는 중요하지 않다. 목표는 최종적인 목표와 여기에 도달하기 위한 단계적인 목표가 있다. 인생은 작은 목표를 하나씩 이루면서 최종 목표를 향해 가는 과정이다. 작은 성공이 합쳐 이루어낸 성공의 총량이 중요하며, 그 과정에서 이룬 결실이 '성장'이다. 성장이란 인간으로서 역량을 키우고, 영혼을 성숙시키는 것이라고 한다(존 맥스웰). 때로는 목표에 도달하지 못할 수 있지만, 그것은 인생의 실패를 의미하지 않는다. 실패는 인간을 성장하게 만들며, 그 교훈을 거울삼아 다시 도전해서 최종 목적지에 도달하면 되는 것이다. 사람은 누구나 고유한 가치를 지니고 있는 고귀한 존재이다. 환경이 다르고 능력에 차이가 있지만, 결과에 있어서 다름을 가지고 승자와 패자를 갈라서는 안 된다. 자기 적성에 맞는 일을 능력에 따라 열정적으로 하면 성공한 것이고, 그 결과에 만족하고 행복을 느끼며 살면 성공한 인생이다. 성공과 실패를 판단하는 객관적 기준은 없으며, 다른 사람과 비교하지 말고, 자존감을 가지고 자신의 길을 걸어가면 된다.

9월 14일

인생의 중간 목표는 항상 '새롭게' 만들어가야 한다.

사람들은 성공을 하고서도 행복을 느끼지 못하거나 행복을 순간적으로 느낄 뿐 그 감정은 곧 사라지고 만다. 티머시 켈러는 "성공은 자신이 중요하고 가치 있는 사람임을 확인시켜 주는 마약과도 같다. 그 약효는 빠르게 사라지기 때문에 다시 복용해야 한다. 이러한 삶의 원동력은 기쁨이 아니라 차라리 공포다."라고 했다. 인간의 욕망은 그 끝을 모르므로 하나의 (중간) 목표를 달성하더라도 새로운 욕망이 발동하게 되어 새로운 목표를 추구하게 된다. "네가 성공하도록 지금까지 도와주었으니 이제는 나를 즐겁게 해달라"고 마음은 성공한 후 보상을 요구한다. 일단 성공한 후에는 지속적으로 보상을 해주지 않기 때문에 찾아오는 것이 허무감과 지루함이다. 그런데 이러한 심리적 요구에 대한 보상을 제대로 못 하는 경우에 성·돈·권력·인기 등을 지나치게 추구함으로써 쾌락시스템이 과도하게 작동하게 되면 타락하게 된다. 이처럼 만족감은 덧없이 사라지는 것인데, 이러한 '거짓 신'을 추구하기 위해 인간은 모든 것을 희생시킨다. 그러므로 운동·취미생활·문화생활·여행 등 여러 가지 형태로 보상을 해주면서 허무감과 지루함을 극복하도록 해야 하며, 항상 피드백하면서 자신의 목표를 점검하고, 유연성을 가지고 목표를 새롭게 다듬어가야한다. 완벽주의자는 완전한 목표 달성을 보지 못하면 불행해지므로 목표지상주의는 금물이다. 최적주의자는 실패를 수용하고 주어진 성과에 만족하기 때문에 행복을 누릴 수 있다. 목표를 향하여 가는 과정에서 행복을 누리는 것이 올바른 인생길이다.

성공해야 행복한 것이 아니라 '행복하게 사는 것'이 성공이다.

한국 사람들의 인생 목표는 '성공'에 있다. 심한 경쟁 속에서 최고만을 추구하면서 그곳까지 가는 과정은 중요시하지 않고, 오직 결과에 있어서 성공에만 목을 매고 있다. 이코노미스트지 한국 특파원을 지낸 대니얼 튜더가 '한국 - 불가능한 나라'라는 책을 썼는데, 그 번역본 제목이 눈길을 끈다. 그 제목은 '기적을 이룬 나라, 기쁨을 잃은 나라'이다. 한국은 경제적으로는 한강의 기적을 일구는 등 짧은 기간에 성공을 거두었지만, 그 과정에서 기쁨을 잃은 불행을 잘 지적하고 있다. '빨리빨리'란 구호 아래 물질적으로는 급성장을 하였지만, 공동체 가치의 소멸 등 정신적으로 잃은 것이 너무 많다. 최선을 다해 살았다면 최종적인 목표에 도달하지 못했더라도 실패가 아님을 인식해야 한다. '파우스트'는 인생의 성공 여부는 결과가 아니라 과정에 있으며, 부단히 노력한 자를 신은 구원한다고 하였다. 인간은 불완전한 존재이므로 누구든지 반드시 최고가 될 수는 없으며, 자신의 업적에서 의미를 찾으면 된다. 실패한 경우에 그 경험을 교훈으로 삼아 다시 새 목표를 정하고 최선을 다해 일하면 된다. 행복은 성공해야 찾아오는 것이 아니라 목표를 향해 가는 과정에서 행복하면 성공할 수 있다. 긍정심리학자들은 행복하게 사는 것이 성공하는 데 긍정적으로 영향을 미친다고 한다. '성공해야 행복한 것이 아니라 행복하게 사는 것이 성공이다.' 이 교훈을 새기면서 살아가면 누구나 행복해질 수 있다.

성공한 사람들과 실패한 사람들의 '차이점'은 무엇일까?

탈 벤 샤하르는 성공한 사람들과 실패한 사람들의 차이는 아이큐가 아니라 '심리상태'에 있다고 하면서 성공한 사람들의 공통된 특징을 아래와 같이 들고 있다.

① 어떤 역경 속에서도 성공할 수 있다는 긍정적인 생각을 한다.
② 생명의 가치를 중요시하고 자신만의 신념을 가지고 노력한다.
③ 사회에 도움을 주면서 인정을 받고 자신의 가치를 실현한다.
④ 적극적으로 목표를 세우고 미래를 설계할 줄 안다.
⑤ 나아갈 방향을 제시해줄 수 있는 롤 모델을 가지고 있다.
⑥ 효과적인 사회지원을 모색할 줄 안다.
⑦ 장점에 집중해서 자신을 효과적으로 발전시킬 줄 안다.

이것들을 정리하면, 성공한 사람들의 공통된 특징은 적극적으로 목표를 설계하고, 자신만의 신념을 가지고 노력하며, 자신의 장점을 살리고, 사회와의 관계 속에서 도움을 주고받으며, 긍정적으로 사고하는 품성을 가지고 있다. 긍정적인 생활습관을 가짐으로써 신념에 차 있고, 활력이 넘치며, 일에 몰입하여 성공을 거둘 수 있다. 성공이란 대단한 것을 이루어야 오는 것이 아니다. 다른 사람들로부터 존경받을 수 있도록 살고, 아름다움을 알고 다른 사람을 위해 봉사하며, 사회에 어느 정도 기여했다면 그는 성공한 인생이다. 최선을 다했으면 된다. 그 과정이 행복이요, 그 인생이 성공한 것이다.

제38주
(9월 17일 -23일)

'실패'에서 얻는 교훈은 소중하다.

실패는 결코 끝이 아니며, 약간 오래 걸릴 뿐이라는 것을 의미한다. 인간은 실수를 통해 배우면서 진화한다. 실패 앞에 무릎을 꿇는 것이야말로 영원한 실패다. 성공 여부는 최종 목적지에서 판단하는 것이지, 단기적으로 중간목표를 달성하지 못했다고 해서 결코 실패가 아니다. 실패 그 자체가 문제가 아니라 어떻게 다시 일어서느냐가 문제다. 실패를 했을 때 이를 극복하기 위한 자신만의 방법을 터득해야 한다. 굴복하지 않는 도전, 포기하지 않는 용기, 계속되는 열정: 이들이 꿈을 실현하게 만들었다.

실패는 '아직 성공하지 못했다는 것'을 의미한다.

　열심히 최선을 다해도 실패할 수 있다. 그때 고통을 느끼지만, 낙망할 필요가 없다. 실패는 목표에 도달하기 위한 과정으로 '아직 성공하지 못했다는 것'을 의미할 뿐, 아무것도 이루지 못했다는 것을 뜻하지는 않는다. 제임스 알렌은 실패란 '성공으로 가기 위한 계단'이라고 표현한다. 성공 여부는 최종 목적지에서 판단하는 것이지, 단기적으로 중간목표를 달성하지 못했다고 해서 결코 실패가 아니다. 리처드 칼슨은 실패는 현실에 존재하는 것이 아니라 생각과 상상 속에서만 살아남을 수 있는 것이므로 실패는 '픽션'이라고 부른다. 과거에 일어났던 사건들은 이미 끝났으므로 실패라고 생각하지 않으면 더 이상 실패자일 수 없다고 한다. 실패 여부를 결정하는 것은 개인의 생각일 뿐, 그는 이를 '실수'라고 말한다. 실패보다 실패에 대한 공포가 더 큰 문제다. 한두 번의 실수는 문제가 되지 않으며, 다시 일어나면 된다. 인생은 실수의 연속이며, 실수를 통해 배우고 발전해간다. 탈 벤 샤하르는 "실패를 공부하고, 실패에서 배워라. 성공에는 비결이 없다. 실패 속에서 끊임없이 교훈을 얻는 수밖에 없다."고 한다. 실패는 성공으로 가기 위한 계단이다. 인간은 일생을 통해 성장하고 성숙해지는데, 실수가 그 중요한 밑거름이 되는 것이다. 에디슨을 비롯해서 많은 과학자들이 수없이 실수를 한 결과 위대한 발명을 했다는 사실을 명심하자. 최선을 다했으면 최고가 아니어도 실패한 것이 아니다. 그 과정에서 몰입하면서 행복을 누리며 살았으면 그것이 성공이다. 이것을 받아들이는 것이 행복으로 가는 길이다.

실패 앞에 '무릎을 꿇는 것'이야말로 영원한 실패다.

　실패란 궁극적으로 목표를 포기할 때 나오는 결과이다. 단기적으로는 실패를 하더라도 멀리 목표를 향하여 다시 나아가면 성공의 기회는 온다. '7전8기'라는 말은 여러 번 실패해도 다시 일어난다는 명사로 사용되고 있다. 인간은 인생이라는 전장에서 수없이 많은 전쟁을 하는데, 한두 번의 실패는 문제가 되지 않는다. 문제는 얼마나 실패했는가가 아니라 실패에서 무엇을 배웠는가이다. 에디슨은 "시도했던 모든 것이 물거품이 되었더라도 그것은 또 하나의 진전이므로 나는 용기를 잃지 않는다."고 했다. 그래서 수만 번의 실험에 실패하였으면서도 끝내 전기를 발명하였다. 자신의 잠재력을 믿고, 희망을 놓지 않으면서 계속 노력하면 끝내 성공할 수 있다는 교훈을 주고 있다. 극복하기 어려운 상황은 영원히 계속되지 않는다는 사실을 명심하라. 인생에서 불가능은 없다. 성공으로 가는 길은 사방으로 열려 있다. 끝까지 견디면 성공한다. 리우 올림픽 양궁 종목에서 2관왕에 오른 장혜진 선수는 대표선수 선발전에서 4등만 해서 올림픽에 출전하지 못한 쓰라린 경험을 했지만, 좌절하지 않고 "이번이 아니면 어때"라고 되새기면서 계속 실력을 쌓고 마침내 대표선수에 선발되었고, 금메달을 따냈다. 장 선수는 기자회견에서 "잠깐은 아팠지만, 긍정적인 마음으로 부족한 점을 하나하나 채우고 한 걸음씩 앞만 보며 걸어오니 늘 꿈꾸던 날이 찾아왔다."라고 했다. 그 과정에서 행복을 추구하는 것이 인생의 정도이다.

성공과 실패 여부는 '골인지점'에서 결정된다.

　성공과 실패는 칼의 양날과 같다. 경쟁이 심한 곳에서 성공하는 사람은 소수이고, 다수는 실패할 수밖에 없다. 성공의 목표는 높게 잡되 불가능한 것이어서는 안 된다. 목표에는 유연성을 가지고 있어야 하고, 항상 피드백을 통해 그 상황을 파악해야 한다. 실패하였을 때는 이를 긍정적으로 수용하고, 새롭게 출발할 수 있는 용기와 지혜를 가지고 있어야 한다. 실패는 새로운 시작일 뿐이다. 자신을 인정하면서 할 수 있다는 희망과 용기를 가지고 다시 출발하여야 한다. 인내심이 필요하고, 기다림이 미덕이다. 오늘의 실패가 인생의 실패를 의미하지 않는다. 단기적 목표를 이루지 못했다고 실패한 것이 아니다. 궁극적 목표가 기다리고 있다. 인생은 마라톤과 같은 것: 성공과 실패 여부는 골인지점에서 결정된다. 실패의 기준은 자신이 정하는 것이지 다른 사람과 비교해서는 안 된다. 인생은 실패의 연속이지만, 그 실패로부터 무엇인가를 깨닫고 교훈을 얻었다면 그것은 결코 실패가 아니다. 그 과정에서 참고 견디면 골인지점에 도달할 수 있다. 인내심이 성공의 씨앗이 되고, 행복의 밑거름이 되는 것이다. 끝까지 노력하고 인내하면 반드시 기회는 찾아오고, 성공이라는 고개를 넘을 수 있다. 실패를 견디고 넘어서는 것도 행복의 한 과정임을 깨달아야 한다.

실패가 문제가 아니라 '어떻게 일어서느냐'가 문제이다.

실패를 두려워하지 말라. 누구나 실패할 수 있다. 실패 그 자체가 문제가 아니라 '어떻게 다시 일어서느냐'가 문제다. 한 번 실패했더라도 자기의 적성과 능력을 재고하여 새로운 길을 개척해가면 반드시 길은 있다. 폴 돌런은 행복의 투입과 산출 과정에서 그 고리 역할을 하는 '주의력'을 재할당하여야 한다고 한다. 누가 '실패는 성공의 어머니'라고 말했던가? 탈 벤 샤하르 교수는 "실패를 공부하고 실패 속에서 배우라."라고 권고한다. 어떤 경우에도 희망의 끈을 놓지 않고 목표를 향해 인내심을 가지고 다가가면 성공하게 된다. 실패에서 얻은 교훈을 바탕으로 다시 새로운 계획을 세우고, 신념과 용기를 가지고, 그 계획을 실천하기 위해 열정을 다하는 것이 중요하다. 밑바닥까지 내려갔다면 두려워할 것 없으며, 이제는 올라갈 일밖에 없다. 새로운 희망이 생길 것이다. 실패에서 얻은 교훈은 길잡이가 되어 다시 걷는 길은 탄탄해지고, 목적지까지는 단축될 것이다. 이번에는 기필코 이룰 수 있다는 확신을 가지고 출발하면 그 고지가 눈에 들어올 것이다. 오뚝이처럼 넘어지지 않고 계속 일어서면 영원한 실패는 없다. 에디슨은 "실패가 나를 성공으로 이끌었다."라고 했다. 관점을 바꾸면 새로운 길이 보일 것이다. 희망이 생기고 활력이 생긴다. 낙관적인 사고를 하면 항상 길이 보이고, 할 수 있다는 확신이 생긴다. 늦은 시작은 없다. 언제든 다시 시작하면 된다. 하늘은 스스로 돕는 자를 돕는다. 다시 일어서면 그 길 위에서 성공의 깃발이 손짓을 할 것이다. 행복이 웃는 얼굴로 맞이할 것이다.

실패의 경험을 통해 인간은 '성장'한다.

누구나 실패할 수 있다. 그러나 한두 번의 실패는 패배가 아니라 성공의 디딤돌이 될 수 있다. 패배란 포기할 때 오는 것이다. 헨리 포터는 "실패는 더 현명한 방식과 기회를 제공할 것이다."라고 말했다. 실패의 경험은 어떻게 받아들이느냐에 따라 약이 될 수도 있고 독이 될 수도 있다. 실패하는 사람들은 환경에 그 책임을 돌리려고 하지만, 성공하는 사람들은 실패를 긍정적인 시각에서 바라보면서 새롭게 다시 출발한다. 실패의 원인은 밖에 있는 것이 아니라 자신 안에 있음을 명심해야 한다. 꿈이 있는 사람은 그 경험을 바탕으로 성공의 길로 가는 데 반해, 그러지 못한 사람은 자포자기하고 실패를 자초하고 만다. 확고한 꿈이 있는 사람은 긍정적인 사고를 하면서 실패의 교훈을 거울삼아 새로운 길을 개척함으로써 성공의 길을 걷게 된다. 소크라테스는 "역경은 사람을 단련시키는 최고의 학교"라고 했다. 고난과 실패를 통해 인간은 단련을 받고 지혜를 얻는다. 이러한 과정을 겪으면서 사람들은 성장하는 것이다. 인생에는 정답이 없다. 자기가 선택한 길로 가는 것이 바로 해답이다. 끝까지 인내하면서 최선을 다하면 성공의 문이 열린 채 기다리고 있을 것이다. 그러나 자기 적성이나 능력에 맞지 않으면 조속하게 그 목표를 바꾸는 것이 현명한 조치이다. 고통과 실패 속에서 교훈을 얻고, 이를 긍정적으로 바라보는 태도가 성공으로 가는 길이다. 그 경험들이 성공으로 가는 길을 열어주고, 마침내 행복으로 인도할 것이다.

실패를 극복하기 위한 '자신만의 방법'을 찾아야 한다.

한 번의 실패로 인생이 끝나는 것은 아니다. 실패를 극복할 수 있는 자신만의 방법을 찾고, 새롭게 다시 시작하면 길이 열릴 것이다. 구제 고지는 실패를 극복할 수 있는 방법을 세 가지로 요약하고 있다. ① 냉정하게 실패를 인정하고, 자책하는 마음을 다스려야 한다. ② 부정적인 연쇄 반응에 빠지지 않도록 감정을 정리한다. ③ 패배 의식을 갖지 말고, 다음에는 성공할 수 있다고 믿음을 키운다. 즉, 실패를 현실로 인정하고, 지나치게 자책하지 않으며, 성공 가능성을 믿으면서 긍정적인 감정을 가지고 열정적으로 하면 된다고 한다. 열심히 일하다가도 시간을 내서 자신을 돌아보는 성찰의 시간을 가지는 것이 중요하다. 항상 피드백을 하면서 상황을 파악하고, 목표에 유연성을 가지고 있어야 한다. 실패를 경험한 후 스스로 정신적으로 강해진 것을 알 수 있는데, 이는 성장했다는 것을 의미한다. 실패하고 나서 포기하지 않으면 길은 열린다. 실패를 교훈 삼아 다시 나아가면 성공에 이를 수 있다. 중요한 것은 항상 자신감을 가지고 어려움을 인내하면서 열정적으로 하면 된다. 인생은 홀로 걷는 나그네와 같다. 누구도 내 인생을 책임지지 않는다. 실패의 교훈을 벗 삼아 목표를 다시 점검하고 주의력을 기울여 노력해야 한다. 단 한 번의 성공으로 인생을 역전시킬 수 있다. 그 가능성을 믿고, 희망의 끈을 놓아서는 안 된다. 스스로 자신만의 방법을 터득해서 성공의 길로 가는 것이 행복의 문을 열게 만들 것이다. 그 열매는 더 달고 시원하다.

중요한 건 수저가 아니라 '그릇'이다.

'멈추지 마, 다시 꿈부터 써봐'의 저자 김수영의 메시지가 가슴에 와 닿는다. 꿈을 멈추면 안 된다. 항상 꿈을 꾸면서 살아야 한다. '죽기 전에 꼭 이루고 싶은 꿈 73가지'를 쓰기만 했는데 세상이 달라졌다고 한다. '꿈 쓰기'란 자신과의 인생계약서를 쓰는 일이라고 한다. 자신을 '흙수저'에 속한다고 생각하고 체념하는 젊은이들에게 메시지를 보내고 있다. "중요한 건 '수저'가 아니라 '그릇'이다. 부모로부터 받은 금수저는 수많은 복 중에 하나일 뿐, 수저를 탓하기 전에 내 인생에 무엇을 담고 싶은지부터 결정하고 자신부터 바꿔보세요. 시스템을 바꾸는 것보다 자신을 바꾸는 것이 가장 쉬운 일이니까요." 작가로 활동하고 있는 김수영은 실업계 고교에서 처음으로 골든 벨을 울렸고, 자퇴해서 방황을 하다가 검정고시를 통해 고등학교와 대학을 나왔다. 눈을 해외로 돌려 외국회사에 들어갔지만, 뜻밖에 암이 걸려 이를 극복한 후 꿈 멘토가 되어 저술과 강연 등을 하면서 활동하고 있다. 어려운 환경에 계속 도전을 하면서 이것들을 극복하고, 이제는 꿈 전도사가 되어 젊은이들의 아픈 가슴을 치유하고 있다. 굴복하지 않는 도전, 포기하지 않는 용기, 계속되는 열정: 이것들이 꿈을 실현하게 만들었다.

'사랑'은 한마디로 설명할 수 없는
상대적 개념이다.

니체는 일과 함께 '사랑'을 행복의 두 가지 요소
로 들고 있다. 사랑은 일종의 본능이기 때문에 사람은 사랑 없이
는 단 하루도 살 수 없다. 인생을 가장 풍부하게 만드는 것은 사
랑으로 사랑하는 그 자체가 행복이다. 사랑은 신이 인간 속에 숨
겨둔 비밀병기라고 한다. 사랑이란 다양한 형태로 나타나므로 한
마디로 정의할 수 없는 '추상적 개념'이다. 구원으로 가는 길은
바로 '사랑'이라는 것을 깨달을 때 행복은 최고조에 오른다.

9월 24일

사랑이란 한마디로 정의할 수 없는 '추상적 개념'이다.

인생을 가장 풍부하게 만드는 것은 사랑하는 것이고, 가장 후회하는 것은 사랑하지 못하는 것이다. 사랑은 그 자체가 행복이다. 니체는 일과 함께 사랑을 행복의 두 가지 요소로 들고 있다. 이처럼 사랑은 인류의 근원적인 존재이유이자 영원한 화두이다. 사랑은 생명 다음으로 행복의 정점에 있는 고차적 행복이다. 사랑은 보편적 감정이지만, 사랑이란 무엇이냐고 물으면 그 대답은 각양각색이다. 사람들은 자기 나름대로 사랑을 이해하고, 자신만의 사랑의 방식을 가지고 있기 때문이다. '그 무엇도 사랑'이기 때문에 한 가지 기준을 가지고 평가하거나 단죄할 수 없는 것이 사랑이다. 사랑은 색깔이 다양하여 그 모습이 카멜레온과 같다. 인터넷에서 사랑을 클릭하면 90억 개 이상이 뜬다고 한다. 그런데 사랑은 학습이나 문화를 통해 진화해왔다. 이처럼 사랑이란 다양하고 복잡한 형태로 나타나므로 한마디로 정의할 수 없는 '추상적 개념'이다. 그래서 사랑의 개념을 정의하려고 시도하면 실패할 수밖에 없다. "사랑, 그 설명할 수 없는(율리아 파이라노·산드라 콘라트)" 것이 바로 사랑이다. 그러므로 '사랑이란 무엇이다.'라고 말할 수는 없고, '무엇도 사랑이다.'라고 말할 수밖에 없다(신형철). 사랑을 한마디로 정의할 수 없는 어려움이 바로 여기에 있다. 그러니 사랑의 개념을 이해하는 것보다 더 중요한 것이 자신만의 방식으로 사랑하며 행복을 만들어가는 것이다.

사랑은 사람들을 '행복'으로 인도한다.

　서울에서 부산까지 가장 빨리 가는 방법은 '사랑하는 사람과 함께 가는 것인 것'처럼, 인생을 가장 행복하게 사는 방법이 바로 사랑하는 사람과 함께 사는 것이다. 생텍쥐페리는 "사랑 하나만으로도 인간은 사막을 홀로 건널 수 있다."고 하였다. 사랑은 오아시스와 같은 것: 사랑이 없는 인생은 사막과도 같다. 사랑은 인간의 본능이고, 공생의 원동력이다. 사랑은 인생을 완성하는 과정이고, 행복의 산실이다. 사랑을 하면 엔도르핀이 나와 행복감을 준다. 자신을 사랑하는 사람은 행복하다. 다른 사람을 사랑하는 사람은 더 행복하다. 모든 사람을 사랑하면 더 넓은 사랑을 체험하게 된다. 사랑은 가정에서부터 이웃과의 사랑, 조직에서의 사랑, 공동체 안에서의 사랑으로 확장된다. "사랑은 세계를 얻는 보석이다(유진 오닐)." 사랑의 빛은 세상을 환하게 비추어주고, 사람들을 행복으로 가는 길로 인도한다. 사랑은 할수록 그 에너지가 넘치고, 끝이 없는 신비함을 가지고 있다. 다른 사람을 사랑하면 그 열매가 자신에게로 돌아온다는 체험을 하게 되면 사랑은 더욱 성숙해진다. 인간은 그 본성이 이기적 동물인데, 그 본성을 극복하게 만드는 것이 사랑이다. 사랑의 실체는 체험을 통해서 확인된다. 인생이란 결국 '사랑의 성공과 실패의 쌍곡선'으로 나타난다고 할 수 있다. 행복한 사랑은 잠재력을 보여주고, 사랑의 아픔은 인간을 성숙하게 만든다. 이처럼 사랑은 인생의 출발점인 동시에 영원한 과제이다. 그러니 마음껏 사랑하라. 인생은 한 번뿐이고, 이 순간은 다시 돌아오지 않으니까.

사랑의 순수한 형태로는 '에로스'와 '아가페'가 있다.

스턴버그의 '3각이론'에 의하면, 사랑은 '친밀감', '열정'과 '헌신'으로 구성되는데, 이들의 조합에 따라 사랑의 형태는 다양하게 나타난다. 캐나다 심리학자 존 리는 사랑의 유형을 낭만적 사랑, 유희적 사랑, 우애적 사랑, 소유적 사랑, 논리적 사랑과 이타적 사랑으로 나눈다. 유희적 사랑, 소유적 사랑, 논리적 사랑은 상대방을 인격적으로 대하지 않는 사랑으로 참된 사랑이 아니다. 사랑의 순수한 형태는 일반적으로 '에로스'와 '아가페'로 나눠볼 수 있다. 인간은 본능적으로 이성을 동경하고 끌리는 마음을 가지고 있는데, 이것은 '에로스'이다. 에로스는 자연발생적으로 생기는 것으로 감성적이고 일시적이며 이기적인 사랑을 말한다. 이는 사랑을 감성적으로 다루고 자기중심적으로 생각하기 때문에 이해관계가 끝나면 사랑도 마감을 한다. 그래서 에로스에는 유통기한이 있다. 이에 대하여 '아가페'는 희생을 본질로 하는 초월적 사랑으로 이성적이고 영원하며 이타적인 사랑을 의미한다. 아가페는 희생을 그 본질로 하고, 주는 것을 그 바탕으로 하기 때문에 좋은 인간관계를 형성하게 된다. 그래서 아가페는 영원하다. 진실한 사랑은 동물적 사랑을 버리고 정신적 사랑을 할 때 비로소 가능한 것이다(톨스토이). 그러므로 정신적 사랑으로 보완하여 더 완전한 사랑을 추구하는 것이 사랑의 참된 길이다. 아가페 사랑을 하는 것이 가장 높은 단계의 행복으로서 지속적인 행복을 누리는 방법이다.

사랑은 그 '대상'에 따라 다양하게 나타난다.

사랑의 유형은 사랑하는 마음의 온도·속도·타이밍과 그 대상에 따라 다양하게 나타난다. 사랑의 발전과정은 먼저 자신이 흡수하고, 다음으로 공유하며, 마지막으로 이타적으로 전해주는 과정으로 전개된다. 사랑은 자신에 대한 사랑에서 출발하여 가족을 사랑하고, 연인을 사랑하며, 친구를 사랑하고, 다른 사람들을 사랑하는 등 그 대상이 다양하다. 나아가 국가와 자연을 사랑하고 지식이나 진리를 사랑하는 등 그 외연은 확장된다. 가정은 사랑의 보금자리로서 가족 간의 사랑은 본능적인 것으로 가장 기본적인 것이다. 애인을 사랑하는 것은 자신의 반쪽을 찾아 인간으로서 완성으로 가는 것으로 인생의 향로를 결정한다. 누구를 만나서 결혼하는가가 인생에서 가장 중요한 결정이다. 친구는 인생의 중요한 자산으로 좋은 친구를 만나 잘 관리하면서 인생의 동반자로 만들어야 한다. 박애정신으로 다른 사람들을 사랑함으로써 공동체를 건강하게 만들어야 한다. 나아가 국가를 사랑하고 자연을 사랑함으로써 환경을 건전하고 아름답게 꾸며야 한다. 이러한 사랑은 이타적인 사랑으로 사랑을 한 단계 상승시키는 기능을 하는데, 이는 공동체 구성원으로서의 의무이기도 한다. 지식과 진리를 사랑함으로써 자신이 발전하는 동시에 국가 발전에 기여하여야 한다. 그 성격은 이기적 사랑에서 나아가 이타적 사랑으로 승화되어야 한다. 니체는 공동의 이상이 실현되는 것이 진실한 사랑이라고 했다. 이처럼 사랑의 폭을 넓혀가면서 삶을 영위할 때 행복도 그 폭을 넓혀갈 것이다.

9월 28일

사랑의 징표는 '자애, 연민, 기쁨과 평온'이다.

사랑은 기본적으로 주는 것이지 받는 것이 아니다. 사랑받고 싶다는 것은 이기주의의 발로이다. 사랑에는 아무런 이유도 없고, 조건도 없다. 사랑을 하면 즐겁고 기쁘다. 그 이상의 행복이 어디에 있는가? 영원히 함께 있고 싶어 하는 것이 참다운 사랑이다. 틱낫한은 진실한 사랑이란 자애, 연민, 기쁨과 평온의 네 요소로 구성된다고 한다. '자애'는 우정과 같은 사랑으로 사랑의 기초를 이루고 있다. '연민'은 고통을 덜어주는 능력으로 고통을 나누고 다른 사람을 배려하는 마음이다. 사랑을 하게 되면 그 결실로써 '기쁨'을 주고받게 되며, 마음의 '평온'을 얻게 된다. 이러한 마음의 평화가 행복의 극치를 이룬다. 참된 사랑은 '이타적인 사랑'으로 사랑을 영원으로 이끌고, 사회를 밝게 만드는 원동력이 된다. 자기희생이야말로 사랑의 극치를 이루며, 가장 높은 단계의 행복을 누린다. 사랑의 에너지는 우리 안에 피처럼 존재하고 있으니 항상 사랑을 하면서 살아야 한다. 사랑은 신이 인간 속에 숨겨둔 비밀병기라고 한다. 이 병기를 사용하면서 우리들은 행복을 마음껏 누려야 한다. 성 프란시스는 "사랑받는 것보다 사랑하는 게 더 좋다."고 하였으며, 성경은 "네 이웃을 네 몸과 같이 사랑하라(마태복음)."고 간구한다. 모든 사람이 이 경지에까지 이르지는 못하고, 또한 항상 이를 실행하지는 못할지라도 사랑은 할수록 더 넘치므로 사랑을 하면서 살아가는 것이 최고의 행복을 누리는 방법이다.

괴테의 시 '사랑으로부터'로 사랑의 문제를 푼다.

　사랑은 생명의 근원이고, 인생을 인도하며, 자신을 극복하는 힘이다. 사랑은 우리들을 사랑으로 이끌고, 위로해주며, 영원히 하나 되게 만드는 질료이다. 이처럼 사랑은 인생사에 있어서 제기되는 모든 문제의 해결사 노릇을 하고 있다. 그러므로 사랑 없이는 살 수 없다는 이야기다. 괴테의 시 '사랑으로부터'는 고해 같은 세상을 건너가는 데 나침판 역할을 하는 것이 사랑임을 말해주고 있다. 어쩌면 이 시는 괴테가 일생 동안 사랑의 골짜기를 헤매면서 얻어낸 산물일지 모른다. 그는 구원도 사랑에서 찾고 있다. 이처럼 사랑은 인생의 모든 문제를 해결해주는 만병통치약이다. 그러나 양약도 과용하면 부작용이 있듯이 사랑도 지나치면 안 된다. 사랑에도 과유불급의 원칙이 적용된다. 사랑함으로써 인생의 문제들을 잘 풀고 인생을 풍부하게 살 수 있도록 노력하면 행복은 저절로 피어오를 것이다. 이 시는 사랑의 문제를 여러 각도에서 다루면서 사랑의 기능을 잘 설명하고 있다. 사랑을 실천하며 사는 것이 모든 문제를 해결할 수 있는 열쇠이다. 그러므로 모든 것을 사랑하며 살아가는 것이 행복한 인생이다.

사랑으로부터

괴테

우리는 어디서 태어났는가?
사랑으로부터

왜 우리는 길을 잃고 헤매는가?
사랑이 없으면

무엇이 자신을 극복하게 하는가?
사랑이

무엇으로 사랑을 찾을 수 있는가?
사랑을 통해서

오랫동안 울지 않게 하는 것은 무엇인가?
사랑이

무엇이 우리를 영원히 하나 되게 하는가?
사랑이

9월 30일

'구원으로 가는 길'은 사랑이다.

인간에게 궁극적으로 필요한 것은 오직 하나뿐, 그것은 '사랑'이다. 로렌스는 "가장 훌륭한 사랑은 시간의 벽을 견디는 것"이라고 했고, 사도 바울은 "사랑은 오래 참고, 모든 것을 참으며, 모든 것을 견디는 것"이라고 했다. 지속적인 사랑이 진정한 사랑이다. 구원으로 가는 길은 바로 '사랑'이라는 것을 깨달을 때 행복은 최고조에 오른다. 프란치스코 교황은 사랑을 하면 천국을 엿볼 수 있다고 했다. 사랑하고 사랑받고 있는 그곳이 바로 천국이 아니겠는가? 그리고 그는 "사랑만이 우리를 구원할 수 있다."고 했다. 이제 생각이 떠오른다. '괴테는 사랑을 쫓아 방황해왔고, 마지막 순간까지 사랑을 갈구했으며, 천사들의 음성을 들으면서 이 세상을 떠난 그 역정이 바로 구원을 추구해온 과정'이었음을. 인생이란 궁극적으로 구원을 찾아 걸어가는 과정이다. 구원을 통해 인생을 마감하기 위해 필요한 것은 사랑이다. 사랑을 통해 구원을 받고, 결국은 천국에 이를 수 있다. 궁극적으로 천상으로 인도하는 것이 바로 사랑이요, 그 길이 구원의 길임을 괴테의 명작 '파우스트'는 역설하고 있다. 참된 사랑은 천국으로 가는 '구원의 길'이다. 터키의 이스탄불에서 마르마르 해협을 따라 거닐면서 출렁이는 파도를 가슴에 담으며 깨닫게 되었다. 구원이란 스스로를 사랑하는 마음에서 솟아난다는 것을! 이처럼 사랑의 골짜기를 헤매면 천국의 문이 열릴 것이요, 그곳에 행복의 나라가 임하고 있음을 발견하게 될 것이다.

사랑은 '어떻게' 지킬 수 있을까?

사랑은 한마디로 정의할 수는 없지만, 분명한 것은 사랑이란 소유가 아니라 '체험'이라는 것이다. 사랑은 가장 아름다운 것이며, 또한 가장 고통스러운 것: 사랑의 두 얼굴을 상징한다. 사랑은 언젠가는 변하고, 사랑에도 유통기한은 있다. 사랑할 때는 전부이고, 이별한 후에는 전무다. 사랑에도 쾌락적응과 과유불급의 원칙이 적용된다. 이러한 쾌락적응을 극복하고, 적정선 안에서 사랑을 유지해야 행복은 오래 지속될 수 있다.

사랑에 대한 '남성과 여성 간의 차이'를 알아야 한다.

　연인 간의 사랑은 에로스의 형태로 시작되며, 성교의 절정에 이르렀을 때 사랑의 극치를 경험하게 된다. 프롬은 성애란 두 사람의 '완전한 융합'을 의미한다고 했다. 사랑의 두 얼굴인 이성과 감성이 조화를 이루어야 완전한 사랑은 이루어질 수 있다. 이성으로만 사랑을 이해하면 결실을 못 맺고, 감성만이 작동하면 종말이 빨리 다가온다. 그런데 남성과 여성은 뇌·생리 구조와 정신세계에 있어서 상당한 차이를 가지고 있다. 그래서 남성과 여성은 다른 별에서 왔다고 하지 않는가? 남성에게는 일이 전부이고, 여성에게는 사랑이 전부라고 한다. 생물학적으로는 언어중추 뇌신경이 다르기 때문에 여성이 말을 많이 하고 남성은 필요한 말만 하며, 남성은 알고 있는 지식을 말하고 여성은 즐거운 일을 말한다. 성기능은 남성은 능동적이고 적극적으로 여성에게 접근하고, 여성은 수동적이고 소극적으로 남성을 맞는 특성을 가지고 있다. 심리적으로는 남성은 접촉을 중요시하고, 여성은 교감을 중요시하므로 연애란 여성에게는 '영혼으로부터 감각으로' 옮겨가지만, 남성에게는 '감각으로부터 영혼으로' 옮겨간다고 한다. 가장 현실적인 문제가 성감대가 어디에 있는지 모르고, 오르가슴으로 가는 방법과 시기를 모르기 때문에 생기는 불협화음이다. 이러한 남녀 사이의 차이점을 모르기 때문에 서로 오해를 하고, 사랑의 갈등을 일으키며, 심지어는 헤어지게 된다. 이러한 양성 간의 차이를 알고 잘 조정을 해야 지속적으로 사랑을 이어갈 수 있다.

사랑은 소유가 아니라 '향유'이다.

　사랑은 한마디로 정의할 수는 없지만, 분명한 것은 사랑이란 소유가 아니라 '체험'이라는 것이다. 사랑을 그 과정에서 나누어 보면, 처음에는 사랑에 빠지고, 다음에는 사랑을 하고, 마지막에는 사랑에 머무는 세 단계로 발전해간다. 일반적으로 사랑은 이러한 과정으로 진행되지만, 반드시 모든 사람에게 공통되지는 않는다. 사랑을 하면 상대방을 일방적으로 소유하려는 욕구가 발동한다. 강렬한 사랑을 한다고 집착을 하는 경우가 있는데, 이것은 건전한 사랑이 아니라 일종의 질병이다. 자존감이 낮을수록 애착심과 함께 두려움이 생기므로 마음의 평정을 유지하기 힘들다. 이러한 욕구는 불행의 씨앗이 될 수 있다. 사랑은 소유가 아니라 '향유'일 뿐이다. 상대방을 소유하고 지배하려고 시도하면 그 새는 공중에서 날기를 동경하게 될 것이다. 사랑은 한 마리 새와 같은 것: 푸른 하늘을 날 수 있도록 놓아두라. 그러므로 사랑하는 사람 사이에도 상대방의 인격을 존중하면서 배려하고, 그의 취미나 여가활동을 인정하며, 프라이버시를 보호하고, 일정한 거리를 유지하는 것이 사랑을 지키는 방법이다. 사랑의 세계도 불확실성의 세계. 그러므로 언제 무슨 일이 생길지 모르기 때문에 잘 관리해야 하며, 문제가 발생하면 잘 극복할 수 있도록 지혜와 기술을 연마해야 한다. 노력 없이 되는 일이 어디 있는가? 하물며 가장 알 수 없는 사랑이야말로 철저하게 관리를 해야 한다. 사랑은 정원사가 정원을 가꾸듯이 정성을 다해 가꾸고 키워갈 때 행복도 이에 비례하여 성장한다.

10월 3일

사랑에도 '연료'가 필요하다.

인간의 사랑은 달콤한 고통이고 현명한 모순이다. "사랑은 가장 아름다운 것이며, 또한 가장 고통스러운 것": 사랑의 두 얼굴을 상징한다. 사람의 마음은 변하기 마련이고, 사랑 또한 변한다. 사랑이 빛을 발할 때는 눈부시고 아름답지만, 깨지고 나면 고통과 파편으로 남게 된다. 사랑은 항상 유동적이어서 천국과 지옥을 오간다. 그러므로 사랑이 천국에서 머물고 지옥으로 떨어지지 않도록 항상 감시하고 관리해야 한다. 사랑이 항상 순조롭게 이어지지는 않으며, 사랑이 깊어갈수록 불화와 충동이 일어날 수 있다. 사랑에도 쾌락적응현상이 일어난다. 사랑이란 서로 다른 것을 인정할 때 유지될 수 있다. 이때 역지사지로 상대방을 이해하고 관용하는 것이 필요하다. 사랑은 사랑으로만 탈 수 없다. 사랑에도 연료가 필요하다. 그레이는 부부 사이에 협력관계를 유지하기 위한 요소로서 사랑·이해·존중·감사·신뢰·수용·보살핌 등을 들고 있다. 대화가 가장 중요한 사랑의 연료이다. 대화를 하면서 사랑을 키우고 교감을 해야 한다. 선물은 사랑의 중요한 징표다. 때때로 선물을 함으로써 상대방의 마음을 사는 것은 화초에 물을 주는 것처럼 사랑을 싱싱하게 만든다. 사랑은 신뢰·이해·수용을 전제로 진실함과 성실함으로 해야 한다. 무관심은 사랑을 갉아먹기 때문에 감사하는 마음을 표시하면서 살아야 한다. 정원사가 나무를 키우듯 사랑도 현명하게 관리해야 한다. 그러기 위해 사랑을 지속적으로 키워가는 지혜와 기술을 습득해야 한다.

10월 4일

사랑은 사랑할 때는 '전부'이고, 헤어지면 '전무'이다.

    세상만사가 그런 것처럼 변화무쌍하게 변하는 것이 사랑이다. 그래서 사랑은 언젠가는 변하고, 사랑에도 '유통기한'이 있다. 프롬은 현대인은 사랑에 빠지고, 사랑하는 것에만 매달리고, 사랑에 머물 줄 모른다고 질타하고 있다. 사랑할 때는 전부이고, 이별한 후에는 전무다. 사랑은 영원한 것이라고 착각해서는 안 된다. 사랑의 초기단계에서는 사람들은 낭만적인 사랑을 꿈꾼다. 매혹에 이끌려 자연발생적으로 사랑을 하게 된다. 연인관계는 배타적이어서 다른 사람들이 끼어들 수 없는 독점적 관계이다. 이러한 환상적인 사랑은 작품 속에서나 볼 수 있다. 가문이 다르다는 이유로 사랑을 맺지 못하는 로미오와 줄리엣은 하룻밤의 황홀경을 맛본 후 자살을 하고, 다른 남자와 약혼한 샤를롯데를 사랑하는 젊은 베르테르는 역시 권총으로 자살을 했다. "사랑이 끝나고 난 뒤에는/ 이 세상도 끝나고/ 날 위해 빛나던 모든 것도/ 그 빛을 잃어버려/ 도무지 알 수 없는 한 가지/ 사람을 사랑한다는 그 일, 참 쓸쓸한 일"이라고 가수 양희은은 노래하고 있다(사랑, 그 쓸쓸함에 대하여). 사랑의 부조리에 대한 노랫말이 가슴속으로 스며든다. 그렇다고 사랑은 고통이요, 허무라고 부정적으로만 평가해서는 안 된다. 사랑은 즐거움과 고통을 동시에 주는 것: 인생의 과정임을 깨닫고, 긍정적인 측면을 상기하면서 살아갈 일이다. 만남과 헤어짐은 인생에서 되풀이되는 과정이요, 항상 추구하는 것이 사랑이다. 사랑은 현재진행형으로 사랑의 맥박은 끊임없이 뛰어야 한다. 그래야 행복의 가능성은 항상 열려 있게 된다.

10월 5일

사랑에도 '쾌락적응'이 적용된다.

　모든 것은 지나가면 결국 남는 것은 '공(空)'뿐이다. 소설가 로렌스 더럴은 "가장 훌륭한 사랑은 시간의 변덕을 견디는 사랑"이라고 말했다. 그러나 이 명제는 이상일 뿐, 사랑도 잘 관리를 하지 않으면 변하기 마련이다. 사랑이 공으로 남아도 이는 허무가 아니라 일종의 과정이었음을 인정하자! 쾌락이란 우리들이 가장 즐거워하는 순간에 사라진다. 사랑에도 '쾌락적응'의 원칙이 적용된다. 젊은 여성들이 '우리는 권태기인가 봐.'라는 말을 하는데, 이는 사랑이 식은 것이 아니라 쾌락적응현상이 오고 있음을 반영하는 것이다. 이러한 쾌락적응현상을 극복하는 것이 사랑을 유지하고 가정을 지키는 비법이다. 상대방에게 더 이상 감사하지 않으면 그것은 위기의 신호를 보내는 것이다. 상대방을 사랑하면 매사에 고마운 마음을 가지고 감사하며 살게 된다. 사랑에도 연료가 필요하므로 사랑이 지속될 수 있도록 대화·선물·감사·사랑·칭찬 등의 연료를 제공해야 한다. 두 사람 사이에 다양한 변화를 줄 때 쾌락적응현상은 극복할 수 있으며, 새로움을 만드는 동적인 변화가 행복에 지속적인 영향을 미친다. 일상 속으로 들어가 특별한 감흥을 주지 않으면 부부간에도 쾌락적응이 빨리 온다. 새로운 것으로 기쁜 감정을 유발하는 놀라움이 있을 때 쾌락적응은 더디게 올 것이다. 그러므로 항상 새로운 변화를 추구하면서 관심을 이끌어내야 부부간의 사랑도 평탄하게 지속될 수 있다. 항상 보상을 하면서 사랑을 추구해야 행복도 자라고 지속된다.

10월 6일

사랑에도 '과유불급'의 원칙이 적용된다.

　과연 사랑을 합리적으로 할 수 있을까? 그렇다면 사랑의 부작용을 막을 수 있으니 얼마나 좋을까. 사랑을 머리로 하는 것이라면 가능하겠지만, 가슴으로 하는 것이기 때문에 사람들은 어리석은 사랑을 한다. 사랑의 열병을 앓게 되면 이성이 마비되고, 감성의 포로가 된다. 사랑 중독자들은 순간의 쾌락을 위해 몸과 영혼을 파괴시키는 마약과도 같은 사랑을 한다. 이것은 일종의 '인공행복'이다. 사랑은 뜨거울수록 좋다고 하지만, 현실적으로는 그런 사랑이 어렵고, 그 생명은 짧다. 그럼에도 사람들은 열애를 선망하고 실천에 옮긴다. 사랑이 다 타고 나면 재만 남는다. 자신이 감정을 통제하지 못하면 사랑이 불행으로 끝날 수도 있다. 열렬한 사랑일수록 그 그늘은 어둡고 길다. 그러므로 사랑에 모든 것을 걸어서는 안 된다. 사랑은 단순한 집착이거나 성적 욕망의 대상이어서는 안 되며, 두 마음이 하나로 결합되는 과정이어야 한다. 정신적 사랑이 없는 불꽃은 육체적 관계일 뿐, 이를 사랑으로 호도해서는 안 된다. 불꽃을 피우기 위해 모든 시간과 정력을 바치는 것은 인생의 낭비요, 그 결과는 피폐한 기억과 후회만을 남긴다. 사랑에도 과유불급(過猶不及)의 원칙은 적용된다. 사랑도 과도하게 넘쳐서는 안 되고, 적정선 안에서 이루어져야 하며, 두 사람 사이에 일정한 거리가 유지되어야 오래 지속될 수 있다. 이러한 사실을 터득하고 유지하는 것이 사랑을 지속시키고, 긴 행복으로 가는 길이다.

사랑의 아픔은 '사랑만'이 치료할 수 있다.

두 사람 사이의 사랑은 변할 수 있고, 사랑에도 유통기한이 있다. 열렬한 사랑을 부채질하는 성적 호르몬은 30개월밖에 안 나온다고 한다. 그래서 그 기간이 지나면 열렬한 연애감정은 식기 마련이다. 사랑은 성냥갑과 비슷하다. 너무 조심스럽게 다룰 필요는 없지만, 그렇다고 아무렇게나 다루었다가는 화상을 입고 만다. 열애 뒤에 쾌감은 사라지고, 남는 것은 재뿐이다. 그 공허감: 무엇으로도 메울 수 없다. 우리들은 사랑을 관리하는 지혜와 기술이 부족하기 때문에 사랑에 실패하고 헤어지기를 반복하고 있다. 일단 사랑의 종말을 맞을 때에는 확실하게 처방을 하고 현명하게 대응을 해야 한다. 사랑하는 사람과 헤어지는 방법을 배워야 한다. 종교적인 힘이나 내면의 학습을 통해 이별의 아픔을 극복할 수 있다. 집착하면서 이별의 아픔에 괴로워하지 말고, 좋았던 추억만 간직하는 것이 정신건강을 위한 보약이다. 쉽게 잊기는 어렵지만, 이별의 아픔을 달래기 위해서는 시간이 약이다. 망각: 그것이 하나님의 선물로써 즉효약이다. 실패한 사랑은 사랑에 관한 교훈과 지혜를 주므로 인간은 성숙해진다. 궁극적으로 사랑의 아픔은 사랑으로만 치유할 수 있다. 헨리 데이비드 소로는 "더 많이 사랑하는 것 외에 사랑의 치료약은 없다."고 하였다. 새로운 사랑을 통해 이별의 아픔을 치유할 수 있으며, 사랑을 다시 만나면 행복도 다시 찾아온다. 사랑은 현재진행형이며, 지금 하고 있는 것이 중요하다. 그러므로 항상 사랑하면서 지속적인 행복을 만들어가는 것이 최선의 길이다.

'성(섹스)'은 인간의 기본적 욕구이다.

　　진화론에서는 섹스의 본질은 생존에 있으며, 종족의 유지가 그 목적이라고 한다. 오늘날에는 법적으로 성에 관한 선택권을 부여하는 '성적 자기결정권'을 프라이버시 권리로 인정하게 되었으니 성의 천국이 되었다. 현대인은 성을 종교로 믿는 경향이 있으며, 티머시 켈러는 이를 '거짓 신'이라고 부른다. 성생활에도 왕도는 없으므로 그 방법을 터득하고 알맞게 개발하여야 한다. 오늘날 결혼이라는 '제도'와 자연으로서의 '사랑': 그 계곡에서 많은 사람들이 방황하고 있다.

섹스는 인간의 '기본적 욕구'이다.

성욕은 인간의 기초적인 '자연적 욕구'이다. 그리스 철학자 에피쿠로스는 성욕을 먹고 입는 욕구, 부와 명예의 욕구와 함께 인간의 삼대 욕구로 들고 있다. 김정운 교수는 행복을 구체화할 수 없다면 가짜라고 비판하면서 '자는 것': 잠자리가 좋아야 행복해진다고 한다. 인간은 동물적 존재로서 섹스를 한다. 기본적으로는 종족 보존을 위한 본능으로 신이 인간에게 내려준 선물이다. 그런데 인간만이 쾌락을 추구하기 위해 언제든 섹스를 할 수 있다고 한다. 쇼펜하우어는 남녀 간의 사랑이란 아무리 별나라의 신비함을 간직하고 있더라도 그 본질은 성욕을 충족시키는 데 있다고 했다. 1960년대 이후 우리나라에도 성 혁명의 바람이 불어닥쳐 혼전 섹스가 증가하고 성윤리가 무너지기 시작했다. 성은 본능이 아니라 '충동'이라고 프로이트는 말했다. 그 이유는 동물은 종족 보존을 위해 본능적으로 섹스를 하지만, 인간은 쾌락을 위해 충동적으로 섹스를 하는 경향이 있기 때문이다. 오늘날에는 성을 (성적) 쾌감을 느끼기 위한 유희의 수단으로 여기는 경향이 있다. 생식을 위한 성행위는 1%에 불과하고, 99%는 쾌락을 위해 한다는 통계가 있다. 그렇지만 성은 남녀 사이에 신비함이 숨어 있어 신비함을 가지고 있으며, 섹스는 성교 이상의 의미를 가지고 있다. 진정한 사랑은 육체적 사랑에 그치지 않고, 섹스가 정신과 육체가 합일되는 교량역할을 하는 데 그 가치가 있는 것이다. 육체와 정신이 하나가 되는 상태가 황홀감을 주는 최고의 행복이다. 그러므로 성의 올바른 기능을 통해 성적 욕구를 충족시키면서 건전한 사랑을 키워가는 것이 지속적인 행복을 누리는 길이다.

10월 9일

성은 여러 가지 '순기능'을 한다.

다른 동물들은 번식을 위해서 일정한 시기에만 섹스를 하는데, 인간은 시도 때도 없이 섹스를 즐긴다. 하나님의 섭리를 배반한 것인가, 아니면 쾌락을 누리도록 진화한 것인가? 섹스를 하면 옥시토신이 대량으로 혈류에 유입되어 오르가슴을 느끼게 되는데, 이로 인해 심신에 기쁨과 건강을 가져다준다. 이는 부부관계를 돈독하게 할 뿐 아니라 사랑이라는 감정 이상의 상태에 도달한다. 진화심리학자 데이비드 버스는 사회조사를 한 후 인간이 섹스 하는 이유가 자그마치 237가지나 된다고 했다. 가장 중요한 이유는 육체적 쾌락, 황홀감, 섹스의 재미, 발정상태, 애정표현 등을 들고 있다. 이러한 이유들은 애정표현의 수단이란 것을 제외하면 결국 쾌락을 추구하는 것들이다. 그러나 그 느낌은 순간적인 것으로 다시 평상으로 돌아간다. 이러한 느낌을 계속 유지하려고 하면 섹스 중독이 되고, 과한 섹스는 건강을 해칠 뿐 아니라 반사회적 행위가 될 수 있다. 그러므로 그 기능을 최대한 프라이버시로서 누리되, 사회적 문제가 되지 않도록 주의를 기울여야 한다. 가정 내에서 부부간에 이루어지는 것은 건전한 섹스이지만, 가정 밖에서 불법적으로 이루어지는 섹스는 바람직하지 않다. 한 사회조사에서 '성생활이 삶과 인간관계에 얼마나 영향을 미친다고 봅니까?'라는 질문에 대하여 대다수의 사람들이 성생활이 행복지수에서 중요한 비중을 차지하고 있다고 보았다. 그러므로 건전한 성생활을 통해 행복지수를 높이는 것이 행복으로 가는 중요한 방법이다.

10월 10일

'성적 자기결정권'이 기본적 인권으로 인정되다.

 이제 성은 더 이상 단순한 방사(房事)가 아니라 자유의사에 따라 성을 누릴 수 있는 개방된 세상이 되었다. 오늘날에는 법적으로 성에 관한 선택권을 부여하는 '성적 자기결정권'을 프라이버시 권리로 인정하게 되었으니 성의 천국이 되었다. 성인 만남 사이트 '애슬리 매디슨'에는 Life is short. Have an affairs(인생이란 짧다. 바람을 피워라).라는 광고가 실려서 세상의 이목을 끌기도 했다. 칸트는 혼외정사나 매춘이 상대방을 목적 자체로 존중하지 않고 대상화하기 때문에 정당화될 수 없다고 한다. 이는 성이 이성 사이에 사랑을 매개로 이루어져야 할 신성한 것이어야 한다는 말이다. 이제 섹스는 사랑을 전제로 한다거나 섹스를 하면 책임을 져야 한다는 것은 윤리적 요구일 뿐 법적으로 책임을 묻기 어렵게 되었다. 우리나라 헌법재판소는 형법상 간통죄를 위헌으로 결정함으로써 간통죄는 더 이상 존재하지 않는다. 이 결정이 나왔을 때 많은 남성들이 갈채를 보냈다고 한다. 다만 결혼을 한 다음에는 부부는 순결의무를 다하기 위해 배우자 이외의 사람과 간통을 한 경우에는 민법이 손해배상을 인정하고 있을 뿐이다. '하룻밤만의 자유'라는 소설책을 읽어보니 '오직 하룻밤의 자유를!'이 그 주제다. "당신의 몸은 나의 일기장이다. 열어라. 읽어라. 그것이 진정한 세계사다."라고 끝을 맺는다. 그 본체는 성적 자유가 아니라 성적 유희에 지나지 않는다. 성적 자기결정권은 법과 도덕이 허용하는 범위 내에서 인정되며, 불륜은 인정되지 않는다.

10월 11일

성이 '거짓 신'의 위치에 오르다.

섹스는 인간의 기본적 욕구로서 자연현상의 일부이지만, 일부 일처제라는 결혼제도에 의해 합법적으로 인정되는 범위 안에서만 인정되고, 혼외정사는 불륜이고 불법이다. 그런데 행복해지려면 억압된 성을 해방시켜야 한다는 성 혁명이 제기된 후 섹스는 행복의 중요한 요소로 인식되면서 일부 사람들은 성적 쾌락을 추구하기 위해 그 대상을 찾아다니고 있으며, 성산업이 이를 부채질하고 있다. 주세페 토마시 디 람페두사의 소설 '레오퍼드'에서 주인공인 공작은 사랑을 "1년간 타오르는 불과 그 후 30년간의 재"라고 정의하고 있다. 남아 있는 30년의 지루함을 풀거나 성적 욕망을 채우기 위해 새 파트너를 찾아 나선다. 그래서 간통이 행하여지고, 심지어는 성매매를 하게 된다. 나아가 불꽃이 꺼지면 새 파트너를 만나기 위해 이혼까지 불사한다. 다시 인간사회는 '소돔과 고모라의 시대'로 돌아가고 있는가? 현대사회는 탐욕의 문화에 젖어 있고, 성을 우상으로 숭배하는 경향이 있다. 현대인들은 성을 종교로 믿는 경향이 있으며, 티머시 켈러는 이를 '거짓 신'이라고 부른다. 인공행복을 통한 섹스는 그 신성성을 잃게 되고, 육체적으로나 정신적으로 파탄을 맞게 되어 끝내 불행을 초래하게 된다. 성에 대한 욕망으로부터 벗어나야 비로소 자유로움을 느낄 수 있고, 내면의 평화가 깃들게 되어 참된 행복을 누릴 수 있다. 성에도 과유불급의 원칙이 적용된다. 성도덕이 바로 서고, 성행위를 절제함으로써 건강한 사회를 만들어가야 진정한 행복을 누릴 수 있게 된다.

'쿨리지 효과'는 인간에게도 적용된다.

　결혼을 하면 남편은 옛날 애인이 아니고 아저씨로 변한다고 한다. 열정적인 사랑은 식어가고, 여성들은 사랑을 목매어 하면서 살아가야 한다. 대화는 안 통하고, 섹스는 줄어들고, 집안은 절간처럼 변해간다. 챈들러의 표현에 따르면, "첫 키스는 마법이고, 두 번째 키스는 친밀함이지만, 세 번째 키스는 일상"이라고 한다. 미국 전 대통령 쿨리지는 영부인과 함께 양계장을 방문할 기회가 있었다. 영부인은 농부에게 수탉은 어떻게 그 많은 수정란을 만들어내는지 묻자, 매일 수십 번씩 수정을 한다고 하자 그 사실을 대통령에게 전해달라고 했다. 이 이야기를 들은 대통령은 매번 같은 암탉을 상대하느냐고 물으니 매번 다른 암탉이라고 농부가 대답하니 미소를 지으면서 이 사실을 영부인에게 말해달라고 했다. 이처럼 '참신함'이 성적 욕망과 능력에 영향을 준다는 이론에 대통령의 이름을 따서 '쿨리지 효과'라는 이름이 붙게 되었다. 그래서 성적 욕구라는 자연현상과 일부일처제라는 제도 사이에 갈등이 일어난다. 가메야마 사나에는 불륜을 긍정하지도 부정하지도 않고 "현재 이루어지고 있는 사실"일 뿐이라고 하면서 불륜은 사적 행위로 누구도 손가락질할 자격이 없다고 한다. 부부 관계 사이에도 아무리 서로 사랑을 한다고 하더라도 계속 새로운 변화와 자극을 주지 않으면 쿨리지 효과가 적용된다는 사실은 엄연한 현실이므로 이러한 현상을 극복하기 위해서 항상 노력을 해야 행복한 결혼생활을 지속할 수 있다.

10월 13일

성생활에 '왕도'는 없다.

부부 사이에 가장 행복감을 주는 것은 성행위를 통해 얻는 쾌감이라는 점에는 누구도 부정 못 할 것이다. 그래서 성이 부부생활에 중요한 비중을 차지하고 있으며, 불만의 원인이 되기도 하고 이혼의 사유가 되기도 한다. 그런데 성에도 쾌락적응현상이 나타나므로 이를 극복하는 것이 결혼생활의 중요한 과제다. 남녀 사이에는 그 본성상 성적 태도에 차이가 있다는 점을 인식해야 한다. 생물학적으로는 남녀 사이에 성감대의 분포나 오르가슴에 도달하는 시간과 만족을 느끼는 형태에 있어서 차이가 있으므로 성생활에 있어서 남녀 사이에 항상 간극이 있기 마련이다. 오르가슴이나 성적 만족은 성교를 통해서만 얻는 것이 아니고, 로맨틱한 터치만으로 흥분시킬 수 있다. 키스는 그 자체만으로 두 영혼이 동화되는 과정이고, 성감대의 접촉만으로도 성적 흥분을 느낄 수 있다. 부부는 남성과 여성 사이에 성감대나 성감정의 차이점을 잘 이해하고, 협업하는 정신으로 접근하고 실행해야 만족감을 느낄 수 있다. 성행위의 횟수나 성행위 시간이 성의 만족도나 행복감을 결정하지는 않는다. 부부 사이에 성생활을 지속하면서 성적 쾌감을 느끼기 위해서는 친밀도가 중요하고, 결국 두 사람이 그 방법을 터득하고 개발해야 한다. 성적 문제는 정신적 문제로서 성행위가 목적이 아니라 즐기는 데 집중하라고 엘리스·하퍼는 권고한다. 성생활에도 왕도는 없다. 서로 한마음으로 노력하고 협력하는 길밖에는. 사랑이란 이처럼 협업으로 이루어지고, 노력으로 극복하는 것이다.

10월 14일

'불륜과 사랑 사이'에서 사람들은 방황하고 있다.

'불륜'이란 사전적 의미로는 윤리에 어긋난다는 말이다. 기혼자가 다른 이성과 섹스 하는 것은 윤리적으로 금지되고 있다. 그런데 법률이 이를 간통죄로 규정하여 처벌의 대상으로 만들었으며, 그 배경에는 종교들이 일부일처제를 요구하면서 간통을 금지시킨 규범이 있다. 결혼은 일상으로 무료함을 탈피하기 위해 성적 일탈을 통해 쾌락을 추구하는 경향이 있는데, 불륜 역시 이러한 본능이 시키는 짓이다. 처벌과 비난 그리고 이혼이라는 위험성을 무릅쓰고 불륜을 계속하는 이유는 스릴과 쾌락 그리고 공허함을 채우는 보상 때문이다. 불륜 하면 영화 '메디슨 카운티의 다리'가 생각난다. 사진작가 킨 케이드는 메디슨 카운티에 지붕이 있는 다리를 찍기 위해 갔다가 가정주부인 프란체스카를 만나 4일간의 사랑에 빠진다. 두 사람 사이의 사랑은 뜨겁고 흡족했다. 킨 케이드는 떠나기 전날 함께 떠나자고 청하지만, 프란체스카는 유부녀로서 가정을 지키기 위해 이를 거절한다. 그는 그녀의 선택을 받아들이고 홀로 떠난다. 결혼이라는 '제도'와 자연으로서의 '사랑': 이상과 현실이 충돌하는 현상이다. 그 계곡에서 많은 사람들이 헤매고 있다. 어디에서 바라보느냐에 따라 그 평가는 달라진다. 두 사람의 진솔한 사랑에 많은 사람들이 환호하고 선망의 대상이 되기도 하였다. 이 영화가 회자되는 이유는 가정과 사랑 사이에 놓인 '건널 수 없는 다리'를 건넌 모습에서 대리만족을 얻었기 때문이 아닐까? '내로남불': 내가 하면 로맨스이고, 남이 하면 불륜이라는 속설이 규범과 현실의 간극을 잘 표현하고 있다.

'결혼'은 사랑의 무덤인가?

결혼이란 불완전한 두 사람이 하나의 가정을 이루는 것을 말한다. 배우자와의 만남이란 자기 인생을 결정하는 중대사로서 그 선택이 결혼생활의 행복과 불행 여부를 결정한다. 결혼은 법적으로는 하나의 계약관계로 일정한 권리와 의무가 발생한다. 부부는 동거하며, 서로 부양하고, 협조하여야 한다. 이러한 의무를 다해야 원만한 가정을 유지할 수 있게 된다. 결혼의 가장 중요한 요소는 사랑의 결실을 맺고 행복한 가정을 꾸리는 것이다.

결혼의 본질은 '사랑'에 있다.

　결혼이란 불완전한 두 사람이 하나의 '가정'을 이루는 것을 말한다. 결혼은 세 가지 요소로 이루어진다. 첫째는, '결혼식'으로 증인을 모시고 축하를 받으면서 결혼을 선포하는 것이다. 그런데 법적으로 반드시 결혼식을 올려야 결혼이 성립되는 것은 아니다. 둘째는, '결혼신고'로써 이 절차를 밟아야 비로소 그 결혼은 법적 효력이 있다. 법은 실질적 내용이 아니라 형식적 요건만을 따진다. 셋째로, 결혼의 본질은 바로 '사랑'에 있다. 원래 결혼은 종족 보존을 위한 방편이요, 협업을 통해 생활을 편리하게 하기 위한 것이었는데, 결혼제도는 동물과는 달리 성본능을 문화적인 것으로 승화시킨 것이다. 결혼이란 "자신의 신체에 대한 성적 사용권을 평생토록 단 한 사람의 이성에게 양도하는 계약"이라고 정의하는 사람도 있다(우에노 치즈코). 중요한 것은 결혼이라는 의식이 아니라 서로 사랑을 하는 마음의 자세다. 문화에 따라 차이가 있었지만, 근대 이전에는 대부분의 나라에서 사랑이 결혼의 조건이 아니었다. 그래서 '로미오와 줄리엣'처럼 사랑으로 결혼을 하려면 항상 비극이 빚어졌다. 오늘날에는 사랑이 결혼의 중요한 조건이라는 사실을 누구나 인정한다. 사랑이 없는 결혼생활은 그 자체가 불행한 것이다. 그러나 부부 사이에 영원한 사랑을 하는 사람들은 많지 않다. 사랑을 지속한다는 것은 쉽지 않다. 그러므로 사랑을 지속적으로 키워가기 위해서는 사랑하는 방법과 관리하는 기술을 습득해야 한다. 사랑으로 가정을 장식하는 것이 긴 행복으로 가는 길이다.

'기혼자의 행복지수'가 미혼자의 그것보다 높다.

카로스는 "인생은 만남이다."라고 말했다. 그중에서도 배우자와의 만남이란 자기 인생을 결정하는 가장 중요한 선택이다. 진화심리학에서는 결혼을 하는 이유는 생물학적으로는 협업을 통한 생존 보존과 대를 이어가기 위한 종족 보존에 있다고 한다. 그러나 결혼의 가장 중요한 목표는 사랑의 결실을 맺고 행복한 가정을 꾸리는 것이다. 결혼생활은 사랑, 일상의 공유, 경제적 통합과 성의 독점성 등을 특징으로 한다. 결혼은 일상을 공유하여 안정감을 줌으로써 기혼자의 행복지수가 미혼자의 그것보다 훨씬 높다. 일반적으로 동거자는 기혼자보다 덜 행복하고, 이혼하거나 별거한 사람과 사별한 사람이 가장 행복하지 못하다. 결혼은 직업 만족도·경제력·명예·공동체 생활 등 어느 것보다 더 행복을 가져다준다. 가정이 사랑과 행복의 온실인 때문이다. 행복한 사람의 상위 10%에 속하는 사람들은 사랑하는 사람이 있다는 사회조사도 있다. 개인적으로 생활할 때보다 비용이 적게 들고 재산을 축적할 수 있으므로 경제적 효과도 크다. 결혼은 부부 사이에 성을 매개로 하지만, 제도적으로 성관계는 둘 사이에만 인정되는 독점물이다. 그래서 혼외 성교를 금지하고, 법적으로 불륜에 대하여는 규제를 한다. 그러므로 결혼은 안정된 생활과 행복한 삶의 필요조건이며, 일반인들이 가는 필수적 과정이라고 할 수 있다. 결혼이란 제도가 대부분의 문화권에서 계속 유지되고 있는 이유다. 그러므로 사랑을 매개로 결혼을 하고, 가정 안에서 행복을 키우는 것이 최상의 행복을 누리는 지름길이다.

10월 17일

결혼은 일종의 '선택'인가?

누구와 결혼을 하는가에 따라 결혼생활의 행복 여부가 결정된다. 그러니 결혼 상대를 잘 선택하는 것은 행복으로 가는 길목에서 있는 장애물과 같다. 결혼을 한다는 것은 일종의 '선택'이다. 그런데 자유의사를 가지고 결정하는 데 가장 힘든 선택이 바로 결혼이다. '자유'냐 '구속'이냐 미혼은 자유롭지만 고독한 생활을 해야 하고, 결혼은 가정이라는 울타리를 만들어줌으로써 구속을 받지만 안정을 얻는다. 결혼의 가장 중요한 조건은 자기 권리의 절반을 포기할 마음의 자세를 가져야 한다. 몽테뉴는 가정을 새장에 비유하면서 "밖에 있는 새는 새장 안으로 들어가고 싶어 하고, 안에 있는 새는 밖으로 나가고 싶어 한다."고 적절하게 표현했다. 인간의 보편적인 심리상태다. "결혼은 해도 후회하고 안 해도 후회한다."는 소크라테스의 말이 결혼의 역설을 잘 표현하고 있다. 결혼은 혈통을 이어가기 위해 선택이 아니라 필수로 관습과 제도로 이어져 왔지만, 최근에는 젊은이들 사이에 선택이라는 풍조가 돌고 있다. 전자가 생물학적 이유였다면, 후자는 실용주의적 사고의 산물이다. 결혼을 하기 어려운 사회적 환경이 이를 부채질하고 있다. 독신자들도 인생을 즐기며 행복하게 살아가는 사람들이 있다. 자유를 만끽하면서 혼자인 것을 즐기면 행복할 수 있다. 삶의 가치를 의미 있는 삶, 다양한 인간관계 등 다른 곳에서 찾고, 그 생활을 즐기며 살면 행복할 수 있다. 인간사의 기본인 결혼도 그 의미가 변질되고 있다. 그래, 선택이다. 인생은!

배우자의 '선택기준'도 변화하고 있다.

　사회가 변함에 따라 사람들의 가치관이 변하고, 배우자를 선택하는 기준도 바뀌고 있다. 전에는 부모들이 점이나 사주를 통해 궁합을 맞추어보는 것이 관행처럼 유행했는데, 오늘날 젊은이들은 '속궁합'을 맞춰본다고 한다. '여과망 이론'에서는 배우자를 선택하는 기준으로 여섯 가지 여과망을 들고 있다. 근접성, 매력, 사회적 배경, 의견 일치, 상호 보완, 결혼 준비상태 등이 그것들이다. 결혼의 대상은 무한하게 열려 있지만, 근접한 관계에 있는 사람 중에서 매력 있는 사람을 고르고, 사회적 배경이 좋은 사람 중에서 의견이 잘 맞고 서로 다른 것을 보완하면서 결혼 준비가 되어 있는 사람으로 그 범위를 좁혀가면서 최종적으로 선택을 하게 된다고 한다. 완벽한 사람을 선택하려고 하면 실패할 수밖에 없고, 그런 사람을 찾았다는 생각은 착각이라는 것을 곧 알게될 것이다. 우리나라 남성들은 여성의 외모를 먼저 보고, 가정배경과 여성의 능력을 순서대로 보는 데 반해, 여성들은 건장한 신체를 우선적으로 보고, 다음으로 학력과 직업을 본다고 한다. 오늘날 결혼조건은 외모와 물질 등 실용적 조건을 중시하고 있다. 외모나 재산이 결혼의 중요한 조건이 되는 것은 인지상정인지는 모르지만, 바람직하지는 못하다. 가정불화의 원인은 기본적으로 성격에서 오므로 결혼의 가장 중요한 조건으로 성격과 가정배경을 살펴보는 것이 가장 중요하다. 따라서 상대방의 선택 기준은 현실적이고 합리적이어야 행복한 결혼생활을 할 수 있다.

결혼은 '약속'으로 서로 간에 책임과 의무를 다해야 한다.

　부부관계는 윤리적으로는 일종의 약속이지만, 법적으로는 하나의 계약관계로서 일정한 권리와 의무가 발생한다. 부부는 동거하며, 서로 부양하고, 협조하여야 한다(민법 제826조 1항). 이러한 의무를 다해야 원만한 가정을 유지할 수 있게 된다. 가장 중요한 권리와 의무가 성에 관한 것이다. 기독교에서는 '성'은 하나님의 창조물로써 부부에게 주는 '특별한 선물'이라고 한다. 부부간의 성은 내밀하지만 부끄러운 것이 아니고, 영적 소통이지 몸만의 교감은 아니며, 만족은 누리지만 쾌락의 탐닉은 안 된다고 한다. 성은 신뢰·존중·배려·사랑을 바탕으로 이루어지므로 부부간에 상호 의존과 책임이 따르며, 이러한 배경을 벗어나는 일탈과 무책임은 인정될 수 없다. 이를 국가적으로 제도화한 것이 '결혼'이다. 성은 부부 사이에만 인정되고, 혼외정사는 인정되지 않는다. 다만 형사상 간통죄는 폐지되고, 민사상 손해배상 의무만 남게 되었지만, 이것이 성적 자유를 인정하는 것은 아니다. 그러므로 오늘날 성의 자유라는 이름으로 행해지는 무분별한 성 행위는 규범적으로는 인정될 수 없다. 가정의 평화와 결혼생활의 지속을 위해서. 부부 사이에 개인으로서 평등이 보장되지만, 부부라는 특수한 신분에서 상이한 역할이 있다는 점도 명심해야 한다. 부부간에 의무와 책임을 다할 때 그 가정은 행복으로 가득 찰 것이다.

결혼은 사랑의 완성이 아니라 일종의 '과정'이다.

결혼식이 끝나면 결혼이 완성되는 것이 아니라 이것은 결혼생활의 시작을 의미하는 것이다. 결혼은 두 사람이 하나의 가정을 이루고, 함께 살아가는 것이다. 그러므로 결혼이란 결혼생활이 전개되는 '과정'임을 직시해야 한다. 결혼은 사랑을 매개로 형성되고, 또한 되어야 하므로 계속해서 사랑을 키워가는 과정이 결혼생활의 과제다. 결혼생활이 성공적으로 전개되기 위해서는 서로 인격을 존중하고, 신뢰를 가지고 있어야 한다. 사랑의 매체인 대화가 원만하게 이루어지고, 각자의 프라이버시가 존중되어야 한다. 부부간의 사랑은 에로스가 아니라 '아가페'다. 부부간의 사랑의 기초는 바로 희생에 있다는 사실을 명심해야 한다. 그런데 중요한 것은 사랑을 할 수 있는 '기술'을 연마해야 한다. 살다 보면 의견이 충돌하고 싸움이 벌어지기 마련이다. 서로 대화로 풀고, 타협하는 습관을 길러야 한다. 부부 사이에 평화공존을 할 수 있는 최후의 방법은 인내하는 것이다. 최대의 적은 세 치밖에 안 되는 혀를 통제하지 못하는 것으로 입조심하는 것이 중요하다. 소크라테스는 결혼이란 "인간이 만든 작품 중에서 최고의 예술작품"이라고 하였다. 행복한 가정을 이루기 위해서는 예술가가 모든 혼과 성을 다하여 작품을 만들 듯이 세심한 주의와 헌신적인 노력을 기울여 가꾸어야 한다. 행복한 가정을 만들어가는 과고, 결혼생활이 평화롭게 전개되는 것이 행복의 원천이다.

10월 21일

가족과 가족 간의 '관계'가 중요하다.

결혼은 당사자만의 결합이 아니라 그 배후에 있는 '가족과 가족의 결합'이기도 하다. 그래서 결혼생활을 잘하려면 가족 구성원 사이에 평화가 이루어져야 할 뿐 아니라 양가의 관계가 원만해야 한다. 부부는 서로 가정환경의 차이를 이해하고, 가족 간의 세대 차이를 극복함으로써 화목한 가정생활을 할 수 있도록 노력해야 한다. Family란 "Father and Mother, I Love You"의 약어로 풀이할 수 있다. 양가 부모님에게 효도하고, 형제간에 우애를 돈독히 하며, 양가의 화목을 이루는 것이 행복한 결혼생활의 전제조건임을 명심해야 한다. 대가족제도가 핵가족제도로 바뀌면서 가족 간에 거리가 생기고 사랑이 식어가는 현실이 안타깝다. 가정은 사랑의 온실이고, 가족을 묶어주는 원동력이다. 그런데 독립된 개체로서 여기면서 가정 분위기가 황막해지고 있다. 이처럼 가족의 참된 의미와 기능을 상실하고, 가족 간의 사랑을 잃어버리는 것이 우리들이 행복하지 못한 중요한 이유다. 한국 여성들은 결혼생활에서 불행의 원인이 주로 시댁과의 관계에서 갈등과 분노 때문에 생긴다고 본다. 남편들도 처가와의 관계를 잘 유지해서 원만한 관계를 유지해야 한다. 그러니 함께 사는 지혜와 기술을 습득해서 가정의 평화와 가족 간의 원만한 관계를 유지하는 것이 행복한 결혼생활의 중요한 과제이다. 가정의 평화가 행복의 기초라는 사실을 명심하고, 세심한 신경을 쓰면서 노력해야 한다.

제 43주
(10월 22일 -28일)

결혼의 '성공 요건'을 갖추어야
가정은 행복해진다.

　　연애는 사랑만으로 가능하지만, 결혼은 현실이므로 여러 가지 조건을 갖추어야 성공할 수 있다. 부부 사이라도 사랑만으로는 살 수 없다. 살아간다는 것은 곧 생활이며, 가장 중요한 수단이 돈과 성이다. 결혼생활은 대화로써 이루어지므로 대화의 기술을 잘 익혀야 하고, 부부 사이에도 프라이버시는 존중되어야 한다. 부부는 공동목표를 바라보고 서로 협력하면서 헌신적인 노력을 해야 한다. 무엇보다 쾌락적응에 빠져서는 안 된다.

연애는 사랑만으로 가능하지만, 결혼은 '현실'이다.

누구나 결혼은 하지만, 행복한 가정을 꾸리는 것은 어렵다. 결혼이란 "아직 누구인지 모르는 두 사람이 미래에 자신을 결박하고 기대에 부풀어 벌이는 관대하고 무한히 친절한 도박"이라고 알랭 드 보통은 정의한다. 결혼은 전쟁의 개시를 알리는 신호탄, 가정은 전쟁터, 결혼생활은 전쟁의 연속인 것이 일반적인 현실이다. 여기에 가세한 한 가지 요인이 여성의 지위향상이다. 여성들이 교육과 취업을 통해 '가모장제(家母長制)'까지는 아니더라도 남성들과 대등한 발언권을 가지게 된 점이다. 연애는 사랑만으로 가능하지만, 결혼은 현실이어서 여러 가지 조건들이 충족되어야 성공할 수 있다. 소크라테스는 "양처를 얻으면 행복자가 되고, 악처를 얻으면 철학자가 된다."고 하였다. 어떤 배우자를 선택하느냐가 가정의 안정과 평화를 유지하는 데 결정적인 역할을 한다. 결혼생활이란 이상과 현실이란 두 골짜기 사이를 헤매는 과정이다. 부부는 무촌(無寸)이다. 사랑해서 함께 살 때는 너무 가까워서 무촌이고, 헤어지고 나면 남남이 되어 무촌이 된다. 부부는 일심동체라고 하지만 당위적 요구일 뿐이고, 현실은 이심별체(二心別體)이다. 모든 것이 다른 두 사람이 완전한 하나가 될 수 없으니 온전한 가정은 있을 수 없다. 그러므로 남녀로서의 '고립성'과 부부로서의 '통합성'이라는 이중적 성격이 잘 조화를 이루어야 그 결혼은 성공할 수 있다(프롬). 그래서 좀처럼 풀기 힘든 난수표가 부부관계이다. 부부간에도 가정의 안정과 평화를 위해 필요한 덕목을 지켜야 한다.

10월 23일

'정'으로 살아야 사랑이 지속될 수 있다.

건전한 사랑을 이어가기 위해서는 짜릿한 사랑(열정적 사랑)이 아니라 '의미 있는 사랑(동반자적 사랑)'을 추구해야 한다고 소냐 류보머스키는 말했다. 부부 사이를 잇는 3대 요소가 사랑, 우정과 열정이다. 시간이 흐르면서 뜨거운 사랑은 정으로 변하고, 열정은 식어가며, 우정과 같이 변하지 않는 관계가 중요하다. 그렇다고 친밀감이나 유대감이 사라지는 것이 아니고 덤덤하지만 끈끈한 관계로 변하기 마련이다. 열정을 불러오는 성적 호르몬은 30개월 정도밖에 나오지 않는다고 하니 그 후 사랑의 열기는 식어갈 수밖에 없다. 알랭 드 보통은 '낭만적 연애와 그 후의 일상'에서 사랑이 유발했던 신비한 열정으로부터 눈을 돌릴 때 사랑이 지속될 수 있음을 지적하면서 사랑은 낭만주의로부터 현실세계로 내려와야 한다고 강조한다. 성적 호르몬이 말라버리면 사랑이 끝나는 것이 아니라 사랑은 '정'으로 변한다. 우리나라에서는 부부 사이에 애(사랑)는 식어가고 정으로 살아간다는 이야기가 옛날부터 있었다. '정=애정-애'라는 등식이 성립한다. 니체는 두 사람이 공동의 목표를 공유하는 사랑을 '우정'에 가깝다고 하면서 이러한 사랑이 이상적인 것으로 보았다. "결혼을 하고, 난관을 극복하고, 돈 때문에 자주 걱정하고, 딸과 아들을 차례로 낳고, 한 사람이 바람을 피우고, 권태로운 시간을 보내고, 가끔은 서로 죽이고 싶은 마음이 들고, 몇 번은 자기 자신을 죽이고 싶은 마음이 들 것이다. 바로 이것이 진짜 러브스토리다." 부부간의 사랑은 현실 속에서 이렇게 머물고 있음을 알아야 한다.

10월 24일

상대방에 대한 '관심과 배려'가 있어야 한다.

결혼생활에 헌신하는 것이 가정의 평화와 행복을 일구는 지름 길이며, 시간을 많이 투자하는 것이 최고의 보약이다. 상대방을 통제하려고 하지 마라. 결혼생활이 원만하게 이루어지기 위해서 는 부부 사이에 공감능력을 키워야 한다. 문제의 원인은 나 자신 에게 있다는 사실을 깨달아야 한다. 남편은 애정 표현을 잘해야 하고, 부인은 심리적 보약을 잘 제공해야 한다. 남편은 평소 아 내에 대한 관심을 가지고 '사랑해. 수고했어. 고마워.' 이 세 마디 만 하면 만사형통인데, 이러한 말을 못 한다. 아내의 모든 내조 에 감사하는 마음을 표현하게 되면 기계에 윤활유를 넣는 것처 럼 가정생활이 매끄럽게 굴러간다. 여러 가지 형식으로 사랑을 표현하면 아내는 행복의 세계에서 깨어나지 못할 것이다. 반대로 아내는 퇴근할 때 따듯한 미소를 머금고 수고했다고 격려해주는 등 남편에게 부드럽게 대하고, 다른 사람과 비교함으로써 자존심 을 상하게 해서는 안 된다. '당신은 잘할 수 있어'라면서 엄마가 자식에게 하듯 용기를 북돋아주고, 따듯한 가슴으로 포용해주어 야 한다. 가정과 사랑을 꾸려가는 것은 협업에 해당하므로 협력 하면서 각자 소임을 다해야 한다. 무엇보다 역지사지의 심정으로 상대방의 입장에서 생각을 하면 그 입장을 이해할 수 있고, 서로 충돌하지 않을 수 있다. 모든 것을 자기중심으로 생각하고 판단 하기 때문에 오해가 생기고 충돌이 일어난다. '행복하게 살려면 남자는 귀머거리가 되고, 여자는 눈이 멀어야 한다.'는 프랑스 속 담은 남의 이야기가 아니다. 서로 사려 깊게 배려함으로써 원만 한 결혼생활을 하는 것이 긴 행복으로 가는 길이다.

'돈과 성'이 결혼생활에 있어서 가장 중요한 수단이다.

부부 사이라도 사랑만으로는 살 수 없다. 살아간다는 것은 곧 생활이고, 가장 중요한 수단이 '돈'과 '성'이다. 이들 문제가 해결되지 않고는 행복한 가정생활을 이룰 수 없다. 데일 카네기는 결혼생활의 실패원인으로 불만족스러운 성생활, 여가생활에 대한 의견불일치, 경제적 곤란과 신체적·정신적 이상을 들고 있다. 돈은 최소한 기본적 수요를 충족시킬 만큼은 있어야 하며, 생존 그 자체의 문제가 생기지 않도록 노력해야 한다. 섹스는 육체적 교감이 이루어지는 일종의 대화로써 원만한 관계가 이루어져야 하므로 성적 기술은 배워야 한다. 그러나 기술과 숙련이 지속적인 사랑관계를 촉진시키기에는 충분하지 않다. 이혼 사유를 보면 경제적 이유도 중요하지만, 주로 '성격의 차이'를 들고 있는데, 실은 '성의 격차' 때문이라고 한다. 그만큼 성문제는 남녀 사이에 중요한 비중을 점하고 있다. 그런데 성은 섹스만을 의미하지는 않고, 성적 욕구를 만족시키는 방법은 다양하므로 그 방법을 알고 실천해야 한다. 마음과 육체의 교감과 대화를 통한 사랑이야말로 최상의 행복감을 줄 것이다. 초기의 열정적 사랑이 식어버리고 희생에 바탕을 둔 안정적인 사랑으로 발전하지 못하는 경향이 있다. 부부 사이에 권태기가 왔다고 생각하는 쾌락적응현상 때문이다. 결혼 전후에 보여주던 열정적 사랑은 시간이 흐르면서 '동반자적 사랑'으로 변하므로 부부는 정으로 살아가야 한다. 결혼을 성공으로 이끄는 것은 섹스가 아니라 친구와 같은 친밀함에 있다는 점을 깨달아야 한다.

결혼은 '긴 대화'이다.

니체는 결혼이란 '긴 대화'라고 말했다. 부부 사이에도 소통이 잘되어야 하며, 그 대표적인 수단이 대화로써 대화의 기술을 잘 익혀야 행복한 결혼생활을 할 수 있다. 소통능력이 부족한 것이 우리나라 가정에 불화가 생기는 주원인이다. 대화는 단지 의사소통방법에 불과한 것이 아니라 공감대를 형성하고, 사랑의 통로 역할을 해야 한다. 부부간의 대화는 사랑과 신뢰를 바탕으로 수평적 관계에서 이루어져야 한다. 부버가 말한 것처럼, 부부간에는 '너와 나'의 관계, 즉 인격을 바탕으로 대화가 이루어져야 한다. 먼저 상대방의 입장에서 생각하는 역지사지의 자세가 필요하다. 대화의 기법으로 '1:2:3'의 법칙이 있다. 한 번 말하고, 두 번 듣고, 세 번 맞장구치는 것이다. 친구처럼 대화하라. 사랑의 통로는 대화이고, 생활은 대화의 연속이어야 한다. 그 속에서 가정의 평화는 이루어지고 사랑은 자란다. 그런데 남성은 화성, 여성은 금성에서 왔으므로 대화의 목적이 다르고, 소재와 방법이 다르니 대화가 잘 안 되는 경향이 있다. 특히 한국 남성의 대부분은 가정 안에서는 시간 투자를 하지 않고, 대화를 잘하지 못하는 병리현상을 볼 수 있다. 가장 중요한 것은 '혀'를 통제하는 것이다. 잘만 쓰면 사랑의 병기가 되고, 잘못 쓰면 전쟁의 무기가 된다. 잔소리는 로맨스를 짓밟는 지름길이고, 비판은 사랑을 뭉개는 것이다. 상대방의 가슴에 비수를 꽂는 비난 같은 것은 피해야 한다. 세 치밖에 안 되는 자기 혀를 통제하지 못하기 때문에 불화를 자초하고 불행을 조성한다. 그러므로 대화하는 기술을 연마하여 가정의 평화를 이루는 것이 행복으로 가는 길이다.

'맞춰가면서' 살아야 가정을 지킬 수 있다.

부부간의 사랑이란 함께 공동목표를 바라보며 손잡고 걸어가는 것이다. 생텍쥐페리는 "사랑은 서로 마주 보는 것이 아니라 함께 같은 방향을 바라보는 것"이라고 했다. 결혼이란 두 사람이 함께 추는 춤과 같아서 보폭을 맞추지 않으면 안 된다. 연애 시절에는 사랑을 확인하기 위해 마주 보고 서지만, 결혼한 후에는 멀리 가기 위해 한 방향을 바라보며 걸어가야 한다. 남녀 사이에는 뇌의 구조와 심리적 감정 등에서 많은 차이가 있는데, 이러한 점을 이해하지 못하면 갈등과 싸움이 일어나기 마련이다. 사랑할 때는 서로 다른 것이 매력이지만, 사랑이 식으면 서로 다르기 때문에 싸운다. 그 목표는 원대하게 잡되, 부부는 몸과 마음을 합쳐 그곳에 도착하도록 서로 이해하고 협력하면서 헌신적인 노력을 해야 한다. 각자의 차이를 어떻게 조율하느냐가 부부간의 행복을 만들 수 있는 최대의 관건이다. 가정이란 흔들리는 배와 같아서 부부간의 갈등을 잘 풀어가는 것이 가정의 평화를 이룰 수 있는 방법이다. '2013년도 사법연감'에 의하면, 이혼 이유의 47.3%가 성격 차이라고 한다. 성격은 쉽사리 고칠 수 없으므로 가정이 평안하려면 서로 다른 점을 맞춰가며 살아야 한다. 같이 늙어간다는 것은 닮아간다는 것을 말한다. 외관만이 아니라 생각이 닮아가야 한다. 자기주장을 끝까지 관철하려고 하면 충돌될 수밖에 없고, 이것이 습관화되면 가정은 전장으로 변한다. 부부가 서로 다른 것을 인정하고 맞춰가는 것: 이것이 결혼생활이 성공할 수 있는 최고의 비법이다.

10월 28일

부부 사이에도 '프라이버시'는 존중되어야 한다.

　부부 사이에도 서로 '프라이버시'는 존중해야 한다. 같은 집 안에서도 부부가 각자 이용할 수 있는 공간을 만들거나 서로 독자적인 시간을 가질 수 있도록 해야 한다. 한 공간에서 항상 얼굴을 맞대고 있으면 싫증이 나고 거리감은 깊어진다. 때로는 숨이 막힐 때도 있을 것이다. 부부는 일심동체라고 하지만, 전연 다른 두 개체이므로 서로 인격을 존중하고, 다른 취향을 존중해야 한다. 시인 칼릴 지브란은 "함께 있되 거리를 두라/ 그래서 하늘 바람이 너희 사이에서 춤추게 하라? 서로 사랑하라/ 그러나 사랑으로 구속하지는 말라."라고 노래하고 있다. 영화 '라라랜드'에서 여주인공은 "요즘 사람들은 사랑을 선택하기보다 자기 꿈을 찾아가는 편"이라고 말했다. 서로를 소유하고 속박하려는 것은 욕심으로 사랑을 파멸로 몰아갈 수 있다. 진정한 사랑은 어느 정도 프라이버시를 인정하고, 일정한 자유를 주며, 함께 있으면서도 일정한 거리를 유지하는 것이다. 사랑은 구속이 아니라 서로 독립성을 인정하고 존중해야 지속될 수 있다. 부부 사이에도 감추고 싶은 것이 있는지 조사를 했더니 카카오톡 메시지 25%, 비자금 20%, 몰래 산 물건 10%, 몰래 선 보증 5% 등의 순으로 나왔다. 아내가 남편의 허락 없이 이메일을 보고 "잘 도착했어요?"라는 문자를 발견하고 상대방 여성을 상대로 청구한 위자료 청구 소송에서 법원은 이메일을 훔쳐보는 것은 사생활 침해로 벌금 30만 원을 선고하였다. 부부간에도 프라이버시를 존중해야 신뢰가 쌓이고 가정의 평화를 기대할 수 있다.

제 44주
(10월 29일~11월 4일)

결혼생활의 '현주소'는 어디인가?

연애는 이상이지만, 결혼은 현실이다. 결혼을 하고 나면 부부 사이에 여러 가지 이유로 갈등이 생기고, 심지어는 이혼까지 하게 된다. 부부 사이에 쾌락적응현상이 생기는 것이 그 신호이고, 성격 차이가 중요한 원인이 된다. 대화는 사랑의 기초이고 소통의 수단인데, 우리나라 남성들은 대화를 할 줄 모르기 때문에 문제를 키운다. 인생은 긴 인내이므로 인내심을 가지고 살아야 하며, 일단 결혼한 후에는 운명으로 받아들이는 것이 가정의 평화를 위해 현명한 처사다.

결혼은 '전쟁'인가?

결혼을 하고 나면, 그 기간은 사람마다 다르지만, "이게 결혼인가?"라는 의문이 곧 생긴다. 결혼이란 환상은 부부가 한 울타리 안에서 시도 때도 없이 벌이는 전쟁터로 변한다. 연애는 이상적이지만, 결혼은 현실적이다. "인간 세상은 이상과 현실이 함께 존재하면서 반드시 갈등이 발생하는 구조로 되어 있다(파우스트)." 그래서 부부 사이에도 사랑을 지향하지만, 갈등이 만연하는 것이 결혼생활이다. 바이런은 "여자는 천사지만 결혼하면 악마가 된다."고 했으며, 남성은 "잡은 물고기에게 밥을 주지 않는다."고 한다. 이처럼 결혼을 한 후에는 부부 사이에 서로에 대한 태도가 연애 시절과는 완전하게 달라지기 때문에 하는 말이다. 부부는 '일심동체'라고 흔히들 말하지만, 실제로는 '이심별체(二心別體)'이다. 부부는 사소한 감정 때문에 싸움이 시작된다. 부부는 남성과 여성이라는 이질적 존재이고, 각기 배경이 다른 가정에서 성장했으며, 성격에 차이가 있고, 대화하는 방법이 다르기 때문에 가정의 평화를 누리는 것은 쉽지 않다. 또한 남성은 여성에게서 어머니와 딸의 역할을 기대하고, 여성은 아버지와 아들의 역할을 기대하는데, 이러한 욕구를 충족시키지 못하는 데서 갈등이 생긴다. 결혼을 하고 나서야 누구라도 함께 산다는 것은 쉬운 일이 아님을 깨닫게 된다. 그러므로 서로 이해하고 양보하며, 다름에 맞춰가고 서로 인내함으로써 가정에 평화와 행복을 만들어가야 한다. 무엇보다 부부싸움에서는 지는 것이 이기는 것임을 알아야 하며, 가정의 평화를 위해서는 각고의 노력이 필요하다.

10월 30일

'쾌락적응'현상이 가정을 위기로 몰아간다.

사랑에도 유효기간은 있다. 본인들의 의지와는 상관없이 사랑의 한계는 찾아온다. 결혼은 현실이므로 이상을 추구하는 낭만주의의 꿈에서 깨어나 현실주의의 세계로 나와야 한다. 결혼을 하게 되면 처음에는 행복도가 높아지지만, 2년 정도가 흐르면 성적 욕망도 감퇴하면서 결혼 이전의 수준으로 돌아간다는 것이 정설이다. 한 조사결과에 의하면, 행복한 생활을 하는 부부는 5-10%에 불과하다고 하니 대부분의 사람들은 그저 그런 결혼생활을 하고 지낸다는 이야기다. 그 이유는 애정이 사라져서가 아니라 '쾌락적응'현상으로 결혼을 한 후 곧 권태와 싫증이 찾아오기 때문이다. 그래서 재미와 즐거움을 함께 나누는 것이 필요하며, 취미생활을 함께 하는 것이 도움이 된다. "첫 키스는 마법이고, 두 번째 키스는 친밀함이지만, 세 번째 키스는 일상이다."라는 레이먼드 챈들러의 말 속에 잘 표현되어 있다. 부부는 열정이 식은 후에는 정으로 살아가는데, 이는 결코 사랑이 식은 것이 아니라 그 형태가 변한 것이다. 연애의 달콤한 감정은 짧지만, 결혼의 쓴 고통은 길다. 이것은 결코 병리현상이 아니라 누구에게나 찾아오는 생리적 현상이다. 그 과정에서 사랑은 열정만으로는 유지할 수 없고, 이를 관리할 줄 아는 '기술'이 필요하다는 사실을 깨닫게 된다. 그러나 쾌락적응현상이 침입할 때는 이를 극복할 수 있도록 새로운 변화를 시도해야 한다. 무관심이나 게으름은 결혼생활의 위기를 자초한다. 동일한 취미생활을 하는 등 생활에 변화를 주면서 새로움과 다양성을 추구해야 부부간에 지속적인 행복을 누릴 수 있다.

10월 31일

'성격의 차이'가 불화의 원인이 된다.

    가정에서 불행의 출발은 부부가 가면을 쓰지 않고 인간 본연의 모습을 그대로 보여주는 데서 나온다. 남성의 뇌는 인식능력과 운동통제기능이 강한 데 반해 여성의 뇌는 언어능력과 직관력이 강하다. 이러한 뇌 구조의 다름이 여러 면에서 갈등을 일으킬 수 있다. 그중에서 '성격의 차이'가 가장 중요한 부부 싸움의 원인이 된다. 애인의 경우는 성격이 다른 것이 매력이 되지만, 부부 사이에는 성격이 달라서 싸움을 한다. 그 이유는 애인에게는 사랑을 키워가야 할 먹이가 필요하지만, 부인에게는 가정 안에서 더 이상 먹이를 필요로 하지 않기 때문이다. 서로 믿고 벽이 없는 것이 한편으로는 가정의 평화와 사랑을 가져오지만, 다른 한편으로는 불화와 미움으로 변질될 수 있다. 그러므로 서로 다른 개체로서 부부가 생각이나 의견을 맞춰갈 줄 모르면 가정은 싸움터가 되어버린다. 승자도 패자도 없는 전쟁이 계속된다. 부부가 각자 이기심을 버리고, 상대방에 맞추며 살아가야 가정에 평화는 찾아온다. 양보가 최고의 미덕이다. 결혼이란 "그럼에도 불구하고 살아내는 일"이라고 한다. 그런데 성공을 위해서는 생명까지도 걸어가면서 노력을 하지만, 가정의 행복을 위해 노력하는 사람은 많지 않은 것 같다. 이러한 과정을 통해 부부가 변하고 성숙해져야 가정은 원만하게 유지될 수 있고, 가정을 행복의 보금자리로 만들 수 있다. 그러므로 성격의 차이를 이해와 대화, 양보와 합심, 그리고 사랑으로 극복함으로써 행복의 동산을 쌓아가야 한다.

'대화시간'이 부족해서 가정의 불화가 일어난다.

　　최근 인구보건복지협회가 조사한 '부부간 대화시간'에 관한 설문조사를 보면, 부부간에 대화시간은 30분 이하가 가장 많고 (38.4%), 대화를 하다 보면 싸우게 되므로 피한다는 답변(31.5%)이 나왔다. 대체로 남성들은 밖에서는 말을 잘하면서도 가정에서는 말을 잘 안 한다. 배우자 사이에 대화가 안 되면 간극이 생기고 외로움을 느끼게 된다. 대화야말로 사랑의 기초이고, 가정의 평화를 가져오는 통로이다. 이러한 문제를 서로 이해하고 수용함으로써 가정의 평화를 유지해야 한다. 부부 사이에 사랑을 하게 되면 좋은 점만 보이고, 싫어지면 모든 것이 다툼의 대상이 된다. 부부 사이에 사랑한다는 긍정적인 환상을 가지면 행복한 결혼생활을 할 수 있게 되므로 이러한 분위기를 만들기 위해서 노력을 해야 한다. 완전한 인간은 없다는 사실을 인정할 때 해결책은 도출된다. 서로 다름을 인정하고 배려하면서 대화를 하면 공감능력이 자라고, 어떤 문제라도 능히 해결할 수 있다. 그러므로 부부 사이에 대화시간을 늘려 사랑을 키우고 행복한 생활을 할 수 있도록 서로 협조해야 한다. 친구처럼 대화하라. 부부간의 사랑에도 에너지를 공급해야 지속될 수 있는데, 시간 투자가 최고의 명약으로 시간 투자를 많이 할수록 행복도는 높아진다. 조금만 신경을 쓰면 가능하고 그 효과는 큰데, 사람들은 효율성 높은 투자를 게을리하고 있다. 취미생활을 함께 하는 것이 대화의 소재도 생기고 시간을 함께 보낼 수 있으므로 부부 사이에 행복을 가꾸는 좋은 방법이다.

가정의 평화를 위해서는 '인내심'이 필요하다.

결혼을 한 후 말다툼·비난·경멸감·무시·과민한 대응 등으로 인해 일상적으로 부부간에 갈등과 싸움이 일어난다. 각기 헤게모니를 잡으려고 하는 싸움이 주된 원인이다. 그래서 이러한 갈등을 잘 극복하지 못하면 전쟁으로 번져간다. 웨딩 케이크가 가장 위험한 음식물이라는 풍자가 회자되고 있다. 결혼을 하면 3주일간 탐색을 하고, 3개월간 열렬하게 사랑하다가, 3년간 싸우고, 나머지 30년간 인내하며 살아야 한다고 한다. 그러니 결혼생활의 최선의 방법은 휴전상태를 유지하는 것이다. 결혼생활에 있어서 가장 중요한 것은 '인내심'이다. 참고 또 참고, 무기를 꺼내지 말고, 그냥 살아가는 것: 이것이 가정의 평화이고, 가정에 행복이 있다면 바로 이런 휴전상태다. 결혼은 판단 부족, 이혼은 인내 부족, 재혼은 기억력 부족 때문이라는 유머가 있다. 그러므로 인내하지 못하면 가정은 파탄으로 달려간다. 참을 인 자 세개를 실천하는 곳에 비로소 가정의 평화가 올 수 있다. 부부싸움에서는 지는 것이 이기는 것이라고 한다. 내가 죽을 때 전쟁은 끝나고, 남녀가 함께 묻히는 공동묘지가 되어야 가정은 살아난다고 누가 말했던가? 니체는 인생이란 '긴 인내'라고 말했다. 인내함으로써 가정의 평화가 올 수 있고, 행복이 깃들 수 있으니 인내야말로 명약이 아니겠는가? 사도 바울은 "사랑은 오래 참고 모든 것을 참으며 모든 것을 견디느니라(고린도전서, 13장)."라고 했다. 인내는 손해가 아니라 이기는 방법이고, 인내는 쓰나 그 열매는 달다.

결혼한 후에는 '운명'으로 받아들이는 것이 현명하다.

부부 사이에도 영원한 것은 없다. 부부는 일심동체라든가 백년해로하라는 말은 이상적이고 규범적인 것일 뿐, 영원한 사랑이나 완전한 사랑은 없다. 가능하면 인내하면서 함께 사는 것이 좋지만, 함께 사는 자체가 불행하다면 이혼하는 것이 더 바람직하다. 부부간의 관계가 끝나도 인생은, 아니 사랑은, 계속된다. 새로운 인생설계를 하고 재출발하여 다시 행복을 찾아야 한다. 그러나 이혼은 바람직하지 않으므로 현명한 판단을 해야 한다. 사랑이 무엇인지 두뇌는 알지라도, 가슴은 감정적이어서 이를 실천하기는 어렵다. 그러니 이것만 알고 실천하면 행복한 가정을 꾸려갈 수 있을 것이다. 상대방을 선택할 때에는 두 눈을 크게 뜨고 현명하게 선택해야 하지만, 결혼한 후에는 한 눈은 지그시 감고 나머지 한 눈으로 사랑스럽게 바라보면서 살아가야 한다 (Roosevelt). 톨스토이는 사랑은 선택이 아니라 '운명'이라고 말했다. 결혼한 후에는 그 결혼의 잘잘못을 따져보아도 아무런 의미가 없다. 가정의 갈등만 키울 뿐이다. 그러므로 결혼을 운명으로 받아들이고 살아가는 것이 가장 현명하다. 이것은 운명론자가 아닌 현자의 길이다. 백년해로는 저절로 이루어지는 것이 아니라 힘든 노력과 지속적인 인내의 산물이다. 계산만으로는 답이 나오지 않는 것이 결혼방적식이다. 그리하여 하나로 영원하게 행복한 결혼생활을 할 수 있도록 노력하는 것이 긴 행복으로 가는 길이다. 다만 종교를 가지고 신앙생활을 함으로써 부부가 믿음 안에서 하나가 될 때 불신자에 비해 더 행복한 생활을 할 수 있다.

'졸혼'이라는 새로운 부부관계가 등장한다.

일본에서는 새로운 결혼생활의 형태가 나타났으니 그 이름이 '졸혼(卒婚)'이다. 부부가 결혼형태는 유지하면서 서로의 삶에 간섭하지 않고 독립적으로 살아가는 삶의 방식을 말한다. 부부로서의 의무는 벗어나면서 이혼이라는 짐은 막을 수 있는 이점이 있다. 2004년에 '졸혼을 권함'이라는 책을 펴낸 스기야마 유미코는 졸혼이란 "오랜 결혼 생활을 지속해온 부부가 결혼의 의무에서 벗어나 각자 제2의 인생을 설계하는 것"이라고 했다. 우리나라에서도 tvN 드라마 '디어 마이 프렌즈'나 MBC 예능 '미래일기' 등이 방영되면서 관심을 끌기 시작하였다. 한 조사에 의하면, 졸혼이 여성은 63%, 남성은 54%로 많은 사람들의 희망사항이 되고 있고, 여성들의 선호도가 더 높게 나타났다. 황혼이혼의 대안이 될 수 있다는 의견이 67.8%나 된다. 개인에게 새로운 삶의 의미를 부여하고, 배우자와의 관계를 개선할 수 있다는 생각이다. 결혼의 틀은 유지하되 각자가 자유롭게 살고자 하는 것이다. 그러나 졸혼을 하려면 어느 정도 경제적 여유가 있어야 하고, 홀로 외로움을 극복할 수 있어야 하며, 식사나 청소 등 집안 관리를 스스로 할 수 있어야 하므로 충분한 준비를 하고 실행에 옮겨야 한다. 세상의 모든 것은 변하는 법; 결혼풍속도도 여러 가지 형태로 변해가고 있는데, 그 목적은 개인의 행복을 찾아가는 것이니 큰 틀에서 개인의 선택의 문제로 수용해야 할 것이다.

제 45주
(11월 5일 -11일)

'긍정정서'는 성공과 행복을
가져다주는 무기이다.

       행복과 불행을 결정하는 것은 우리 자신으로 마음가짐에 달려 있다. 그것은 우리 스스로 어떻게 생각하느냐에 달려 있다. 낙관주의는 우리들을 성공으로 이끄는 믿음이다. 긍정심리학은 행복하고 성공하기 위해서는 '긍정적인 생각을 해라.'라고 해법을 내놓는다. 긍정정서가 행복과 성공을 유인하는 원동력이다. 이러한 행복을 누리기 위해서는 낙관적인 생각을 하는 습관을 형성해야 하고, 이를 위해서는 교육을 통해 이해하고 훈련을 통해 익혀야 한다.

'긍정심리학'이 행복으로 가는 길을 열고 있다.

전통적 심리학은 일상생활에서 생기는 스트레스·걱정·슬픔·분노·불안·우울증·화·정신분열 등 부정적인 감정을 완화시키거나 제거함으로써 고통을 치유하는 방법을 주로 연구해왔다. 그 치유방법으로 신경안정제나 진정제와 같은 약을 처방해서 그 증상을 완화시켰다. 그러나 긍정심리학은 불필요한 불안을 느끼고 걱정을 하는 경우 생각을 바꿔보라고 권유한다. 긍정심리학은 부정적인 감정을 극복할 뿐 아니라 나아가 만족·안도감·성취감·용서(과거에 대한 긍정정서), 즐거움·몰입·열정·사랑·강인성(현재에 대한 긍정정서)과 희망·신용·자신감·낙관성(미래에 대한 긍정정서) 등 긍정적인 정서를 갖게 함으로써 행복을 추구하게 만드는 방법을 가르쳐준다. 긍정정서는 어려움을 이겨내고 마음속에 긍정심리를 불어넣어 스스로 행복하게 만드는 기능을 한다. 긍정적인 마음은 건강에 좋고, 자신의 장점을 극대화하며, 창의성을 높이고, 이타주의를 증진시키며, 인간관계를 원만하게 함으로써 삶의 질을 높이고 행복도를 끌어올린다. 긍정적 특성은 어느 정도 DNA에 의해 물려받기도 하지만, 후천적으로 노력해서 만들 수 있다. 성격 자체를 바꾸는 것은 어렵지만, 학습을 통해 사물을 바라보는 관점을 바꿈으로써 서서히 바꿔갈 수 있다. 전통적 심리학이 부정적 감정을 '제로' 상태로 만드는 데 목적이 있었다면, 긍정심리학은 부정적 감정을 긍정적 감정으로 전환시켜 '플러스' 상태로 만들려고 한다. 그러므로 부정적 감정을 극복하고 긍정적인 심리를 증진시키는 것이 지속적인 행복으로 가는 지름길이다.

11월 6일

적극적으로 '극복방안'을 찾아야 한다.

진화심리학에서는 마음도 오랫동안 자연선택을 거친 진화의 산물이라고 한다. 지구상의 모든 생물이 자연선택에 의한 진화론으로 설명되는데, 인간 행동만 예외가 아니라고 한다. 이러한 입장은 인간을 동물적 차원으로 끌어내리는 처사가 아닌가? 인간은 교육을 통해 진화하고, 도덕을 세워 이성을 추구하고 있다. 동물적 존재로서는 적자생존의 법칙이 적용될 수 있지만, 이성적 존재로서의 인간은 그 이상의 아름다운 세상을 추구하고 있으므로 이러한 견해는 전적으로 받아들이기 힘들다. 일상생활 속에서 부정적 감정들을 무조건 부정하거나 회피하는 것은 완전한 해결방법이 아니다. 이들 감정이 쌓이면 다른 방향으로 폭발할 수 있고, 나아가 질병으로 나타날 수 있다. 그러므로 충분히 그 원인을 분석해서 인지하고 다른 해결방법을 찾아야 한다. 피터슨은 긍정관계를 위한 방법으로 자신을 먼저 알고, 상대의 강점을 보며, 칭찬을 하고, 감사를 하며, 배려를 하고, 용서를 하며, 시간을 선물하고, 적극적으로 반응하는 8가지를 들고 있다. 종교가 그 대표적인 경우로 신앙생활을 함으로써 욕망을 벗어나 행복을 누릴 수 있다. 심리학자들은 인간은 DNA에 의해 타고난 자기만의 행복 수준이 있다고 하지만, 인간의 성격은 다양한 욕구·사고방식·행동양식 등의 조합으로 형성되어 있으며, 여러 가지 요인에 의해 변할 수 있다. 그러므로 자신만의 방법을 가지고 행복을 추구해야 한다. 긍정적인 감정을 가지도록 노력하고, 마음의 균형을 유지하면서 긍정정서를 실천하면 행복을 누릴 수 있게 된다.

'마음가짐'이 인생을 결정한다.

인생은 'ABCD'라고도 한다. 여기서 B는 출생, C는 선택, D는 죽음을 말하며, A는 태도를 말하는데, 이것이 인생에 있어서 가장 중요한 것이다. '마음'이란 단순한 생각을 의미하는 것이 아니라 감정과 무의식적 반응을 포함하는 개념이다. 감정은 생각에 대한 몸의 반응이고, 태도란 마음가짐이 외부로 나타난 것을 말한다. 선택의 결과에 따라 성공과 실패, 행복과 불행이 결정되는데, 그 요인이 바로 사람들의 마음가짐에 달려 있다. "마음가짐이 인생을 만든다(장이츠)." 목적지까지 인도하는 것은 자기 내면의 소리이므로 마음가짐의 상태가 좋아야 그곳에 안착할 수 있다. 세상을 어떻게 살아가느냐는 자신의 마음가짐에 달려 있다. 인생의 과정인 생로병사는 마음대로 바꿀 수 없지만, 마음가짐은 스스로 바꿀 수 있으므로 행복해지기 위해서는 항상 자신을 점검하면서 긍정적으로 문제를 풀어가도록 노력해야 한다. 행복은 스스로 다가오는 것이 아니라 자기가 노력한 만큼 얻을 수 있다. 그리고 생로병사도 마음가짐에 따라 그 의미가 달라지고, 긍정적으로 받아들이면 어떤 역경도 담담하게 극복할 수 있다. 시간을 잘 관리하고 열정적으로 일해서 성공으로 가는 것은 자신에게 달려 있다. 마음의 상처를 치유하는 것도 스스로 하는 것이다. 마음가짐이 어떤 행동을 하든 그 원동력이 된다. 지속적인 행복을 누리기 위해서는 마음가짐을 바르고 굳건하게 바로 세워야 한다. 결국은 스스로 마음을 다스려 평온과 만족과 기쁨을 찾을 때 행복은 지속되는 것이다.

'세상을 바라보는 태도'가 행복과 불행을 결정한다.

세상을 바라보는 태도는 낙관주의와 비관주의의 두 가지 유형이 있다. 성공한 사람들의 공통점은 긍정적인 생각과 태도로써 '나는 할 수 있어!' '반드시 해내고 말거야.'라는 신념을 가지고 열정적으로 일함으로써 마침내 성공을 거둔다. 이에 반해 실패한 사람들은 세상을 비관적으로 보고, 모든 일에 자신 없게 대함으로써 성공적으로 해내지 못하는 병폐가 있다. 이처럼 마음가짐은 인생의 관제탑과 같은 것으로 성공과 실패를 결정하게 된다. 부정적인 감정이 스며들 때 마음의 스위치를 돌려 긍정적인 감정으로 변화시키면 마음가짐은 얼마든지 바꿀 수 있다. 그러므로 항상 긍정적인 마음가짐을 가지고 모든 도전에 적극적으로 대응하는 것이 성공으로 가는 길이며, 그 과정에서 행복은 찾아온다. 하버드대학에서 이러한 사실을 입증하는 널리 회자된 스토리가 있다. 세일즈맨 두 명이 아프리카로 신발시장을 개척하기 위해 떠났다. 그런데 날씨가 너무 더우니 현지인들은 신발을 신지 않고 생활을 하고 있다. 이 광경을 보고 한 사람은 낙담을 하면서 신발을 신지 않으니 신발이 팔릴 리가 없다고 판단하고 그냥 돌아갔다. 그러나 다른 사람은 신발을 신지 아니한 사람들이 모두 고객이라는 생각을 하고 환호하였다. 그 후 그는 모든 현지인들이 신발을 신도록 함으로써 큰 성공을 이루어냈다. 바로 이것이다. 마음가짐에 따라 한 사람은 비관적으로 보고 실패를 하였지만, 다른 사람은 낙관적으로 보고 성공을 거둔 것이다.

'낙관적 사고'가 행복을 가져다준다.

  긍정심리학은 행복하고 성공하기 위해서는 '긍정적인 생각을 해라.'라는 해법을 내놓는다. "낙관주의는 우리들을 성공으로 이끄는 믿음이다. 희망과 자신감 없이는 아무것도 이룰 수 없다(헬렌 켈러)." 윈스턴 처칠은 "비관론자는 모든 기회 속에서 어려움을 찾아내고, 낙관론자는 모든 어려움 속에서 기회를 찾아낸다."고 했다. 긍정적인 마음은 열정을 가지고 삶으로써 인생을 즐겁게 만드는 비법이다. 낙관주의자는 새로운 해결책을 찾아 해결하는 데 집중하지 후회나 죄책감으로 고민하지 않는다. 낙관적인 시각으로 모든 것을 바라봄으로써 마음의 평정을 유지할 수 있으니 언제나 행복할 수 있다. 성공한 사람들의 공통된 특징은 현재에 충실하고, 자신의 상황에 감사하며, 미래를 낙관적으로 보고, 자신의 목표를 향해 열정을 다한다. 긍정적인 성격을 가진 사람이 부정적인 생각을 하는 사람보다 우울증 등을 앓지 않고 더 건강하고 오래 살며, 그 믿음 때문에 성공할 확률이 크다고 한다. 셰익스피어는 "마음이 유쾌하면 온종일 걸을 수 있고, 마음이 괴로우면 십 리 길도 지친다."고 말했다. 그러니 세상을 낙관적으로 바라보는 심성을 갖도록 노력하여야 한다. DNA로 성격은 50% 정도 물려받지만, 40%는 자신이 만드는 것으로 노력을 통해 낙관적으로 세상을 보는 심성을 키우는 것이 행복으로 가는 길이다. 행복은 행복해지려는 의지의 산물이고, 현실 극복의 결과이다. 그러므로 이러한 긍정적 정서를 높임으로써 마음을 잘 다스리는 것이 행복으로 가는 지름길이다.

11월 10일

'긍정에너지'를 강화하는 것이 행복으로 가는 비법이다.

긍정심리학자들은 부정적 사고를 극복하여 긍정적 심리상태를 형성함으로써 행복한 인생을 살 수 있다고 한다. 행복의 근원은 바로 긍정심리에 있다는 것을 과학적으로 입증하고 있다. 낙관주의를 비롯한 긍정적 심리상태는 면역기능을 강화하고 통증을 감소시키며, 스트레스를 잘 극복하게 함으로써 몸과 마음을 건강하게 만들어준다는 연구결과들이 나오고 있다. 모든 것을 낙관적으로 바라보고, 긍정적으로 생각하는 것이 행복과 성공을 유인하는 원동력이다. 긍정에너지는 건강하고 낙관적이며, 적극적인 힘을 가지고 있다. 또한 창의성을 높이고 이타주의를 증진시키며, 인간관계를 원만하게 함으로써 삶의 질을 높이고 행복도를 끌어올린다. 인간의 기질은 DNA에 의해 50%는 결정되고, 10%는 환경의 영향을 받지만, 40%는 자신의 노력으로 바꿀 수 있으므로 행복은 스스로 만들어가야 한다. 심리학자들의 처방은 자기의 고유한 기질의 장점은 살리고 단점은 보완하면서 사는 것이 최선의 방법이라고 한다. 긍정에너지를 강화하기 위해서는 주말에 자연으로 가라, 긍정적인 영화를 봐라, 일주일 단위로 자신이 이뤄놓은 성과를 기록하라, 식물을 키워라, 삼 개월에 한 번 여행을 떠나라 등을 권고한다. 인생에서 일어나는 일들을 자신의 뜻대로 통제할 수는 없지만, 이들을 바라보고 대하는 태도는 바꿀 수 있다. 행복감은 몸소 누릴 때보다 추구할 때 더 강하게 느낀다. 그러므로 이러한 긍정적 정서를 높임으로써 마음을 잘 다스리는 것이 행복으로 가는 첩경이다.

'내면적 즐거움'이 지속적인 행복을 선물한다.

달라이 라마는 행복에는 즐거움이라는 '감각'을 통한 것과 사랑·연민·나눔과 같은 '정신'을 통한 것의 두 가지 종류가 있다고 했다. 감각을 통한 즐거움은 일시적인 것으로 지속적인 행복을 누릴 수 없다. 외부적 자극은 일시적으로 나타나는 것이 그 특징이기 때문이다. 정신적 차원에서 얻는 내면적 즐거움이 지속적으로 누릴 수 있는 참된 행복이다. 명상·수련·산책 등을 통해 마음의 안정과 정신적 평화를 이룸으로써 내면적 행복에 도달할 수 있다. 자신이 가지고 있는 잠재력과 추구하는 가치가 내면의 세계에서 실현될 때 행복은 지속적으로 누릴 수 있게 된다. 지속적인 행복을 누리기 위해 노력해야 하는데, 신경과학자 데이비슨은 지속적인 행복에 영향을 미치는 것은 네 가지 독립적인 뇌 회로라고 했다. 긍정적인 상태를 유지하는 능력, 부정적인 상태에서 회복하는 능력, 집중하는 능력과 베풀 수 있는 능력이 그것들이다. 긍정적인 상태가 바로 행복을 의미하므로 이 상태에서는 적극적 의미에서 행복이 지속될 것이고, 소극적으로는 부정적인 상태를 극복하게 되면 행복으로 가는 것이며, 무엇인가에 몰입할 때 행복은 찾아온다. 이들이 자신의 기쁨을 누리는 이기적 행복이라고 한다면 베풂은 이타적인 행복으로 한 차원 높은 행복이다. 이러한 행복을 누리기 위해서는 낙관적인 생각을 가지고 바라볼 수 있는 습관을 형성하여야 하며, 이를 위해서는 교육을 통해 이해하고 훈련을 통해 익혀야 한다.

제46주
(11월 12일 -18일)

감정을 통제할 줄 알아야
'지속적인 행복'을 누릴 수 있다.

세상만사에 대응하는 '감정'에 따라 행복과 불행은 갈린다. 감정을 잘 통제하는 사람이 인생을 잘 관리함으로써 성공과 행복을 이룰 수 있다. 행복한 생활을 하기 위해서는 부정적 감정을 털어내고 긍정적으로 살아가야 하므로 최근에는 감정회복을 위한 훈련 프로그램이 도입되고 있다. 행복을 단지 순간적인 것이 아니라 지속적으로 누리기 위해서는 행복해지는 습관을 만들고, 긍정적인 사고를 하는 생활태도를 가짐으로써 지속적인 행복을 누릴 수 있다.

행복과 불행은 '감정'에 따라 다르게 나타난다.

세상만사에 대응하는 감정에 따라 행복과 불행의 길은 갈린다. '감정'이란 사물이나 사건을 접하면서 눈·귀·코·혀·몸과 뇌 등의 각종 기관을 통해 느끼는 신체적·정신적 반응을 말한다. 다윈은 인간의 감정으로 분노·공포·흥분·놀람·슬픔·경멸·기쁨·역겨움·애정의 아홉 가지를 들고 있다. "이 세상에는 나쁜 것도 좋은 것도 없다. 생각이 그렇게 만들 뿐이다."라고 셰익스피어는 '햄릿'에서 말하고 있다. 감정에는 기쁨·만족·흥겨움·환희와 같은 좋은 감정과 슬픔·분노·질투·원한과 같은 부정적인 감정이 있다. 불교에서는 마음의 평화를 강화하고 다른 사람의 행복을 지향하는 감정을 긍정정서로 보고, 마음의 평화를 깨고 다른 사람의 행복을 해치는 감정을 부정정서로 본다. 이러한 감정의 차이는 자율신경에 의한 자극, 생각과 판단에서 나오는 것이다. 감정 표현이 문제가 되는 경우는 강도 높게 표현하거나 부적절하게 표현함으로써 다른 사람에게 해를 끼치는 때이다. 정신의학자 맥스 몰츠비에 의하면, '합리적 생각'을 하게 되면 ① 사회적 현실을 대체로 인정하고, ② 생명과 신체를 보호하며, ③ 신속하고 효과적으로 목표에 달성할 수 있고, ④ 내적 갈등과 환경의 방해를 줄일 수 있으며, ⑤ 합리적 믿음은 행복을 누리는 데 도움이 된다고 한다. 합리적 생각을 하면 행복을 누리는 데 도움이 되지만, 반드시 그러지 않다는 데 어려움이 있다. 그러므로 부정적인 생각을 극복하고 긍정적인 생각을 함으로써 행복지수를 끌어올리는 것이 행복으로 가는 길에서 넘어야 할 과제이다.

감정을 잘 '통제'할 수 있어야 행복해질 수 있다.

인간은 감정의 동물이므로 희로애락을 겪으면서 살고 있다. 이러한 감정은 인간의 본성에 속하므로 벗어날 수 없다. 감정은 즐거움과 괴로움, 기쁨과 슬픔, 반가움과 두려움, 사랑스러움과 미움, 외로움과 어울림, 이기심과 이타심 등의 여러 형태로 나타난다. 그런데 이들 감정은 크게 좋은 감정과 나쁜 감정의 두 가지 유형으로 나눌 수 있다. 감정이 좋을 때는 즐겁고 행복을 느끼는 반면, 감정이 좋지 않을 때는 행복하지 못하다. 인간의 뇌에는 감정을 통제할 수 있는 신경회로가 따로 없기 때문에 문제가 발생한다. 감정을 피해갈 수는 없으므로 좋은 감정은 누리고 표현을 하되, 나쁜 감정은 건강에도 안 좋고 그 표현은 부메랑이 되어 돌아오므로 감정을 잘 통제할 수 있어야 한다. 제임스 알렌은 인생과 정신세계에도 인과법칙이 적용된다고 하는데, 행복과 불행이 반드시 인과법칙에 의해 갈린다고 말하기는 어렵다. 인생은 결코 단순한 계산 문제가 아니므로 그 답은 천태만상이다. 홀리데이는 에고를 통제하는 것이 인생의 성공을 위한 기초공사라고 했다. 감정이 행동을 지배하는 자제력이 자신의 운명을 결정한다. 그런데 감정을 조절하는 것이 어렵기 때문에 불상사가 생기고 불행을 맛보게 된다. 감정에도 과유불급의 원칙이 적용된다. "감정을 잘 통제하는 사람이 인생을 잘 관리할 수 있다(스웨이)." 그러기 위해서는 균형 감각을 가진 인격을 형성함으로써 현명한 판단을 하면서 자신의 감정을 관리해야 행복의 길로 들어설 수 있다.

감정을 '통제하는 방법'을 익혀야 한다.

사회가 경쟁이 심해지니까 스트레스를 많이 받고, 화를 내고 우울증까지 생기는 등 감정이 부정적인 방향에서 나타나는 경향이 있다. 그러므로 불행에 빠지지 않는 방법을 아는 것이 행복으로 가는 첫걸음이다. 그러기 위해서는 감정이 행동을 통제할 수 있는 '자제력'을 키워야 한다. 이러한 힘은 원만한 인간관계를 형성하여 성공으로 가는 길을 튼튼하게 만들며, 자신의 건강과 행복에도 긍정적인 영향을 미친다. 행복한 생활을 하기 위해서는 이러한 부정적 감정을 털어내고 긍정적으로 살아가야 하므로 최근에는 감정회복을 위한 훈련 프로그램들이 도입되고 있다. 심리적으로 안정된 사람은 스스로 감정을 회복하는 습관을 가지고 있다고 한다(구체 고지). 그 습관으로는 ① 부정적인 연쇄 반응의 고리를 매일 끊어버리는 습관, ② 스트레스를 느낄 때마다 감정 회복 근육을 단련시키는 습관, ③ 가끔 멈춰 서서 자신을 돌아보고 성찰하는 습관을 들고 있다. 이러한 감정 정리를 도와주는 테크닉으로 부정적인 감정의 악순환에서 벗어나도록 함으로써 행복으로 다가갈 수 있다. 한편으로는 운동·음악·호흡·필기 등을 통해 적극적으로 기분 전환을 시키고, 다른 한편으로는 분노·질투·우울감·불안·공포 등 부정적 정서를 추방하거나 수용하거나 길들임으로써 해결해야 한다. 불교에서는 감정으로부터 해방되라는 권고를 하고 있는데, 이는 상당한 수양이 되어야 하므로 일반인들에게는 기대하기 힘들다. 결국 자신의 감정을 조절함으로써 '자기 관리'를 할 줄 알아야 불행을 자초하지 않고, 지속적인 행복을 누릴 수 있다.

'좋은 습관'을 가져야 지속적인 행복을 누릴 수 있다.

지속적으로 행복을 누리기 위해서는 좋은 습관을 가지고 있어야 한다. '습관'이란 행동이 반복되는 과정을 말한다. 행동이 반복되면 습관이 생기고, 습관이 계속되면 성격이 형성된다. 아리스토텔레스는 "반복적으로 하는 행동이 우리를 형성한다. 그러니 위대한 것은 행동이 아니라 습관"이라고 했다. 습관이 인생에 결정적인 영향을 미치고, 성격이 인생의 운명을 결정한다. 그래서 습관을 제2의 천성이라고 부른다. 행복해지는 것도 하나하나의 행복을 느끼는 행동이 반복되면서 행복으로 가는 습관이 형성된다. 행복이 단지 순간적인 것이 아니라 지속적으로 누리기 위해서는 행복해지는 습관을 만들어가야 한다. 그러기 위해서는 일상생활 속에서 행복해질 수 있는 일들을 자주 그리고 광범하게 하면서 생활화해야 한다. 습관에는 좋은 습관과 나쁜 습관이 있다. 일상생활에서 나쁜 습관을 고치고 좋은 습관을 가질 때 건강을 지키고, 일의 효율성을 높이며, 성공하는 삶을 누릴 수 있다. 좋은 습관을 형성하는 것은 쉽지 않으므로 '배움'과 '훈련'을 통해 의식적으로 반복해야 한다. 여기에는 강한 의지와 꾸준한 노력과 상당기간의 인내가 필요하다. 지속적인 행복도 낙관적인 심성을 가지고 세상을 긍정적으로 바라보는 습관을 가질 때 찾아온다. 행복은 자기만족에서 오는 것이고, 각자의 선택에 의해 결정되는 것이니 행복의 문제는 오로지 '나 자신의 문제'이다. 그러므로 훈련을 통해 나쁜 습관을 고치고 좋은 습관을 키워나가는 것이 행복의 비결이다.

'성격 형성'이 인성과 성공을 위한 초석을 이룬다.

사람들은 각기 다른 성격을 가지고 있다. '성격'이란 한마디로 규정할 수 없는 복잡한 심리체계를 이루고 있다. 사람의 성격은 태도·이성·의지·감정의 네 요소로 구성되어 있다. 인간은 사물을 접하면서 감정이 발산되고, 자기 의지에 따라 행동을 하며, 이성에 의해 통제를 하고, 그 결과가 행동으로 나타난다. 이들 요소가 어떻게 조합되어 나타나느냐가 그 인품을 보여준다. 자아를 형성하고 성공으로 가는 초석이 바로 성격인데, 이를 '인격'이라고 부른다. 성격은 자신은 물론 대인관계에 있어서 중요하며, 인생을 결정한다고 해도 과언이 아니다. "밝은 성격은 어떤 재물보다도 귀하다(카네기)." 하버드대학은 이러한 인성교육의 중요성을 강조하고 있는데, 소위 '하버드 인성'에는 근면성, 용감성, 강인성, 독립성, 겸손성, 학구열 등이 포함되어 있다. 이러한 인성을 갖추게 되면 훌륭한 인격체가 되어 자아형성에 이바지하고, 사회적으로 귀감이 되어 성공할 수 있는 가능성이 높아진다. 성격 형성에 가장 중요한 역할을 하는 사람은 부모들로 가정에서 교육을 통해 인성을 성숙시켜야 한다. 교육과 종교도 가르침을 통해 성격 형성에 중요한 역할을 한다. 그러므로 인성교육을 통해 자신의 행복은 물론 공동체적 행복을 끌어올려야 한다. 인성교육이 무너짐에 따라 공동체 가치가 잘 준수되지 않고 있는 것이 우리들이 불행한 이유 중의 하나다. 이성을 키워 감정을 통제할 수 있어야 자기 의지대로 실천할 수 있고, 스스로 행복과 성공을 쌓아갈 수 있다.

11월 17일

'성격'도 변화시킬 수 있다.

'강산은 바뀌어도 본성은 변하지 않는다.'는 속언이 있다. 그만큼 타고난 성격은 변하지 않는다는 말이다. 성격은 자신의 운명을 결정하므로 성공과 행복을 위해서는 합리적인 성격으로 개조해야 한다. 쑤린은 사람의 성격에 따라 인간의 유형을 사교형·신중형·주도형과 안정형으로 나누고 있다. '사교형'은 긍정적이고 적극적인 성격을 가지고 있어 밝은 성격을 가지고 모든 일에 적극적이다. '신중형'은 완벽성을 추구하기 때문에 모든 일에 신중하고 조직적으로 대처한다. '주도형'은 지도자의 자질을 가지고 있어 자신감을 가지고 저돌적으로 일을 처리한다. '안정형'은 항상 안정성을 추구하므로 자신감을 과시하지 않고 인내심과 겸손함을 보여준다. 인생을 살아감에 있어서 자신이 어떤 유형의 인간인가를 파악하고, 현명하게 살아갈 수 있도록 인성 단련에 노력해야 한다. 성격은 선천적인 요소가 중요한 비중을 차지하고 있지만, 노력만 하면 후천적으로 얼마든지 변화시킬 수 있다. 성격의 변화는 외부적인 환경의 변화와 내재적인 자기 제어의 영향으로 이루어진다(장이츠). 오늘날 긍정심리학자들은 다양한 실험을 통해 그 방법을 제시하고, 나아가 훈련을 시키고 있다. 마틴 셀리그먼은 인지치료기법을 통해 회복탄력성을 높여줌으로써 습관을 바꿔 행복의 길로 인도할 수 있다고 한다. 그러나 변화의 주체는 자신이므로 자신의 의지로 바뀔 수 있도록 노력을 해야 한다. 부정적인 생각을 버리고 낙천적인 성격을 형성하는 것이 성공과 행복의 길로 가는 것이다.

11월 18일

'자존감'이 행복을 결정하는 최후의 보루이다.

　자존감은 인간의 기본적 욕구이고, 내면의 세계에서 작동한다. '자존감'이란 자신의 능력과 성공에 대한 믿음을 가지고, 행복해질 권리가 있다는 확신을 가지며, 자신을 사랑하는 마음을 말한다(너새니얼 브랜든). 자존감을 가지고 있으면 긍정적으로 세상을 바라보고 인간관계가 좋으며 자신이 주인공이 된다. 심리학자들은 자존감을 정신건강의 척도로 보고, 자존감이 성공 가능성을 높여준다고 한다. 자존감은 '자신을 어떻게 평가하는가'의 문제로써 자신을 높게 평가할 수도 있고, 낮게 평가할 수도 있다. 자존감이 높은 사람들은 자신을 긍정적으로 바라보고, 자신을 사랑한다. 자존감이 높을수록 의미 있는 일에 관심을 가지고 도전을 하며, 성공을 일구어내고 행복을 선물로 받는다. 이에 반해 낮은 자존감을 가지고 있는 사람들은 자신을 부정적으로 바라보고, 자신에 대한 믿음이 부족하다. 자존감이 낮을수록 자신의 능력을 의심하고, 초조감이나 우울증으로 이어지며, 실패를 두려워하여 행동으로 옮기지 못하므로 행복과는 거리가 멀어진다. 건강한 행복감은 건전한 자존감에서 나오므로 자존감을 튼튼하게 세우고, 마음가짐을 굳건하게 하는 것이 고해라는 세상을 건너갈 수 있는 무기가 된다. 자존감이 높을수록 성공할 확률이 높아지고, 행복으로 가는 길이 탄탄하다는 연구 결과가 있다. 그러므로 자존감을 키워 자신을 긍정적으로 바라보고, 잠재력을 최대한 발휘함으로써 지속적인 행복으로 건너가야 한다.

'부정정서'는 행복을 위해
극복해야 할 과제이다.

이 세상 어느 곳이나 고통은 있기 마련이고, 인생에서 고통은 반드시 따라다닌다. 고통을 견디는 것은 힘들지만, 그로부터 얻는 교훈은 성공의 디딤돌이 되고, 인생을 튼튼하게 만든다. '모든 것은 지나가는 것': 이 진리를 인식하고, 있는 그대로를 수용하고 살아가는 것이 행복으로 가는 길이다. 행복해지려면 행복을 가로막는 사소한 것들을 버리고, 자신의 내부에서 '마음의 평화'를 추구하면서 사는 것이 행복으로 가는 지름길이다.

인생은 고통으로 가득 찬 '고해'다.

　불교에서는 인생은 '고해(苦海)'라고 부른다. 이 세상 어느 곳이나 고통은 있기 마련이고, 인생에서 고통은 반드시 따라다닌다. 누구도 평생 행복을 누리는 사람은 없으며, 행복과 불행 사이를 오가며 살고 있다. 바이런은 "행복과 불행은 쌍둥이로 태어났다."고 했다. 세상에서 감각적으로는 슬픔과 기쁨, 고통과 즐거움, 소통과 소외감, 건강과 질병, 부와 빈곤 등 즐거움과 괴로움은 인생의 두 개의 얼굴이다. 바버라 프레드릭슨·마르샬 로사다는 이것들의 비율이 '3:1'이라고 했다. 이 비율에 반론이 있지만, 그만큼 세상사에는 고통과 슬픔이 더 많고, 이는 거부할 수 없는 엄연한 현실임을 말해주는 것이다. 채플린은 "인생이란 멀리서 보면 희극이지만, 가까이서 보면 비극"이라고 말했다. 사람들은 즐거웠던 일은 곧 잊어버리고 주로 슬펐던 일만 기억하고 힘들어하는 성향이 있다. 그래서 고통의 굴레에서 벗어나지 못하고 힘들게 살고 있다. "모든 괴로움은 영혼을 더 훌륭하게 만드는 연습과제일 뿐이다."라고 줄스 에번스는 말했다. 모든 부정정서가 반드시 해로운 것은 아니고, 스트레스·불안·공포 등은 초기에는 생존과 안전을 위협하는 상황에 대처할 수 있도록 순기능을 하기도 하므로 문제는 과도한 부정정서들이다. 모든 걱정은 스스로 만든 것이므로 스스로 없앨 수 있다고 아우렐리우스는 말했다. 긍정정서를 키워 불행의 원인들을 극복하고 즐겁게 사는 것이 행복으로 가는 길이다.

11월 20일

피할 수 없는 고통이라면 그대로 '수용'하라.

불교에서는 누구나 짊어지고 가는 8가지 고통이 있다고 한다. 병들어 죽고, 사랑하는 사람과 헤어지며, 원수와 만나고, 고통을 피하며, 식욕·수면욕·성욕·명예욕을 더하여 8고(苦)라고 부른다. 이처럼 세상은 문제들로 가득 차 있으며, 이러한 고통을 극복해가며 사는 과정이 인생이다. 불행을 피해가는 방법은 없고, 다만 극복해야 할 대상일 뿐이다. 문제가 발생하면 실패를 인정하고, 성공 가능성을 믿고, 정면 돌파를 시도하라. 그리고 점차적으로 개선해가라. 그러나 피해갈 수 없는 일들도 발생하는데, 그때는 있는 그대로 수용하라. "피할 수 없는 고통은 즐겨라(하버드대 명문 30)." 이 경구가 최고의 극약처럼 들린다. 주어진 상황을 받아들이는 것이 자신을 어려운 환경으로부터 해방시키는 것이고, 내 욕구대로 하려는 이기심을 극복하는 방법이다. "괴로움이 남기고 간 것을 맛보아라. 고통도 지나고 나면 달콤한 것이다(괴테)." 역경을 겪고 나면 정신력이 강해져서 새로운 적응력이 생긴다. 모든 것은 마음먹기에 달려 있으며, 운명이란 스스로 굴복하는 태도일 뿐이다. 그러므로 긍정적인 생각을 가지고 이를 탈출하려는 노력이 필요하며, 훈련을 통해 그 방법을 터득해야 한다. 석가모니가 설시한 고통을 극복하는 네 가지 진리는 "고통을 알아보고, 그 근원을 제거하여, 고통을 멈추게 하기 위해, 수행의 길을 걷는 것이다."라고 했다. 자신 앞에 놓여 있는 과제를 있는 그대로 수용하고, 하나씩 풀어가는 과정에서 인간은 성장하고 행복은 찾아온다.

고통은 인간의 위대한 '교사'이다.

사람들이 직접 겪는 고통은 교훈을 주고, 다시 반복하지 않는 반면교사의 역할을 한다. 이처럼 고통은 인간의 위대한 '교사'이다. 고통을 통해 인간은 지혜를 얻고 성장해간다. 고통을 견디는 것은 힘들지만, 그로부터 얻는 교훈은 성공의 디딤돌이 되고, 인생을 튼튼하게 만든다. 고통의 숨결 속에서 인간은 성장한다. 고통은 생각을 통해 바꿀 수 있고, 훈련을 통해 얼마든지 줄일 수 있다. 누구나 고통을 극복할 가능성을 가지고 있다는 점이 우리들에게 희망을 준다. 인간은 '회복탄력성'을 가지고 있기 때문에 어떠한 난관이 있을지라도 이를 극복할 수 있는 힘과 인내할 줄 아는 지혜가 있다. 독일 총리 슈뢰더가 보여준 것처럼 많은 위대한 인물들은 이와 같은 과정을 거치면서 성공을 거두게 된 것이다. 나쁜 일이 생기더라도 그 상황에서 일정 시간을 보내면 익숙해져 고통을 이겨낼 수 있는 내성이 생긴다. 그러므로 익숙함은 좋은 상황을 곧 잃어버리는 역기능을 할 뿐 아니라 나쁜 상황을 잃어버림으로써 곧 적응하는 순기능도 한다. 세상을 긍정적으로 바라보고 세상사를 낙관적으로 풀어갈 수 있도록 자신을 바꿔야 한다. 이것이야말로 고통을 초월하는 방법이요, 행복으로 가는 길이다. 습관이나 태도를 바꾸는 것은 쉽지 않지만, 절박하게 생각하면 가능해진다. 최근 긍정심리학자들은 부정정서를 긍정정서로 바꾸는 이론을 제시하고, 각종 프로그램을 만들고 있다. 그러므로 고통을 직시하면서 교훈을 얻어 행복으로 가는 길에 디딤돌을 놓는 것이 인생길이다.

11월 22일

고통: '이 또한 지나가리라!'

'모든 것은 지나가는 것': 이 진리를 인식하고, 있는 그대로를 수용하고 살아가는 것이 행복으로 가는 길이다. 탐험가에게 가장 큰 고통은 신발 속에 들어 있는 모래 한 알이다. 조그만 고통이 인생을 힘들게 만든다. 사람들은 자기의 고통이 가장 큰 것처럼 착각을 하며, 스스로 불행하다고 생각한다. 어떤 고통이나 고난일지라도 참고 견디면 언젠가는 해결된다. 출산은 고통을 주지만, 그 후의 기쁨은 무엇과도 비교할 수 없다. 주어진 고통을 있는 그대로 받아들여서 자신의 성장통으로 삼아야 한다. 우리에게 주어진 가장 값진 선물은 고통을 이기고 승리할 수 있는 능력이 자신 속에 있다는 사실이다(타고르). 생명과 형체가 있는 것은 구름처럼, 이슬처럼, 물거품처럼 사라지고, 모든 것은 변하므로 자연의 섭리를 깨닫고 그대로 수용하라. 그러면 근원적인 문제는 해결될 것이다. "고통은 인간을 생각하게 만든다. 사고는 인간을 현명하게 만든다. 지혜는 인생을 견딜 만한 것으로 만든다(패트릭)." 그러므로 고통은 인생의 교사이다. 이러한 고통을 통해 교훈을 얻고 인간은 성장을 하게 된다. 오늘의 나를 인정하고 생활을 즐기며 만족할 수 있는 사람이 진정으로 성공한 사람이고 행복한 사람이다. 사람은 죽을 때 "걸, 걸, 걸 하고 죽는다고 한다. 베풀 걸, 용서할 걸, 재미있게 살 걸." 지나고 나서 후회한들 무슨 소용이 있겠는가! 역경이 사람에게 주는 교훈만큼 아름다운 것은 없다(셰익스피어). 누구에게나 영원한 사막은 없다는 것을 명심하자!

11월 23일

불가능한 것은 '포기'할 줄 알아야 한다.

자기가 계획하고 있는 일이 마음대로 안 되는 경우가 종종 있다. 인간은 완전한 존재가 아니므로 자기 계획대로 다 성취시킬 수는 없다. 사람들은 세상이 불공평하다고 비난을 하면서 그 환경을 바꾸려고 한다. 그러나 환경을 바꾼다는 것은 제도적으로 이루어져야 하고 먼 훗날의 이야기다. 그러므로 먼저 어려움을 이해하고 적응하는 것이 선결과제다. 자신의 부족한 점을 찾아 이를 보완하도록 노력하여야 한다. 노력해서 바꿀 수 있고 성취할 수 있으면 밀고 나가되, 불가능하다면 그대로 수용하는 것이 현명하다. 어느 철학자는 이처럼 자기가 할 수 있는 것과 할 수 없는 것을 구별할 줄 아는 지혜를 가져야 한다고 했다. 불가능한 것에 인생을 거는 것은 무지하고 불행한 일이다. 리처드 칼슨은 "행복은 중요하지만 그것에 목숨을 걸지 않을수록 더 행복해진다."고 한다. 행복해지려면 행복을 찾아 떠나는 것이 아니라 행복을 가로막는 '사소한 것'들을 버리는 것이다. 불안·슬픔·질병·갈등·실패 등은 우리들을 불행하게 만들므로 행복해지려면 이것들을 미련 없이 버려야 한다는 것이 그의 처방이다. 이것들은 시간이 지나고 나면 사소한 것에 불과한데, 이것들에 목숨을 걸고 살지 말라고 권고한다. 그는 마음을 어둡게 만드는 장애물을 버리고, 삶의 중요한 것에만 집중하게 되면 더 행복해질 수 있다고 한다. 가장 중요한 것은 "이미 충분히 행복하다."는 사실을 깨닫는 것이다. 이처럼 불가능한 것을 포기할 줄 아는 것이 행복으로 가는 길이다.

행복은 자신의 '내면세계'에서 찾아야 한다.

행복은 밖에서만 찾으려고 하지 말고, 자신의 내면세계에서 찾도록 하는 것이 중요하다. 행복이란 주관적인 심리상태를 말하므로 외부에 있는 것이 아니라 자신 안에 있다. 인간의 불행은 성취하지 못함으로써 오는 불만족과 성취한 후에 오는 권태에서 온다. 이를 극복하는 방법은 스스로 욕망을 제어할 수 있는 자세와 역량을 갖추는 것이다. 세상만사를 있는 그대로 받아들이고, 자신의 지혜와 힘으로 극복해가야 한다. 행복은 만족할 줄 아는 마음에 깃들고, 종국적으로 마음의 평화에서 온다는 것을 깨달아야 한다. 폴 돌런은 성공과 행복을 위해서는 자신의 '피드백'에 주의를 기울이라고 강조한다. 행복은 행동의 결과물이므로 계속 행복해지려면 피드백이 필요하다는 점을 경제학자답게 강조하고 있다. 행복은 어디서 오는가를 규명하고, 이들을 계열화시켜 가장 중요한 요소부터 투입시키고(투입), 생활 곳곳에서 여러 가지 모습으로 누리며(변환), 경험을 통해 누리고 산출된 것은 피드백을 통해 우선순위와 양을 정한 후 다시 투입해야 한다. 이러한 과정을 거치게 되면 미래의 행복을 예측할 수 있게 된다. 또 하나의 방법이 자신의 과거에서 아름다운 추억을 찾아냄으로써 행복지수를 높이는 것이다. 심리학에서는 이러한 심리상태를 '심리적 퇴행'이라고도 하는데, 인생에 도움을 주는 이러한 생각은 긍정적인 기능을 한다. 행복을 밖에서 찾아다니면서 방황하지 말고, 자신의 내부에서 '마음의 평화'를 추구하면서 사는 것이 행복으로 가는 지름길이다.

행복은 긍정적으로 세상을 바라보는 '믿음'이다.

　세상만사에 대응하는 감정에 따라 행복과 불행의 길은 갈린다. 이러한 감정은 두뇌와 자율신경에 의한 물리적 자극 - 지각과 운동 작용 - 욕망과 생각에 의해 만들어진다(앨버트 엘리스·로버트 하퍼). "이 세상에는 나쁜 것도 좋은 것도 없다. 생각이 그렇게 만들 뿐이다."라고 셰익스피어는 '햄릿'에서 말하고 있다. 감정에는 행복에 도움이 되는 긍정적인 감정과 그러지 못한 부정적인 감정이 있는데, 이는 인간의 생각과 판단에서 나오는 것이다. 이러한 반응은 생리적인 동시에 심리적이고 사회적이다. 일부 심리학자들은 행복을 추구하는 것보다는 고뇌하지 않는 것이 더 중요하다고 한다. 행복은 소극적으로는 '고통이 없는 상태'를 의미하니까. 불행에 대한 두려움을 가지고 있다면 이미 그 인생은 불행한 것이다. 굳이 미래의 불확실성에 대한 불안을 느끼며 사는 것은 불행을 자초하는 것이다. 낙관적인 생각을 가지고 잘 될 수 있다는 희망을 가진다면 불안할 필요가 없다. 행복과 불행을 결정하는 중요한 요인은 그의 성격이 긍정적이냐 부정적이냐에 달려 있다. 불안·화·스트레스·번뇌 등 불행의 요소는 자신이 만든 것이므로 용기와 대책을 가지고 대한다면 이미 불행은 사라지고 말 것이다. 그러나 이 세상에 절대적 행복은 없다. 행복은 상대적인 것으로 불행을 피하면서 긍정적으로 세상을 바라보는 '믿음'이다. 가정을 바꾸는 것은 어렵지만, 관점을 바꾸는 것은 쉽다. 따라서 행복을 위해서는 긍정적인 사고를 하면서 세상을 바라보는 관점을 바꾸는 것이 행복으로 가는 길이다.

제 48주
(11월 26일~12월 2일)

부정적 정서는 '여러 가지 색깔'을 하고 있다.

　　　　세상은 고해로서 경쟁이 심하기 때문에 인간은
사회생활을 하면서 불안·스트레스·분노·화 등 여러 형태의
부정적 정서를 느끼게 되고, 이것들이 심해지면 우울증 등의 질
병으로 번져간다. 소크라테스는 우리 내면에 스스로를 치유할 수
있는 힘이 있다고 했다. 그 원인을 직시하여 극복하는 방법을 터
득하는 것이 육체적·정신적 건강을 위해 필수적이다. 위대한 성
공은 모두 인내의 산물임을 알아야 한다. 인내야말로 성공에 이
를 수 있는 길이며, 그 끝자락에서 행복의 꽃은 피어오를 것이다.

11월 26일

'부정적 정서'는 인간을 불행으로 몰아간다.

　세상은 문제들로 가득 차 있으며, 이 문제들을 극복해가는 과정이 인생이다. 아프지 않고 힘들지 않은 세대는 없으며, 누구나 고통을 안고 살아간다. 인간은 사회생활을 하면서 불안·스트레스·걱정·분노 등 여러 형태의 부정적 정서를 느끼게 되면 정신 건강뿐 아니라 육체적 건강도 나빠지게 되며, 이것들이 심해지면 우울증 등의 정신질환으로 번져간다. 행복으로 가기 위해서는 현실을 직시하고, 이에 용감하게 맞서 싸워야 한다. 불행을 피해가는 방법은 없고, 다만 극복해야 할 대상일 뿐이다. "인생의 가장 큰 영광은 넘어지지 않는 데 있는 것이 아니라 넘어질 때마다 일어서는 데 있다(만델라)." 어떤 형태로든 인간은 불행을 맞게 되므로 문제는 어떻게 이것을 잘 극복하느냐가 과제다. 그런데 인간에게는 어떤 고난이라도 극복할 수 있는 '회복탄력성'이 있다고 한다(하노 벡). 모든 것은 마음먹기에 달려 있으며, 어떤 난관도 극복할 수 있는 힘이 있다. 일상에서 '평정심'을 유지하게 되면 긍정정서가 강해지고, 재능을 잘 발휘할 수 있게 된다. 그러므로 긍정적인 생각을 가지고 이것을 탈출하려는 노력이 필요하며, 훈련을 통해 그 방법을 터득해야 한다. 오늘날 긍정심리학은 비관적 사고를 극복하고 긍정심리를 가지도록 치유하는 다양한 방법을 제시하고 있다. 정신의학자 맥스 몰츠비에 의하면, '합리적 생각'을 하게 되면 사회적 현실을 대체로 인정하고, 신속하고 효과적으로 목표에 달성할 수 있으며, 내적 갈등과 환경의 방해를 줄일 수 있다고 한다. 자신의 감정을 다스리는 법을 배우는 것이 바로 행복으로 가는 길이요, 인간으로서 성장하는 방법이다.

'스트레스'는 만병의 근원이다.

일상생활을 하면서 누구나 스트레스를 받으며 살고 있다. 스트레스의 개념은 아직 정리되지 못하고 있는데, 일상의 압박·긴장·곤경 등에 대한 반사적 작용에서 오는 육체적·정신적 증상을 말한다. 경쟁 사회에서 스트레스가 발생하는 것은 너무나 당연하다. 적당한 스트레스는 긴장감을 일으켜 보다 철저한 준비를 하게 만들고, 일의 효율성을 높이는 긍정적인 기능을 한다. 또한 면역력을 증가시켜 바이러스의 침입을 막아주고, 신체의 회복속도를 높여준다. 그래서 일정한 스트레스의 유발은 자기 발전을 위해 필요하며, 스트레스를 안 받는 안일한 생활은 발전을 저해한다. 그러나 스트레스를 너무 받으면 피로·두통·불면증 등 육체적 증상이나 불안·분노·우울 등 정신적 증상을 초래하여 건강을 해치고, 심지어는 우울증에 이를 수도 있으며, 인간관계가 끊어질 수 있는 위험성이 있는 질병의 원인이 된다. 이러한 현상을 '여키스-도슨 법칙'이라고 부른다. 현대사회가 경쟁이 심해짐에 따라 발생하는 현대적 질병으로 의사들은 스트레스를 '만병의 근원'이라고 한다. 스트레스는 생존과 경쟁의 산물로써 피해갈 수는 없지만, 운동·산책·요가·명상 등을 통해서 과다한 호르몬을 소모하면 해소될 수 있다. 스트레스는 상황이 만들어내는 것이 아니라 '생각'이 만들어내는 것으로 완벽주의를 탈피하고 자존감이 높을수록 스트레스를 덜 받는다. 그러므로 세상을 바라보는 마음가짐이 긍정적이고 적극적이며, 스트레스에 적응할 수 있는 '자기조절능력'을 키우는 것이 현대인들의 과제.

'불안'은 불필요한 걱정에서 온다.

인간은 생각하는 동물이다. 그런데 문제는 지나친 상상으로 생기는 부작용이다. 그 대표적인 것이 미래에 대한 걱정에서 오는 불안이다. '불안'이란 앞을 내다보기 힘들고 잘 해결될 것이라는 확신이 없을 때 생기는 마음의 상태이다. 사회가 복잡해지고 경쟁이 심해질수록 사람들은 불안을 느낀다. 비정상적인 불안과 공포로 일상생활을 하는 데 장애가 되는 일종의 정신질환이 '불안장애'다. 불필요한 근심·걱정은 행복을 앗아간다. 근심이 쌓이면 정신건강은 물론 육체건강까지 해칠 수 있다. 한 연구결과에 의하면, 걱정하는 대상의 대부분은 일어나지 않거나 별로 신경 쓸 필요가 없는 경우가 대부분이고(90% 이상), 어떻게도 바꿀 수 없거나(4%) 해결할 수 있는 경우(4%)는 얼마 안 된다고 한다. 불안을 극복하는 가장 좋은 방법은 많은 사회활동을 하고, 적극적으로 인간관계를 넓히며, 운동을 함으로써 스트레스를 줄이고 적극적으로 대처하는 방법이다. 불확실한 미래에 대하여 걱정을 하지 말고 오늘 열심히 사는 것이 중요하다. 그래서 다니엘 길버트는 "미래를 생각하지 말고 현재에만 몰두하라."라고 권고한다. 일이 잘 안 풀릴 때 걱정하지 말고, 해결할 수 있다는 자신감을 가지며, 마음의 평정을 유지하는 것이 중요하다. 비관적인 생각을 버리고 긍정적인 생각을 하도록 생활태도를 바꾸는 것이 가장 중요하다. 일상적인 방법으로 극복할 수 없는 때에는 최종적으로 정신과 의사를 찾아 조언을 구하고, 심한 경우에는 심리치료를 받아야 한다. 이 방법이 행복의 길로 가는 방법이다.

'화(분노)'는 행복의 적이다.

  사회생활을 하면서 일상적으로 일어나는 것이 '화(火)'이고, 그것이 심하면 '분노'로 표출된다. '화'는 자신의 감정을 다스리지 못함으로써 나타나는 약한 마음의 표현이다. '분노'는 주로 과거에 대한 기억에서 생겨나고, 그 기억에 집착하게 되면 고통을 확대재생산하게 된다. 분노와 관련이 있는 신경전달물질이 세로토닌인데, 이것이 부족하면 분노 공격성이 증가한다. 화는 자라기 마련이고, 마침내 화(禍)를 부른다. 화가 증오로 변하면 더 큰 화를 부른다. 우리나라는 가장 대표적인 '화 공화국'이다. 국민들의 성격 탓도 있지만, 복잡한 환경이 화를 부채질하고 있다. 분노를 계속 발산하면 성격이 삐뚤어지고, 참기만 하면 병이 될 수 있으므로 화를 잘 다스리는 것이 중요하다. 화에 대처하는 방법은 그 원인을 빨리 인식하고, 자기 마음에서 삭제해버리는 것이다. 자신의 내면에 집중함으로써 화를 통제할 수 있다. 그러므로 화를 없애는 것은 지혜와 이해를 통해 가능해진다. 화를 잘 내는 것은 습관이 되고 나중에는 성격이 되므로 지속적으로 화를 통제하는 기술을 스스로 습득하여야 한다. 자기감정을 다스릴 수 있는 '마음가짐'이 중요한데, 명상 등을 통해 평정심을 유지해야 한다. 화를 내는 것은 인생의 행복을 파괴하는 행태로써 화를 내지 않는 것이 행복하게 사는 방법이다. 법구경은 "성냄보다 더한 독약은 없다."고 한다. 그러므로 화를 다스릴 줄 아는 지혜를 얻어 마음의 평화를 지키면서 행복의 길로 가야 한다.

'우울증'은 무서운 질병이다.

일시적으로 느끼는 우울한 감정은 인간이 가지고 있는 보편적 현상이다. '우울증'이란 현실의 고통에 반응하는 심적 고통을 말하는데, 그중에서 정도가 심해 치료를 필요로 하는 상태를 질병으로서의 우울증이라고 부른다. 우리나라는 2012년 현재 우울증 환자가 270만 명에 이른다. 사회 환경이 심한 경쟁으로 살기가 힘들기 때문에 일어나는 현상이다. 그 증상이 계속되면 기억력 저하, 불안과 걱정의 증가, 정신적 고통, 의기소침, 절망 등이 나타나서 삶이 힘들어진다. 우울증에 걸리면 환경에서 받는 고통을 스스로 극복하지 못하고, 최악의 경우 '삶의 의미가 없다.'는 결론을 내리고 자살까지 실행하게 된다. 우울증 환자들에게는 이를 극복할 수 있는 환경을 조성해주어야 하고, 항상 주변의 관심과 도움이 필요하다. 일에 몰두하거나, 음악·영화 등을 통해 기분 전환을 하거나, 책·가족·친구 등과 함께하는 것이 필요하다. 특히 운동을 통해 스트레스를 풀게 하고, 마음을 이완시키는 습관을 길러주는 것이 중요하다. 그 정도가 심해지면 전문의를 찾아가 치료를 받아야 한다. 심리치료와 항우울제 처방을 하면 치료성공률은 80%에 이르므로 보호자들은 우울증 환자들로 하여금 조기에 치료하도록 돕는 것이 필수적이다. 가장 중요한 것은 항상 곁에 보호자가 붙어 있어 대화를 나누고 위로를 해줌으로써 고립감을 없애주어야 한다. 우울증을 이기는 최고의 명약은 행복이므로 행복의 길로 인도하는 것이 최선의 방법이다.

12월 1일

'인내심'은 사회생활에서 반드시 갖춰야 할 덕목이다.

누구에게나 시련이 오기 마련이다. 가정이나 직장이나 사회생활에서 항상 문제에 부닥치고 갈등을 일으키며 살아가고 있다. 이처럼 인생은 갈등의 연속이다. 어려움 없는 인생이 어디 있겠는가? 이러한 문제들을 감정적으로 처리하면 더 큰 화를 입을 수 있으므로 신중하고 합리적으로 대처해야 한다. 그러므로 사회생활을 함에 있어서 '인내심'이 절대적으로 필요하다. 인내는 갈등을 줄이고 분쟁을 피하는 훌륭한 방법이다. 인내가 때로는 능력보다 더 중요할 때가 있다. 능력이 부족하더라도 인내하고 기다리면 성취될 수가 있다. 참을 인(忍) 자를 풀이하면 마음에 칼을 얹어놓는 것이다. 참는다는 것은 그만큼 어렵다는 이야기다. 인내심이 없다면 사회는 원한과 보복으로 얼룩져 불행한 환경이 조성될 것이다. 그러니 불필요한 충동을 막고 사회적 평화를 유지하기 위해서는 인내하는 방법을 배워야 한다. 모든 것은 지나간다. 참고 견디면 시간이 해결해준다. 끝까지 포기하지 않으면 마침내 해결되기 마련이다. 괴테는 인내심을 키우는 방법으로 원대한 계획을 세우고, 등산을 하며, 가시 많은 생선요리를 먹는 것이라고 했다. 궁극적으로 자신의 마음을 통제할 수 있는 심성을 키워야 한다. "나그네에게 유일한 즐거움은 참고 견디는 것이다(헤세)." 위대한 성공은 모두 인내의 산물임을 알아야 한다. 인내야말로 성공에 이를 수 있는 방법이며, 그 끝자락에서 성공은 행복의 꽃으로 피어날 것이다.

인생이란 미래를 위해 현재를 '참고 견디는 것'이다.

15년째 파킨슨병을 앓고 있는 정신분석 전문의 김혜남은 병상에 누워 힘든 고통을 이겨내면서 그 고통을 깨달음으로 승화시켰다. "세상 다 버티는 것 아닌가요? 잘 버티는 게 중요한 거겠죠."라고 했다. 이것이야말로 불치병을 치유하는 최선의 방법이리라. 인생이란 결국 미래를 위해 현재를 참고 견디는 것이라는 교훈을 우리들에게 주고 있다. 그는 "내 병이 내 스승"이라고 했다. 자신이 고통을 겪으면서 비로소 다른 사람들의 고통에 공감하게 되고, 자신의 한계를 알게 되어 겸손해졌으며, 고통 속에서도 감사함을 알게 되었다고 한다. 인내는 쓰지만 열매는 달다. 이를 극복하기 위해서는 기다릴 줄 아는 미덕이 필요하다. 니체는 "행복이란 그 자체가 긴 인내이다."라고 했다. 인내: 그 과정의 연속이 인생이다. 소크라테스는 행복으로 가는 4단계 접근법을 제시하였다. ① 인간은 자신을 알 수 있다. ② 인간은 자신을 변화시킬 수 있다. ③ 인간은 의식적으로 새롭게 사고하고 느끼며 행동하는 습관을 만들 수 있다. ④ 우리가 철학을 삶의 방식으로 삼는다면 더욱 행복하게 살아갈 수 있다. 한 가지 모델을 강요할 수는 없다. 김혜남은 가능한 한 가족들에게 짐이 되지 않기 위해 웃음으로 대하면서 '유쾌한 짐이 되자.'고 결심을 하고, 마지막에 '조용히 온 데로 다시 가기'로 하였다. 남은 인생을 견디면서 희망을 그리고 마지막 행복을 꾸미고 있는 그녀의 모습은 아름답다. 어떤 경우라도 그 현실을 수용하고 인내하면서 이를 극복함으로써 행복을 쟁취하는 것이 성공한 인생이다.

'예술'은 한 차원 높은 행복을 가져다준다.

21세기는 '문화의 세기'라고 사람들은 말한다. 우리나라도 경제성장을 통해 생활환경이 풍요롭게 됨에 따라 일반인들이 문화를 누리며 행복한 생활을 지향하는 시대에 들어섰다. 학문과 과학 등 여러 분야에서 문화적 행복을 누릴 수 있지만, 그중에서 대표적인 영역이 예술이다. 예술의 본질은 '아름다움'을 추구하는 데 있으며, 과학·기술의 발전과 함께 예술의 영역은 다변화되고 있다. 이처럼 대양화되고 있는 예술을 감상하고 즐기면서 인생을 아름답게 만드는 것이 '문화적 행복'으로 가는 길이다.

예술이 '문화의 세기'를 주도하고 있다.

21세기는 '문화의 세기'라고 사람들은 말한다. 일반인들이 문화를 누리며 행복한 생활을 지향하는 시대에 들어섰다. 그중에서도 예술은 인간사회를 아름답게 만들고, 사람들의 문화생활을 향상시키는 역할을 하고 있다. 소크라테스는 예술이란 "청각과 시각을 통해 즐거움을 주는 것"이라고 했다. 예술의 본질은 '아름다움'을 추구하는 데 있지만, 예술도 시대정신에 따라 그 형식과 내용이 변화하고 있다. 그러나 인간이 아름다움을 추구하는 근본 정신은 변함이 없으며, 힘든 인생·황막한 세상을 벗어날 수 있도록 만드는 예술의 도구적 역할은 계속되어야 할 것이다. 괴테는 하루 한 편의 좋은 시와 음악과 미술을 접하도록 권유했다. 욕망을 벗어나 세상의 아름다움을 보는 것이 마음을 정화시켜 행복으로 들어가게 만든다. 도스토옙스키는 "인생은 위대한 예술이다. 산다는 것은 자신을 예술작품으로 만들어가는 것이다."라고 했다. 인생을 예술처럼 사는 것이 가장 의미 있는 인생이다. 인간의 모든 순간을 아름답게 만드는 것이 생활의 예술이다. 동물적 욕구를 충족시키는 데서 나아가 아름다움을 추구하며 삶의 질을 높이는 것이 행복의 차원을 높이는 방법이다. 예술작품을 감상하면서 아름다움에 몰입할 때 정신적 황홀경인 엑스터시를 느끼고 행복은 최고조에 이른다. 그래서 다양한 장르를 넘나들면서 감상하거나 직접 창작활동을 함으로써 문화생활을 즐기는 것이 질 높은 '문화적 행복'을 누리는 것이다.

12월 4일

'문학작품'을 읽으며 위로를 받는다.

대중들에게 가장 보편적으로 즐거움을 주는 예술 분야가 '문학'이다. 문학에는 시·소설·희곡·수필 등 다양한 종류가 있다. 문학작품을 읽으면 그 스토리에 재미를 느끼고, 때로는 위로를 받는다. 주인공들의 모습을 통해 간접 체험을 하면서 살아 있는 지식을 넓혀간다. 등장인물들 중에서 자기의 이상형을 발견할 수도 있다. 독서 중에 내면의 세계로 빠져들게 되면 간혹 엑스터시를 느낀다. 단순한 즐거움이 아니라 '인공행복' 못지않게 흥분되고 기쁨을 맛볼 수도 있다. 성장기에는 인생에 대한 많은 영향을 받기도 한다. 전문지식이 없어도 읽을 수 있고, 나름대로 판단하면서 즐거움을 누린다. 책 속에서 여행을 할 수 있고, 세상의 모든 것을 접할 수 있다. 자신의 취향에 따라 장르를 선택하면 된다. 감수성이 예민할수록 시를 선택할 수 있다. 문학작품을 읽는 것은 단지 소일하는 것이 아니라 그 속에서 간접 체험을 통해 인생의 폭을 넓힐 수 있으며, 문화적 행복을 누릴 수 있게 된다. 최근에는 많은 사람들이 직접 글을 쓰고 있다. 대학의 평생교육 프로그램을 비롯해서 백화점이나 지방자치단체에서 운영하는 문화센터 등 문학을 공부할 수 있는 곳이 늘어나고 있으며, 많은 사람들이 찾고 있다. 작가가 되는 것 이상으로 쓰기에 몰입함으로써 자신을 구원하는 성스러운 기능을 하고 있다. 글을 쓴다는 것은 고통스러운 작업이지만, 다 쓰고 난 후에는 보람과 기쁨이 행복을 가져다준다. 일상적으로 쾌락에 시간을 낭비하지 않고, 정신활동을 통해 자아완성으로 가는 것이야말로 높은 단계의 행복으로 가는 길이다. 그러므로 문학작품을 읽거나 직접 작품을 쓰면서 자신의 인생을 가꾸는 작업이야말로 아름다운 예술이다.

12월 5일

'음악'은 영혼에 즐거움을 선물한다.

　음악은 인간의 감정을 발산하고 정신세계를 표현하는 수단이고 방법이다. 예로부터 음악은 사람들의 흥을 돋우는 수단으로 주술·노동·운동·종교 등에서 '원시적 자극제'로 이용되어 왔다. 음악미학자 한슬리크는 음악은 단지 감정을 표현하는 것이 아니라 그 자체로서 정신세계를 보여준다고 했고, 베토벤은 어떤 지혜나 철학보다 더 높은 계시를 준다고 했다. 그래서 많은 위인들이 음악을 들으면서 위대한 작품을 남겼다. 음악을 좋아하는 사람의 행복도가 그러지 아니한 사람들보다 높다. 오늘날 음악을 즐길 수 있는 환경이 잘 갖추어져 있으므로 마음만 먹으면 음악을 즐기면서 행복을 누릴 수 있다. 자기가 원하는 시간에 자기가 좋아하는 음악을 듣고, 마음의 평화를 누리면서 행복해지면 된다. 일반인들에게는 음악 감상법이 따로 있는 것이 아니라 자신이 원하는 대로 들으면 된다. 다만 음악에 대한 지식과 선호도에 따라 듣는 장르가 다르고, 감상하는 방법이 다를 수 있다. 음악은 피로를 풀어주고, 안정감을 주며, 사색을 하게 만들고, 새로운 아이디어를 제공해준다. 음악인의 95%가 때로는 황홀감을 느낀다고 한다. 노래를 직접 부르면 스트레스가 풀릴 뿐 아니라 면역력이 생기고, 기쁨을 줄 뿐 아니라 노래 그 자체가 항우울제 역할을 한다. 악기 연주를 배우는 것은 가장 확실한 행복 레시피 중의 하나라고 한다. 오늘날 음악 치료가 유행을 하고 있다. 음악은 최고의 문화적 행복을 누리는 도구이다. 그러므로 음악으로 감정에 덧칠을 하면 그 인생은 더욱 행복해질 것이다.

'미술관'을 유람하며 마음에 채색을 한다.

　그림을 감상하는 것도 문화적 행복을 누리는 좋은 방법이다. '회화'란 "정신세계를 색채와 형태 및 구도로 표현하는 것"이라고 칸딘스키는 정의한다. 그림을 감상하는 사람들은 일차적으로는 눈을 통해 미적 감각을 느끼게 되고, 일단의 기쁨을 느낀다. 그러나 작품의 세계로 들어가 화가의 의도나 사상을 생각하게 되면 작품 속에서 사색여행을 하면서 희열을 느낄 수 있다. 현대 미술의 본질은 '새로움'을 추구하는 데 있으며, 창조성을 추구하기 위해 새로운 소재나 기술로 영역을 넓혀 다양성을 보여주고 있다. 종래 미술과 과학은 각기 미와 진리를 추구함으로써 서로 이질적이고 배타적으로 인정되어 왔지만, 오늘날 미술과 과학은 서로 교차하면서 공존하는 경향을 보이고 있다. 사진·영화·비디오·텔레비전 기술의 발달은 여러 유형의 설치미술을 가능케 만들었다. 심지어는 인터넷의 발달로 가상세계를 무대로 하는 '디지털 매체 예술'이 날로 번창하고 있다. 이처럼 새로운 매체가 예술의 새 영역을 만들어가고 있고, 예술세계의 변화를 불러일으키고 있다. 덴마크 작가 올라퍼 엘리아슨은 '세상의 모든 가능성'이란 개인전에서 "내 작품에서 관람객들은 소비자가 아니라 생산자이자 작가이고, 나는 기계 제작자일 뿐"이라고 말했다. 제작자의 의도를 밝히느라 스트레스 받지 말라고 권유한다. "당신이 느끼는 감정이 바로 예술이니까." 이처럼 다양한 미술작품을 관람하면서 마음을 치유하고 희열을 느끼며 살아가는 것이 행복의 차원을 한 단계 높이는 것이다.

'영화'와 '연극' 관람을 통해 나를 만난다.

영화가 초기에는 대중들의 소일거리로 여겨지고, 예술로 보지 않았다. 그러나 영화의 기술이 발전하고 콘텐트가 다양해지면서 영화도 예술의 영역으로 편입되었다. 영화는 보고 듣고 느끼는 '종합예술'에 속한다. 예술이 기계와 접목되면서 그 영역을 확장하기 시작하였다. 영화가 새로운 이미지를 만들어내고 새로운 시선으로 세상을 바라보면서 대중성과 예술성을 동시에 가지게 되었다. 영화를 보면 그만큼 보는 재미가 쏠쏠하기도 하지만, 새로운 정보를 얻기도 하고 새 세상을 체험하게 된다. 짧은 시간에 쉽게 하나의 작품을 감상할 수 있으므로 보는 재미가 무엇보다 다양하다. 셰익스피어는 "세상은 무대이고 인생은 한 편의 연극"이라고 했다. 한 편의 연극을 보면서 인생의 뒤안길을 음미해보면 인생이 새로워지는 기분이 든다. 연극은 '만남의 예술'이라고 한다. 괴테의 '파우스트'나 단테의 '신곡'을 보면서 내 정신은 새롭게 무장을 하게 된다. 배우와 관객이 대사를 통해 영적인 교류를 하는 것이 연극의 특징이다. 배우의 몸짓이나 무대공간과 테크놀로지들이 한데 어울려 극적 효과를 이루고자 한다. 물론 받아들이는 사람의 태도에 따라 다르겠지만. 연극 속에 나를 투영시켜 다른 인생을 간접적으로 체험한다. 때로는 치유를 받기도 하고, 때로는 분개하기도 한다. 그만큼 내 인생은 성숙해진다고나 할까? 그러므로 영화나 연극을 관람하면서 여가를 즐기면 인생의 폭을 넓히기도 하지만, 인생을 즐겁게 만들어 행복도를 높여갈 수 있다.

12월 8일

'사진' 속에 세상을 담근다.

　인쇄술이 발달하면서 사진술도 발전하게 되고, 기술의 일환으로 여겨지던 사진이 마침내 예술의 영역으로 편입되었다. 오늘날 사진은 정보를 전달하거나 사실을 설명함에 있어서 중요한 매체가 되었다. 사진도 다른 예술 장르와 마찬가지로 기본적으로 '아름다움'을 추구하는 예술이다. 사진술 하게 되면 '술(術)'이 들어가는데, 이를 처음에는 기술의 의미로 사용했지만, 이제는 예술의 영역으로 들어왔다. 사진 촬영은 이미지를 만드는 작업이다. 그래서 촬영은 대상을 있는 그대로 복사하는 것이 아니라 촬영자가 어떤 의도를 실현하거나 상황에 대한 느낌을 가지고 촬영함으로써 동일한 대상일지라도 다르게 형상화된다. 여기에 사진사가 만들어내는 사진의 예술성이 담겨 있는 것이다. 최근에는 취미로 사진을 찍는 아마추어들이 많이 늘어나고 있다. 행복한 추억을 만들고 기억 속에 남기기 위해 많은 사람들이 카메라를 메고 집을 나선다. 영화 '파리로 가는 길'의 여주인공 앤은 일상을 기억 속에 남기기 위해 항상 카메라를 들고 다니면서 사진을 찍는다. 카메라 한 대만 있고 약간의 기술만 배우면 언제든 카메라를 메고 행복을 찾아 나설 수 있다. 카메라를 메고 집을 나서는 순간 자유로움을 누리게 되고, 새로운 것에 대한 호기심을 느끼며, 새로운 희망을 건지게 된다. 사진 속에 스토리를 담으면 그것이 곧 추억의 대상이 되고, 삶의 의미를 불어넣을 수 있다. 그러므로 마음의 여유를 가지고 관심을 돌려 카메라와 동행을 하면 그 속에 행복을 담을 수 있다.

12월 9일

'새로운 경향의 예술'이 우리들을 유혹하고 있다.

세상은 변하고 예술도 변한다. 예술도 어느 장르든 시대정신을 반영하면서 새로운 방식과 기술 그리고 영역이 생겨나고 있다. 그 영역이 다변화·다양화되고 있다. 리우 올림픽이 세계인들의 걱정과는 달리 특별한 사고 없이 여러 가지 감동을 주고 그 막을 내렸다. 우리나라 선수들은 10-10 목표는 금메달 한 개가 부족해서 달성하지 못했지만, 몇 선수의 드라마틱한 장면 연출로 국민들에게 감동과 용기를 주었다. 가장 감동을 준 것은 개막식이었고, 그중에서 가장 이색적인 장면은 개막식의 마지막을 장식하는 성화 봉송식이었다. 성화 봉송의 마지막 주자인 브라질 마라토너 반데를레이 리마가 점화하는 순간 불꽃이 금속 꽃잎에 반사되어 밤하늘에 별꽃을 장식하였다. 이 성화대는 미국조각가 앤서니 하우니의 '키네틱 아트(Kinetic Art)' 작품이었다. 이는 바람이나 물리적인 동력을 이용해 움직이는 모습을 형상화하는 '움직이는 예술'이라고 부른다. 컴퓨터 프로그램으로 디자인하고, 레이저 커터로 금속 조각을 한 후 움직임을 만들기 위해 과학을 접목시키는 예술형식이다. "인간이 할 수 있는 건 한계가 없다."는 메시지를 전하고 싶었다고 말했다는데, 이는 예술이 과학과 상상의 날개를 달고 새로운 변화를 시도하고 있음을 보여주었다. 그 감동을 통해 사람들은 예술에 더 접근할 수 있고, 새로운 행복 메뉴를 얻게 되는 것이다. 이처럼 예술의 형태가 여러 장르를 융합시키는 종합예술의 형태로 바뀌고, 과학과 기술을 활용한 새로운 예술형태가 등장하고 있으니 우리들의 행복의 영역도 확장되고 있다.

제 50주
(12월 10일 - 16일)

'공동체 가치'는 이타적 행복을 추구한다.

인간은 동물적 존재로부터 '문화적 존재'로 진화하면서 만인에 대한 만인의 투쟁을 연출하는 자연상태를 극복하고, 평화 속에서 공존하기 위하여 사회계약을 통해 '국가공동체'를 만들었다. 공동체의 궁극적인 목표는 구성원들이 함께 잘 살 수 있는 '공생'에 있으며, 개인의 자유와 권리는 공동체 가치와 조화를 이루는 범위에서 행사되어야 한다. 개인의 행복도 공동체 가치와 조화를 이루어야 하는데, 우리나라 사람들이 행복하지 못한 이유는 이러한 공동체의식이 무너지고 있는 점에 있다.

자연상태를 벗어나기 위해 '국가공동체'를 만들다.

   인간은 기본적으로 자신의 삶을 위한 이기심을 가지고 있으며, 이는 사회생활을 함에 있어서 기본적인 사고와 행동의 틀이 된다. 그 결과 자원이 부족한 자연상태에서는 자신의 생존을 위해 '만인에 대한 만인의 투쟁'이 연출되며, 생태계에서는 약육강식과 적자생존의 법칙이 변함없이 적용된다. 인간은 이성적 존재로 진화하면서 이러한 상태를 극복하고 평화 속에서 공존하기 위해 사회계약을 통해 '국가공동체'를 만들었다. 이처럼 인간은 동물과는 달리 협동을 추구하면서 공생을 하는 길로 진화해왔다. 국가공동체의 존재이유는 기본적으로 안전과 질서와 평화를 유지하는 데 있다. 이를 조지 베일런트는 '문화적 진화'라고 부른다. 한배를 탄 사람들이 안전하게 운항을 하기 위해서는 질서와 평화를 유지하고, 연대와 협동을 추구함으로써 공생하는 것이 목표다. 그 근저에는 구성원 간에 신뢰가 있어야 하며, 인간은 그 자체가 목적으로서 존엄성과 평등이 보장되어야 한다. 물론 개인에게 자유와 권리가 보장되고, 경쟁을 통해 사회발전이 이루어져야 하지만, 이들 가치는 공동체 가치를 준수하고, 그들과 조화를 이루는 범위 안에서 인정될 수 있다. 그래서 공생을 위한 의무와 책임이 동시에 부여되어 있다. 개인적 가치와 공동체의 가치는 상반되는 것이 아니라 상호 간에 조화를 이루고 있어야 한다. 이러한 환경과 조건이 갖추어진 공동체 안에서 비로소 온전한 행복을 누릴 수 있으므로 공동체 가치를 준수하면서 행복을 추구하는 것이 행복으로 가는 올바른 길이다.

'공생'이 공동체의 궁극적 목표이다.

인간은 자연상태에서 벗어나기 위해 공동체를 형성하고 공생을 추구하도록 진화해왔다. 공동체의 궁극적인 목표는 구성원들이 함께 잘 살 수 있는 '공생(共生)'에 있다. 이웃이 불행하면 자신만이 행복할 수 없다. 공동체의 기본적 가치는 '이타주의'에 뿌리를 두고 있다. 이기심과 탐욕을 버리고 다른 사람들에게 선의를 베풀어야 자신도 행복해지고 사회가 건전하게 굴러갈 수 있다. 선행을 통해 얻는 기쁨이 어떤 기쁨보다 더 크다는 사실이 사회조사를 통해서도 입증되었다. 참된 행복은 공동체적 행복에서 나온다. 개인주의, 자본주의와 민주주의는 개인의 자유와 이기심에 기초를 두고 있지만, 공동체 가치를 수용하면서 서로 조화를 이루어야 한다. 자본주의는 공정한 경쟁을 통해 전개되어야 하고, 사회적 약자에게는 생존문제를 해결해주어야 한다. 이타심은 인간의 DNA로 전수되어 온 본능적 행위라는 입장이 있는데, 이에 관하여는 견해가 갈린다. 인간의 본성을 선으로 보느냐 악으로 보느냐에 따라 성선설과 성악설이 갈리는 것처럼. 그러나 인간의 심성은 본래 선하거나 악한 것이 아니라 환경에 따라 변할 수 있는데, 교육과 종교를 통해 인성을 개선할 수 있다. 따라서 공생을 유지하기 위해서는 도덕이 토대가 되고, 규범을 통해 보장하여야 하며, 구성원들은 공생을 최고의 가치로 실천하면서 살아야 이타적 행복을 누릴 수 있다. 그러므로 연대와 협동을 통해 공생을 하면서 '공동체적 행복'을 키워가야 자신은 물론 국가가 건전하게 발전을 할 수 있다.

공동체 가치를 준수하는 '덕성'이 행복을 가져다준다.

인간이 사회계약을 통해 국가공동체를 구성한 것은 함께 생존을 누리는 공생이라는 황금률에 있다. 조지 베일런트는 인간은 유전적으로나 문화적으로 도덕적인 동물로 진화해왔다고 한다. 공생을 위해서는 신뢰, 연대와 협동이 필수적이며, 사회정의를 실현하기 위해 나눔, 기부와 봉사가 행해져야 한다. 국가공동체 안에서 공생하기 위해서는 이와 같은 공동체의 가치를 준수하는 덕성을 갖추어야 한다. '덕성'이란 공동이익을 위해 개인의 이익과 권리를 넘어 공동체 가치와 조화를 이루는 방향으로 행동하는 것을 말한다. 피터슨과 셀리그만은 행복이 지향하는 목표를 덕으로 보고, 이들을 '지식과 지혜의 덕, 용기의 덕, 인간애의 덕, 정의의 덕, 절제의 덕, 초월의 덕' 등으로 분류하고 있다. 이들을 충족시킬 때 웰빙 상태를 성취할 수 있다고 하면서 이를 '도덕적 행복'이라고 부른다. 샤를 바그네르는 진정한 삶이란 이러한 미덕을 실천하는 것이라고 했다. 이러한 이타적 활동을 통해 기쁨을 유지하는 것이 지속적인 행복을 누리는 방법이다. 프랑수아 를로르는 "행복은 다른 사람의 행복에 관심을 갖는 것이다."라고 했다. 자기중심적 태도는 인간관계를 망치고, 실패를 극복하는 힘을 약화시킨다. 남을 도움으로써 자신의 기쁨을 발견할 때 자신이 행복해지는데, 이를 '현명한 이기심'이라고 부른다. 이처럼 다른 사람에 대하여 관심을 가지고 배려를 하며 자선을 베풀면 자신의 기쁨을 배가시키는데, 이것이 지속적으로 질 높은 행복을 추구하는 방법이다.

'효 윤리'는 사회질서의 기본적 가치로 부활되어야 한다.

해방 이후 서구 문명과 사상이 물밀듯이 들어오면서 기존의 가치관인 동시에 사회질서의 기본축인 유교사상은 힘없이 밀려났다. 당시에는 사회규범의 중심인 '효'가 덕의 기본으로서 나라를 지배하는 근본규범이었다. 효는 가정의 화목과 국가의 질서를 유지하는 기본적 가치로서 모든 덕행의 출발점이다. 효사상의 근본은 공동체주의를 지향하고 있고, 평화공존의 정신을 구현하기 위한 것이었다. 이제는 유교하에서의 전통적 가치였던 가부장적인 효 윤리는 용납되지 않고, 가족 내에서 불합리한 위계질서는 바람직하지 않다. 그러나 합리적인 효 윤리는 세계적으로 보편적인 가치로서 현대사회에 맞게 해석함으로써 아름다운 전통문화를 이어가도록 노력하여야 하고, 이에 대한 국가의 적극적인 정책이 뒷받침되어야 한다. 인천순복음교회 최성규 목사가 내놓은 '효 성경'에는 하나님 섬김, 부모·어른·스승 섬김, 어린이·청소년·제자 사랑, 가족 사랑, 나라 사랑, 자연 사랑·환경 보호, 이웃 사랑·인류 봉사 등을 들고 있다. 이들은 조화와 화해 정신을 실천하는 것으로 효 운동을 통해 행복을 추구할 것을 간구하고 있다. 효 정신은 개인주의·민주주의·자본주의 등 새로운 이데올로기의 역기능을 보완하고, 나아가 공동체 윤리의 초석 역할을 할 것이다. 우리나라는 이미 2007년에 '효행장려법'을 제정하여 실시하고 있는데, 이 사실을 아는 국민은 얼마나 될까? 법을 통해서라도 효 사상을 불어넣고 건전한 가족제도를 회복하는 것이 우리나라, 아니 전 세계가 당면한 가장 중대한 과제이다.

12월 14일

'공동체주의'는 개인과 공동체의 관계에서 정의를 도출한다.

'공동체주의'는 개인은 공동체의 구성원으로서 공동선을 기본적 가치로 인정하고, 그 범위 안에서 자유와 권리를 누린다는 입장이다. 전통적인 자유주의 이론이 개인과 국가를 대립관계로 보고, 개인의 자유와 권리는 국가로부터 보호받는다는 구조로 이해해온 데 반해, 공동체주의는 연대와 사회적 책임을 중시하면서 공동체 가치의 우월성을 인정한다. 샌들은 다양한 이데올로기들을 분석·비판한 후 '공동체주의'를 결론으로 제시하면서, 정의는 사회 공동체 가치에서 유래하거나 이와 결부된 관점에서 이해하는 것이 본래적 의미의 공동체주의라고 하면서 자신의 입장은 이와는 다르다고 주장한다. 개인의 자아는 공동체 가치에 예속되는 것이 아니라 독립성을 가지고, 공동체의 가치와 양립하는 것으로 보고 있다. 그러나 공동체주의는 공동체의 가치를 우선시하고 개인의 자유를 경시하는 경향이 있으며, 세계관을 달리하는 공동체들은 물론, 크고 작은 여러 공동체와의 공존을 외면하고 있다는 점에서 비판을 받고 있다. 안전·질서·평화 등 공동체의 가치와 개인의 자유와 권리는 어느 일방이 우선하고 다른 일방이 양보하는 관계가 아니다. 개인적 자유와 시민적 덕성은 상호의존관계에 있으면서 하나의 가치체계로 포섭된다고 보는 입장이 가장 타당하다. 즉, 자유주의와 공동체주의는 대립관계에 있는 것이 아니라 '정 - 반 - 합'으로의 변증법적 발전이 바람직한 방향이다. 그러므로 공동체 가치를 준수하면서 행복을 추구하는 것이 참된 행복으로 가는 길이다.

행복, 도덕과 좋은 삶은 상호 '보완관계'에 있다.

 도덕성은 행복과 좋은 삶과 어떤 관련이 있는지 밝히는 것이 중요하다. 칸과 비트라노에 의하면, 도덕성은 행복과 관련성이 없다고 한다. 도덕적 행위가 행복에 필수적 요소는 아니고, 행복한 삶을 보장하지도 않는다는 것이다. 그러나 도덕은 사회질서를 유지하고, 인간이 공생하기 위한 필수적인 사회규범으로 누구나 지켜야 할 도리요 규범이다. 사회질서가 유지되고, 공동체 가치가 실천되어야 행복도 누릴 수 있으므로 도덕은 행복의 필수적인 환경 요인에 속한다. 이러한 환경이 조성될 때 좋은 삶도 기대할 수 있다. 그러므로 이들은 상호 보완관계에 있는 것이다. 그런데 유교나 서양의 도덕주의자들은 도덕적 생활을 하는 것을 곧 행복으로 보았고, 덕성을 행복의 요체로 간주하였다. 나아가 인격을 갖추면서 자아실현을 이루는 과정을 인생의 목표로 설계하였다. 그런데 높은 도덕성은 행복의 높은 단계를 지향하는 과정에서 요구되지만, 모든 사람들이 그 단계의 행복을 추구할 수는 없으며, 그렇다고 그들이 불행한 것도 아니다. 어느 단계의 행복을 추구하고 어느 정도의 행복에 만족하느냐는 개인의 선택의 문제이지, 일률적으로 강요할 문제는 아니다. 인생의 목표는 '좋은 삶'이고, 행복과 도덕성은 인생의 목표를 위해 필요한 가치이고 필요한 덕목이다. 그러므로 좋은 삶을 누리기 위해서는 덕성을 함양하면서 도덕을 생활화해야 하며, 자아실현을 위한 과정에서 행복을 누려야 하므로 이들은 상호 보완관계에 있는 것이다.

'공동체의식'이 무너지고 있는 것이 우리가 불행한 이유다.

공동체의식은 점점 사라지고, 삶의 질이 너무 떨어지고 있는 것이 우리나라의 현실이다. 우리 사회는 불신사회라고 인터넷에서는 꼬집고 있다. 2015 OECD 사회통합지수에 의하면, '사회적 관계' 항목의 평가점수는 0.2(10점 만점)로서 조사대상국 36개국(OECD 국가와 브라질·러시아) 중 최하위이다. 인터넷에서는 "세상에서 믿을 사람 없다. 살면서 느낀다."고 자탄하는가 하면, "댓글이 쓸쓸하다. 인생은 정말 혼자인가? 마음이 아프다."고 안타까움을 표하기도 한다. 민주주의가 도입된 후 사람들은 개인의 자유와 평등만을 추구하면서 공생과 질서라는 공동체 가치가 무너지고 있다. 대가족이 핵가족으로 변하면서 전통적인 효 가치가 무너지고, 경쟁이 심한 입시제도로 인해 인성교육이 안 되고 있다. 또한 인터넷이 성장함에 따라 새로운 형태의 공동체가 형성되고 있지만, 자살사이트 등 역기능이 더 작용하고 있기 때문에 심각한 문제가 되고 있다. 이러한 환경에서는 삶의 질이 낮아지고 행복도가 떨어질 수밖에 없으므로 이러한 환경을 개선하고, 구조적인 개혁을 단행하여 새롭게 출발해야 한다. 최종적으로 공동체 가치를 수호하기 위해서는 공생할 수 있도록 이타심을 키워 '시민적 덕성'을 함양하는 것이 시급한 과제이지만, 이를 위해서는 무엇보다 엄격한 법적 장치를 마련해야 한다. '이성이 법을 만드는 것이 아니라 법이 이성을 만드는 것이다.' 엄격한 법을 만들어 엄정하게 집행함으로써 공생할 수 있는 풍토를 조성하는 것이 현재 우리나라가 당면한 가장 중요한 과제이다.

제51주
(12월 17일 ~23일)

공동체 가치가 '준수'되어야
모두가 행복해진다.

　　　　국가공동체는 자연상태에서 벌어지는 '만인에
대한 만인의 투쟁'을 벗어나 평화 속에서 공생을 누리기 위해 사
회계약의 형태로 성립되었다. 공생을 위해서는 신뢰, 연대와 협
동이 필수적이며, 사회정의를 실현하기 위해 나눔, 기부와 봉사
가 행해져야 한다. 공동체 구성원들이 이와 같은 덕성을 갖추어
야 공동체는 건전하게 기능할 수 있으며, 구성원들이 안전하고
평화로운 환경에서 행복하게 살아갈 수 있다.

'안전', '질서'와 '평화'는 국가공동체를 만든 기본적 가치이다.

인간은 자연상태에서는 '만인에 대한 만인의 투쟁'을 연출함으로써 함께 평화스럽게 살기 위해 사회계약을 통해 국가공동체를 형성하게 되었다. 제1 유형의 공동체 가치는 '안전, 질서와 평화'인데, 공동체를 유지하기 위한 기본적 가치들로서 그중에서도 안전망의 구축이 가장 중요하다. 이들은 공생을 위한 최소한의 기본적 전제로서 준수되지 않는 때에는 법적 강제에 의해 보장한다. 한 배를 탄 사람들이 안전하게 운항을 하기 위해서는 질서와 평화를 유지하는 것이 공생을 위한 기본적 전제이다. 이처럼 인간은 동물과는 달리 공생을 위해 공동체 가치인 안전, 질서와 평화를 추구하는 방향으로 진화해왔다. 안전은 생존의 가장 기초적인 조건이고, 질서가 형성되어야 공생할 수 있으며, 구성원들이 평화 속에서 삶을 누릴 수 있게 된다. 이들 조건이 행복을 누리기 위한 출발점인 동시에 최소한의 조건들이다. 이들 가치가 보장되지 아니할 경우에는 신용, 연대와 협동을 기대할 수 없으며, 궁극적으로 공생이 불가능해진다. 인간이 객체가 아니라 그 자체가 목적으로서 개인의 존엄성과 사회적 평등이 실현되고, 개인에게 자유와 권리가 보장되며, 경쟁을 통해 사회발전을 이루어야 하지만, 이들 덕목이 갖추어지지 않으면 불가능해진다. 이러한 환경과 조건이 갖추어져야 비로소 행복을 추구할 수 있으므로 안전, 질서와 평화가 보장되는 사회를 만들어야 공동체의 행복도 좋아질 수 있다.

'신용'이 공동체의 가장 기초적인 가치이다.

신용·연대·협동이 공동체가 유지되고 발전하기 위한 필수적
덕목이다. 건전한 공동체가 유지되기 위해서는 기본적으로 구성
원 사이에 신용이 있어야 한다. '신용'이란 사람이나 사실이 틀림
없다는 믿음을 말하며, 모든 인간관계의 기본이다. 정신의학자
그레고리 프리치오네는 "신뢰는 인간관계의 두드러진 특징이다.
신뢰하고 접근하는 행동이 이타심과 진정한 사랑의 필수조건이
다."라고 했다. 신용이 있어야 인간관계가 건실해지고, 함께 일할
기회가 만들어지며, 성공으로 가는 초석 역할을 한다. 그러므로
서로 믿을 수 있는 신용이 건전한 공동체를 유지하기 위한 가장
기본적인 가치이다. 하버드대학에서는 신용을 교육의 핵심 내용
으로 가르치고 있으며, 신용을 바탕으로 성공을 거두고 있다.
"신용은 일종의 장기 투자다(쑤린)." 네덜란드와 같은 북유럽 여
러 나라는 신용을 바탕으로 공동체 속에서 서로 협력하고 살아
가는 데 반해, 우리나라 사람들은 그러지 못한데, 그 이유는 공
동체의식이 약하고, 심한 경쟁 분위기 속에서 살고 있기 때문이
다. 심리학자 로버트 쿠민스는 삶의 만족도 조사를 한 결과를 발
표하면서 "긍정적인 인간관계가 행복을 만드는 데 중요한 요소"
라고 하면서 인구밀도가 적고, 이웃관계가 좋으며, 수입 격차가
적은 것이 그들이 사는 공동체의 환경적 특질이라고 했다. 우리
나라가 건전한 공동체로 성장하기 위해서는 환경적 저해요인을
제거해야 하지만, 무엇보다 중요한 것은 인성교육을 통해 믿음직
한 심성을 키우는 것이다.

'연대'가 공동체의 가장 중요한 가치이다.

인간은 사회적 동물이다. 그래서 주변 사람들과 의미 있는 사회적 관계를 형성하는 것이 기본적 과제이다. 인간은 본능적으로 이기적 동물이지만, 공동체 안에서 함께 살기 위해서는 에고의 틀에서 벗어나 연대의식을 가져야 한다. 마틴 셀리그만은 일·사랑·놀이와 함께 연대에서 인생의 의미를 찾는다. '연대'란 공동 목적을 이루기 위해 사람들이 함께 활동하는 것을 말하는데, 다양성을 존중하고, 평등한 관계를 유지하며, 상호 간의 신용이 존재해야 한다. 연대를 통해 더 큰일을 할 수 있고, 사회는 발전해 간다. 덴마크 사람들은 연대가 잘 이루어져 믿고 의지할 수 있는 이웃이 있기 때문에 외롭지 않고 행복하다고 한다. 연대는 단지 사랑하는 사람이나 가족 간이나 직장에서만 이루어지는 것이 아니라 사회에서 여러 형태로 이루어진다. 연대는 공동체 생활을 하기 위한 하나의 덕목으로 어느 사회에서든 필수적 요소인데, 평등이 그 전제가 된다. 부의 양극화, 학벌에 의한 차별, 특권의 횡포 등이 만연한 불평등한 사회에서는 연대가 이루어지기 힘들다. 더 넓게 연대함으로써 생활영역을 넓힐 수 있고 더 발전을 할 수 있다. 인터넷 세상에서 다양한 연대가 이루어지고 있는데, 지식과 정보를 얻고 힘을 합쳐 함께 이루는 순기능을 하는 반면, 범죄조직·자살연대 등 그 역기능이 심각하게 나타나고 있다. 다른 사람들을 자신의 성공을 위한 수단이 아니라 공생을 위한 방법으로 연대를 추구해야 한다. 이러한 연대 속에서 개인은 성공과 행복을 추구할 수 있고, 사회는 발전해가는 것이다.

'협동'은 공생을 위한 필수적 덕목이다.

　일반적으로 세계는 경쟁원리에 의해 발전해가고 있으며, 특히 신자유주의 물결은 이를 더욱 부채질하고 있다. 그런데 인간이 협동하면서 사는 것은 생존을 위한 불가피한 조치였다. 인류 초기에는 자연의 재앙이나 동물의 침입으로부터 살아남기 위해서는 집단을 형성하면서 대처하지 않을 수 없었고, 다른 집단이나 국가와의 분쟁이 일어나는 경우에는 안전보장을 위해 협동하지 않을 수 없었다. 농경사회에서는 서로 품앗이를 하면서 농사일을 하였고, 산업사회에 들어와서도 조직 내에서 협력하면서 생산을 해왔다. 현대사회에서는 특히 협력을 통해서만 새로운 분야를 개척할 수 있고, 그 시너지 효과를 통해 성공을 거둘 수 있다. 오늘날 기업체나 조직에서 목표를 효율적으로 달성하기 위해 협력을 위한 조직과 운영이 강조되고 있다. 덴마크 사람들의 행복지수가 높은 이유 중의 하나는 '협동조합'이라는 사회공동체가 있기 때문이다. 협동은 신용과 연대의식의 바탕 위에서 이루어질 수 있는데, 이는 사적 영역뿐 아니라 법제도·정치인·국가제도 등 공적 영역에서도 필수적이다. 신뢰도가 높아야 사회적 행복도와 만족도가 올라갈 수 있다. 스웨덴과 같은 북유럽 여러 나라에서 행복도가 높은 이유는 협동이 공동체의 기본적 가치로써 생활화되어 있기 때문이다. 그래서 협동은 공존·공생을 위한 필수적 덕목이 되었고, 공동체의 유지·발전을 위한 기본적 가치이다. '경쟁과 협력의 조화(copetition=competition+cooperation의 합성어)'를 통해 사회의 발전을 추구해야 한다.

12월 21일

'나눔'이 행복의 가장 높은 경지이다.

공동체가 이상적으로 작동하기 위해서는 이웃에 대한 관심과 배려 그리고 사랑을 바탕으로 이루어져야 한다. '나눔'은 더불어 사는 것이며, 능력이 아니라 관심에서 나오는 것이다. 공동체 안에서 가진 자와 못 가진 자가 함께 어울려 살기 위해서는 빈곤층에 대한 사회적 안전망이 필요하다. 많은 사람들은 나눠줄 것이 없다고 하지만, 줄 것은 재물이 아니더라도 웃음·칭찬·관심·포옹·시간·양보·봉사 등 얼마든지 있다. 불교에서는 이를 '무재칠시(無財七施)'라고 부른다. "이 세상에서 참다운 행복은 남에게서 받는 것이 아니라 내가 남에게 주는 것이다. 그것이 인간에게 있어서 가장 아름다운 행동이기 때문이다(아나톨 프랑스)." 사람의 뇌는 기부를 하면 전두엽에서 옥시토신을 분비함으로써 즐거움을 유발하고, 행복감을 느끼게 된다. 나눔은 다른 사람을 돕는다는 도덕적 만족감을 얻게 되고, 자존감을 높임으로써 결국은 자신에게 만족감을 준다. 돈은 나를 위해서 쓰는 것보다 남을 위해 쓰는 것이 더 행복감을 준다는 조사결과도 있다. 이러한 감정은 경험해보지 않고는 느낄 수 없으므로 실천을 통해서 행복을 느끼고 누려야 한다. 이러한 심성은 교육을 통해 육성해야 한다. 은혜를 베풀되 보답은 바라지 말고, 준 뒤에는 후회하지 말라(원효). 반대급부를 기대하면 스스로 불행해진다. 조건 없이 보상을 바라지 않고 하는 것이 순수한 이타심의 표현이다. 나눔 그 자체가 자신만을 위한 이기적 행복보다 더 큰 행복을 가져다주므로 이타적 행복을 추구하면서 사는 것이 행복의 최고의 경지이다.

'기부'는 행복의 가장 높은 경지이다.

기부행위는 사회적 약자를 돕고 함께 살 수 있는 환경을 조성하는 사랑의 표현이다. 영화배우 오드리 헵번은 "한 손은 나 자신을 돕기 위한 것이고, 다른 손은 남을 돕기 위한 것"이라고 했다. 자본주의사회는 경쟁이 심하기 때문에 빈부 차이가 심화되고, 공동체가 건전하게 작동하기 위해서는 빈곤이 중요한 사회적 문제가 된다. 모든 사람이 승자가 되는 'win-win' 사회는 지구상에는 존재하지 않는다. 그래서 국가는 조세제도를 통해 부를 재분배하고, 복지제도를 통해 사회적 약자를 지원하지만, 빈곤문제는 제대로 해결되지 않고 있다. 이러한 사회적 약점을 보완하는 하나의 방법이 '기부'다. 록펠러와 카네기는 기부문화를 만든 사람들인데, 그들은 돈을 축적하는 것이 아니라 돈을 나눠줄 때 더 행복을 느꼈다고 한다. 기부는 돈만이 아니라 노동·봉사·재능·사랑 등 여러 가지 형태로 할 수 있다. 거창한 것만 찾아다니면 찾기도 어렵고 지속적으로 하기는 더욱 힘들다. 기부행위는 사회정의를 실현하는 데 기여하고, 국가공동체가 건전하게 존립하게 만드는 아름다운 행태이다. 영국의 자선지원재단(CAF)이 2008년부터 세계 140개국을 대상으로 조사한 '기부지수'를 보면 '이웃을 사랑하라'는 종교교리를 생활화하고 있는 나라의 지수가 높았다. 이러한 기부문화는 기업의 사회적 공헌으로 확대되어야 더 큰 결실을 볼 수 있다. 기부는 건전한 공동체의 유지를 위한 윤리적 덕목으로 기부지수가 높을수록 행복한 사회가 되고, 개인의 행복도가 높아진다는 사실을 보여주고 있다.

12월 23일

'봉사'는 행복의 가장 높은 경지이다.

이웃 사랑을 실천하기 위해 하는 모든 자발적 행동을 '봉사'라고 부른다. 세상에서 가장 존귀한 것은 남을 위해 봉사하고 생색 내지 않는 것이다. 바라는 마음은 괴로움의 근원이므로 바라는 마음 없이 베풀어야 행복할 수 있다. 행복한 사람들은 누구보다 이타적으로 다른 사람들을 향해 마음의 문을 열고 사랑을 베푼다. 이기심에서 얻는 행복을 이타심을 통해 얻는 행복으로 바꿀 때 행복의 질은 한 차원 높아진다. 봉사활동은 다른 사람들로부터 긍정에너지를 받기 때문에 행복해지며, 자신에게 기쁨과 위로를 줄 때 보람을 느끼면서 할 수 있다. 나눔을 베풀면 행복 호르몬이 나와 행복을 더 증진시킨다. 벤저민 프랭클린은 "타인을 위해 일하는 것은 곧 자신을 위해 일하는 것이다."라고 말했다. 다른 사람에게 관심을 가지고 돕고 베풀 때 더 큰 즐거움을 느낄수 있고, 사회적으로 명예도 누릴 수 있게 된다. 고대 예언자 조로아스터는 "타인을 위해 일하는 것은 책임이나 의무가 아니라 누려야 하는 권리이다. 왜냐하면 그것은 당신에게 더 큰 즐거움과 건강을 가져다주기 때문"이라고 했다. 일본에서 60대 여성을 대상으로 어떤 사람이 행복한가에 관하여 사회조사를 했더니 새로운 행복을 찾아 누린 사람들의 유형은 공부를 시작한 사람, 취미활동을 계속한 사람과 함께 봉사활동에 참여했던 사람을 들고 있다. 이러한 행복이야말로 이타적인 행복으로 자아실현을 지향하는 가장 질 높은 행복이며, 건전한 공동체를 유지하기 위해 필요한 덕목이다.

'종교'의 본질은 참된 신앙에 있다.

신은 존재하는가, 그리고 천당은 어디에 있는가의 문제는 영원한 과제일 뿐 그 해결책에 관하여는 계속 논쟁의 대상이 되고 있다. 현상학적으로는 신은 믿는 자에게는 계시고, 안 믿는 자에게는 없다. 종교는 신앙, 규범과 가르침의 세 유형으로 구성되어 있다. 종교는 개인들에게 신앙을 줌으로써 현세의 고난을 극복하고, 내세에 희망을 주는 기능을 한다. 현대인은 거짓 신의 노예가 되어가고 있는데, 참된 진리와 신앙으로 돌아가야 한다. 참된 신앙을 가지면 신앙이 없는 사람보다 더 행복하게 된다.

'신'은 믿는 자에게는 계시고, 안 믿는 자에게는 없다.

　신은 존재하는가, 그리고 천당은 어디에 있는가의 문제는 계속 논쟁의 대상이 되고 있다. '신'이란 우주를 창조한 절대자라고 일반적으로 정의하지만, 신이란 자신의 마음속에 존재하는 것으로 마음을 집중할 때 들을 수 있는 '마음의 소리' 또는 '침묵의 소리'라고도 한다. 진화론에서는 종교도 자연현상으로 유일신 종교로 진화해왔다고 한다. 하나님은 누구의 것이 아니고 우리 모두에게 존재하는 것인데, 사람들이 종교를 만들고 의식을 만들어 그것을 가렸다고 한다(현웅 스님). 유신론자들은 "하나님이 천지를 창조하셨다."고 주장하는 데 반해, 무신론자들은 "인간이 신을 창조하였다."고 반박한다. 니체는 20세기의 관문에 서서 세계를 향하여 "신은 죽었다."라고 외쳤으며, 이에 가세하여 소련의 우주조종사 가가린은 우주여행을 마치고 지구로 무사히 귀환한 후 "나는 신을 보지 못했다."라고 말했다. 이러한 무신론은 종교가 지배하던 오랜 암흑의 시대를 거쳐 근대 이후 과학과 인본주의가 발달함에 따라 개인의 지적 능력과 오만함 그리고 자유의지의 산물로써 나타난 경향이다(폴 비츠). 신의 존재 여부는 물적 증거로는 입증이 불가능하며, 신앙을 통해 신이 존재한다는 믿음을 가지고 있을 뿐이다. 그러므로 현상학적으로는 "하나님은 믿는 자에게는 계시고, 안 믿는 자에게는 없다."고 할 수 있다. 이 문제는 이성의 문제가 아니라 신앙의 문제이다. 법철학자 로널드 드워킨은 종교란 반드시 신을 믿는 것이 아니라 인간의 삶의 본질적 의미와 자연의 내적 아름다움에 대한 경건한 자세라고 하면서 '종교적 무신론'을 주장하면서 신을 믿지 않는 사람도 종교인이 될 수 있다고 했다.

종교는 '신앙', '규범'과 '가르침'으로 구성되어 있다.

종교란 용어는 라틴어 religion에서 유래하는 말로 '다시(re) 결합하다(ligion)'는 의미를 가지고 있다. 기독교는 종교란 절대자인 신을 세우고, 약자인 인간은 그를 믿고 의지하면서 교리와 규범을 지킴으로써 구원에 이르는 것을 말한다. 불교는 종교에 있어서 '종(宗)'은 궁극적인 진리를, '교(教)'는 가르침을 의미하므로 종교란 궁극적인 진리를 가르치는 것을 말한다. 이는 가르침을 통해 신이나 진리를 깨닫고 믿으며 교리를 지킬 때 구원을 받을 수 있다는 것이다. 교회나 사찰, 의식이나 절차는 종교의 본질이 아니다. 신앙이 그 본질이고, 다른 것은 이를 위한 형식에 불과하다. 누가 진정한 하나님이고 누가 천국으로 인도하는가에 관하여 종교들은 서로 다른 교리를 내세우고 있다. 힌두경전 '리그베다'는 "진리는 하나이며, 현자들이 이를 여러 가지로 부른다."고 했다. 그 의미는 절대자인 신은 하나인데, 인간들이 여러 가지 종교를 만들어냈다는 것이다. 이처럼 종교의 본질은 크게 신앙, 규범과 가르침의 세 유형으로 나눌 수 있다. 법정 스님은 "신앙을 갖되, 신앙으로부터 자유로워야 한다."고 설시하였다. 모든 종교의 신앙은 형식에 얽매이지 말고 궁극적으로 자유로움을 누려야 한다. 맹목적인 믿음은 종교의 독이다. 오늘날에도 사이비 종교나 유사 종교들이 혹세무민하고 있으므로 참된 신앙이 요구되는 시대에 우리들은 살고 있다. 참된 신앙을 가질 때 해방감을 느끼고 자유로움을 가짐으로써 종교적 행복을 누리게 된다.

종교는 '마음의 평화'와 '죽음의 문제'를 풀어준다.

종교는 개인들에게 신앙을 줌으로써 현세의 고난을 극복하고, 내세에 희망을 주는 순기능을 한다. 토마스 아퀴나스는 지상에서는 신앙이 있으면 행복해질 수 있다고 했다. 종교는 공통적으로 현세에서는 믿음을 통해 '마음의 평화'를 얻고, 내세에는 구원을 통해 '죽음의 문제'를 해결할 수 있다는 희망을 준다. 어떤 불행이 닥쳤을 때 하나님에게 맡기면 그만큼 심리적으로 위안과 위로를 받고 평안함을 누릴 수 있으므로 현세의 행복을 누릴 수 있다. 기독교에서는 사후에 영생을 설교하고, 불교에서는 윤회를 설법함으로써 죽음의 문제를 해결하고 있다. 이들은 영혼의 존재를 인정하는 '물심이원론'에 입각하고 있다. 육체는 사라지더라도 영혼은 영생을 누린다는 것이다. 그래서 신앙을 가진 사람들은 비교적 낙천적이고, 특히 영적 경험을 한 사람들은 무신론자에 비해 더 행복감을 느낀다. 참된 신앙을 가지게 되면 건전한 생활을 하게 되고, 현세의 고통을 극복할 수 있는 힘을 얻게 된다. 많은 연구 결과에 따르면, 종교를 가진 사람은 그러지 아니한 사람에 비해 고혈압에 걸릴 가능성이 40%나 낮고, 심장병 발병률은 20%나 적다고 한다. 또한 이웃을 사랑하라는 기독교 교리나 자선을 요구하는 불교 교리를 실천함으로써 공동체적 행복을 누릴 수 있다. 노년에는 영성(靈性)이 발달하므로 신앙을 가지게 되는 경향이 있다. 종교를 가진다는 것은 이러한 믿음 때문에 행복한 생활을 할 수 있으며, 행복으로 가는 중요한 방법이 된다. 모든 종교는 이를 최고의 가치를 가진 '초월적 행복'이라면서 모든 행복은 이로부터 나온다고 한다.

현대인은 '거짓 신'의 노예가 되고 있다.

현대사회는 신이 사라진 세상이라고 많은 사람들이 말한다. 무신론이 지배하는 세상이라는 말이다. 니체가 "신은 죽었다."라고 선언한 이래 과학과 기술이 세상을 지배하게 되고, 종교는 인간의 정신영역에서만 남아 있다. 또한 종교의 탈을 쓰고 세상을 현혹시키는 미신·사이비 종교·유사 종교 등이 활개를 치고 있다. 현대국가에서는 돈과 권력이 '거짓 신'으로 둔갑하여 사람들을 유혹하고 있다. 현대인들은 원하는 것은 모두 소유하려는 탐욕을 채우기 위해 발버둥치고 있는데, 이러한 탐욕이 우상숭배이다. 이 세상에는 실체보다 우상이 더 많다고 니체는 지적했다. '만행: 하버드에서 화계사까지'로 유명해진 현각 스님은 "화계사 국제선원을 해체시키고, 열린 그 자리를 기복종교로 만들었다."고 지적하면서 "기복종교=$(돈), 참 슬픈 일"이라고 했다. 종교가 추구하는 것이 돈이고, 돈이 종교를 지배한다면 돈이 '우상'이라는 단계를 넘어서 '돈=최고신'이라는 등식이 성립되고, '돈교'가 군림하게 된 것이다. 이러한 거짓 신은 어느덧 인생의 의미와 가치를 부여하는 절대선이 되어버렸다. 그런데 이들은 중독성을 가지고 있으며, 점차 만족도는 줄어들어 결국 파멸에 이르게 된다. 현대인들은 이러한 거짓 신의 노예가 되어 행복이라는 방향타를 잃어버리고 고해를 방황하고 있다. 그래서 종교는 신앙이 아니라 '윤리'로 가야 한다는 주장이 최근 힘을 얻고 있다. 그 굴레로부터 벗어나는 것이 참된 신앙으로 가는 길이요, 진정한 행복을 누리는 방법이다.

12월 28일

'도덕적 삶'이 참된 신앙의 길이다.

종교는 신앙이 아니라 '윤리'로 가야 한다는 주장이 최근 힘을 얻고 있다. 그 이유는 현대 종교가 금권만능주의로 흘러 부패했기 때문이다. 높은뜻연합선교회 김동호 목사는 최근 펴낸 '마하나임: 하나님의 군사'에서 "돈은 무서운 것이다. 돈에는 장사가 없다. 훈련을 받아놓지 않으면 거의 백발백중 돈에 무너진다."고 했다. 오늘날 종교도 돈 때문에 넘어지는 것을 경고하고 있다. 교회나 사찰이 대형화되면서 종교의 근본적인 목적을 외면하고, 외형적이고 물량적인 발전에만 골몰하고 있다. 사람들은 이러한 종교의 부작용을 보면서 오히려 하나님으로부터 멀어져 간다. 그래서 '가나안(거꾸로 읽으면 교회에 '안 나가'임)' 신도들을 양산하고 있다. 어느 스님은 "신도보다는 스님의 명분을 위해 불사, 불사를 위한 불사가 너무 많습니다. 불교가 신도를 위해 봉사하지 않으면 지금보다 더 큰 위기를 맞을 겁니다."라고 진단한다. "종교는 인간이 만든 형태일 뿐 베푸는 마음을 실천해야 참 종교다. 그러므로 형식적인 껍데기에 불과한 종교를 버려야 한다. 종교에 집착하는 것은 어리석은 일이다(프랑스에서 온 한 패널)." 종교가 종교다워지려면 보편적 윤리인 사랑과 베푸는 마음을 실천해야 한다. 말로써 종교를 전파하려고 하지 말고 행동으로 모범을 보이는 것이 효과적인 전도활동이다. 그러므로 도덕적 삶이 최고의 길이며, 종교적 삶도 이 길로 가야 한다. 참된 신앙을 가지고 교리를 몸소 실천하는 사람은 '5차원적 행복'을 누리며 행복한 삶을 누릴 수 있다.

12월 29일

천당은 살아서 자기 '가슴속'에 건설하는 것이다.

일요일에 산에 가면서 내자(內子)에게 이런 말을 농담 삼아 이 야기하곤 하였다. "당신은 하나님 만나러 교회로 가고, 나는 하 나님 만나러 산으로 간다네. 당신은 죽어서 천당 가려고 노력하 고 있는데, 나는 살아서 내 마음속에 천국을 건설하고 싶소." 부 부가 같은 종교를 믿고 함께 종교활동에 참여할 때 행복도가 높 고, 서로에게 헌신할 가능성도 높아진다. 그런데 부부간에 종교 가 다르거나 신앙의 차이가 있는 경우에는 갈등의 위험성이 높 다. 그 차이를 극복하기 위해서는 종교로부터 자유로워져야 한 다. 상대방의 종교나 신앙을 존중하고, 종교 간의 갈등을 빚어서 는 안 된다. 종교나 신앙에 갈등이 생기면 어떠한 문제보다 해결 하기 힘들므로 큰 틀에서 공생할 수 있도록 타협을 해야 한다. 천당이 있는 곳이 다르고, 천국에 가는 길이 다르다고 믿으면 갈 등이 생기기 마련이다. 그 갈림길에서 인간은 정신적 방황을 하 고 있다. 어느 길로 갈 것인가는 선택의 문제이다. 인간에게는 자유의지가 있으니까! 인간을 위해 종교가 있는 것이지 인간이 종교의 노예가 되어서는 안 된다. 천당은 죽어서 가는 곳이 아니 라 살아서 자기 가슴속에 건설하는 것이다. 내 마음속에 기쁨이 충만할 때 그곳이 바로 천국이다. 분명한 것은 신앙을 가지고 있 다는 사실이 지상에서 행복을 누리고 있는 것이고, 영원한 행복 에 더 가까이 갈 수 있다는 사실이다. 아이너스 아이아라 법문집 중에 나오는 '예삐 바다'는 이 문제를 명쾌하게 해결해주고 있다.

예쁜 바다

지금 즉시
그대 내면세계로 들어가라
단 하루라도
행복한 삶을 창조할 수 있는 인생이 되리라

어제보다 내일보다
더 소중한
지금 여기 이 순간순간들을
감사와 믿음으로 기쁘게 맞이하라

나 밖의 삶이 아닌
내 안의 삶으로 충만할 때
존재의 기쁨을 체험하게 되리라

그대가 생각하고
그대가 상상하고 있는
천당과 지옥은
그 어느 곳에도 없다

지금 여기 존재하는
이 현실에서
그대 의식 속에
충만한 기쁨과 행복이 가득 넘칠 때
바로 그곳이 천당이요
그대 의식이 고독하고 외로울 때
바로 그곳이 지옥이다

신도들이 신앙을 '생활화'해야 종교가 부흥한다.

사회 각계각층에 기독교인들이 많이 있지만, 신앙대로 살지 못하고 사회에 모범이 되지 못하는 경향이 있다. 말씀대로 살아서 정직하고 깨끗하며 소금 역할을 함으로써 신용, 정직과 청결의 가치가 존중되는 사회가 되어야 하는데 그렇지 못하다. 전도는 말로써가 아니라 행동으로 모범을 보여주어야 효과가 있다. 많은 종교인들이 모범을 보여주지 못하기 때문에 하나님의 영광을 가리고, '가나안(교회에 '안 나가'를 거꾸로 읽음)' 신도들을 양산하고 있다. 동남아시아 사람들의 행복은 종교의 가르침을 '생활화'하고 있는 데서 나온다. 동남아시아는 종교박물관이라고 부를 만큼 불교·이슬람교·힌두교·천주교 등 다양한 종교가 있지만, 사회생활 속에서 종교의 사회적 기능은 아주 흡사하다. 종교는 개인들에게 믿음을 줌으로써 현세의 고난을 극복하고, 내세의 희망을 주는 역할을 하고 있다. 욕망을 죄악시하고, 보시와 나눔을 근본 교리로 하는 종교의 가르침을 생활화하고 있다. 그들은 이러한 요인들 때문에 낙천적이고, 항상 웃음을 띠며 살아가고 있으며, 우리나라 사람들보다 행복지수가 높은 이유다. 덴마크 사람들은 교회 출석률이 3%에 불과한데, 그 이유는 이 땅에서 소망이 거의 이루어졌으며, 믿음이 곧 생활화되어 있기 때문이다. 우리 사회는 공동체의 기본가치가 무너지고 있으며, 금권주의와 이기주의가 팽배하여 공동체가 위기상황에 처하여 있다. 근본적인 구조적 개혁 없이는 나라의 희망이 없다. 하나님의 말씀대로 사는 것이 종교인의 도리요, 사회적 기능이다.

제 53주
(12월 31일)

종교는 '어디로' 갈 것인가?

12월 31일

종교 간의 불신을 없애고 '열린 교회'가 되어야 한다.

종교가 바뀌어야 세상이 바뀐다. 종교가 행복의 씨앗이기도 하지만, 불행을 낳기도 한다. 헌팅턴은 21세기를 '문명의 충돌' 시대라고 했을 때 이는 곧 종교간의 충돌을 의미한다. 역사적으로 오랜 기간 동안 종교전쟁이 세상을 어지럽혀 왔다. 근본주의를 지향하는 종파들이 자기 종교의 교리를 독단적으로 합리화시키면서 전쟁을 일으켜왔다. 지금의 세계는 기독교와 이슬람교의 충돌이 세계를 불안하게 만들고 있다. 이제 종교는 배타적 관료주의에 빠지지 말고 모든 종교에 관용적인 '열린 교회'가 되어야 한다. '21세기 종교평화를 위한 불교인 선언 - 21세기 아소카 선언' 초안은 "종교인이 독선과 아집을 조장하고, 분쟁과 갈등을 일으켜 온 것을 반성합니다. 이웃 종교를 진정한 이웃으로 대하는 데 충분치 못했음을 반성합니다. 내 종교가 소중한 만큼 다른 사람의 종교도 소중히 여기겠습니다."라고 고백하고 있다. 자기 종교 교리를 절대적인 것으로 주장하고, 다른 종교에 배타적인 태도가 종교 간 분쟁을 일으킨다. 다른 종교의 자율성을 인정하고 포용적인 태도를 취함으로써 종교 간의 평화가 선행되어야 한다. 달라이 라마는 종교의 다양성을 인정하고, 다른 종교도 존중해야 한다고 했다. 이 세상에 다양한 종교가 있다는 것은 그 바탕이 사랑과 자비이기 때문에 매우 좋은 일이라고 했다. 그러므로 종교에 대한 불신을 없애고, 무신론자도 종교에 관심을 가질 수 있도록 모든 종교나 교회는 변화되고 거듭나야 세계평화는 상존할 수 있다.

윤명선

저자는 법과대학에서 헌법을 전공하다가 은퇴 한 후 인생은 '3일간의 여행'이라는 깃발을 들고 세계여행을 하면서 '다시 길 위에 서다' 시리즈를 펴내고 있다. 길 위에서 해방되고 자유함을 느끼면서 비로소 행복감을 체험하게 되었다. 세상이란 길 위에서 걸으면서 인생이란 여행을 하니 세상이 나의 정원과도 같다.

그런데 이러한 행복은 나만이 누리는 이기적인 행복임을 깨닫고, 힘들어하는 사람들을 위로하기 위해 행복에 관한 책을 쓰기로 하고 '15개의 key words로 풀어보는 행복의 비결'을 출간하였다. 이 책은 행복을 체계적으로 정리하여 독자들이 자신의 문제를 스스로 해결할 수 있도록 다양한 정보를 싣고 있다.

이 책은 2018년 5월 1일부터 2019년 4월 30일까지 매일 시인뉴스 초록향기에 칼럼으로 실린 것을 모아서 만든 것이다. 어떻게 하면 독자들이 부담 없이 읽을 수 있을까 고민 끝에 만든 형식이다. 복잡한 행복의 내용을 매일 하나의 주제로 쓰다 보니 형식에 얽매여 어려움을 겪었다.

이 책을 읽으면서 행복으로 가는 길을 독자 스스로 발견하고, 자신만의 행복지도를 만들 수 있도록 시도하였다. 행복은 자신 안에 머물고 있고, 자신만의 길이 있으므로 그 길을 발견하는 것이 행복을 누릴 수 있는 지름길이다. 매일 하루치씩 읽으면서 즐기면 행복은 가까이 다가올 것으로 믿는다.

인간의 실존은 오늘에 있다. 오늘을 어떻게 사느냐가 인생의 성공과 행복을 결정한다. 오늘 이 칼럼을 읽고 행복을 느끼면 행복의 문은 열릴 것이다. 하루의 행복이 모여 평생의 행복이 된다. 행복은 누리는 자의 것이다. 독자 여러분들이 매일 같이 '행복의 향연'을 즐기면서 평생 행복을 누리시기를 기원한다.

매일같이 즐기는

행복의 향연

초판인쇄 2019년 9월 1일
초판발행 2019년 9월 1일

지은이 윤명선
펴낸이 채종준
펴낸곳 한국학술정보㈜
주소 경기도 파주시 회동길 230(문발동)
전화 031) 908-3181(대표)
팩스 031) 908-3189
홈페이지 http://ebook.kstudy.com
전자우편 출판사업부 publish@kstudy.com
등록 제일산-115호(2000. 6. 19)

ISBN 978-89-268-9572-6 13810